U0926239

各自的朝圣路

周国平 著

浙江人民出版社

图书在版编目（CIP）数据

各自的朝圣路 / 周国平著. —杭州：浙江人民出版社，2019.12（2022.12重印）
ISBN 978-7-213-09520-7

Ⅰ. ①各… Ⅱ. ①周… Ⅲ. ①散文集－中国－当代 Ⅳ. ①I267

中国版本图书馆CIP数据核字（2019）第234227号

各自的朝圣路
GEZI DE CHAOSHENGLU
周国平　著

出版发行　浙江人民出版社（杭州市体育场路347号　邮编310006）
责任编辑　钱　丛
责任校对　杨　帆
封面设计　所以设计馆
电脑制版　飞鱼时光
印　　刷　三河市冀华印务有限公司
开　　本　880毫米 × 1230毫米　1/32
印　　张　17.25
插　　页　1
字　　数　396千字
版　　次　2019年12月第1版
印　　次　2022年12月第8次印刷
书　　号　ISBN 978-7-213-09520-7
定　　价　55.00元

如发现图书质量问题，可联系调换。
质量投诉电话：010-82069336

● ● ●

独处是灵魂生长的必要空间。

●●●

信仰是内心的光，它照亮了一个人的人生之路。

● ● ●

你一定不要忘记了回家的路。这个家,就是你的自我,你自己的心灵世界。

●●●

一个人活在世上，必须有自己真正爱好的事情，才会活得有意思。

●●●

人活世上，第一重要的还是做人，懂得自爱自尊，使自己有一颗坦荡又充实的灵魂，足以承受得住命运的打击，也配得上命运的赐予。

●●●

我们在黑暗中并肩而行，走在各自的朝圣路上，无法知道是否在走向同一个圣地，因为我们无法向别人甚至向自己说清心中的圣地究竟是怎样的。

目 录

第一辑 朝圣的心路

第二辑　守望者语

第三辑　文学的安静

第四辑　不时髦的读书

第五辑　爱者的反思

第六辑　科学与人文

第七辑　闲文或时文

第八辑　序评无类

第九辑　准学术谈

第十辑　并非争鸣

第十一辑　自叙和访谈

第十二辑　精神的故乡

第十三辑　哲学:对世界的认识

作者的话

我的写作分两种情况。一种可称为专项写作，即围绕某个主题，写一个比较大的作品。这样的作品并不多，主要是学术著作和纪实文学两类。另一种可称为日常写作，亦包括两类。

一类是散文。或有感而发，或应约而作，写一些篇幅长短不一的文章，随时发表在报刊上，现在也发表在网络上。每隔若干年，文章积累到了一定数量，我就把它们结集出版。迄今为止共有 5 个散文集，即《守望的距离》(1996)、《各自的朝圣路》(1999)、《安静》(2002)、《善良丰富高贵》(2007)、《生命的品质》(2010；增补本，2012)。

另一类是随感。突发的感触，飘忽的思绪，随手记在纸片上，后来则是记在电脑的一个专门文档上。这样的东西以前是不发表的，现在会在微博上选登一些，也是积累到一定数量，我就加工整理，把它们结集出版。迄今为止共有 4 个随感集，即《人与永恒》(1988)、《风中的纸屑》(2006)、《碎句与短章》(2006；后更名为《内在的从容》，2009)、《把心安顿好》(2011)。

其实，我最早出版的散文集是《只有一个人生》(1992)，迄今已

23年，其内容后来收在了《守望的距离》里。《人与永恒》的确是我出版的第一个随感集，迄今已27年。出最早的集子时，我何尝想到，它们会有后续，各带出了一个小小的系列。是的，小小的系列，20多年的日常写作，成绩不过如此，实在是应该惭愧的。

然而，更想不到的是，我的这些很平常的作品会受到读者如此热情的欢迎，20多年里不断地再版。其中，《守望的距离》和《各自的朝圣路》出了8版，《人与永恒》出了10版，当年的读者已经和我一同步入壮年乃至老年，而今天的年轻一代依然喜欢它们。对于一个作家来说，没有比这更令人欣慰的事了。当然，我清楚并不是我的作品有多么好，我能找到的唯一原因是，我所思考的人生问题和精神生活问题其实是每个人都面临的问题，时代变了，这些问题仍然存在，在某种意义上甚至显得更为迫切了。

在图书市场上，我的作品有多种不同的选编本。但是，按照时间顺序结集的完整版本只有这个5册一套的散文系列和4册一套的随感系列，有了这两套书，我的日常写作的作品就一网打尽了。这或许是它们第n次再版的一个理由吧。

周国平

2014年12月9日

自　序

托尔斯泰年老的时候，一个美国女作家去拜访他，问他为什么不写作了，托尔斯泰回答说："这是无聊的事。书太多了，如今无论写出什么书来也影响不了世界。即使基督再现，把《福音书》拿去付印，太太们也只是拼命想得到他的签名，别无其他。我们不应该再写书，而应该行动。"

近来我好像也常常有这样的想法。看见人们正以可怕的速度写书、编书、造书、"策划"（这个词已经堂而皇之地上了版权页）书，每天有无数的新书涌入市场，叫卖声震耳欲聋，转眼间又都销声匿迹，我不禁想：我再往其中增加一本有什么意义吗？

可是，我还是往其中增加了一本。

我如此为自己解嘲：我写作从来就不是为了影响世界，而只是为了安顿自己——让自己有事情做，活得有意义或者似乎有意义。所以，对于我来说，写作何尝不是一种行动呢。

托尔斯泰晚年之所以拒斥写作，是因为耻于智识界的虚伪，他决心与之划清界限，又愤于公众的麻木，他不愿再对爱慕虚荣的崇拜者说话。然而，事实上，托尔斯泰始终不是一个真正的社会活动家。他从前的文学创作也罢，后来的宣传宗教、上书沙皇、解放家奴、编写识字读本等所谓行动也罢，都是为了解决他自己灵魂的问题，是由不同的途径走向他心目中的那同一个上帝。正像罗曼·罗兰在驳斥所谓有前后两个截然不同的托尔斯泰的论调时所说的："只有一个托尔斯泰，我们爱他整个，因为我们本能地感到在这样的心魂中，一切都有立场，一切都有关连。"我相信，这立场就是他对人生真理的不懈寻求，这关连就是他一直在走着的同一条朝圣路。

但我还是要庆幸托尔斯泰一生主要是用写作的方式来寻找和接近他的上帝的，我们因此才得以辨认他的朝圣的心迹。我想说的是，我要庆幸世上毕竟有真正的好书，它们真实地记录了那些优秀灵魂的内在生活。不，不只是记录，当我读它们的时候，我鲜明地感觉到，作者在写它们的同时就是在过一种真正的灵魂生活。这些书多半是沉默的，可是我知道它们存在着，等着我去把它们一本本打开，无论打开哪一本，都必定会是一次新的难忘的经历。读了这些书，我仿佛结识了一个个不同的朝圣者，他们走在各自的朝圣路上。是的，世上有多少个朝圣者，就有多少条朝圣路。每一条朝圣的路都是每一个朝圣者自己走出来的，不必相同，也不可能相同。然而，只要你自己也是一个朝圣者，你就不会觉得这是一个缺陷，反而是一个鼓舞。你会发现，每个人正是靠自己的孤独的追求加入人类的精神传统的，而只要你的确走在自己的朝圣路上，你其实并不孤独。

本书是我 1996 年至 1998 年所发表的文章的一个结集。东方出版社还曾出版过我此前文章的结集《守望的距离》，为了保持连续性，我把那个集子未及收进的 1995 年的部分文章也收在了本书中。我给这本书取现在这个名字，一是因为其中我自己比较满意的文章几乎都是读了我所说的那些朝圣者的书而发的感想;二是因为我自己写作时心中悬着的对象常是隐藏在人群里的今日的朝圣者,不管世风如何浮躁,我始终读到他们存在的消息。当然,这个书名同时也是我对自己的一个鞭策,为我的写作立一标准。我对本书在总体上并不满意,但我还要努力。假如有一天写作真成了托尔斯泰所说的无聊的事,我就坚决搁笔,决不在这个文坛上瞎掺和下去。

周国平

1999 年 2 月 20 日

第一辑　朝圣的心路

苦难的精神价值

维克多·弗兰克是意义治疗法的创立者,他的理论已成为弗洛伊德、阿德勒之后维也纳精神治疗法的第三学派。第二次世界大战期间,他曾被关进奥斯维辛集中营,受尽非人的折磨,九死一生,只是侥幸地活了下来。在《活出意义来》这本小书中,他回顾了当时的经历。作为一名心理学家,他并非像一般受难者那样流于控诉纳粹的暴行,而是尤能细致地捕捉和分析自己的内心体验以及其他受难者的心理现象,许多章节读来饶有趣味,为研究受难心理学提供了极为生动的材料。不过,我在这里想着重谈的是这本书的另一个精彩之处,便是对苦难的哲学思考。

对意义的寻求是人的最基本的需要。当这种需要找不到明确的指向时,人就会感到精神空虚,弗兰克称之为“存在的空虚”。这种情形普遍地存在于当今西方的“富裕社会”。当这种需要有明确的指向却不可能实现时，人就会有受挫之感，弗兰克称之为“存在的挫折”。这种情形发生在人生的各种逆境或困境之中。

寻求生命意义有各种途径，通常认为，归结起来无非一是创造，以实现内在的精神能力和生命的价值；二是体验，借爱情、友谊、沉思、对大自然和艺术的欣赏等美好经历获得心灵的愉悦。那么，倘若一个人落入了某种不幸境遇，基本上失去了积极创造和正面体验的可能，他的生命是否还有一种意义呢？在这种情况下，人们一般是靠希望活着的，即相信或至少说服自己相信厄运终将过去，然后又能过一种有意义的生活。然而，第一，人生中会有一种可以称作绝境的境遇，所遭遇的苦难是致命的，或者是永久性的，人不复有未来，不复有希望。这正是弗兰克曾经陷入的境遇，因为对于奥斯维辛集中营的战俘来说，煤气室和焚尸炉几乎是不可逃脱的结局。我们还可以举出绝症患者，作为日常生活中的一个相关例子。如果苦难本身毫无价值，则一旦陷入此种境遇，我们就只好承认生活没有任何意义了。第二，不论苦难是否是暂时的，如果把眼前的苦难生活仅仅当作一种虚幻不实的生活，就会如弗兰克所说忽略了苦难本身所提供的机会。他以狱中亲历指出，这种态度是使大多数俘虏丧失生命力的重要原因，他们正因此而放弃了内在的精神自由和真实自我，意志消沉，一蹶不振，彻底成为苦难环境的牺牲品。

所以，在创造和体验之外，有必要为生命意义的寻求指出第三种途径，即肯定苦难本身在人生中的意义。一切宗教都很重视苦难的价值，但认为这种价值仅在于引人出世，通过受苦，人得以救赎原罪，进入天国（基督教），或看破红尘，遁入空门（佛教）。与它们不同，弗兰克的思路属于古希腊以来的人文主义传统，他是站在肯定人生的立场上来发现苦难的意义的。他指出，即使处在最恶劣的境遇中，人仍然拥有一种不可剥夺的精神自由，即可以选择承受苦难的方式。一个人不放弃他的这种“最后的内在自由”，以尊严的方式承受苦难，这种方式本身就是“一项实实在在的内在成就”，因为它所显示的不只是一种个人品质，而且是整个人性的高贵和尊严，证明了这种尊严比任何苦难更有力，是世间任何力量不能将它剥夺的。正是这个原因，在人类历史上，伟大的受难者如同伟大的创造者一样受到世世代代的敬仰。也正是在这个意义上，陀思妥耶夫斯基说出了这句耐人寻味的话：“我只担心一件事，就是怕我配不上我所受的苦难。”

我无意颂扬苦难。如果允许选择，我宁要平安的生活，得以自由自在地创造和享受。但是，我赞同弗兰克的见解，相信苦难的确是人生的必含内容，一旦遭遇，它也的确提供了一种机会。人性的某些特质，唯有借此机会才能得到考验和提高。一个人通过承受苦难而获得的精神价值是一笔特殊的财富，由于它来之不易，就决不会轻易丧失。而且我相信，当他带着这笔财富继续生活时，他的创造和体验都会有一种更加深刻的底蕴。

与世界建立精神关系

对于各种不杀生、动物保护、素食主义的理论和实践，过去我都不甚看重，不承认它们具有真正的伦理意义，只承认有生态的意义。在我眼里，凡是把这些东西当作一种道德信念遵奉的人都未免小题大做，不适当地扩大了伦理的范围。我认为伦理仅仅与人类有关，在人类对自然界其他物种的态度上不存在精神性的伦理问题，只存在利益问题，生态保护也无非是要为人类的长远利益考虑罢了。我还认为若把这类理论伦理学化，在实践上是完全行不通的，彻底不杀生只会导致人类灭绝。可是，在了解了史怀泽所创立的“敬畏生命”伦理学的基本内容之后，我的看法有了很大改变。

史怀泽是本世纪最伟大的人道主义者之一，也是动物保护运动的早期倡导者。他明确地提出：“只有当人认为所有生命——包括人的生命和一切生物的生命——都是神圣的时候，他才是伦理的。”他的出发点不是简单的恻隐之心，而是由生命的神圣性所唤起的敬畏之心。何以一切生命都是神圣的呢？对此他并未加以论证，事实上也是无法论证的。他承认敬畏生命的世界观是一种"伦理神秘主义"，也就是说，它基于我们的内心体验，而非对世界过程的完整认识。世界的精神本质是神秘的，我们不能认识它，只能怀着敬畏之心爱它、相信它。一切生命都源自它，"敬畏生命"的命题因此而成立。这是一个基本的信念，也许可以从道教、印度教、基督教中寻求其思想资源，对于史怀泽来说，重要的是通过这个基本的信念，人就可以与世界建立一种精神关系。

与世界建立精神关系——这是一个很好的提法，它简洁地说明了信仰的实质。任何人活在世上，总是和世界建立了某种关系。但是，认真说来，人的物质活动、认知活动和社会活动仅是与周围环境的关系，而非与世界整体的关系。在每一个人身上，随着肉体以及作为肉体之一部分的大脑死亡，这类活动都将彻底终止。唯有人的信仰生活是指向世界整体的。所谓信仰生活，未必要皈依某一种宗教，或信奉某一位神灵。一个人不甘心被世俗生活的浪潮推着走，而总是想为自己的生命确定一个具有恒久价值的目标，他便是一个有信仰生活的人。因为当他这样做时，他实际上对世界整体有所关切，相信它具有一种超越的精神本质，并且努力与这种本质建立联系。史怀泽非常欣赏罗马的斯多葛学派和中国的老子，因为他们都使人通过一种简单的思想而与世界建立了精神关系。的确，作为信仰生活的支点的那一个基本信念无须复杂，相反往往是简单的，但必须是真诚的。人活一世，有没有这样的支点，人生内涵便大不一样。当然，信仰生活也不能使人逃脱肉体的死亡，但它本身具有超越死亡的品格，因为世界整体的精神本质借它而得到了显现。在这个意义上，史怀泽宣称，甚至将来必定会到来的人类毁灭也不能损害它的价值。

我的印象是,史怀泽是在为失去信仰的现代人重新寻找一种精神生活的支点。他的确说:真诚是精神生活的基础,而现代人已经失去了对真诚的信念,应该帮助他们重新走上思想之路。他之所以创立敬畏生命的伦理学,用意盖在于此。可以想象,一个敬畏一切生命的人对于人类的生命是会更珍惜,对于自己的生命是会更负责的。史怀泽本人就是怀着这一信念,几乎毕生圣徒般地在非洲一个小地方行医。相反,那种见死不救、草菅人命的医生,其冷酷的行径恰恰暴露了内心的毫无信仰。我相信人们可由不同的途径与世界建立精神关系,敬畏生命的世界观并非现代人唯一可能的选择。但是,一切简单而伟大的精神都是相通的,在那道路的尽头,它们殊途而同归。说到底,人们只是用不同的名称称呼同一个光源罢了,受此光源照耀的人都走在同一条道路上。

在黑暗中并肩行走

人们常常说，人与人之间，尤其相爱的人之间，应该互相了解和理解，最好做到彼此透明，心心相印。史怀泽却在《我的青少年时代》中说，这是不可能的，即使可能，任何人也无权对别人提出这种要求。“不仅存在着肉体上的羞耻，而且还存在着精神上的羞耻，我们应该尊重它。心灵也有其外衣，我们不应脱掉它。”如同对于上帝的神秘一样，对于他人灵魂的神秘，我们同样不能像看一本属于自己的书那样去阅读和认识，而只能给予爱和信任。每个人对于别人来说都是一个秘密，我们应该顺应这个事实。相爱的人们也只是“在黑暗中并肩行走”，所能做到的仅是各自努力追求心中的光明，并互相感受到这种努力，互相鼓励，而“不需要注视别人的脸和探视别人的心灵”。

读着这些精彩无比的议论，我无言而折服，它们使我瞥见了史怀泽的“敬畏生命”伦理学的深度。凡是有着深刻而丰富的内心生活的人，必然会深知一切精神事物的神秘性并对之充满敬畏之情，史怀泽就是这样的一个人。在他看来，一切生命现象都是世界某种神秘的精神本质的显现，由此他提出了敬畏一切生命的主张。在一切生命现象中，尤以人的心灵生活最接近世界的这种精神本质。因而，他认为对于敬畏世界之神秘本质的人来说，“敬畏他人的精神本质”乃是不言而喻的事情。

以互相理解为人际关系的鹄的，其根源就在于不懂得人的心灵生活的神秘性。按照这一思路，人们一方面非常看重别人是否理解自己，甚至公开索取理解。至少在性爱中，索取理解似乎成了一种最正当的行为，而指责对方不理解自己则成了最严厉的谴责，有时候还被用作破裂前的最后通牒。另一方面，人们又非常踊跃地要求理解别人，甚至以此名义强迫别人袒露内心的一切，一旦遭到拒绝，便斥以缺乏信任。在爱情中，在亲情中，在其他较亲密的交往中，这种因强求理解和被理解而造成的有声或无声的战争，我们见得还少吗？可是，仔细想想，我们对自己又真正理解了多少？一个人懂得了自己理解自己之困难，他就不会强求别人完全理解自己，也不会奢望自己完全理解别人了。

在最内在的精神生活中，我们每个人都是孤独的，爱并不能消除这种孤独，但正因为由己及人地领悟到了别人的孤独，我们内心才会对别人充满最诚挚的爱。我们在黑暗中并肩而行，走在各自的朝圣路上，无法知道是否在走向同一个圣地，因为我们无法向别人甚至向自己说清心中的圣地究竟是怎样的。然而，同样的朝圣热情使我们相信，也许存在着同一个圣地。作为有灵魂的存在物，人的伟大和悲壮尽在于此了。

精神生活的哲学

一

奥伊肯（Rudolf Eucken，1846—1926）是一位活跃于前一个世纪之交的德国哲学家，生命哲学思潮的代表人物之一。在《生活的意义与价值》（1908）这本小册子里，他对自己所建立的精神生活的哲学做了通俗扼要的解说。早在1920年，这本书已有上海中华书局印行的余家菊的译本。现在，上海译文出版社又出版了万以的译本。奥伊肯的文风虽不艰涩却略嫌枯燥，读时不由得奇怪他何以能够获得1908年的诺贝尔文学奖。从他和柏格森的获奖，倒是可以遥想当年生命哲学的风行。今日又临世纪之交，生命哲学早已偃旗息鼓，但我觉得奥伊肯对精神生活问题的思考并没有过时。

奥伊肯和尼采是同时代人，他比尼采晚出生两年，一度还同在巴塞尔大学任教，不过他比尼采多活了许多年。他们所面对的和所想救治的是相同的时代疾患，即在基督教信仰崩溃和物质主义盛行背景下的生活意义的丧失。他们也都试图通过高扬人的精神性的内在生命力，来为人类寻找一条摆脱困境的出路。他们的区别也许在于对这种内在生命力的根源的哲学解释，尼采归结为权力意志，奥伊肯则诉诸某种宇宙生命，对于传统形而上学的叛离有着程度上的不同。

处在自己的时代，奥伊肯最感忧虑的是物质成果与心灵要求之间的尖锐矛盾。他指出，人们过分专一地投身于劳作，其结果会使我们赢得了世界却失去了心灵。"现实主义文化"一方面只关心生活的外部状态，忽视内心生活，另一方面又把人封闭在狭隘的世俗范围内，与广阔的宇宙生活相隔绝，从而使现代人陷入了"社会生存情绪激奋而精神贫乏的疯狂旋涡"。然而，奥伊肯不是一个悲观主义者，他既不像叔本华那样得出了厌世的结论，也不像尼采那样把希望寄托在虚无缥缈的"超人"身上。他预言解决的希望就在现代人身上，其根据是：在精神的问题上，任何否定和不满的背后都有着一种肯定和追求。"人的缺陷感本身岂不正是人的伟大的一个证明？"我们普遍对生活意义之缺失感到困惑和不安，这个事实恰好证明了在我们的本性深处有一种寻求意义的内在冲动。既然一切可能的外部生活都不能令我们满足，那就必定是由于我们的生活具有从直接环境所无法达到的深度。因此，现代人的不安超出了以往时代，反倒表明了现代人对精神生活有着更高的要求。

二

奥伊肯所要解决的问题是:如何为现代人找回失落的生活意义?他的解决方法并非直接告诉我们这一意义在何处,而是追问我们为何会感到失落。我们比任何时代的人都更加繁忙,也享受着比任何时代更加丰裕的物质,却仍然感到失落,那就证明我们身上有着一种东西,它独立于我们的身体及其外在的活动,是它在寻求、体验和评价生活的意义,也是它在感到失落或者充实。这个东西就是我们内在的精神生命,也就是通常所说的灵魂。

在我们身上存在着一种内在的独立的精神生命,这是奥伊肯得出的最重要的结论,他对生活意义问题的全部解决都建立在这个论点的基础之上。既然这种内在的精神生命是独立于我们的外在生活的,不能用我们的外在生活来解释它,那么,它就必定别有来源。奥伊肯的解释是,它来自宇宙的精神生命,是宇宙生命在人身上的显现。所以,它既是内在的,是"我们真正的自我","我们生活最内在的本质",又是超越的,是"普遍的超自然的生命"。因此,我们内在的精神生活是人和世界相统一的基础,是人性和世界本质的同时实现。

我们当然可以责备奥伊肯在这里犯了逻辑跳跃的错误,从自身的某种精神渴望推断出了一种宇宙精神实体的存在。但是,我宁可把这看作他对一种信念的表述,而对于一个推崇精神生活的价值的人来说,这种信念似乎是必不可少的。如果我们甘心承认人只是茫茫宇宙间的偶然产物,我们所追求的一切精神价值也只是水中月,镜中花,是没有根基的空中楼阁,转瞬即逝的昙花一现,那么,我们的精神追求便只能是虚幻而徒劳的了。尼采和加缪也许会说,这种悲剧性的徒劳正体现了人的伟大。但是,即使一位孤军奋战的悲剧英雄,他也需要在想象中相信自己是在为某种整体而战。凡精神性的追求,必隐含着一种超越的信念,也就是说,必假定了某种绝对价值的存在。而所谓绝对价值,既然是超越于一切浮世表象的,其根据就只能是不随现象界生灭的某种永存的精神实在。现代的西西弗斯可以不相信柏拉图的理念、基督教的上帝或者奥伊肯的宇宙生命,然而,只要他相信自己推巨石上山的苦役具有一种精神意义,借此而忍受了巨石重新滚下山的世俗结果,则他就已经是在向他心中的上帝祈祷了。无论哪位反对形而上学的现代哲学家,只要他仍然肯定精神生活的独立价值,他就不可能彻底告别形而上学。

三

奥伊肯对于基督教的现状并不满意,但他高度赞扬广义的宗教对于人类的教化作用。他认为,正是宗教向我们启示了一个独立的内心世界,坚持了动机纯洁性本身的绝对价值,给生活注入了一种高尚的严肃性,给了心灵一种真正的精神历史。在奥伊肯看来,宗教本身的重要性是超出一切宗教的差异的,其实质是"承认一种独立的精神力量存在于内心中,推动这种精神性发展的动力归根结底来自大全,并分有了大全的永恒活力"。

事实上,不但宗教,而且人类精神活动的一切领域,包括道德、艺术、科学,只要它们确实是一种精神性的活动,就都是以承认作为整体的精神生活的存在为前提的,并且是这个整体的某种体现。如果没有这个整体在背后支持,作为它们的源泉和根据,它们就会丧失其精神内容,沦为世俗利益的工具。在此意义上,一种广义的宗教精神乃是人类一切精神活动的基本背景。也就是说,凡是把宗教、道德、艺术、科学真正当作精神事业和人生使命的人,必定对于精神生活的独立价值怀有坚定的信念。在精神生活的层次上,不存在学科的划分,真、善、美原是一体,一切努力都体现了同一种永恒的追求。

也正是从这种广义的宗教精神出发,我们就不会觉得自己的任何精神努力是徒劳的了。诚然,在现实世界中,我们的精神目标的实现始终是极其有限的。但是,由于我们对作为整体的精神生活怀有信念,我们就有了更广阔的参照系。我们身处的世界并不是整个实在,而只是它的一个部分,因此,在衡量一种精神努力的价值时,主要的标准不是眼前的效果,而是与整个实在的关系。正如奥伊肯所说的:“倘若我们整个尘世的存在只是一个更大的序列的一个片段,那么指望它会澄清一切疑团便很不智,而且仍然会有许多在我们看来毫无意义的可能性,在更广大的范围内却能够得到理解。”我们当然永远不可能证明所谓大全的精神性质,但我们必须相信它,必须相信世上仍有神圣存在,这种信念将使我们的人生具有意义。而且我相信,倘若怀有这个信念的人多了,人性必能进步,世风必能改善。如果产生了这样的结果,信念的作用便实现了,至于茫茫宇宙中究竟有没有一个精神性的大全,又有什么要紧呢?

四

精神生活既是个人的最内在的本质,又是宇宙生命的显现,那么,我们每个人是否就自然而然地拥有了精神生活呢?奥伊肯对此做出了否定的回答。他指出,精神生活并不是一种自然延续的进化,或一种可以遗传的本能,也不是一种能够从日常经验的活动中获得的东西。可以说,正因为它极其内在而深刻,我们就必须去唤醒它。人类精神追求的漫长历史乃是宇宙生命显现的轨迹,然而,对于每一个个体来说,它一开始是外在的。“从精神上考虑,过去的收获及其对现在的贡献无非是些可能性,它们的实现有待于我们自己的决定和首创精神。”每一个个体必须穷其毕生的努力,才能“重新占有”精神生活,从而获得一种精神个性。奥伊肯的结论是:“精神的实现决不是我们的自然禀赋;我们必须去赢得它,而它允许被我们赢得。”

在我看来,这些论述乃是奥伊肯的这本小册子里的最精彩段落。在一个信仰失落和心灵不安的时代,他没有向世人推销一种救世良策,而是鼓励人们自救。的确,就最深层的精神生活而言,时代的区别并不重要。无论在什么时代,每一个个体都必须并且能够独自面对他自己的上帝,靠自己获得他的精神个性。对于他来说,重新占有精神生活的过程也就是赋予生活以意义的过程。于是,生活的意义和价值何在这一问题的答案便有了着落。

奥伊肯把每一代人对精神生活的实现称作一场“革命”,并且呼吁现代人也进行自己的这场革命。事实上,无论个人,还是某一代人,是否赢得自己的精神生活,确实会使他们生活在完全不同的世界里。一个赢得了精神生活的人,他虽然也生活在“即刻的现在”,但他同时还拥有“永恒的现在”,即那个“包含一切时代、包含人类一切有永恒价值的成就在内的现在”,他的生活与人类精神生活历史乃至宇宙生命有着内在的联系,他因此而有了一种高屋建瓴的立场,一种恒久的生活准则。相反,那些仅仅生活在“即刻的现在”的人就只能随波逐流,得过且过,盲目地度过自己的一生。

在实际生活中,有无精神生活之巨大差别会到处显现出来,我从奥伊肯的书中再举一例。人们常说,挫折和不幸能够提高人的精神。然而,奥伊肯指出,挫折和不幸本身并不具有这种优点。实际的情形是,许多缺乏内在的精神活力的人被挫折和不幸击倒了。唯有在已经拥有精神活力的人身上,苦难才能进一步激发此种活力,从而带来精神上的收获。

孤独的价值

一

我很有兴味地读完了英国医生安东尼·斯托尔所著的《孤独》一书。在我的概念中，孤独是一种具有形而上意味的人生境遇和体验，为哲学家、诗人所乐于探究或描述。我曾担心，一个医生研究孤独，会不会有职业偏见，把它仅仅视为一种病态呢？令我满意的是，作者是一位有着相当人文修养的精神科医生，善于把开阔的人文视野和精到的专业眼光结合起来，因此不但没有抹杀，反而更有说服力地揭示了孤独在人生中的价值，其中也包括它的心理治疗作用。

事实上，精神科医学的传统的确是把孤独仅仅视为一种病态的。按照这一传统的见解，亲密的人际关系是精神健全的最重要标志，是人生意义和幸福的主要源泉甚至唯一源泉。反之，一个成人倘若缺乏建立亲密的人际关系的能力，便表明他的精神成熟进程受阻，亦即存在着某种心理疾患，需要加以治疗。斯托尔写这本书的主旨正是要反对这种偏颇性，在自己的专业领域内为孤独"正名"。他在肯定人际关系的价值的同时，着重论证了孤独也是人生意义的重要源泉，对于具有创造天赋的人来说，甚至是决定性的源泉。

其实，对孤独的贬损并不限于今天的精神科医学领域。早在《伊利亚特》中，荷马已经把无家无邦的人斥为自然的弃物。亚里士多德在他的《政治学》中据以发挥，断言人是最合群的动物，接着说出了一句名言："离群索居者不是野兽，便是神灵。"这话本身说得很漂亮，但他的用意是在前半句，拉扯开来大做文章，压根儿不再提后半句。后来培根引用这话时，干脆说只有前半句是真理，后半句纯属邪说。既然连某些大哲学家也对孤独抱有成见，我就很愿意结合着读斯托尔的书的心得，来说一说我对孤独的价值的认识。

二

交往和独处原是人在世上生活的两种方式，对于每个人来说，这两种方式都是必不可少的，只是比例很不相同罢了。由于性格的差异，有的人更爱交往，有的人更喜独处。人们往往把交往看作一种能力，却忽略了独处也是一种能力，并且在一定意义上是比交往更为重要的一种能力。反过来说，不擅交际固然是一种遗憾，不耐孤独也未尝不是一种很严重的缺陷。

从心理学的观点看，人之需要独处，是为了进行内在的整合。所谓整合，就是把新的经验放到内在记忆中的某个恰当位置上。唯有经过这一整合的过程，外来的印象才能被自我所消化，自我也才能成为一个既独立又生长着的系统。所以，有无独处的能力，关系到一个人能否真正形成一个相对自足的内心世界，而这又会进而影响到他与外部世界的关系。斯托尔引用温尼考特的见解指出，那种缺乏独处能力的人只具有“虚假的自我”，因此只是顺从而不是体验外部世界，世界对于他仅是某种必须适应的对象，而不是可以满足他的主观性的场所，这样的人生当然就没有意义。

事实上，无论活得多么热闹，每个人都必定有最低限度的独处时间，那便是睡眠。不管你与谁同睡，你都只能独自进入你的梦乡。同床异梦是一切人的命运，同时却也是大自然的恩典，在心理上有其必要性。据有的心理学家推测，梦具有与独处相似的整合功能，而不能正常做梦则可能造成某些精神疾患。另一个例子是居丧。对丧亲者而言，最重要的不是他人的同情和劝慰，而是在独处中顺变。正像斯托尔所指出的：“这种顺变的过程非常私密，因为事关丧亲者与死者之间的亲密关系，这种关系别人没有分享过，也不能分享。”居丧的本质是面对亡灵时“一个人内心孤独的深处所发生的某件事”。如果人为地压抑这个哀伤过程，则也会导致心理疾病。

关于孤独对于心理健康的价值，书中还有一些有趣的谈论。例如，对外界刺激做出反应是动物的本能，“不反应的能力”则是智慧的要素。又例如，“感觉过剩”的祸害并不亚于“感觉剥夺”。总之，我们不能一头扎在外部世界和人际关系里，而放弃了对内在世界的整合。斯托尔的结论是：内在的心理经验是最奥妙、最有疗效的。荣格后期专门治疗中年病人，他发现，他的大多数病人都很能适应社会，且有杰出的成就，“中年危机”的原因就在于缺少内心的整合，通俗地说，也就是缺乏个性，因而仍然不免感觉人生的空虚。他试图通过一种所谓

“个性化过程”的方案加以治疗，使这些病人找到真正属于自己的人生意义。我怀疑这个方案是否当真有效，因为我不相信一个人能够通过心理治疗而获得他本来所没有的个性。不过，有一点倒是可以确定的，即个性以及基本的孤独体验乃是人生意义问题之思考的前提。

三

人类精神创造的历史表明，孤独更重要的价值在于孕育、唤醒和激发了精神的创造力。我们难以断定，这一点是否对所有的人都适用，抑或仅仅适用于那些有创造天赋的人。我们至少应该相信，凡正常人皆有创造力的潜质，区别仅在量的大小而已。

一般而论，人的天性是不愿忍受长期的孤独的，长期的孤独往往是被迫的。然而，正是在被迫的孤独中，有的人的创造力意外地得到了发展的机会。一种情形是牢狱之灾，文化史上的许多传世名作就诞生在牢狱里。例如，波伊提乌斯的《哲学的慰藉》，莫尔的《纾解忧愁之对话》，雷利的《世界史》，都是作者在被处死刑之前的囚禁期内写作的。班扬的《天路历程》、陀思妥耶夫斯基的《死屋手记》也是在牢狱里酝酿的。另一种情形是疾病。斯托尔举了耳聋造成的孤独的例子，这种孤独反而激发了贝多芬、戈雅的艺术想象力。在疾病促进创作方面，我们可以续上一个包括尼采、普鲁斯特在内的长长的名单。太史公所说“左丘失明，厥有国语，孙子膑脚，兵法修列”，等等，也涉及了牢狱和疾病之灾与创作的关系，虽然他更多地着眼于苦难中的发愤。强制的孤独不只是造成了一种必要，迫使人把被压抑的精力投于创作，而且我相信，由于牢狱或疾病把人同纷繁的世俗生活拉开了距离，人是会因此获得看世界和人生的一种新的眼光的，而这正是孕育出大作品的重要条件。

不过，对于大多数天才来说，他们之陷于孤独不是因为外在的强制，而是由于自身的气质。大体说来，艺术的天才，例如作者所举的卡夫卡、吉卜林，多是忧郁型气质，而孤独中的写作则是一种自我治疗的方式。如同一位作家所说："我写忧郁，是为了使自己无暇忧郁。"只是一开始作为一种补偿的写作，后来便获得了独立的价值，成了他们乐在其中的生活方式。创作过程无疑能够抵御忧郁，所以，据精神科医生们说，只有那些创作力衰竭的作家才会找他们去治病。但是，据我所知，这时候的忧郁往往是不治的，这类作家的结局不是潦倒便是自杀。另一类是思想的天才，例如作者所举的牛顿、康德、维特根斯坦，则相当自觉地选择了孤独，以便保护自己的内在世界，可以不受他人干扰地专注于意义和秩序的寻求。这种专注和气功状态有类似之处，所以，包括这三人在内的许多哲学家都长寿，也许不是偶然的。

让我回到前面所引的亚里士多德的名言。一方面，孤独的精神创造者的确是野兽，也就是说，他们在社会交往的领域里明显地低于一般人的水平，不但相当无能，甚至有着难以克服的精神障碍。在社交场合，他们往往笨拙而且不安。有趣的是，人们观察到，他们倒比较容易与小孩或者动物相处，那时候他们会感到轻松自在。另一方面，他们却同时又是神灵，也就是说，他们在某种意义上已经超出和不很需要通常的人际交往了，对于他们来说，创造而不是亲密的依恋关系成了生活意义的主要源泉。所以，还是尼采说得贴切，他在引用了"离群索居者不是野兽，便是神灵"一语之后指出：亚里士多德"忽略了第三种情形：必须同时是二者——哲学家……"

四

孤独之为人生的重要体验，不仅是因为唯有在孤独中，人才能与自己的灵魂相遇，而且是因为唯有在孤独中，人的灵魂才能与上帝、与神秘、与宇宙的无限之谜相遇。正如托尔斯泰所说，在交往中，人面对的是部分和人群，而在独处时，人面对的是整体和万物之源。这种面对整体和万物之源的体验，便是一种广义的宗教体验。

在世界三大宗教的创立过程中，孤独的经验都起了关键作用。释迦牟尼的成佛，不但是在出家以后，而且是在离开林中的那些苦行者以后，他是独自在雅那河畔的菩提树下连日冥思，而后豁然彻悟的。耶稣也是在旷野度过了四十天，然后才向人宣示救世的消息。穆罕默德在每年的斋月期间，都要到希拉山的洞窟里隐居。

我相信这些宗教领袖决非故弄玄虚。斯托尔所举的例子表明，在自愿的或被迫的长久独居中，一些普通人同样会产生一种与宇宙融合的“忘形的一体感”，一种“与存在本身交谈”的体验。而且，曾经有过这种体验的人都表示，那些时刻是一生中最美妙的，对于他们的生活观念发生着永久的影响。一个人未必因此就要皈依某一宗教，其实今日的许多教徒并没有真正的宗教体验，一个确凿的证据是，他们不是在孤独中而必须是在寺庙和教堂里，在一种实质上是公众场合的仪式中，方能领会一点宗教的感觉。然而，这种所谓的宗教感，与始祖们在孤独中感悟的境界已经风马牛不相及了。

真正的宗教体验把人超拔出俗世琐事，倘若一个人一生中从来没有过类似的体验，他的精神视野就未免狭隘。尤其是对于一个思想家来说，这肯定是一种精神上的缺陷。一个恰当的例子是弗洛伊德。在与他的通信中,罗曼·罗兰指出:宗教感情的真正来源是“对永恒的一种感动,也就是一种无边无际的大洋似的感觉”。弗洛伊德承认他毫无此种体验,而按照他的解释,所谓与世界合为一体的感觉仅是一种逃避现实的自欺,犹如婴儿在母怀中寻求安全感一样,属于精神退化现象。这位目光锐利的医生总是习惯于把一切精神现象还原成心理现象,所以,他诚然是一位心理分析大师,却终究不是真正意义上的大思想家。

五

在斯托尔的书中,孤独的最后一种价值好像是留给人生的最后一个阶段的。他写道:“虽然疾病和伤残使老年人在肉体上必须依赖他人,但是感情上的依赖却逐渐减少。老年人对人际关系经常不大感兴趣,较喜欢独处,而且渐渐地较专注于自己的内心。”作者显然是赞赏这一变化的,因为它有助于老年人摆脱对人世的依恋,为死亡做好准备。

中国的读者也许会提出异议。我们目睹的事实是,今天中国的老年人比年轻人更喜欢集体活动,他们聚在一起扭秧歌,跳交谊舞,活得十分热闹,成为中国街头一大景观。然而,凡是到过欧美的人都知道,斯托尔的描述至少对于西方人是准确的,那里的老年人都很安静,绝无扎堆喧闹的癖好。他们或老夫老妻做伴,或单独一人,坐在公园里晒太阳,或者作为旅游者去看某处的自然风光。当然,我们不必在中西养老方式之间进行褒贬。老年人害怕孤独或许是情有可原的,孤独使他们清醒地面对死亡的前景,而热闹则可使他们获得暂时的忘却和逃避。问题在于,死亡终究不可逃避,而有尊严地正视死亡是人生最后的一项光荣。所以,我个人比较欣赏西方人那种平静度过晚年的方式。

对于精神创造者来说,如果他们能够活到老年,老年的孤独心境就不但有助于他们与死亡和解,而且会使他们的创作进入一个新的境界。斯托尔举了贝多芬、李斯特、巴赫、勃拉姆斯等一系列作曲家的例子,证明他们晚年的作品都具有更加深入自己的精神领域、不太关心听众的接受的特点。一般而言,天才晚年的作品是更空灵、更超脱、更形而上的,那时候他们的灵魂已经抵达天国的门口,人间的好恶和批评与他们无关了。歌德从三十八岁开始创作《浮士德》,直到临死前夕即他八十二岁时才完成,应该不是偶然的。

勇气证明信仰

在尼采挑明“上帝死了”这个事实以后,信仰如何可能?这始终是困扰着现代关注灵魂生活的人们的一个难题。德裔美国哲学家蒂利希的《存在的勇气》(1952)一书便试图解开这个难题。他的方法是改变以往用信仰解释勇气的思路,而用勇气来解释信仰。我把他的新思路概括成一句最直白的话,便是:有明确的宗教信仰并不证明有勇气,相反,有精神追求的勇气却证明了有信仰。因此我们可以说,当一个人被信仰问题困扰——这当然只能发生在有精神追求的勇气的人身上——的时候,他已经是一个有信仰的人了。

蒂利希从分析现代人的焦虑着手。他所说的焦虑指存在性焦虑,而非精神分析学家们所津津乐道的那种病理性焦虑。人是一种有限的存在物,这意味着人在自身中始终包含着非存在,而焦虑就是意识到非存在的威胁时的状态。根据非存在威胁人的存在的方式,蒂利希把焦虑分为三种类型。一是非存在威胁人的本体上的存在,表现为对死亡和命运的焦虑。此种焦虑在古代末期占上风。二是非存在威胁人的道德上的存在，表现为对谴责和罪过的焦虑。此种焦虑在中世纪末期占上风。三是非存在威胁人在精神上的存在，表现为对无意义和空虚的焦虑。蒂利希认为，在现代占主导地位的焦虑即这一类型。

如果说焦虑是自我面对非存在的威胁时的状态，那么，存在的勇气就是自我不顾非存在的威胁而仍然肯定自己的存在。因此，勇气与焦虑是属于同一个自我的。现在的问题是，自我凭借什么敢于“不顾”，它肯定自己的存在的力量从何而来？

对于这个问题，存在主义的回答是，力量就来自自我，在一个没有上帝的世界上，自我是绝对自由的，又是绝对孤独的，因而能够也只能够凭借自己的力量肯定自己。蒂利希认为这个回答站不住脚，因为人是有限存在物，不可能具备这样的力量。这个力量必定另有来源，蒂利希称之为“存在本身”。是“存在本身”在通过我们肯定着它自己，反过来说，也是我们在通过自我肯定这一有勇气的行为肯定着“存在本身”之力，而“不管我们是否认识到了这个力”。在此意义上，存在的勇气即是信仰的表现，不过这个信仰不再是某种神学观念，而是一种被“存在本身”的力量所支配时的状态了。蒂利希把这种信仰称作“绝对信仰”，并认为它已经超越了关于上帝的有神论观点。

乍看起来，蒂利希的整个论证相当枯燥且有玩弄逻辑之嫌。“存在本身”当然不包含一丝一毫的非存在，否则就不成其为“存在本身”了。因此，唯有“存在本身”才具备对抗非存在的绝对力量。也因此，这种绝对力量无非来自这个概念的绝对抽象性质罢了。我们甚至可以把整个论证归结为一个简单的语言游戏：某物肯定自己的存在等于存在通过某物肯定自己。然而，在这个语言游戏之下好像还是隐藏着一点真正的内容。

自柏拉图以来，西方思想的传统是把人的生活分成两个部分，即肉身生活和灵魂生活，两者分别对应于人性中的动物性和神性。它们各有完全不同的来源，前者来自自然界，后者来自超自然的世界——神界。不管人们给这个神界冠以什么名称，是柏拉图的“理念世界”，还是基督教的“上帝”，对它的信仰似乎是绝对必要的。因为如果没有神界，只有自然界，人的灵魂生活就失去了根据，对之便只能做出两种解释：或者是根本就不存在灵魂生活，人与别的动物没有什么两样，所谓灵魂生活只是人的幻觉和误解；或者虽然有灵魂生活，但因为没有来源而仅是自然界里的一种孤立的现象，所以人的一切精神追求都是徒劳而绝望的。这正是近代以降随着基督教信仰崩溃而出现的情况。我们的确看到，一方面，在世俗化潮流的席卷下，人们普遍对灵魂生活持冷漠的态度；另一方面，那些仍然重视灵魂生活的人则陷入了空前的苦闷之中。

蒂利希的用意无疑是要为后一种人打气。在他看来，现代真正有信仰的人只能到他们中去寻找，怀疑乃至绝望正是信仰的现代形态。相反，盲信与冷漠一样，同属精神上的自弃，是没有信仰的表现。一个人为无意义而焦虑，他的灵魂的渴望并不因为丧失了神界的支持而平息，反而更加炽烈，这只能说明存在着某种力量，那种力量比关于上帝的神学观念更加强大，更加根本，因而并不因为上帝观念的解体而动摇，是那种力量支配了他。所以，蒂利希说：“把无意义接受下来，这本身就是有意义的行为，这是一种信仰行为。”把信仰解释为灵魂的一种状态，而非头脑里的一种观念，这是蒂利希的最发人深省的提示。事实上，灵魂状态是最原初的信仰现象，一切宗教观念包括上帝观念都是由之派生的，是这个原初现象的词不达意的自我表达。

当然，同样的责备也适用于蒂利希所使用的“存在本身”这个概念。诚如他自己所说，本体论只能用类比的方式说话，因而永远是词不达意的。所有这类概念只是表达了一个信念，即宇宙必定具有某种精神本质，而不是一个完全盲目的过程。我们无法否认，古往今来，以那些最优秀的分子为代表，在人类中始终存在着一种精神性的渴望和追求。人身上发动这种渴望和追求的那个核心显然不是肉体，也不是以求知为鹄的的理智，我们只能称之为灵魂。我在此意义上相信灵魂的存在。进化论最多只能解释人的肉体和理智的起源，却无法解释灵魂的起源。即使人类精神在宇宙过程中只有极短暂的存在，它也不可能没有来源。因此，关于宇宙精神本质的假设是唯一的选择。这一假设永远不能证实，但也永远不能证伪。正因为如此，信仰总是一种冒险。也许，与那些世界征服者相比，精神探索者们是一些更大的冒险家，因为他们想得到的是比世界更宝贵更持久的东西。

第二辑　守望者语

守望的角度

若干年前，我就想办一份杂志，刊名也起好了，叫《守望者》，但一直未能如愿。我当然不是想往色彩缤纷的街头报摊上凑自己的一份热闹，也不是想在踌躇满志的文化精英中挤自己的一块地盘。正好相反，在我的想象中，这份杂志应该是很安静的，与世无争的，也因此而在普遍的热闹和竞争中有了存在的价值。我只想开一个小小的园地，可以让现代的帕斯卡尔们在这里发表他们的思想录。

我很喜欢"守望者"这个名称，它使我想起守林人。守林人的心境总是非常宁静的，他长年与树木、松鼠、啄木鸟这样一些最单纯的生命为伴，他自己的生命也变得单纯了。他的全部生活就是守护森林，瞭望云天，这守望的生涯使他心明眼亮，不染尘嚣。"守望者"的名称还使我想起守灯塔人。在奔流的江河中，守灯塔人日夜守护灯塔，瞭望潮汛，保护着船只的安全航行。当然，与都市人相比，守林人的生活未免冷清。与弄潮儿相比，守灯塔人的工作未免平凡。可是，你决不能说他们是人类中可有可无的一员。如果没有这些守望者的默默守望，森林消失，地球化为沙漠，都市人到哪里去寻欢作乐？灯塔熄灭，航道成为墓穴，弄潮儿如何还能大出风头？

在历史的进程中，我们同样需要守望者。守望是一种角度。当我这样说时，我已经承认对待历史进程还可以有其他的角度，它们也都有存在的理由。譬如说，你不妨做一个战士，甚至做一个将军，在时代的战场上冲锋陷阵，发号施令。你不妨投身到任何一种潮流中去，去经商，去从政，去称霸学术，统率文化，叱咤风云，指点江山，去充当各种名目的当代英雄。但是，在所有这些显赫活跃的身影之外，还应该有守望者的寂寞的身影。守望者是这样一种人，他们并不直接投身于时代的潮流，往往与一切潮流保持着一个距离。但他们也不是旁观者，相反对于潮流的来路和去向始终怀着深深的关切。他们关心精神价值甚于关心物质价值，在他们看来，无论个人还是人类，物质再繁荣，生活再舒适，如果精神流于平庸，灵魂变得空虚，就绝无幸福可言。所以，他们虔诚地守护着他们心灵中那一块精神的园地，其中珍藏着他们所看重的人生最基本的精神价值，同时警惕地瞭望着人类前方的地平线，注视着人类精神生活的基本走向。在天空和土地日益被拥挤的高楼遮蔽的时代，他们怀着忧虑之心仰望天空，守卫土地。他们守的是人类安身立命的生命之土，望的是人类超凡脱俗的精神之天。

说到“守望者”，我总是想起塞林格的名作《麦田里的守望者》。许多年前，当我还是一个大学生的时候，这部小说的中译本印着“内部发行”的字样，曾在小范围内悄悄流传，也在我手中停留过。“守望者”这个名称给我留下印象，最初就缘于这部小说。小说的主人公是一个被学校开除的中学生，他貌似玩世不恭，厌倦现存的平庸的一切，但他并非没有理想。他想象悬崖边有一大块麦田，一大群孩子在麦田里玩，而他的理想就是站在悬崖边做一个守望者，专门捕捉朝悬崖边上乱跑的孩子，防止他们掉下悬崖。后来我发现，在英文原作中，被译为“守望者”的那个词是 Catcher，直译应是“捕捉者”、“棒球接球手”。不过，我仍觉得译成“守望者”更传神，意思也好。今日的孩子们何尝不是在悬崖边的麦田里玩，麦田里有天真、童趣和自然，悬崖下是空虚和物欲的深渊。当此之时，我希望世上多几个志愿的守望者，他们能以智慧和爱心守护着麦田和孩子，守护着我们人类的未来。

被废黜的国王

帕斯卡尔说:人是一个被废黜的国王,否则就不会因为自己失了王位而悲哀了。所以,从人的悲哀也可证明人的伟大。借用帕斯卡尔的这个说法,我们可以把人类的精神史看作为恢复失去的王位而奋斗的历史。当然,人曾经拥有王位并非一个历史事实,而只是一个譬喻,其含义是:人的高贵的灵魂必须拥有配得上它的精神生活。

我不相信上帝,但我相信世上必定有神圣。如果没有神圣,就无法解释人的灵魂何以会有如此执拗的精神追求。用感觉、思维、情绪、意志之类的心理现象完全不能概括人的灵魂生活,它们显然属于不同的层次。灵魂是人的精神生活的真正所在地,在这里,每个人最内在深邃的"自我"直接面对永恒,追问有限生命的不朽意义。灵魂的追问总是具有形而上的性质,不管现代哲学家们如何试图证明形而上学问题的虚假性,也永远不能平息人类灵魂的这种形而上追问。

我们当然可以用不同的尺度来衡量历史的进步，例如物质财富的富裕，但精神圣洁肯定也是必不可少的一维。正如黑格尔所说：“一个没有形而上学的民族就像一座没有祭坛的神庙。”没有祭坛，也就是没有信仰，没有神圣的价值，没有敬畏之心，没有道德的约束，人生唯剩纵欲和消费，人与人之间只有利益的交易和争斗。它甚至不再是一座神庙，而成了一个吵吵闹闹的市场。事实上，不仅在比喻的意义上，而且按照字面的意思理解，在今日中国，这种沦落为乌烟瘴气的市场的所谓神庙，我们见得还少吗？

在一个功利至上、精神贬值的社会里，适应取代创造成了才能的标志，消费取代享受成了生活的目标。在许多人心目中，“理想”、“信仰”、“灵魂生活”都是过时的空洞词眼。可是，我始终相信，人的灵魂生活比外在的肉身生活和社会生活更为本质，每个人的人生质量首先取决于他的灵魂生活的质量。一个经常在阅读和沉思中与古今哲人文豪倾心交谈的人，和一个沉湎在歌厅、肥皂剧以及庸俗小报中的人，他们肯定生活在两个绝对不同的世界上。

人是一个被废黜的国王，被废黜的是人的灵魂。由于被废黜，精神有了一个多灾多难的命运。然而，不论怎样被废黜，精神终归有着高贵的王室血统。在任何时代，总会有一些人默记和继承着精神的这个高贵血统，并且为有朝一日恢复它的王位而努力着。我愿把他们恰如其分地称作“精神贵族”。“精神贵族”曾经是一个大批判词语，可是真正的“精神贵族”何其稀少！尤其在一个精神遭到空前贬值的时代，倘若一个人仍然坚持做“精神贵族”，以精神的富有而坦然于物质的清贫，我相信他就必定不是为了虚荣，而是真正出于精神上的高贵和诚实。

在沉默中面对

两位未曾晤面的朋友远道而来，因为读过我的论人生的书，要与我聊一聊人生。他们自己谈得很热烈，可是我却几乎一言不发，想必让他们失望了。我不是不愿说，而确实是不知道该说什么，怎么说。应约谈论人生始终是一件使我狼狈的事。

最真实最切己的人生感悟是找不到言词的。对于人生最重大的问题，我们每个人都只能在沉默中独自面对。我们可以一般地谈论爱情、孤独、幸福、苦难、死亡，等等，但是，倘若这些词眼确有意义，那属于每个人自己的真正的意义始终在话语之外。我无法告诉别人我的爱情有多温柔，我的孤独有多绝望，我的幸福有多美丽，我的苦难有多沉重，我的死亡有多荒谬。我只能把这一切藏在心中。我所说出写出的东西只是思考的产物，而一切思考在某种意义上都是一种逃避，从最个别的逃向最一般的，从命运逃向生活，从沉默的深渊逃向语言的岸。如果说它们尚未沦为纯粹的空洞观念,那也只是因为它们是从沉默中挣扎出来的,身上还散发着深渊里不可名状的事物的气息。

有的时候,我会忽然觉得一切观念、话语、文字都变得异常疏远和陌生,惶然不知它们为何物,一向信以为真的东西失去了根据,于是陷入可怕的迷茫之中。包括读我自己过去所写的文字时,也常常会有这种感觉。这使我几乎丧失了再动笔的兴致和勇气,而我也确实很久没有认真地动笔了。之所以又拿起笔,实在是因为别无更好的办法,使我得以哪怕用一种极不可靠的方式保存沉默的收获,同时也摆脱沉默的压力。

我不否认人与人之间沟通的可能,但我确信其前提是沉默而不是言词。梅特林克说得好:沉默的性质揭示了一个人的灵魂的性质。在不能共享沉默的两个人之间,任何言词都无法使他们的灵魂发生沟通。对于未曾在沉默中面对过相同问题的人来说,再深刻的哲理也只是一些套话。事实上,那些浅薄的读者的确分不清深刻的感悟和空洞的感叹,格言和套话,哲理和老生常谈,平淡和平庸,佛性和故弄玄虚的禅机,而且更经常地是把鱼目当作珍珠,搜集了一堆破烂。一个人对言词理解的深度取决于他对沉默理解的深度,归根结蒂取决于他的沉默亦即他的灵魂的深度。所以,在我看来,凡有志于探究人生真理的人,首要的功夫便是沉默,在沉默中面对他灵魂中真正属于他自己的重大问题。到他有了足够的孕育并因此感到不堪其重负时,一切语言之门便向他打开了,这时他不但理解了有限的言词,而且理解了言词背后沉默着的无限的存在。

有所敬畏

在这个世界上，有的人信神，有的人不信，由此而区分为有神论者和无神论者，宗教徒和俗人。不过，这个区分并非很重要。还有一个比这重要得多的区分，便是有的人相信神圣，有的人不相信，人由此而分出了高尚和卑鄙。

一个人可以不信神，但不可以不相信神圣。是否相信上帝、佛、真主或别的什么主宰宇宙的神秘力量，往往取决于个人所隶属的民族传统、文化背景和个人的特殊经历，甚至取决于个人的某种神秘体验，这是勉强不得的。一个没有这些宗教信仰的人，仍然可能是一个善良的人。然而，倘若不相信人世间有任何神圣价值，百无禁忌，为所欲为，这样的人就与禽兽无异了。

相信神圣的人有所敬畏。在他心目中，总有一些东西属于做人的根本，是亵渎不得的。他并不是害怕受到惩罚，而是不肯丧失基本的人格。不论他对人生怎样充满着欲求，他始终明白，一旦人格扫地，他在自己面前竟也失去了做人的自信和尊严，那么，一切欲求的满足都不能挽救他的人生的彻底失败。

相反，对于那些毫无敬畏之心的人来说，是不存在人格上的自我反省的。如果说“知耻近乎勇”，那么，这种人因为不知耻便显出一种卑怯的无赖相和残忍相。只要能够不受惩罚，他们可以在光天化日下干任何恶事，欺负、迫害乃至残杀无辜的弱者。盗匪之中，多这种愚昧兼无所敬畏之徒。一种消极的表现则是对他人生命的极端冷漠，见死不救，如今这类事既频频发生在众多路人旁观歹徒行凶的现场，也频频发生在号称治病救人实则草菅人命的某些医院里。类似行为每每使善良的人们不解，因为善良的人们无法相信，世上竟然真的会有这样丧失起码人性的人。在一个正常社会里，这种人总是极少数，并且会受到法律或正义力量的制裁。可是，当一个民族普遍丧失对神圣价值的信念时，这种人便可能相当多地滋生出来，成为触目惊心的颓败征兆。

赤裸裸的凶蛮和冷漠只是不知耻的粗糙形式，不知耻还有稍微精致一些的形式。有的人有很高的文化程度，仍然可能毫无敬畏之心。他可以玩弄真心爱他的女人，背叛诚恳待他的朋友，然后装出一副无辜的面孔。他的足迹所到之处，再神圣的东西也敢践踏，再美好的东西也敢毁坏，而且内心没有丝毫不安。不论他的头脑里有多少知识，他的心是蒙昧的，真理之光到不了那里。这样的人有再多的艳遇，也没有能力真正爱一回，交再多的哥们儿，也体味不了友谊的纯正，获取再多的名声，也不知什么是光荣。我对此深信不疑：不相信神圣的人，必被世上一切神圣的事物所抛弃。

哲学与孩子与通俗化

最近,广东教育出版社出版了一套面向少儿读者的《画说哲学》小丛书,我也参与了写作,因为我确信这是一件很有意义的事情。

在一切学问中,哲学最不实用。在一切时代中,我们的时代最讲究实用。哲学在今天的命运就可想而知了。不过,我并不因此悲观,理由是:一、我从来不期望哲学成为热门,哲学成为热门未必是好事;二、在任何时代,总是有不讲究实用的一代人,那就是涉世未深的少年儿童。

童年和少年是哲学的黄金时期。无论东西方,最好的哲学都出在公元前 5 世纪左右,那是人类的童年和少年时期。对于个人也是这样,在这个年龄上,正在觉醒的好奇心直接面对世界和人生,其间还没有隔着种种遮蔽人的心智的利欲和俗见。孩子们多么善于提出既不实用又无答案的问题呵,这正是哲学问题的典型特点,可惜的是,它们往往被毫无哲学听觉的大人们扼杀了，同时也扼杀了许多未来的哲学家。当然，这对这些孩子自己未必是不幸，因为真的成了哲学家，他们就很难在社会上吃得开，更不用想当高官大款了。但是，我想，他们中间或许会有一些人，像我们一样，将来并不后悔做穷哲学家；而那些将来有希望当高官大款的人，他们也会不反对自己保留一点哲学眼光，以便在社会的沉浮中有以自持。所以，编写这套面向少年儿童的哲学读物，很可能是一件虽然无用然而有益的事情。

据说有些哲学专业人员认为，写通俗的哲学作品必然会降低哲学的水准，丧失哲学的真髓。因此，他们站在专业立场上坚决反对把哲学通俗化。其实，所谓“通俗”是一个太笼统的说法。“通”本是与“隔”相对而言的，一个作者对自己所处理的题目融会贯通，因而能与相应的读者沟通，在这两方面均无阻隔，便是“通”。“俗”则是与“雅”相对而言的，指内容的浅显和形式的易于流行。所以，“通”和“俗”原不可相提并论。事实上，世上多的是“俗”而不“通”或“雅”而不“通”的制品，却少有真正“通”而不“俗”的作品。难的不是“雅”，而是“通”。而且我相信，只要真正“通”了，作品就必定不“俗”。柏拉图的许多对话，帕斯卡尔的思想录，蒙田的随笔，尼采的格言，圣埃克絮佩里的哲学童话《小王子》，看似通俗易懂，却都是哲学的精品。有时候，深刻的理论发现为了不使自己与已有的理论相混淆，不得不寻找与众不同的表达，或许难免显得艰涩。但是，表达得清晰生动而又不损害思想的独创性和深刻性，这无论如何属于一流的语言技巧，不是贬低了而是更加显示了一位大师的水准。相反，如果不“通”，不管怎样写得让人看不懂，也只是冒充高雅、故弄玄虚而已。

所以，我丝毫也不看轻给孩子们写哲学书这项工作。就我个人的爱好而言，我是更乐意和孩子们（包括童心未灭的大人）谈哲学的。

与学者们讨论哲学,很多时候是在卖弄学问。在孩子们面前,卖弄学问就无济于事了。当事情涉及启迪智慧时,孩子是最不好骗的。如果我自己不“通”,我就决不可能让他们对我的话装出感兴趣和理解的样子。我必须抛开在哲学课堂上学来的一切半生不熟的知识,回到最原初的哲学问题上来,用最原初的方式来思考和讲述。对于我来说,这差不多是哲学上的一种返璞归真和正本清源。以后若还有机会,我有心继续这种尝试,而且把这看作是对自己的哲学能力的一种真正考验。

哲学的命运

在今天的时代,哲学似乎遭遇着两种相反的命运。一方面,由于社会需求越来越偏向于实用,哲学系学生面临着就业的困难,使得作为一个学科的哲学门庭冷落,成了冷门。另一方面,社会各阶层尤其是青年人对于哲学读物的兴趣并不因此减弱,有时甚至呈上升的趋势,哲学类书籍竟然成了出版业的热点。

如何看待这两种似乎矛盾的现象呢?依我之见,矛盾仅是表面的,其实两者共同构成了哲学应有的正常命运。

作为一门学科,哲学本应是只由极少数人研究的学问。由于这门学科的高度非实用性质,也由于从事有关专门研究所必需的特殊的学术兴趣和才能,以哲学为专业和职业的学者在社会分工结构中绝对不可能占据高比例。我并没有把哲学家看作精神贵族的意思,这里的情况正与其他一些抽象学科类似，例如社会同样不需要也不可能产生许多数学家或理论物理学家。曾经有一个时期，我们的哲学系人丁兴旺，源源不断向各级机关各类部门输送干部，那实在是对哲学的莫大误会。其结果是，哲学本身丧失了它应有的学术品格，而所培养出的这些干部却又不具备足以致用的有关专业知识。因此，收缩哲学系的规模，把培养各类干部的职能交还给各有关的教育机构，应该说是一个进步，对于哲学学科至少在客观上也是一种净化。

但是，哲学不只是一种学术，自从它诞生以来，它还一直承担着探究人类精神价值和生命意义的使命。这个意义上的哲学就不只是少数学者的事了，而是与一切看重精神生活的人都休戚相关的。在我上面提到的那个时期中，曾经掀起过全民学哲学的热潮，不过那时候哲学是被等同于一种意识形态而灌输的，并不真正具备生命反思和精神探索的含义。当今之世，随着社会的转型，社会生活日益非政治化、非意识形态化，同时市场化进程导致了人们价值观念的多元化乃至于相当程度的迷乱和冲突。这就使得每个人独立从事人生思考不仅有了可能，而且有了迫切的必要。我认为，应该在这样的背景下来分析今日我们民族中广义的哲学爱好屡兴不衰的奇特现象，并对之持积极的评价。

这样的形势对于专职的哲学工作者提出了双重要求。一方面，不管幸运还是不幸，作为少数“入选者”，他们肩负着哲学学科建设的学术使命，有责任拿出合格的学术著作来，否则便是失职，理应改行，从事别的于己于人都更为有益的工作。另一方面，面对社会上广泛的精神饥渴，至少他们中间的一部分人，有责任提供高质量的哲学通俗读物，这不但是一种启蒙工作，而且也是以个人的身份真诚地加入我们时代的精神对话。也就是说，我们时代既需要德国哲学的思辨品格，也需要法国哲学的实践品格，而两者都是哲学的题中应有之义。

名人和明星

我们这个时代似乎是一个盛产名人的时代。这当然要归功于传媒的发达,尤其是电视的普及,使得随便哪个人的名字和面孔很容易让公众熟悉。风气所染,从前在寒窗下苦读的书生们终于也按捺不住,纷纷破窗而出。人们仿佛已经羞于默默无闻,争相吸引传媒的注意,以增大知名度为荣。古希腊晚期的一位喜剧家在缅怀早期的七智者时曾说:“从前世界上只有七个智者,而如今要找七个自认不是智者的人也不容易了。”现在我们可以说:从前几十年才出一个文化名人,而如今要在文化界找一个自认不是名人的人也不容易了。

一个人不拘通过什么方式或什么原因出了名,他便可以被称作名人,这好像也没有大错。不过,我总觉得应该在名人和新闻人物之间做一区分。譬如说,挂着主编的头衔剽窃别人的成果,以批评的名义诽谤有成就的作家,这类行径固然可以使自己成为新闻人物,但若因此便以著名学者或著名批评家自居，到处赴宴会，出风头，就未免滑稽。当然，新闻人物并非贬称，也有光彩的新闻人物，一个恰当的名称叫作明星。在我的概念中，名人是写出了名著或者立下了别的卓越功绩因而在青史留名的人，判断的权力在历史；明星则是在公众面前频频露面因而为公众所熟悉的人，判断的权力在公众，这是两者的界限。明晰了这个界限，我们就不至于犯那种把明星写的书当作名著的可笑错误了。

不过，应当承认，做明星是一件很有诱惑力的事情。诚如杜甫所说："千秋万岁名，寂寞身后事。"做明星却能够现世兑现，活着时就名利双收，写出的书虽非名著（何必是名著！）但一定畅销。于是我们就不难理解，为何许多学者身份的人现在热衷于在电视屏幕上亮相。学者通过做电视明星而成为著名学者，与电视明星通过写书而成为畅销作家，乃是我们时代两个相辅相成的有趣现象。人物走红与商品走俏遵循着同样的机制，都依靠重复来强化公众的直观印象从而占领市场，在这方面电视无疑是一条捷径。每天晚上有几亿人守在电视机前，电视的力量当然不可低估。据说这种通过电视推销自己的做法有了一个科学的名称，叫作"文化行为的社会有效性"。以有效为文化的目标，又以在公众面前的出现率为有效的手段和标准，这诚然是对文化的新理解。但是，我看不出被如此理解的文化与广告有何区别。我也想象不出，像托尔斯泰、卡夫卡这样的文化伟人，倘若成为电视明星——或者，考虑到他们的时代尚无电视，成为流行报刊的明星——会是什么样子。

我们姑且承认，凡有相当知名度的人均可称作名人。那么，最后我要说一说我在这方面的趣味。我的确感到，无论是见名人，尤其是名人意识强烈的名人，还是被人当作名人见，都是最不舒服的事情。

在这两种情形下，我的自由都受到了威胁。我最好的朋友都是有才无闻的普通人。世上多徒有其名的名人，有没有名副其实的呢？没有，一个也没有。名声永远是走样的，它总是不合身，非宽即窄，而且永远那么花哨，真正的好人永远比他的名声质朴。

读书的癖好

人的癖好五花八门，读书是其中之一。但凡人有了一种癖好，也就有了看世界的一种特别眼光，甚至有了一个属于他的特别的世界。不过，和别的癖好相比，读书的癖好能够使人获得一种更为开阔的眼光，一个更加丰富多彩的世界。我们也许可以据此把人分为有读书癖的人和没有读书癖的人，这两种人生活在很不相同的世界上。

比起嗜书如命的人来，我只能勉强算作一个有一点读书癖的人。根据我的经验，人之有无读书的癖好，在少年甚至童年时便已见端倪。那是一个求知欲汹涌勃发的年龄，不必名著佳篇，随便一本稍微有趣的读物就能点燃对书籍的强烈好奇。回想起来，使我发现书籍之可爱的不过是上小学时读到的一本普通的儿童读物，那里面讲述了一个淘气孩子的种种恶作剧，逗得我不停地捧腹大笑。从此以后，我对书不再是视若不见，而是刮目相看了，我眼中有了一个书的世界，看得懂看不懂的书都会使我眼馋心痒，我相信其中一定藏着一些有趣的事情，等待我去见识。随着年龄增长，所感兴趣的书的种类当然发生了很大的变化，对书的兴趣则始终不衰。现在我觉得，一个人读什么书诚然不是一件次要的事情，但前提还是要有读书的爱好，而只要真正爱读书，就迟早会找到自己的书中知己的。

读书的癖好与所谓刻苦学习是两回事，它讲究的是趣味。所以，一个认真做功课和背教科书的学生，一个埋头从事专业研究的学者，都称不上是有读书癖的人。有读书癖的人所读之书必不限于功课和专业，反倒是更爱读课外和专业之外的书籍，也就是所谓闲书。当然，这并不妨碍他对自己的专业发生浓厚的兴趣，做出伟大的成就。英国哲学家罗素便是一个在自己的专业上做出了伟大的成就的人，然而，正是他最热烈地提倡青年人多读"无用的书"。其实，读"有用的书"即教科书和专业书固然有其用途，可以获得立足于社会的职业技能，但是读"无用的书"也并非真的无用，那恰恰是一个人精神生长的领域。从中学到大学到研究生，我从来不是一个很用功的学生，上课偷读课外书乃至逃课是常事。我相信许多人在回首往事时会和我有同感：一个人的成长基本上得益于自己读书，相比之下，课堂上的收获显得微不足道。我不想号召现在的学生也逃课，但我国的教育现状确实令人担忧。中小学本是培养对读书的爱好的关键时期，而现在的中小学教育却以升学率为唯一追求目标，为此不惜将超负荷的功课加于学生，剥夺其课外阅读的时间，不知扼杀了多少孩子现在和将来对读书的爱好。

那么，一个人怎样才算养成了读书的癖好呢？我觉得倒不在于读书破万卷，一头扎进书堆，成为一个书呆子。重要的是一种感觉，即读书已经成为生活的基本需要，不读书就会感到欠缺和不安。宋朝诗人黄山谷有一句名言:“三日不读书,便觉语言无味,面目可憎。”林语堂解释为:你三日不读书,别人就会觉得你语言无味,面目可憎。这当然也说得通,一个不爱读书的人往往是乏味的因而不让人喜欢的。不过,我认为这句话主要还是说自己的感觉:你三日不读书,你就会自惭形秽,羞于对人说话,觉得没脸见人。如果你有这样的感觉,你就必定是个有读书癖的人了。

有一些爱读书的人,读到后来,有一天自己会拿起笔来写书,我也是其中之一。所以,我现在成了一个作家,也就是以写作为生的人。我承认我从写作中也获得了许多快乐,但是,这种快乐并不能代替读书的快乐。有时候我还觉得,写作侵占了我的读书的时间,使我蒙受了损失。写作毕竟是一种劳动和支出,而读书纯粹是享受和收入。我向自己发愿,今后要少写多读,人生几何,我不该亏待了自己。

哲学与精神生活

一 “无用”之学

在一般人眼中，哲学是一种玄奥而无用的东西。这个印象大致是不错的。事实上，哲学的确是一切学科中最没有实用价值的一门学科。因此，在当今这个最讲求实用价值的时代，哲学之受到冷落也就是当然的事情了。

早在哲学发源的古希腊，哲学家就已经因其所治之学的无用而受人嘲笑了。柏拉图在《泰阿泰德》中讲了泰勒斯坠井而被女仆嘲笑的著名故事，那女仆讥笑泰勒斯如此迫切欲知天上情形，乃至不能见足旁之物。柏拉图接着发挥说：“此等嘲笑可加于所有哲学家。”因为哲学家研究世界的本质，却不懂世上的实际事务，在法庭或任何公众场所便显得笨拙，成为笑柄；哲学家研究人性，却几乎不知邻居者是人是兽，受人诟骂也不能举对方的私事反唇相讥，因其不知任何人的劣迹。柏拉图特地说明：他们并不知道自己对实际事物这般无知，而决不是有意立异以邀誉。

柏拉图本人的遭遇也好不到哪里。这位古代大哲一度想在叙拉古实现其哲学家王的理想，向那里的暴君灌输他的哲学，但暴君的一句话给哲学定了性，称之为“无聊老人对无知青年的谈话”。结果他只是幸免于死，被贱卖为奴，落荒逃回雅典。

在我看来，柏拉图孜孜以求哲学的大用，一心把哲学和政治直接结合起来，恰好也暴露了他对实际事物的无知。他本该明白，哲学之没有实用价值，不但在日常生活中如此，在政治生活中也如此。哲学关心的是世界和人生的根本道理，政治关心的是党派、阶级、民族、国家的利益，两者属于不同的层次。我们既不能用哲学思考来取代政治谋划，也不能用政治方式来解决哲学问题。柏拉图试图赋予哲学家以最高权力，借此为哲学的生长创造一个最佳环境，这只能是乌托邦。康德后来正确地指出：权力的享有不可避免地会腐蚀理性批判，哲学对于政治的最好期望不是享有权力，而是享有言论自由。

那么，哲学与生活竟然毫无关系吗？哲学对于生活有没有一点用处呢？我的回答是：哲学本身就是生活，是一种生活方式。

二　哲学是一种生活方式

在古希腊，当哲学发源之初，哲学是一种生活方式，这乃是不言而喻的事实。从词源看，“哲学”(Philosophia) 一词的希腊文原意是“爱智慧”。“爱智慧”显然是一种生活方式，一种人生态度，而非一门学科。

对于最早的哲学家来说，哲学不是学术，更不是职业，而就是做人处世的基本方式和状态。用尼采的话说，包括赫拉克利特、阿那克萨哥拉、恩培多克勒在内的前苏格拉底哲学家是一些“帝王气派的精神隐士”，他们过着远离世俗的隐居生活，不收学生，也不过问政治。苏格拉底虽然招收学生，但他的传授方式仅是街谈巷议，没有学校的组织形式，他的学生各有自己的职业，并不是要向他学习一门借以谋职的专业知识，师生间的探究哲理本身就是目的所在，就构成了一种生活。柏拉图和亚里士多德开始建立学校，但不收费，教学的方式也仍是散步和谈话。唯一的例外是那些被称作“智者”（Sophist，又译“智术之师”）的人，他们四处游走，靠教授智术亦即辩论术为生，收取学费，却也因此遭到了苏格拉底们的鄙视。正是为了同他们相区别，有洁癖的哲学家宁愿自称为“爱智者”而非“智者”。

肯定不是任何人都能够把哲学当作自己的生活方式的。为了配得上过哲学的生活，一个人必须——如柏拉图所说——“具备真正的哲学灵魂”。具备此种灵魂的征兆，或者说哲学生活的特点，就在于关注思想本身而非其实用性，能够从思想本身获取最大的快乐。关于这一点，也许没有比亚里士多德说得更清楚的了。他在他的好几种著作（《形而上学》卷一，《政治学》卷七，《伦理学》卷六、卷十）中都谈到：明智是善于从整体上权衡利弊，智慧则涉及对本性上最高的事物的认识，两者的区别就在于有无实用性；非实用性是哲学优于其他一切学术之所在，使哲学成为“唯一的自由学术”，“为学术自身而成立的唯一学术”；幸福生活的实质在于自足，与别种活动例如社会性的活动相比，哲学的思辨活动是最为自足的活动，因而是完美的幸福。如此说来，哲学生活首先是一种沉思的生活，而所思问题的非实用性恰好保证了这种生活的自得其乐。

三　精神生活的维度

人在世上生活，必须维持肉体的生存，也必须与他人交往，于是有肉身生活和社会生活。肉身生活和社会生活所满足的是人的外在的功利性需要。在此之外，人还有内在的精神性需要，其实质是对生命意义的寻求。这种需要未得到满足，人就会觉得自己是一个盲目的存在，并因此而感到不安。精神生活也是人的生活的不可缺少的维度。

肉身生活和社会生活都具有经验性质，仅涉及我们与周围直接环境的联系。精神生活则把我们超拔于经验世界的有限性和暂时性，此时我们力求在一己的生命与某种永恒存在的精神性的世界整体之间建立一种联系。由于这种世界整体超越于经验，我们无法证明它，但我们必须有这一假定。真正的精神生活必具有超验性质，它总是指向一个超验领域的。凡灵魂之思，必有这样一种指向为其底蕴。所谓寻求生命的意义，亦即寻求建立这种联系。一个人如果相信自己已经建立了这种联系，便是拥有了一种信仰。因此，寻求意义即寻求信仰。

人类精神活动的一切领域，包括宗教、哲学、道德、艺术、科学，只要它们确实是一种精神性的活动，就都是以建立上述联系为其公开的或隐蔽的鹄的的，区别只在于方式的不同。其中，道德若仅仅服务于社会秩序，便只具有社会活动的品格，若是以追求至善为目的，则可视作较弱的宗教。科学若仅仅服务于技术进程，便只具有物质活动的品格，若是以认识世界为目的，则可视为较弱的哲学。于是，我们可以把精神活动归结为三种基本的方式。一是宗教，依靠单纯的信仰亦即天启的权威来建立与世界整体的联系。一是哲学，试图通过理性的思考来建立这种联系。一是艺术，试图通过某种主观的情绪体验来建立这种联系。它们殊途而同归,体现了同一种永恒的追求。

四　在宗教和科学之间

哲学生活是一种沉思的生活,但沉思未必都是哲学性的。一个人可以沉思数学或物理学的问题而也不问其实用价值。沉思之成为哲学性的,取决于所思问题的性质和求解的方法。

柏拉图和亚里士多德都曾指出,哲学开始于惊疑,即惊奇和疑惑之感。我们或许可以相对地说,面对自然易生惊奇之感,由此而求认知,追问世界的本质,形成哲学研究中的世界观、本体论、形而上学(在这里是同义词)这一个大领域。面对人生易生疑惑之感,由此而求觉悟,追问生命的意义,形成哲学研究中的人生观、生存论、伦理学(在这里也是同义词)这另一个大领域。康德说:世上最使人敬畏的两样东西是头上的星空和心中的道德律。哲学所思的问题无非这两大类,分别指向我们头上的神秘和我们心中的神秘。

哲学的追问的确是指向神秘的,无论对世界,还是对人生,哲学都欲追根究底,从整体上把握其底蕴。这就是所谓终极关切。在这一点上,哲学与宗教相似。然而,哲学却不肯像宗教那样诉诸天启权威,对终极问题给出一个独断的答案,满足于不容置疑的信仰。在这一点上,哲学又和科学一样,只信任理性,要求对问题做出理由充足的解答。也就是说,哲学的追问是宗教性的,它寻求解决的方法却是科学性的。灵魂在提问,而让头脑来解答。疯子问,呆子答。这是哲学本身所包含的矛盾和困难。关于这种困难,康德最早做了明确的揭示,他指出:由头脑(他所说的知性)来解答灵魂(他所说的理性)所追问的问题,必定会陷入二律背反。他因此而断定,只能把此类问题的解答权交给信仰。不过,在罗素看来,哲学面向宗教,敢思科学之不思,又立足科学,敢疑宗教之不疑,正是这一结合了两种对立因素的品格使之成为比科学和宗教更加伟大的东西。我们确实可以说,哲学的努力是悲壮的。

五　哲学不可能成为科学

哲学开始于对世界本质的追问。在它诞生之初,它就试图寻找变化背后之不变,多背后之一,现象背后之本质。这一追问默认了一个前提,即是感觉不可靠,只能感知现象,唯有理性才能认识现象界背后那个统一的、不变的本体界。

这个思路存在着若干疑点:

第一,感觉是我们感知外界的唯一手段,既然感觉只感知到现象,我们凭什么说在现象背后还存在着一种本质? 至少凭感觉不能证明这一点。

第二,假定变动不居的现象背后有一不变的本质,这只能是理性之所为,是理性追求秩序的产物。但是,理性同样不能证明它所追求的秩序是世界本身所固有的。那么,这种秩序从何而来? 有两种可能的回答。一是从感觉经验中归纳而得,因而并不真正具有必然性和普遍性。二是理性本身所固有的,是意识的先天结构。在这两种情形下,秩序都仍然属于现象范围,而与世界本来面目无关。

那么,第三,世界究竟有没有一个本来面目? 在现象界背后,究竟有没有一个不受我们的认识干扰的本体界? 在康德之后,哲学家们已经越来越达成共识:不存在。世界只有一种存在方式,即作为显现在意识中的东西——现象。我们也许可以设想上帝能够直观到世界的本体,但是,胡塞尔正确地指出,任何对象一旦进入认识就只能是现象,这一点对于上帝也不例外。

哲学从追问世界的本体始,经过两千多年的探索,结果却是发现世界根本就没有一个本体,这不能不说是哲学的惨败。但是,这只是哲学的某一种思路的失败,它说明哲学不可能成为科学,我们不可能靠理性手段去把握或构造哲学原本想要追问的那个本体,而必须另辟蹊径。

六　沉默和诗的领域

倘若一个古希腊哲学家来到现代,他一定会大惑不解,因为他将看到,现代的哲学家们都在大谈语言问题,而对世界本身却毫无兴趣。据说哲学家们终于发现,两千多年来哲学之所以误入歧途,原因全在受了语言的误导。于是,他们纷纷把注意力转向语言,这种转向还被誉为哲学上的又一次哥白尼式革命。其间又有重大的区别。一派哲学家认为,弊在逻辑化的语言,是语言的逻辑结构诱使人们去寻找一种不变的世界本质。因此,哲学的任务是解构语言,把语言从逻辑的支配下解放出来。另一派哲学家则认为,弊在语言在逻辑上的不严密,是语言中那些不合逻辑的成分诱使人们对一个所谓本体世界想入非非,造成了形而上学假命题。因此,哲学的任务是进行语言诊断,剔除其不合逻辑的成分,最好是能建立一种严密的逻辑语言。不管这两派的观点如何对立,拒斥本体论的立场却是一致的。

可是,没有了那种追问世界之究竟的冲动,哲学还是哲学吗?因为理性不能把握神秘，我们就不再思考神秘了吗？难道哲学从此要对头上的星空和心中的道德律无动于衷，仅仅满足于做逻辑的破坏者或卫士？

有两位哲学家分别代表上述两个对立的派别，然而，与其大多数追随者不同，他们心中仍然蕴藏着那种追思神秘的冲动。他们不愧是现代最伟大的两位哲学家。

作为逻辑经验主义的开创人之一，维特根斯坦也主张只有经验对象是可思考的，哲学只研究可思考的东西，其任务是通过语言批判使思想在逻辑上明晰。但是，他懂得的确存在着超验的领域，例如那种“从永恒观点来直观世界”的本体论式的体验，只是因为它们不属于经验范围，因而是不可思考的，而不可思考的东西也就是不可说的。“一个人对于不能谈的事情就应当沉默。”这是神秘的东西，甚至是最深刻的东西，却无法作为问题来讨论。针对此他写道：“真正说来哲学的方法如此：除了能说的东西以外，不说什么事情，也就是除了自然科学的命题，即与哲学没有关系的东西之外，不说什么事情……”真正的哲学性体验只能封闭在沉默的内心世界，作为一门学术的哲学只能谈论与真正哲学性体验无关的东西，这是多么无奈。

海德格尔却试图冲破这无奈的沉默。在他看来，他名之为“存在”的那个超验的领域，乃是作为意义之源泉的神秘领域，的确不是理性思维所能达到的。但是，他相信这个领域“总是处在来到语言的途中”，是可以在语言中向人显现的。不过，这不是沦为传达工具的逻辑化语言，而是未被逻辑败坏的诗的语言。在诗的语言中，存在自己向人说话。于是，海德格尔聚精会神于他所钟爱的荷尔德林、里尔克等诗人，从他们的诗中倾听存在的话语。

当然，沉默和诗都不是哲学。可是，我们应该相信，在维特根斯坦的沉默中，在海德格尔的诗思中，古老的哲学追问在百折不挠地寻找栖身之地。

七　哲学与现代人的精神生活

广义的宗教精神和广义的哲学精神是相通的，两者皆是超验的追思。在狭义上，它们便有了区分，宗教在一个确定的信仰中找到了归宿，哲学却始终走在寻找信仰的途中。一个渴慕大全的朝圣者，如果他疲惫了，不再能够依靠自己的力量走下去了，他就会皈依某种现成的宗教。如果他仍然精力充沛，或者虽然疲惫了，却不甘心停下，他就会继续跋涉在哲学的路上。

现代的显著特点是宗教信仰的普遍失落。针对这一情况，雅斯贝尔斯指出，对于已经不相信宗教但仍然需要信仰的现代人来说，哲学是唯一的避难所，其意义在于鼓励人们寻找非宗教的信仰。我本人也倾向于认为，哲学一方面寻求信仰，另一方面又具有探索性质，它的这个特点也许能够使之成为处于困惑中的现代人的最合适的精神生活方式。哲学至少有以下好处：

第一，哲学使我们在没有确定信仰的情况下仍能过一种有信仰的生活。哲学完全不能保证我们找到一个确定的信仰，它以往的历史甚至业已昭示，它的矛盾的本性决定了它不可能提供这种信仰。然而，它的弱点同时也是它的长处，寻找信仰而又不在某一个确定的信仰上停下来，正是哲学优于宗教之所在。哲学使我们保持对某种最高精神价值的向往，我们不能确知这种价值是什么，我们甚至不能证实它是否确实存在，可是，由于我们为自己保留了这种可能性，我们的整个生存便会呈现不同的面貌。

第二,哲学使我们在信仰问题上持一种宽容的态度。价值多元是现代的一个事实,想用某一种学说(例如儒学)统一人们的思想,重建大一统的信仰,是行不通的,也是不应该的。哲学反对任何人以现代救世主自居,而只是鼓励每一个人自救,自己寻求自己的信仰。

第三,哲学的沉思给了我们一种开阔的眼光,使我们不致沉沦于劳作和消费的现代旋涡,仍然保持住心灵生活的水准。

都市里的外乡人

我出生在都市,并且在都市里度过了迄今为止的大部分岁月。可是,我常常觉得,我只是都市里的一个外乡人。我的活动范围极其有限,基本上是坐在家里读书和写作,每周去一趟单位,偶尔到朋友家里串一串门,或者和朋友们去郊外玩一玩。在偌大都市中,我最熟悉的仅是住宅附近的一两家普通商店,那已经足以应付我的基本生活需要了。其余的广大区域,尤其是使都市引以自豪的那许多豪华商场和高级娱乐场所,对于我不过是一种观念的存在,是一些我无暇去探究的现代迷宫。

近些年来,我到过别的一些城市。我惊奇地发现,所到之处,即使是从前很偏僻的地方,都正在迅速涌现一个个新的都市。然而,这些新的都市是何其雷同！古旧的小街和城墙被拆除了,取而代之的是环城公路和通衢大道。格局相似的豪华商场向每一个城市的中心胜利进军，成为每一个城市的新的标记。可是，这些标记丝毫不能显示城市的特色，相反却证明了城市的无名。事实上，当你徘徊在某一个城市的街头时，如果单凭眼前的景观，你的确无法判断自己究竟身在哪一个城市。甚至人们的消闲方式也在趋于一致，夜幕降临之后，延安城里不再闻秧歌之声，时髦的青年男女纷纷走进兰花花卡拉 OK 厅。

当然，都市化还可以有另一种模式。我到过欧洲的一些城市，例如世界大都会巴黎，那里在更新城市建筑的同时，把维护城市的历史风貌看得比一切都重要，几近于神圣不可侵犯。一个城市的建筑风格和民俗风情体现了这个城市的个性，它们源于这个城市的特殊的历史和文化传统。消灭了一个城市的个性，差不多就等于是消灭了这个城市的记忆。这样的城市无论多么繁华，对于它的客人都丧失了学习和欣赏的价值，对于它的主人也丧失了家的意义。其实，在一个失去了记忆的城市里，并不存在真正的主人，每一个居民都只是无家可归的外乡人而已。

就我的性情而言，我恐怕永远将是一个游离于都市生活的外乡人。不过，我无意反对都市化。我知道，虽然都市化会带来诸如人口密集、交通拥挤之类的弊端，但都市化本身毕竟是一个进步，它促进了经济和文化的繁荣。我只是希望都市化按照一种健康的方式进行。即使作为一个外乡人，我也是能够欣赏都市的美的。有时候，夜深人静之时，我独自漫步在灯火明灭的北京街头，望着被五光十色的聚光灯照亮的幢幢高楼，一种赞叹之情便会油然而生：在浩瀚宇宙的一个小小的角落，可爱的人类竟给自己造出了这么些精巧的玩具。我还庆幸于自己的发现：都市最美的时刻，是在白昼和夜生活的喧嚣都沉寂了下去的时候。

记住回家的路

生活在今日的世界上,心灵的宁静不易得。这个世界既充满着机会,也充满着压力。机会诱惑人去尝试,压力逼迫人去奋斗,都使人静不下心来。我不主张年轻人拒绝任何机会,逃避一切压力,以闭关自守的姿态面对世界。年轻的心灵本不该静如止水,波澜不起。世界是属于年轻人的,趁着年轻到广阔的世界上去闯荡一番,原是人生必要的经历。所须防止的只是,把自己完全交给了机会和压力去支配,在世界上风风火火或浑浑噩噩,迷失了回家的路途。

每到一个陌生的城市,我的习惯是随便走走,好奇心驱使我去探寻这里的热闹的街巷和冷僻的角落。在这途中,难免暂时地迷路,但心中一定要有把握,自信能记起回住处的路线,否则便会感觉不踏实。我想,人生也是如此。你不妨在世界上闯荡,去建功创业,去探险猎奇,去觅情求爱，可是，你一定不要忘记了回家的路。这个家，就是你的自我，你自己的心灵世界。

寻求心灵的宁静，前提是首先要有一个心灵。在理论上，人人都有一个心灵，但事实上却不尽然。有一些人，他们永远被外界的力量左右着，永远生活在喧闹的外部世界里，未尝有真正的内心生活。对于这样的人，心灵的宁静就无从谈起。一个人唯有关注心灵，才会因为心灵被扰乱而不安，才会有寻求心灵的宁静之需要。所以，具有过内心生活的禀赋，或者养成这样的习惯，这是最重要的。有此禀赋或习惯的人都知道，其实内心生活与外部生活并非互相排斥的，同一个人完全可能在两方面都十分丰富。区别在于，注重内心生活的人善于把外部生活的收获变成心灵的财富，缺乏此种禀赋或习惯的人则往往会迷失在外部生活中，人整个儿是散的。自我是一个中心点，一个人有了坚实的自我，他在这个世界上便有了精神的坐标，无论走多远都能够找到回家的路。换一个比方，我们不妨说，一个有着坚实的自我的人便仿佛有了一个精神的密友，他无论走到哪里都带着这个密友，这个密友将忠实地分享他的一切遭遇，倾听他的一切心语。

如果一个人有自己的心灵追求，又在世界上闯荡了一番，有了相当的人生阅历，那么，他就会逐渐认识到自己在这个世界上的位置。世界无限广阔，诱惑永无止境，然而，属于每一个人的现实可能性终究是有限的。你不妨对一切可能性保持着开放的心态，因为那是人生魅力的源泉，但同时你也要早一些在世界之海上抛下自己的锚，找到最适合自己的领域。一个人不论伟大还是平凡，只要他顺应自己的天性，找到了自己真正喜欢做的事，并且一心把自己喜欢做的事做得尽善尽美，他在这世界上就有了牢不可破的家园。于是，他不但会有足够的勇气去承受外界的压力,而且会有足够的清醒来面对形形色色的机会的诱惑。我们当然没有理由怀疑,这样的一个人必能获得生活的充实和心灵的宁静。

愉快是基本标准

读了大半辈子书,倘若有人问我选择书的标准是什么,我一定会毫不犹豫地回答:愉快是基本标准。一本书无论专家们说它多么重要,排行榜说它多么畅销,如果读它不能使我感到愉快,我就宁可不去读它。

人做事情,或是出于利益,或是出于性情。出于利益做的事情,当然就不必太在乎是否愉快。我常常看见名利场上的健将一面叫苦不迭,一面依然奋斗不止,对此我完全能够理解。我并不认为他们的叫苦是假,因为我知道利益是一种强制力量,而就他们所做的事情的性质来说,利益的确比愉快更加重要。相反,凡是出于性情做的事情,亦即仅仅为了满足心灵而做的事情,愉快就都是基本的标准。属于此列的不仅有读书,还包括写作、艺术创作、艺术欣赏、交友、恋爱、行善,等等,简言之,一切精神活动。如果在做这些事情时不感到愉快,我们就必须怀疑是否有利益的强制在其中起着作用,使它们由性情生活蜕变成了功利行为。

读书唯求愉快,这是一种很高的境界。关于这种境界,陶渊明做了最好的表述:“好读书,不求甚解。每有会意,便欣然忘食。”不过,我们不要忘记,在《五柳先生传》中,这句话前面的一句话是:“闲静少言,不慕荣利。”可见要做到出于性情而读书,其前提是必须有真性情。那些躁动不安、事事都想发表议论的人,那些渴慕荣利的人,一心以求解的本领和真理在握的姿态夸耀于人,哪里肯甘心于自个儿会意的境界。

以愉快为基本标准,这也是在读书上的一种诚实的态度。无论什么书,只有你读时感到了愉快,使你发生了共鸣和获得了享受,你才应该承认它对于你是一本好书。在这一点上,毛姆说得好:“你才是你所读的书对于你的价值的最后评定者。”尤其是文学作品,本身并无实用,唯能使你的生活充实,而要做到这一点,前提是你喜欢读。没有人有义务必须读诗、小说、散文。哪怕是专家们同声赞扬的名著,如果你不感兴趣,便与你无干。不感兴趣而硬读,其结果只能是不懂装懂,人云亦云。相反,据我所见,凡是真正把读书当作享受的人,往往能够直抒己见。譬如说,蒙田就敢于指责柏拉图的对话录和西塞罗的著作冗长拖沓,坦然承认自己欣赏不了,博尔赫斯甚至把读弥尔顿的《失乐园》和歌德的《浮士德》称作最著名的引起厌倦的方式,宣布乔伊斯作品的费解是作者的失败。这两位都是学者型的作家,他们的博学无人能够怀疑。我们当然不必赞同他们对于那些具体作品的意见,我只是想借此说明,以读书为乐的人必有自己鲜明的好恶,而且对此心中坦荡,不屑讳言。

我不否认,读书未必只是为了愉快,出于利益的读书也有其存在的理由,例如学生的做功课和学者的做学问。但是,同时我也相信,在好的学生和好的学者那里,愉快的读书必定占据着更大的比重。我还相信,与灌输知识相比,保护和培育读书的愉快是教育的更重要的任务。所以,如果一种教育使学生不能体会和享受读书的乐趣,反而视读书为完全的苦事,我们便可以有把握地判断它是失败了。

第三辑　文学的安静

私人写作

一

1862 年秋天的一个夜晚，托尔斯泰几乎通宵失眠，心里只想着一件事：明天他就要向索菲亚求婚了。他非常爱这个比他小十六岁、年方十八的姑娘，觉得即将来临的幸福简直难以置信，因此兴奋得睡不着觉了。

求婚很顺利。可是，就在求婚被接受的当天，他想到的是："我不能为自己一个人写日记了。我觉得，我相信，不久我就不再会有属于一个人的秘密，而是属于两个人的，她将看我写的一切。"

当他在日记里写下这段话时，他显然不是为有人将分享他的秘密而感到甜蜜，而是为他不再能独享仅仅属于他一个人的秘密而感到深深的不安。这种不安在九个月后完全得到了证实，清晰成了一种强烈的痛苦和悔恨："我自己喜欢并且了解的我，那个有时整个地显身、叫我高兴也叫我害怕的我，如今在哪里？我成了一个渺小的微不足道的人。自从我娶了我所爱的女人以来，我就是这样一个人。这个簿子里写的几乎全是谎言——虚伪。一想到她此刻就在我身后看我写东西，就减少了、破坏了我的真实性。"

托尔斯泰并非不愿对他所爱的人讲真话。但是，面对他人的真实是一回事，面对自己的真实是另一回事，前者不能代替后者。作为一个珍惜内心生活的人，他从小就养成了写日记的习惯。如果我们不把记事本、备忘录之类和日记混为一谈的话，就应该承认，日记是最纯粹的私人写作，是个人精神生活的隐秘领域。在日记中，一个人只面对自己的灵魂，只和自己的上帝说话。这的确是一个神圣的约会，是决不容许有他人在场的。如果写日记时知道所写的内容将被另一个人看到，那么，这个读者的无形在场便不可避免地会改变写作者的心态，使他有意无意地用这个读者的眼光来审视自己写下的东西。结果，日记不再成其为日记，与上帝的密谈蜕变为向他人的倾诉和表白，社会关系无耻地占领了个人的最后一个精神密室。当一个人在任何时间内，包括在写日记时，面对的始终是他人，不复能够面对自己的灵魂时，不管他在家庭、社会和一切人际关系中是一个多么诚实的人，他仍然失去了最根本的真实，即面对自己的真实。

因此，无法只为自己写日记，这一境况成了托尔斯泰婚后生活中的一个持久的病痛。三十四年后，他还在日记中无比沉痛地写道："我过去不为别人写日记时有过的那种宗教感情，现在都没有了。一想到有人看过我的日记而且今后还会有人看，那种感情就被破坏了。而那种感情是宝贵的，在生活中帮助过我。"这里的"宗教感情"是指一种仅仅属于每个人自己的精神生活，因为正像他在生命最后一年给索菲亚的一封信上所说的:“每个人的精神生活是这个人与上帝之间的秘密,别人不该对它有任何要求。”在世间一切秘密中,唯此种秘密最为神圣,别种秘密的被揭露往往提供事情的真相,而此种秘密的受侵犯却会扼杀灵魂的真实。

可是,托尔斯泰仍然坚持写日记,直到生命的最后日子,而且在我看来,他在日记中仍然是非常真实的,比我所读到过的任何作家日记都真实。他把他不能真实地写日记的苦恼毫不隐讳地诉诸笔端,也正证明了他的真实。真实是他的灵魂的本色,没有任何力量能使他放弃,他自己也不能。

二

似乎也是出于对真实的热爱,萨特却反对一切秘密。他非常自豪他面对任何人都没有秘密,包括托尔斯泰所异常珍视的个人灵魂的秘密。他的口号是用透明性取代秘密。在他看来,写作的使命便是破除秘密,每个作家都完整地谈论自己,如此缔造一个一切人对一切人都没有秘密的完全透明的理想社会。

我不怀疑萨特对透明性的追求是真诚的,并且出于一种高尚的动机。但是,它显然是乌托邦。如果不是,就更可怕,因为其唯一可能的实现方式是奥威尔的《一九八四》和中国的“文化大革命”,即一种禁止个人秘密的恐怖的透明性。不过,这是题外话。对于我们来说,重要的是:写作的真实存在于透明性之中吗?

当然,写作总是要对人有所谈论。在此意义上,萨特否认有为自己写作这种事。他断言:“一旦你开始写作,不管你愿意不愿意,你已经介入了。”可是，问题在于，在“介入”之前，作家所要谈论的问题已经存在了，它并不是在作家开口向人谈论的时候才突然冒出来的。一个真正的作家必有一个或者至多几个真正属于他的问题，这些问题往往伴随他的一生，它们的酝酿和形成恰好是他的灵魂的秘密。他的作品并非要破除这个秘密，而只是从这个秘密中生长出来的看得见的作物罢了。就写作是一个精神事件，作品是一种精神产品而言，有没有真正属于自己灵魂的问题和秘密便是写作的真实的一个基本前提。这样的问题和秘密会引导写作者探索存在的未经勘察的领域，发现一个别人尚未发现的仅仅属于他的世界，他作为一个作家的存在理由和价值就在于此。没有这样的问题和秘密的人诚然也可以写点什么，甚至写很多的东西，然而，在最好的情况下，他们只是在传授知识，发表意见，报告新闻，编讲故事，因而不过是教师、演说家、记者、故事能手罢了。

第二次世界大战期间，加缪出于对法西斯的义愤加入了法国抵抗运动。战后，在回顾这一经历时，他指责德国人说：“你们强迫我进入了历史，使我五年中不能享受鸟儿的歌鸣。可是，历史有一种意义吗？”针对这一说法，萨特批评道：“问题不在于是否愿意进入历史和历史是否有意义，而在于我们已经身在历史中，应当给它一种我们认为最好的意义。”他显然没有弄懂加缪苦恼的真正缘由：对于真正属于自己灵魂的问题的思考被外部的历史事件打断了。他太多地生活在外部的历史中，因而很难理解一个沉湎于内心生活的人的特殊心情。

我相信萨特是不为自己写日记的，他的日记必定可以公开，至少可以向波伏瓦公开，因此他完全不会有托尔斯泰式的苦恼。我没有理由据此断定他不是一个好作家。不过，他的文学作品，包括小说和戏剧，无不散发着浓烈的演讲气息，而这不能不说与他主张并努力实行的透明性有关。昆德拉在谈到萨特的《恶心》时挖苦说，这部小说是存在主义哲学穿上了小说的可笑服装，就好像一个教师为了给打瞌睡的学生开心，决定用小说的形式上一课。的确，我们无法否认萨特是一个出色的教师。

三

对于我们今天的作家来说，托尔斯泰式的苦恼就更是一种陌生的东西了。一个活着时已被举世公认的文学泰斗和思想巨人，却把自己的私人日记看得如此重要，这个现象似乎只能解释为一种个人癖好，并无重要性。据我推测，今天以写作为生的大多数人是不写日记的，至少是不写灵魂密谈意义上的私人日记的。有些人从前可能写过，一旦成了作家，就不写了。想要或预约要发表的东西尚且写不完，哪里还有工夫写不发表的东西呢？

一位研究宗教的朋友曾经不胜感慨地向我诉苦：他忙于应付文债，几乎没有喘息的工夫，只在上厕所时才得到片刻的安宁。我笑笑说：可不，在这个忙碌的时代，我们只能在厕所里接待上帝。上帝在厕所里——这不是一句单纯的玩笑，而是我们这个时代的真实写照，厕所是上帝在这个喧嚣世界里的最后避难所。这还算好的呢，多少人即使在厕所里也无暇接待上帝，依然忙着尘世的种种事务，包括写作！

是的，写作成了我们在尘世的一桩事务。这桩事务又派生出了许多别的事务，于是我们忙于各种谈话：与同行、编辑、出版商、节目主持人，等等。其实，写作也只是我们向公众谈话的一种方式而已。最后，我们干脆抛开纸笔，直接在电视台以及各种会议上频频亮相和发表谈话，并且仍然称这为写作。

曾经有一个时代，那时的作家、学者中出现了一批各具特色的人物，他们每个人都经历了某种独特的精神历程，因而都是一个独立的世界。在他们的一生中，对世界、人生、社会的观点也许会发生重大的变化，不论这些变化的促因是什么，都同时是他们灵魂深处的变化。我们尽可以对这些变化评头论足，但我们不得不承认，由这些变化组成的他们的精神历程在我们眼前无不呈现为一种独特的精神景观，闪耀着个性的光华。可是，今日的精英们却只是在无休止地咀嚼从前的精英留下的东西，名之曰文化讨论，并且人人都以能够在这讨论中插上几句话而自豪。他们也在不断改变着观点，例如昨天鼓吹革命，今天讴歌保守，昨天崇洋，今天尊儒，但是这些变化与他们的灵魂无关，我们从中看不到精神历程，只能看到时尚的投影。他们或随波逐流，或标新立异，而标新立异也无非是随波逐流的夸张形式罢了。把他们先后鼓吹过的观点搜集到一起，我们只能得到一堆意见的碎片，用它们是怎么也拼凑不出一个完整的个性的。

四

我把一个作家不为发表而从事的写作称为私人写作，它包括日记、笔记、书信，等等。这是一个比较宽泛的定义，哪怕在写时知道甚至期待别人——例如爱侣或密友——读到的日记也包括在内，因为它们起码可以算是情书和书信。当然，我所说的私人写作肯定不包括预谋要发表的日记、公开的情书、登在报刊上的致友人书之类，因为这些东西不符合我的定义。要言之，在进行私人写作时，写作者所面对的是自己或者某一个活生生的具体的个人,而不是抽象的读者和公众。因而,他此刻所具有的是一个生活、感受和思考着的普通人的心态,而不是一个专业作家的职业心态。

毫无疑问,最纯粹、在我看来也最重要的私人写作是日记。我甚至相信,一切真正的写作都是从写日记开始的,每一个好作家都有一个相当长久的纯粹私人写作的前史,这个前史决定了他后来之成为作家不是仅仅为了谋生,也不是为了出名,而是因为写作乃是他的心灵的需要,至少是他的改不掉的积习。他向自己说了太久的话,因而很乐意有时候向别人说一说。

私人写作的反面是公共写作,即为发表而从事的写作,这是就发表终究是一种公共行为而言的。对于一个作家来说,为发表的写作当然是不可避免也无可非议的,而且这是他锤炼文体功夫的主要领域,传达的必要促使他寻找贴切的表达,尽量把话说得准确生动。但是,他首先必须有话要说,这是非他说不出来的独一无二的话,是发自他心灵深处的话,如此他才会怀着珍爱之心为它寻找最好的表达,生怕它受到歪曲和损害。这样的话在向读者说出来之前,他必定已经悄悄对自己说过无数遍了。一个忙于向公众演讲而无暇对自己说话的作家,说出的话也许漂亮动听,但几乎不可能是真切感人的。

托尔斯泰认为,写作的职业化是文学堕落的主要原因。此话愤激中带有灼见。写作成为谋生手段,发表就变成了写作的最直接的目的,写作遂变为制作,于是文字垃圾泛滥。不被写作的职业化败坏是一件难事,然而仍是可能的,其防御措施之一便是适当限制职业性写作所占据的比重,为自己保留一个纯粹私人写作的领域。私人写作为作家提供了一个必要的空间,使他暂时摆脱职业,回到自我,得以与自己的灵魂会晤。他从私人写作中得到的收获必定会给他的职业性写作也带来好的影响，精神的洁癖将使他不屑于制作文字垃圾。我确实相信，一个坚持为自己写日记的作家是不会高兴去写仅仅被市场所需要的东西的。

五

1910年的一个深秋之夜，离那个为求婚而幸福得睡不着觉的秋夜快半个世纪了，对于托尔斯泰来说，这是又一个不眠之夜。这天深夜，这位八十二岁的老翁悄悄起床，离家出走，十天后病死在一个名叫阿斯塔波沃的小车站上。

关于托尔斯泰晚年的出走，后人众说纷纭。最常见的说法是，他试图以此表明他与贵族生活——以及不肯放弃这种生活的托尔斯泰夫人——的决裂，走向已经为时过晚的自食其力的劳动生活。因此，他是为平等的理想而献身的。然而，事实上，托尔斯泰出走的真正原因也就是四十八年前新婚燕尔时令他不安的那个原因：日记。

如果说不能为自己写日记是托尔斯泰的一块心病，那么，不能看丈夫的日记就是索菲亚的一块心病，夫妇之间围绕日记展开了旷日持久的战争。到托尔斯泰晚年，这场战争达到了高潮。为了有一份只为自己写的日记，托尔斯泰真是费尽了心思，伤透了脑筋。有一段时间，这个举世闻名的大文豪竟然不得不把日记藏在靴筒里，连他自己也觉得滑稽。可是，最后还是被索菲亚翻出来了。索菲亚又要求看他其余的日记，他坚决不允，把他最后十年的日记都存进了一家银行。索菲亚为此不断地哭闹，她想不通做妻子的为什么不能看丈夫的日记，对此只能有一个解释：那里面一定写了她的坏话。在她又一次哭闹时，

托尔斯泰喊了起来:

“我把我的一切都交了出来:财产,作品……只把日记留给了自己。如果你还要折磨我,我就出走,我就出走!”

说得多么明白。这话可是索菲亚记在她自己的日记里的,她不可能捏造对她不利的话。那个夜晚她又偷偷翻寻托尔斯泰的文件,终于促使托尔斯泰把出走的决心付诸行动。把围绕日记的纷争解释为争夺遗产继承权的斗争,未免太势利眼了。对于托尔斯泰来说,他死后日记落在谁手里是一件相对次要的事情,他不屈不挠争取的是为自己写日记的权利。这位公共写作领域的巨人同时也是一位为私人写作的权利献身的烈士。

小说的智慧

孟湄送我这本她翻译的昆德拉的文论《被背叛的遗嘱》,距今快三年了。当时一读就非常喜欢,只觉得妙论迭出,奇思突起。我折服于昆德拉既是写小说的大手笔,也是写文论的大手笔。他的文论,不但传达了他独到而一贯的见识,而且也是极显风格的散文。自那以后,我一直想把读这书的感想整理出来,到今天才算如了愿,写成这篇札记。我不是小说家,我所写的只是因了昆德拉的启发而对现代小说精神的一种理解。

一　小说在思考

小说曾经被等同于故事,小说家则被等同于讲故事的人。在小说中，小说家通过真实的或虚构的（经常是半真实半虚构的）故事描绘生活，多半还解说生活，对生活做出一种判断。读者对于小说的期待往往也是引人入胜的故事，以故事是否吸引人来评定小说的优劣。现在，面对卡夫卡、乔伊斯这样的现代小说家的作品，期待故事的读者难免困惑甚至失望了，觉得它们简直不像小说。从前的小说想做什么是清楚的，便是用故事讽喻、劝诫或者替人们解闷，现代小说想做什么呢？

现代小说在思考。现代一切伟大的小说都不对生活下论断，而仅仅是在思考。

小说的内容永远是生活。每一部小说都描述或者建构了生活的一个片段，一个缩影，一种模型，以此传达了对生活的一种理解。对于从前的小说家来说，不管他们对生活的理解多么不同，在每一种理解下，生活都如同一个具有确定意义的对象摆在面前，小说只需对之进行描绘、再现、加工、解释就可以了。在传统形而上学崩溃的背景下，以往对生活的一切清晰的解说都成了问题，生活不再是一个具有确定意义的对象，而重新成了一个未知的领域。当现代哲学陷入意义的迷惘之时，现代小说也发现了认识生活的真相是自己最艰难的使命。

在《被背叛的遗嘱》中，昆德拉谈到了认识生活的真相之困难。这是一种悖论式的困难。我们的真实生活是由每一个“现在的具体”组成的，而“现在的具体”几乎是无法认识的，它一方面极其复杂，包含着无数事件、感觉、思绪，如同原子一样不可穷尽，另一方面又稍纵即逝，当我们试图认识它时，它已经成为过去。也许我们可以退而求其次，通过及时的回忆来挽救那刚刚消逝的“现在”。但是，回忆也只是遗忘的一种形式，既然“现在的具体”在进行时未被我们认识，在回忆中呈现的就更不是“当时的那个具体”了。

尽管如此，我们仍然只能依靠回忆，因为它是我们的唯一手段。

回忆不可避免地是一个整理和加工的过程，在这过程中，逻辑、观念、趣味、眼光都参与进来了。如此获得的结果决非那个我们企图重建的“现在的具体”，而只能是一种抽象。例如，当我们试图重建某一情境中的一场对话时，它几乎必然要被抽象化：对话被缩减为条理清晰的概述，情境只剩下若干已知的条件。问题不在于记忆力，再好的记忆力也无法复原从未进入意识的东西。这种情形使得我们的真实生活成了“世上最不为人知的事物”，“人们死去却不知道曾经生活过什么”。

我走在冬日的街道上。沿街栽着一排树，树叶已经凋零，只剩下光秃秃的枝干。不时有行人迎面走来，和我擦身而过。我想到此刻在世界的每一个城市，都有许多人在匆匆走着，走过各自生命的日子，走向各自的死亡。人们匆忙地生活着，而匆忙也只是单调的一种形式。匆忙使人们无暇注视自己的生活，单调则使人们失去了注视的兴趣。就算我是一个诗人，作家，学者，又怎么样呢？当我从事着精神的劳作时，我何尝在注视自己的生活，只是在注视自己的意象、题材、观念罢了。我思考着生活的意义，因为抓住了某几个关键字眼而自以为对意义有所领悟，就在这同时，我的每日每时的真实生活却从我手边不留痕迹地流失了。

好吧，让我停止一切劳作，包括精神的劳作，全神贯注于我的生活中的每一个“现在的具体”。可是，当我试图这么做时，我发现所有这些“现在的具体”不再属于我了。我与人交谈，密切注视着谈话的进行，立刻发现自己已经退出了谈话，仿佛是另一个虚假的我在与人进行一场虚假的谈话。我陷入了某种微妙的心境，于是警觉地返身内视，却发现我的警觉使这微妙的心境不翼而飞了。

一个至死不知道自己曾经生活过什么的人，我们可以说他等于没有生活过。一个时刻注视自己在生活着什么的人,他实际上站到了生活的外边。人究竟怎样才算生活过?

二　小说与哲学相靠近

如何找回失去的“现在”,这是现代小说家所关心的问题。“现在”的流失不是量上的,而是质上的。因此,靠在数量上自然主义地堆积生活细节是无济于事的,唯一可行的是从质上找回。所谓从质上找回,便是要去发现“现在的具体”的本体论结构,也就是通过捕捉住“现在”中那些隐藏着存在的密码的情境和细节,来揭示人生在世的基本境况。昆德拉认为,这正是卡夫卡开辟的新方向。

昆德拉常常用海德格尔的“存在”范畴表达他所理解的生活。基本的要求仍然是真实,但不是反映论意义上的,而是本体论意义上的,“存在”范畴所表达的便是这种本体论意义上的生活之真实。小说中的“假”,种种技巧和虚构,都是为这种本体论意义上的真服务的,若非如此,便只是纯粹的假——纯粹的个人玩闹和遐想——而已。

有时候,昆德拉还将“存在”与“现实”区分开来。例如,他在《小说的艺术》中写道:“小说研究的不是现实,而是存在。”凡发生了的事情都属于现实,存在则总是关涉人生在世的基本境况。小说的使命不是陈述发生了一些什么事情,而是揭示存在的尚未为人所知的方面。如果仅仅陈述事情,不管这些事情多么富有戏剧性,多么引人入胜,或者在政治上多么重要,有多么大的新闻价值,对于阐述某个哲学观点多么有说服力,都与存在无关,因而都在小说的真正历史之外。

小说以研究存在为自己的使命,这使得小说向哲学靠近了。但是,小说与哲学的靠近是互相的，是它们都把目光投向存在领域的结果。在这互相靠近的过程中，代表哲学一方的是尼采，他拒绝体系化思想，对有关人类的一切进行思考，拓宽了哲学的主题，使哲学与小说相接近；代表小说一方的是卡夫卡、贡布罗维茨、布洛赫、穆齐尔，他们用小说进行思考，接纳可被思考的一切，拓宽了小说的主题，使小说与哲学相接近。

其实，小说之与哲学结缘由来已久。凡是伟大的小说作品，皆包含着一种哲学的关切和眼光。这并不是说，它们阐释了某种哲学观点，而是说，它们总是对人生底蕴有所关注并提供了若干新的深刻的认识。仅仅编故事而没有这种哲学内涵的小说，无论故事编得多么精彩，都称不上伟大。令昆德拉遗憾的是，他最尊敬的哲学家海德格尔只重视诗，忽视了小说，而“正是在小说的历史中有着关于存在的智慧的最大宝藏”。他也许想说，如果海德格尔善于发掘小说的材料，必能更有效地拓展其哲学思想。

在研究存在方面，小说比哲学更具有优势。存在是不能被体系化的，但哲学的概念式思考往往倾向于体系化，小说式的思考却天然是非系统的，能够充分地容纳意义的不确定性。小说在思考——并不是小说家在小说中思考，而是小说本身在思考。这就是说，不只是小说的内容具有思想的深度，而且小说的形式也在思考，因而不能不具有探索性和实验性。这正是现代小说的特点。所谓“哲学小说”与现代小说毫不相干，“哲学小说”并不在思考，譬如说萨特的小说不过是萨特在用小说的形式上哲学课罢了。在“哲学小说”中，哲学与小说是貌合神离、同床异梦的。昆德拉讽刺说，由于萨特的《恶心》成了新方向的样板，其后果是“哲学与小说的新婚之夜在相互的烦恼中度过”。

三　存在不是什么

今日世界上,每时每刻都有人在编写和出版小说,其总量不计其数。然而,其中的绝大部分只是在小说历史之外的小说生产而已。它们生产出来只是为了被消费掉,在完成之日已注定要被遗忘。

只有在小说的历史之内,一部作品才可以作为价值而存在。怎样的作品才能进入小说的历史呢？首先是对存在做出了新的揭示,其次,为了做出这一新的揭示,而在小说的形式上有新的探索。

一个小说家必须具备存在的眼光,看到比现实更多的东西。然而,许多小说家都没有此种眼光,他们或者囿于局部的现实,或者习惯于对现实作某种本质主义的抽象,把它缩减为现实的某一个层面和侧面。昆德拉借用海德格尔的概念,称这种情况为"存在的被遗忘"。如此写出来的小说,不过是小说化的情欲、忏悔、自传、报道、说教、布道、清算、告发、披露隐私罢了。小说家诚然可以面对任何题材,甚至包括自己和他人的隐私这样的题材,功夫的高下见之于对题材的处理,由此而显出他是一个露阴癖或窥阴癖患者,还是一个存在的研究者。

一个小说家是一个存在的研究者,这意味着他与一切现实、他处理的一切题材都保持着一种距离,这个距离是他作为研究者所必需的。无论何种现实,在他那里都成为研究存在以及表达他对存在之认识的素材。也就是说,他不立足于任何一种现实,而是立足于小说,站在小说的立场上研究它们。

对于昆德拉的一种普遍误解是把他看作一个不同政见者,一个政治性作家。请听昆德拉的回答:"您是共产主义者吗？——不,我是小说家。""您是不同政见者吗？——不,我是小说家。"他明确地说,对于他，做小说家不只是实践一种文学形式，而是"一种拒绝与任何政治、宗教、意识形态、道德、集体相认同的立场"。他还说，他憎恨想在艺术品中寻找一种态度（政治的，哲学的，宗教的，等等）的人们，而本来应该从中仅仅寻找一种认识的意图的。我想起尼采的一个口气相反、实质相同的回答。他在国外漫游时，有人问他："德国有哲学家吗？德国有诗人吗？德国有好书吗？"他说他感到脸红，但以他即使在失望时也具有的勇气答道："有的，俾斯麦！"他之所以感到脸红，是因为德国的哲学家、诗人、作家丧失了独立的哲学、诗、写作的立场，都站到政治的立场上去了。

如果说在政治和商业、宗教和世俗、传统和风尚、意识形态和流行思潮、社会秩序和大众传媒等立场之外，小说、诗还构成一种特殊的立场，那么，这无非是指个性的立场，美学的立场，独立思考的立场，关注和研究存在的立场。在一切平庸的写作背后，我们都可发现这种立场的阙如。

对于昆德拉来说，小说不只是一种文学体裁，更是一种看生活的眼光，一种智慧。因此，从他对小说的看法中，我读出了他对生活的理解。用小说的智慧看，生活——作为"存在"——究竟是什么，或者说不是什么呢？

海德格尔本人也不能概括地说明什么是存在，昆德拉同样不能。然而，从他对以往和当今小说的批评中，我们可以知道存在——以及以研究存在为使命的小说——不是什么。

存在不是戏剧，小说不应把生活戏剧化。

存在不是抒情诗，小说不应把生活抒情化。

存在不是伦理，小说不是进行道德审判的场所。

存在不是政治，小说不是形象化的政治宣传或政治抗议。

存在不是世上最近发生的事，小说不是新闻报道。

存在不是某个人的经历，小说不是自传或传记。

四　在因果性之外

在一定的意义上，写小说就是编故事。在许多小说家心目中，编故事有一个样板，那就是戏剧。他们把小说的空间设想成舞台，在其中安排曲折的悬念，扣人心弦的情节，离奇的巧合，激动人心的场面。他们让人物发表精彩的讲话。他们使劲儿吊读者的胃口。这样编出的故事诚然使许多读者觉得过瘾，却与存在无关。

在小说中强化、营造、渲染生活的戏剧性因素，正是上个世纪小说家们的做法。在他们那里，场面成为小说构造的基本因素，小说宛如一个场面丰富的剧本。昆德拉推崇福楼拜、乔伊斯、卡夫卡、海明威，因为他们使小说走出了这种戏剧性。把生活划分为日常性和戏剧性两个方面，强化其戏剧性而舍弃其日常性，乃是现象和本质二分模式在小说领域内的一种运用。在现实中，日常性与戏剧性是永远同在的，人们总是在平凡、寻常、偶然的气氛中相遇，生活的这种散文性是人生在世的一种基本境况。在此意义上，昆德拉宣称，对散文的发现是小说的“本体论使命”，这一使命是别的艺术无能承担的。

夸大戏剧性，拒斥日常性，这差不多构成了最悠久的美学传统。无论现实主义，还是浪漫主义，都是在这一传统中生长出来的。从亚里士多德的“情节的整一”，到恩格斯的“典型环境中的典型性格”，都是这一传统的理论表达。殊不知生活不是演戏，所谓“人生大舞台，舞台小人生”乃是谎言，其代价是抹杀了日常性的美学意义。

事实上，自19世纪后期以来，戏剧本身也在走出戏剧性，走向日常性。梅特林克曾经谈到易卜生戏剧中的“第二层次”的对话，这些对话仿佛是多余的，而非必需的，实际上却具有更深刻的真实性。在海明威的小说中，这种所谓“第二层次”的对话取得了完全的支配地位。海明威的高明之处在于发现了日常生活中对话的真实结构。我们平时常常与人交谈，但我们并不知道我们是怎样交谈的。海明威却通过一种简单而又漂亮的形式向我们显示：现实中的对话总是被日常性所包围、延迟、中断、转移，因而不系统、不逻辑；在第三者听来，它不易懂，是未说出的东西上面的一层薄薄的表面；它重复、笨拙，由此暴露了人物的特定想法，并赋予对话以一种特殊的旋律。如果说雨果小说中的对话以其夸张的戏剧性使我们更深地遗忘了现实中的对话之真相，那么，可以说海明威为我们找回了这个真相，使我们知道了我们在日常生活中是怎样进行交谈的。

我们已经太习惯于用逻辑的方式理解生活，正是这种方式使我们的真实生活从未进入我们的视野，成为被永远遗忘的存在。把生活戏剧化也是逻辑方式的产物，是因果性范畴演出的假面舞会。

昆德拉讲述了一个绝妙的故事：一个男人和一个女人互相暗恋，等待着向对方倾诉衷肠的机会。机会来了，有一天他俩去树林里采蘑菇，但两人都心慌意乱，沉默不语。也许为了掩饰心中的慌乱，也为了打破沉默的尴尬，他们开始谈论蘑菇，于是一路上始终谈论着蘑菇，永远失去了表白爱情的机会。

真正具讽刺意义的事情还在后面。这个男人当然十分沮丧，因为他毫无理由地失去了一次爱情。然而，一个人能够原谅自己失去爱情，却决不能原谅自己毫无理由。于是，他对自己说：我之所以没有表白爱情，是因为忘不了死去的妻子。

德谟克里特曾说:只要找到一个因果性的解释,也胜过成为波斯人的王。我们虽然未必像他那样藐视王位,却都和他一样热爱因果性的解释。为结果寻找原因,为行为寻找理由,几乎成了我们的本能,以至于对事情演变的真实过程反而视而不见了。然而,正是对于一般人视而不见的东西,好的小说家能够独具慧眼,加以复原。譬如说,他会向我们讲述蘑菇捣乱的故事。相反,我们可以想象,大多数小说家一定会按照那个男人的解释来处理这个素材,向我们讲述一个关于怀念亡妻的忠贞的故事。

按照通常的看法,陀思妥耶夫斯基是一位非理性作家,托尔斯泰是一位理性的,甚至有说教气味的作家。在昆德拉看来,情形正好相反。在陀思妥耶夫斯基的小说中,思想构成了明确的动机,人物只是思想的化身,其行为是思想的逻辑结果。譬如说,基里洛夫之所以自杀,是因为他确信人只有信仰上帝才能活下去,而这一信仰已经破灭,于是他必须自杀。支配他自杀的思想可归入非理性哲学的范畴,但这种思想是他的理性所把握的,其作用方式也是极其理性、因果分明的。在生活中真正发生作用的非理性并不是某种非理性的哲学观念,而是我们的理性思维无法把握的种种内在冲动、瞬时感觉、偶然遭遇及其对我们的作用过程。在小说家中,正是托尔斯泰也许最早描述了生活的这个方面。

一个人自杀了,周围的人们就会寻找他自杀的原因。例如,悲观主义的思想,孤僻的性格,忧郁症,失恋,生活中的其他挫折,等等。找到了原因,人们就安心了,对这个人的自杀已经有了一个解释,他在自杀前的种种表现或者被纳入这个解释,或者——如果不能纳入——就被遗忘了。人们对生活的理解很像是在写案情报告。事实上,自杀者走向自杀的过程是复杂的,在心理上尤其如此,其中有许多他自己也未必意识到的因素。你不能说这些被忽略了的心理细节不是原因，因为任何一个细节的改变也许会导致完全不同的结局。导致某一结果的原因几乎是无限的，所以也就不存在任何确定的因果性。小说家当然不可能穷尽一切细节，他的本领在于谋划一些看似不重要因而容易被忽视、实则真正起了作用的细节，在可能的限度内复原生活的真实过程。例如，托尔斯泰便如此复原了安娜走向自杀的过程。可是，正像昆德拉所说的，人们读小说就和读他们自己的生活一样地不专心和不善读，往往也忽略了这些细节。因此，读者中十有八九仍然把安娜自杀的原因归结为她和渥伦斯基的爱情危机。

五　性与反浪漫主义

性与浪漫有不解之缘。性本身具有一种美化、理想化的力量，这至少是人们共通的青春期经验。仿佛作为感恩，人们又反转过来把性美化和理想化。一切浪漫主义者都是性爱的讴歌者，或者——诅咒者，倘若他们觉得自己被性的魔力伤害的话，而诅咒仍是以承认此种魔力为前提的。

现代小说在本质上是反浪漫主义的，这种“深刻的反浪漫主义”——如同昆德拉在谈到卡夫卡时所推测的——很可能来自对性的眼光的变化。昆德拉赞扬卡夫卡（还有乔伊斯）使性从浪漫激情的迷雾中走出，还原成了每个人平常和基本的生活现实。作为对照，他嘲笑劳伦斯把性抒情化，用鄙夷的口气称他为“交欢的福音传教士”。

19 世纪初期的浪漫主义者并不直接讴歌性，在他们看来，性必须表现为情感的形态才能成为价值。在劳伦斯那里，性本身就是价值，是对抗病态的现代文明的唯一健康力量。对于卡夫卡以及昆德拉本人来说，性和爱情都不再是价值。这里的确发生着看性的眼光的重大变化，而如果杜绝了对性的抒情眼光，影响必是深远的，那差不多是消解了一切浪漫主义的原动力。

抒情化是一种赋予意义的倾向。如果彻底排除掉抒情化，性以及人的全部生命行为便只成了生物行为，暴露了其可怕的无意义性。甚至劳伦斯也清楚地看到了这种无意义性，他的查泰莱夫人一边和狩猎人做爱，一边冷眼旁观，觉得这个男人的臀部的冲撞多么可笑。上帝造了有理智的人，同时又迫使他做这种可笑的姿势，未免太恶作剧。但狩猎人的雄风终于征服了查泰莱夫人的冷静，把她脱胎成了一个妇人，使她发现了性行为本身的美。性曾因爱情获得意义，现代人普遍不相信爱情，在此情形下怎样肯定性，这的确是现代人所面临的一个难题。性制造美感又破坏美感，使人亢奋又使人厌恶，尽管无意义却丝毫不减其异常的威力，这是性与存在相关联的面貌。现代人在性的问题上的尴尬境遇乃是一个缩影，表明现代人在意义问题上的两难，一方面看清了生命本无意义的真相，甚至看穿了一切意义寻求的自欺性质，另一方面又不能真正安于意义的缺失。

对于上述难题，昆德拉的解决方法体现在这一命题中：任何无意义在意外中被揭示是喜剧的源泉。这是性的审美观的转折：性的抒情诗让位于性的喜剧，性被欣赏不再是因为美，而是因为可笑，自嘲取代两情相悦成了做爱时美感的源泉。在其小说作品中，昆德拉本人正是一个捕捉性的无意义性和喜剧性的高手。不过，我确信，无论他还是卡夫卡，都没有彻底拒绝性的抒情性。例如他激赏的《城堡》第三章，卡夫卡描写 K 和弗丽达在酒馆地板上长时间地做爱，K 觉得自己走进了一个比人类曾经到过的任何国度更远的奇异的国度，这种描写与劳伦斯式的抒情有什么本质不同呢？区别仅在于比例，在劳伦斯是基本色调的东西，在卡夫卡只是整幅画面上的一小块亮彩。然而，这一小块亮彩已经足以说明，寻求意义乃是人的不可磨灭的本性。

现代小说的特点之一是反对感情谎言。在感情问题上说谎，用夸张的言辞渲染爱和恨、欢乐和痛苦，等等，这是浪漫主义的通病。现代小说并不否认感情的存在，但对感情持一种研究的而非颂扬的态度。

昆德拉说得好：艺术的价值同其唤起的感情的强度无关，后者可以无需艺术。兴奋本身不是价值，有的兴奋很平庸。感情洋溢者的心灵往往是既不敏感、也不丰富的，它动辄激动，感情如流水，来得容易也去得快，永远酿不出一杯醇酒。感情的浮夸必然表现为修辞的浮夸，企图用华美的词句掩盖思想的平庸，用激情的语言弥补感觉的贫乏。

不过，我不想过于谴责浪漫主义，只要它是真的。真诚的浪漫主义者——例如 19 世纪初期的浪漫主义者——患的是青春期夸张病，他们不自觉地夸大感情，但并不故意伪造感情。在今天，真浪漫主义已经近于绝迹了，流行的是伪浪漫主义，煽情是它的美学，媚俗是它的道德，其特征是批量生产和推销虚假感情，通过传媒操纵大众的感情消费，目的是获取纯粹商业上的利益。

六　道德判断的悬置

人类有两种最根深蒂固的习惯，一是逻辑，二是道德。从逻辑出发，我们习惯于在事物中寻找因果联系，而对在因果性之外的广阔现实视而不见。从道德出发，我们习惯于对人和事做善恶的判断，而对在善恶的彼岸的真实生活懵然无知。这两种习惯都妨碍着我们研究存在,使我们把生活简单化,停留在生活的表面。

对小说家的两大考验:摆脱逻辑推理的习惯,摆脱道德判断的习惯。

逻辑解构和道德中立——这是现代小说与古典小说的分界线,也是现代小说与现代哲学的会合点。

看事物可以有许多不同的角度,道德仅是其中的一种,并且是相当狭隘的一种。存在本无善恶可言,善恶的判断出自一定的道德立场,归根到底出自维护一定社会秩序的需要。可是,这类判断已经如此天长日久,层层缠结,如同蛛网一样紧密附着在存在的表面。一个小说家作为存在的研究者,当然不该被这蛛网缠住,而应进入存在本身。写小说的前提是要有自由的眼光,不但没有禁区,凡存在的一切皆是自己的领地,而且拒绝独断,善于发现世间万事的相对性质。古往今来,在设置禁区和助长独断方面,道德起了最重要的作用。因此,唯有超脱于道德的眼光,才能以自由的眼光研究存在。在此意义上,昆德拉说:小说是“道德判断被悬置的领域”,把道德判断悬置,这正是小说的道德。

从小说的智慧看,随时准备进行道德判断的那种热忱乃是最可恨的愚蠢。安娜是一个堕落的坏女人,还是一个深情的好女人?渥伦斯基是不是一个自私的家伙?托尔斯泰不问自己这样的问题。聪明的读者也不问,问并且感到困惑的读者已经有点蠢了,而最蠢的则是问了并且做出断然回答的读者。昆德拉十分瞧不起卡夫卡的遗嘱执行人布洛德,批评他以及他开创的卡夫卡学把卡夫卡描绘成一个圣徒,从而把卡夫卡逐出了美学领域。某个卡夫卡学者写道:“卡夫卡曾为我们而生,而受苦。”昆德拉讥讽地反驳:“卡夫卡没有为我们受苦,他为我们玩儿了一通!”

世上最无幽默感的是道德家。小说家是道德家的对立面，他发明了幽默。昆德拉的定义：“幽默：天神之光，世界揭示在它的道德的模棱两可中，将人暴露在判断他人时深深的无能为力中；幽默，为人间万事的相对性而陶醉，肯定世间无肯定而享奇乐。”

我们平时斤斤计较于事情的对错，道理的多寡，感情的厚薄，在一位天神的眼里，这种认真必定是很可笑的。小说家具有两方面的才能。一方面，他在日常生活中也难免认真，并且比一般人更善于观察和体会这种认真，细致入微地洞悉人心的小秘密。另一方面，作为小说家，他又能够超越于这种认真，把人心的小秘密置于天神的眼光下，居高临下地看出它们的可笑和可爱。

上帝死了，人类的一切失去了绝对的根据，哲学曾经为此而悲号。小说的智慧却告诉我们：你何不自己来做上帝，用上帝的眼光看一看，相对性岂不比绝对性好玩得多？那么，从前那个独断的上帝岂不是人类的赝品，是猜错了上帝的趣味？小说教我们在失去绝对性之后爱好并且享受相对性。

七　生活永远大于政治

对于诸如“伤痕文学”、“改革文学”、“流亡文学”之类的概念，我始终抱怀疑的态度。我不相信可以按照任何政治标准来给文学分类，不管充当标准的是作品产生的政治时期、作者的政治身份还是题材的政治内涵。我甚至怀疑这种按照政治标准归类的东西是否属于文学，因为真正的文学必定是艺术，而艺术在本质上是非政治的，是不可能从政治上加以界定的。

作家作为社会的一员，当然可以关心政治，参与政治活动。但是，当他写作时，他就应当如海明威所说，像吉卜赛人，是一个同任何政治势力没有关系的局外人。他诚然也可以描写政治，但他是站在文学的立场上而不是站在政治的立场上这样做的。小说不对任何一种政治作政治辩护或政治批判，它的批判永远是存在性质的。奥威尔的《一九八四》被昆德拉称作“一部伪装成小说的政治思想”，因为它把生活缩减为政治，在昆德拉看来，这种缩减本身正是专制精神。对于一个作家来说，不论站在何种立场上把生活缩减为政治，都会导致取消文学的独立性，把文学变成政治的工具。

把生活缩减为政治——这是一种极其普遍的思想方式，其普遍的程度远超出人们自己的想象。我们曾经有过“突出政治”的年代，那个年代似乎很遥远了，但许多人并未真正从那个年代里走出。在这些人的记忆中，那个年代的生活除了政治运动，剩下的便是一片空白。苏联和东欧解体以后，那里的人们纷纷把在原体制下度过的岁月称作“失去的四十年”。在我们这里，类似的论调早已不胫而走。一个人倘若自己不对“突出政治”认同，他就一定会发现，在任何政治体制下，生活总有政治无法取代的内容。陀思妥耶夫斯基的《死屋手记》表明，甚至苦役犯也是在生活，而不仅仅是在受刑。凡是因为一种政治制度而叫喊“失去”生活的人，他真正失去的是那种思考和体验生活的能力，我们可以断定，即使政治制度改变，他也不能重获他注定要失去的生活。我们有权要求一个作家在任何政治环境中始终拥有上述那种看生活的能力，因为这正是他有资格作为一个作家存在的理由。

彼得堡恢复原名时，一个左派女人兴高采烈地大叫：“不再有列宁格勒了！”这叫声传到了昆德拉耳中，激起了他的深深厌恶。我很能理解这种厌恶之情。我进大学时，正值中苏论战，北京大学的莘莘学子聚集在高音喇叭下倾听反修社论，为每一句铿锵有力的战斗言辞鼓掌喝彩。当时我就想，如果中苏的角色互换，高音喇叭里播放的是反教条主义社论，这些人同样也会鼓掌喝彩。事实上，往往是同样的人们先则热烈祝福“林副主席”永远健康，继而又为这个卖国贼的横死大声欢呼。全盘否定毛泽东的人，多半是当年“誓死捍卫”的斗士。昨天还在鼓吹西化的人，今天已经要用儒学一统天下了。从一个极端跳到另一个极端，真正的原因不在受蒙蔽，也不在所谓形而上学的思想方法，而在一种永远追随时代精神的激情。昆德拉一针见血地指出，在其中支配着的是一种“审判的精神”，即根据一个看不见的法庭的判决来改变观点。更深一步说，则在于个人的非个人性，始终没有真正属于自己的内心生活和存在体悟。

昆德拉对于马雅可夫斯基毫无好感，指出后者的革命抒情是专制恐怖不可缺少的要素，但是，当审判的精神在今天全盘抹杀这位革命诗人时，昆德拉却怀念起马雅可夫斯基的爱情诗和他的奇特的比喻了。“道路在雾中”——这是昆德拉用来反对审判精神的伟大命题。每个人都在雾中行走，看不清自己将走向何方。在后人看来，前人走过的路似乎是清楚的，其实前人当时也是在雾中行走。“马雅可夫斯基的盲目属于人的永恒境遇。看不见马雅可夫斯基道路上的雾，就是忘记了什么是人，忘记了我们自己是什么。”在我看来，昆德拉的这个命题是站在存在的立场上分析政治现象的一个典范。然而，审判的精神源远流长，持续不息。昆德拉举了一个最典型的例子：我们世纪最美的花朵——二三十年代的现代艺术——先后遭到了三次审判，纳粹谴责它是“颓废艺术”，共产主义政权批评它“脱离人民”，凯旋的资本主义又讥它为“革命幻想”。把一个人的全部思想和行为缩减为他的政治表现，把被告的生平缩减为犯罪录，我们对于这种思路也是多么驾轻就熟。我们曾经如此判决了胡适、梁实秋、周作人等人,而现在,由于鲁迅、郭沫若、茅盾在革命时代受过的重视,也已经有越来越多的人要求把他们送上审判革命的被告席。那些没有文学素养的所谓文学批评家同时也是一些政治上的一孔之见者和偏执狂,他们永远也不会理解,一个曾经归附过纳粹的人怎么还可以是一个伟大的哲学家,而一个作家的文学创作又如何可以与他所卷入的政治无关并且拥有更长久的生命。甚至列宁也懂得一切伟大作家的创作必然突破其政治立场的限制,可是这班自命反专制主义的法官还要审判列宁哩。

东欧解体后,昆德拉的作品在自己的祖国大受欢迎,他本人对此的感想是:“我看见自己骑在一头误解的毛驴上回到故乡。”在此前十多年,住在柏林的贡布罗维茨拒绝回到自由化气氛热烈的波兰,昆德拉表示理解,认为其真正的理由与政治无关,而是关于存在的。无论在祖国,还是在侨居地,优秀的流亡作家都容易被误解成政治人物,而他们的存在性质的苦恼却无人置理,无法与人交流。

关于这种存在性质的苦恼,昆德拉有一段诗意的表达:“令人震惊的陌生性并非表现在我们所追嬉的不相识的女人身上,而是在一个过去曾经属于我们的女人身上。只有在长时间远走后重返故乡,才能揭示世界与存在的根本的陌生性。”

非常深刻。和陌生女人调情,在陌生国度观光,我们所感受到的只是一种新奇的刺激,这种感觉无关乎存在的本质。相反,当我们面对一个朝夕相处的女人,一片熟门熟路的乡土,日常生活中一些自以为熟稔的人与事,突然产生一种陌生感和疏远感的时候,我们便瞥见了存在的令人震惊的本质了。此时此刻,我们一向借之生存的根据突然瓦解了,存在向我们展现了它的可怕的虚无本相。不过,这种感觉的产生无须借助于远走和重返,尽管距离的间隔往往会促成疏远化眼光的形成。

对于移民作家来说,最深层的痛苦不是乡愁,而是一旦回到故乡时会产生的这种陌生感,并且这种陌生感一旦产生就不只是针对故乡的,也是针对世界和存在的。我们可以想象,倘若贡布罗维茨回到了波兰,当人们把他当作一位政治上的文化英雄而热烈欢迎的时候,他会感到多么孤独。

八　文学的安静

波兰女诗人维斯瓦娃·希姆博尔斯卡获得 1996 年诺贝尔文学奖之后,该奖的前一位得主爱尔兰诗人希尼写信给她,同情地叹道:“可怜的、可怜的维斯瓦娃。”而维斯瓦娃也真的觉得自己可怜,因为她从此不得安宁了,必须应付大量来信、采访和演讲。她甚至希望有个替身代她抛头露面,使她可以回到隐姓埋名的正常生活中去。

维斯瓦娃的烦恼属于一切真正热爱文学的成名作家。作家对于名声当然不是无动于衷的,他既然写作,就不能不关心自己的作品是否被读者接受。但是,对于一个真正的作家来说,成为新闻人物却是一种灾难。文学需要安静,新闻则追求热闹,两者在本性上是互相敌对的。福克纳称文学是“世界上最孤寂的职业”,写作如同一个遇难者在大海上挣扎,永远是孤军奋战,谁也无法帮助一个人写他要写的东西。这是一个真正有自己的东西要写的人的心境,这时候他渴望避开一切人,全神贯注于他的写作。他遇难的海域仅仅属于他自己,他必须自己救自己,任何外界的喧哗只会导致他的沉没。当然,如果一个人并没有自己真正要写的东西,他就会喜欢成为新闻人物。对于这样的人来说,文学不是生命的事业,而只是一种表演和姿态。

我不相信一个好作家会是热衷于交际和谈话的人。据我所知,最好的作家都是一些交际和谈话的节俭者,他们为了写作而吝于交际,为了文字而节省谈话。他们懂得孕育的神圣,在作品写出之前,忌讳向人谈论酝酿中的作品。凡是可以写进作品的东西,他们不愿把它们变成言谈而白白流失。维斯瓦娃说她一生只做过三次演讲,每次都倍受折磨。海明威在诺贝尔授奖仪式上的书面发言仅一千字,其结尾是:"作为一个作家,我已经讲得太多了。作家应当把自己要说的话写下来,而不是讲出来。"福克纳拒绝与人讨论自己的作品,因为:"毫无必要。我写出来的东西要自己中意才行,既然自己中意了,就无须再讨论,自己不中意,讨论也无济于事。"相反,那些喜欢滔滔不绝地谈论文学、谈论自己的写作打算的人,多半是文学上的低能儿和失败者。

好的作家是作品至上主义者,就像福楼拜所说,他们是一些想要消失在自己作品后面的人。他们最不愿看到的情景就是自己成为公众关注的人物,作品却遭到遗忘。因此,他们大多都反感别人给自己写传。海明威讥讽热衷于为名作家写传的人是"联邦调查局的小角色",他建议一心要写他的传记的菲力普·扬去研究死去的作家,而让他"安安静静地生活和写作"。福克纳告诉他的传记作者马尔科姆·考利:"作为一个不愿抛头露面的人,我的雄心是要退出历史舞台,从历史上销声匿迹,死后除了发表的作品外,不留下一点废物。"昆德拉认为,卡夫卡在临死前之所以要求毁掉信件,是耻于死后成为客体。可惜的是,卡夫卡的研究者们纷纷把注意力放在他的生平细节上,而不是他的小说艺术上,昆德拉对此评论道:"当卡夫卡比约瑟夫·K更引人注目时,卡夫卡即将死亡的进程便开始了。"

在研究作家的作品时,历来有作家生平本位和作品本位之争。19

世纪法国批评家圣伯夫是前者的代表,他认为作家生平是作品形成的内在依据,因此不可将作品同人分开,必须收集有关作家的一切可能的资料,包括家族史、早期教育、书信、知情人的回忆,等等。在自己生前未发表的笔记中,普鲁斯特对当时占统治地位的这种观点作了精彩的反驳。他指出,作品是作家的"另一个自我"的产物,这个"自我"不仅有别于作家表现在社会上的外在自我,而且唯有排除了那个外在自我,才能显身并进入写作状态。圣伯夫把文学创作与谈话混为一谈,热衷于打听一个作家发表过一些什么见解,而其实文学创作是在孤独中、在一切谈话都沉寂下来时进行的。一个作家在对别人谈话时只不过是一个上流社会人士,只有当他仅仅面对自己、全力倾听和表达内心真实的声音之时,亦即只有当他写作之时,他才是一个作家。因此,作家的真正的自我仅仅表现在作品中,而圣伯夫的方法无非是要求人们去研究与这个真正的自我毫不相干的一切方面。不管后来的文艺理论家们如何分析这两种观点的得失,一个显著的事实是,几乎所有第一流的作家都本能地站在普鲁斯特一边。海明威简洁地说:"只要是文学,就不用去管谁是作者。"昆德拉则告诉读者,应该在小说中寻找存在中而非作者生活中的某些不为人知的方面。对于一个严肃的作家来说,他生命中最严肃的事情便是写作,他把他最好的东西都放到了作品里,其余的一切已经变得可有可无。因此,毫不奇怪,他绝不愿意作品之外的任何东西来转移人们对他的作品的注意,反而把他的作品看作可有可无,宛如——借用昆德拉的表达——他的动作、声明、立场的一个阑尾。

然而,在今天,作家中还有几人仍能保持着这种近乎迂腐的严肃?将近两个世纪前,歌德已经抱怨新闻对文学的侵犯:"报纸把每个人正在做的或者正在思考的都公之于众,甚至连他的打算也置于众目睽睽之下。”其结果是使任何事物都无法成熟，每一时刻都被下一时刻所消耗，根本无积累可言。歌德倘若知道今天的情况，他该知足才是。我们时代的鲜明特点是文学向新闻的蜕变，传媒的宣传和炒作几乎成了文学成就的唯一标志，作家们不但不以为耻，反而争相与传媒调情。新闻记者成了指导人们阅读的权威，一个作家如果未在传媒上亮相，他的作品就必定默默无闻。文学批评家也只是在做着新闻记者的工作，如同昆德拉所说，在他们手中，批评不再以发现真正有价值的作品及其价值所在为己任，而是变成了“简单而匆忙的关于文学时事的信息”。其中更有哗众取宠之辈，专以危言耸听、制造文坛新闻事件为能事。在这样一个浮躁的时代，文学的安静已是过时的陋习，或者——但愿我不是过于乐观——只成了少数不怕过时的作家的特权。

九　结构的自由和游戏精神

关于小说的形式，昆德拉最推崇的是拉伯雷的传统，他把这一传统归纳为结构的自由和游戏精神。他认为，当代小说家的任务是将拉伯雷式的自由与结构的要求重新结合，既把握真正的世界，同时又自由地游戏。在这方面，卡夫卡和托马斯·曼堪为楷模。作为一个外行，我无意多加发挥，仅限于转述他所提及的以下要点：

1. 主题——关于存在的提问——而非故事情节成为结构的线索。不必构造故事。人物无姓名，没有一本户口簿。

2. 主题多元，一切都成为主题，不存在主题与桥、前景与背景的区别，诸主题在无主题性的广阔背景前展开。背景消失，只有前景，如立体画。无须桥和填充，不必为了满足形式及其强制性而离开小说家真正感兴趣的东西。

3. 游戏精神，非现实主义。小说家有离题的权利，可以自由地写使自己入迷的一切，从多角度开掘某个关于存在的问题。提倡将文论式思索并入小说的艺术。

为了证明小说形式方面的上述探索方向的现代性，我再转抄一位法国作家和一位中国作家的证词。这些证词是我偶然读到的，它们与昆德拉的文论肯定没有直接的联系，因而更具证明的效力。

法国作家玛格丽特·杜拉斯："写作并不是叙述故事。是叙述故事的反面。是同时叙述一切。是叙述一个故事同时又叙述这个故事的空无所有。是叙述由于一个故事不在而展开的故事。"

中国作家韩东：我不喜欢把假事写真，即小说习惯的那种编故事的方式，而喜欢把真事写假。出发点是事实和个人经验，但那不是目的。"我的目的是假，假的部分即越出新闻真实的部分是文学的意义所在。"

附带说一句，读到韩东这一小段话时我感到了一种惊喜，并且立即信任了他，相信他是一个好的小说家——我所说的"好"，不限于但肯定包括艺术上严肃的含义。也就是说，不管他的小说怎样貌似玩世不恭，我相信他是一个严肃的小说艺术家。

读《务虚笔记》的笔记

一　小说与务虚

《务虚笔记》是史铁生迄今为止创作的第一部长篇小说，发表已两年，评论界和读者的反应都不算热烈，远不及他以前的一些中短篇作品。一个较普遍的说法是，它不像小说。这部小说的确不太符合人们通常对小说的概念，我也可以举出若干证据来。例如，第一，书名本身就不像小说的标题。第二，小说中的人物皆无名无姓，没有外貌，仅用字母代表，并且在叙述中常常被故意混淆。第三，作者自己也常常出场，与小说中的人物对话，甚至与小说中的人物相混淆。

对于不像小说的责备，史铁生自己有一个回答："我不关心小说是什么，只关心小说可以怎样写。"

可以怎样写？这取决于为什么要写小说。史铁生是要通过写小说来追踪和最大限度地接近灵魂中发生的事。在他看来，凡是有助于实现这个目的的手法都是允许的，小说是一个最自由的领域，应该没有任何限制包括体裁的限制，不必在乎写出来的还是不是小说。

就小说是一种精神表达而言，我完全赞同这个见解。对于一个精神探索者来说，学科类别和文学体裁的划分都是极其次要的，他有权打破由逻辑和社会分工所规定的所有这些界限，为自己的精神探索寻找和创造最恰当的表达形式。也就是说，他只须写他真正想写的东西，写得让自己满意，至于别人把他写出的东西如何归类，或者竟无法归类，他都无须理会。凡真正的写作者都是这样的精神探索者，他们与那些因为或者为了职业而搞哲学、搞文学、写诗、写小说等的人的区别即在于此。

我接着似乎应该补充说：就小说作为一种文学体裁而言，在乎不在乎是一回事，是不是则是另一回事。自卡夫卡以来的现代小说虽然大多皆蒙不像小说之责备，却依然被承认是小说，则小说好像仍具有某种公认的规定性，正是根据此规定性，我们才得以把现代小说和古典小说都称作小说。

在我的印象里，不论小说的写法怎样千变万化，不可少了两个要素，一是叙事，二是虚构。一部作品倘若具备这两个要素，便可以被承认为小说，否则便不能。譬如说，完全不含叙事的通篇抒情或通篇说理不是小说，完全不含虚构的通篇纪实也不是小说。但这只是大略言之，如果认真追究起来，叙事与非叙事之间（例如在叙心中之事的场合）、虚构与非虚构之间（因为并无判定实与虚的绝对尺度）的界限也只具有相对的性质。

现代小说的革命并未把叙事和虚构推翻掉，却改变了它们的关系和方式。大体而论，在传统小说中，“事”处于中心地位，写小说就是编（即“虚构”）故事，小说家的本领就体现在编出精彩的故事。所谓精彩,无非是离奇、引人入胜、令人心碎或感动之类的戏剧性效果,虚构便以追求此种效果为最高目的。至于“叙”不过是修辞和布局的技巧罢了,叙事艺术相当于诱骗艺术,巧妙的叙即成功的骗,能把虚构的故事讲述得栩栩如生,使读者信以为真。在此意义上,可以把传统小说定义为逼真地叙虚构之事。在现代小说中,处于中心地位的不是“事”,而是“叙”。好的小说家仍然可以是编故事的高手,但也可以不是,比编故事的本领重要得多的是一种独特的叙事方式,它展示了认识存在的一种新的眼光。在此眼光下,实有之事与虚构之事之间的界限不复存在,实有之事也成了虚构,只是存在显现的一种可能性,从而意味着无限多的别种可能性。因此,在现代小说中,虚构主要不是编精彩的故事,而是对实有之事的解构,由此而进窥其后隐藏着的广阔的可能性领域和存在之秘密。在此意义上,可以把现代小说定义为对实有之事的虚构式叙述。

我们究竟依据什么来区分事物的实有和非实有呢？每日每时,在世界上活动着各种各样的人,发生着各种各样的事,不妨说这些人和事都是实有的,其存在是不依我们的意识而转移的。然而,我们不是以外在于世界的方式活在世界上的,每个人从生到死都活在世界之中,并且不是以置身于一个容器中的方式,而是融为一体,即我在世界之中,世界也在我之中。所谓融为一体并无固定的模式,总是因人而异的。对我而言,唯有那些进入了我的心灵的人和事才构成了我的世界,而在进入的同时也就被我的心灵所改变。这样一个世界仅仅属于我,而不属于任何别的人。它是否实有呢？如果答案是否定的,则我们就必须进而否定任何实有的世界之存在,因为现象纷呈是世界存在的唯一方式,在它向每个人所显现的样态之背后,并不存在着一个自在的世界。

不存在自在之物——西方哲学跋涉了两千多年才得出的这个认识,史铁生凭借自己的悟性就得到了。他说:古园中的落叶,有的被路灯照亮,有的隐入黑暗,往事或故人就像那落叶一样,在我的心灵里被我的回忆或想象照亮,而闪现为印象。“这是我所能得到的唯一的真实。”“真实并不在我的心灵之外,在我的心灵之外并没有一种叫作真实的东西原原本本地待在那儿。”我们也许可以说,这真实本身已是一种虚构。那么,我们也就必须承认,世界唯有在虚构中才能向我们真实地显现。

相信世界有一个独立于一切意识的本来面目,这一信念蕴含着一个假设,便是如果我们有可能站到世界之外或之上,也就是站在上帝的位置上,我们就可以看见这个本来面目了。上帝眼里的世界是什么样的呢?这也正是史铁生喜欢做的猜想,而他的结论也和西方现代哲学相接近,便是:即使在上帝眼里,世界也没有一个本来面目。作为造物主,上帝看世界必定不像我们看一幅别人的画,上帝是在看自己的作品,他一定会想起自己有过的许多腹稿,知道这幅画原有无数种可能的画法,而只是实现了其中的一种罢了。如果我们把既有的世界看作这实现了的一种画法,那么,我们用海德格尔的“存在”概念所喻指的就是那无数种可能的画法,上帝的无穷创造力,亦即世界的无数种可能性。作为无数种可能性中的一种,既有的世界并不比其余一切可能性更加实有,或者说更不具有虚构的性质。唯有存在是源,它幻化为世界,无论幻化成什么样子都是一种虚构。

第一,存在在上帝(=造化)的虚构中显现为世界。第二,世界在无数心灵的虚构中显现为无数个现象世界。准此,可不可以说,虚构是世界之存在的本体论方式?

据我所见,史铁生可能是中国当代最具有自发的哲学气质的小说家。身处人生的困境，他一直在发问，问生命的意义，问上帝的意图。对终极的发问构成了他与世界的根本关系，也构成了他的写作的发源和方向。他从来是一个务虚者，小说也只是他务虚的一种方式而已。因此，毫不奇怪，在自己的写作之夜，他不可能只是一个编写故事的人，而必定更是一个思考和研究着某些基本问题的人。熟悉哲学史的读者一定会发现，这些问题皆属于虚的、形而上的层面，是地道的哲学问题。不过，熟悉史铁生作品的读者同时也一定知道，这些问题又完完全全是属于史铁生本人的，是在他的生命史中生长出来而非从哲学史中摘取过来的，对于他来说有着性命攸关的重要性。

取“务虚笔记”这个书名有什么用意吗？史铁生如是说：“写小说的都不务实啊。”写小说即务虚，这在他看来是当然之理。虽然在事实上，世上多的是务实的小说，这不仅是指那些专为市场制作的文学消费品，也包括一切单为引人入胜而编写的故事。不过，我们至少可以说，这类小说不属于精神性作品。小说务虚还是务实，这是不可强求的。史铁生曾把文学描述为“大脑对心灵的巡查、搜捕和捉拿归案”，心灵中的事件已经发生，那些困惑、发问、感悟业已存在，问题在于去发现和表达它们。那些从来不发生此类事件的小说家当然就不可能关注心灵，他们的大脑就必然会热衷于去搜集外界的奇事逸闻。

应该承认，具体到这部小说，“务虚笔记”的书名也是很切题的。这部小说贯穿着一种研究的风格，所研究的中心问题是人的命运问题，因此不妨把它看作对人的命运问题的哲学研究。当然，作为小说家，史铁生务虚的方式不同于思辨哲学家，他不是用概念而是通过人物和情节的设计来进行他的哲学研究的。不过，对于史铁生来说，人物和情节不是目的，而只是研究人的命运问题的手段，这又是他区别于一般小说家的地方。在阅读这部小说时，我常常仿佛看见在写作之夜里，史铁生俯身在一张大棋盘上，手下摆弄着用不同字母标记的棋子，聚精会神地研究着它们的各种可能的走法及其结果。这张大棋盘就是他眼中的生活世界，而这些棋子则是活动于其中的人物，他们之所以皆无名无姓是因为，他们只是各种可能的命运的化身，是作者命运之思的符号，这些命运可能落在任何一个人身上。

看世界的两个相反角度是史铁生反复探讨的问题，他还把这一思考贯穿于对小说构思过程的考察。作为一个小说家，他在写作之夜所拥有的全部资源是自己的印象，其中包括活在心中的外在遭遇，也包括内在的情绪、想象、希望、思考、梦，等等，这一切构成了一个仅仅属于他的主观世界。他所面对的则是一个假设的客观世界，一张未知的有待研究的命运地图。创作的过程便是从印象中脱胎出种种人物，并把他们放到这张客观的命运地图上，研究他们之间各种可能的相互关系。从主观的角度看，人物仅仅来自印象，是作者的一个经历、一种心绪的化身。从客观的角度看，人物又是某种可能的命运的化身，是这种命运造成的一种情绪，或者说是一种情绪对这种命运的一个反应。一方面是种种印象，另一方面是种种可能的命运，两者之间排列组合，由此演化出了人物和情节的多种多样的可能性。

于是，我们看到了这部小说的一个显著特点，便是结构的自由和开放。在结构上，小说包含三个层次，一是故事本身，二是对人的命运的哲学性思考，三是对小说艺术的文论性思考。这三个层次彼此交织在一起。作者自由地出入于小说与现实、叙事与思想之间。他讲着故事，忽然会停下来，叙述自己的一种相关经历，或者探讨故事另一种发展的可能。他一边构思故事，一边在思考故事的这个构思过程，并且把自己的思考告诉我们。作为读者，我们感觉自己不太像在听故事，更像是在参与故事的构思，借此而和作者一起探究人的命运问题。

二 命运与猜谜游戏

在史铁生的创作中,命运问题是一贯的主题。这也许和他的经历有关。许多年前,脊髓上那个没来由的小小肿物使他年纪轻轻就成了终身残疾,决定了他一生一世的命运。从那时开始,他就一直在向命运发问。命运之成为问题,往往始于突降的苦难。当此之时,人首先感到的是不公平。世上生灵无数,为何这厄运偏偏落在我的头上?别人依然健康,为何我却要残疾?别人依然快乐,为何我却要受苦?在震惊和悲愤之中,问题直逼那主宰一切人之命运的上帝,苦难者誓向上帝讨个说法。

然而,上帝之为上帝,就在于他是不需要提出理由的,他为所欲为,用不着给你一个说法。面对上帝的沉默,苦难者也沉默下来了。弱小的个人对于强大的命运,在它到来之前不可预卜,在它到来之时不可抗拒,在它到来之后不可摆脱,那么,除了忍受,还能怎样呢?

但史铁生对于命运的态度并不如此消极,他承认自己有宿命的色彩,可是这宿命不是“认命”,而是“知命”,“知命运的力量之强大,而与之对话,领悟它的深意”。抗命不可能,认命又不甘心,“知命”便是在这两难的困境中生出的一种智慧。所谓“知命”,就是跳出一己命运之狭小范围,不再孜孜于为自己的不幸遭遇讨个说法,而是把人间整幅变幻的命运之图当作自己的认知对象,以猜测上帝所设的命运之谜为乐事。做一个猜谜者,这是史铁生以及一切智者历尽苦难而终于找到的自救之途。作为猜谜者,个人不再仅仅是苦难的承受者,他同时也成了一个快乐的游戏者,而上帝也由我们命运的神秘主宰变成了我们在这场游戏中的对手和伙伴。

曾有一位评论家对史铁生的作品做了一番弗洛伊德式的精神分析，断言由瘫痪引起的性自卑是他的全部创作的真正秘密之所在。对于这一番分析，史铁生相当豁达地写了一段话："只是这些搞心理分析的人太可怕了！我担心这样发展下去人还有什么谜可猜呢？而无谜可猜的世界才真正是一个可怕的世界呢！好在上帝比我们智商高，他将永远提供给我们新谜语，我们一起来做这游戏，世界就恰当了。开开玩笑，否则我说什么呢？老窝已给人家掏了去。"读这段话时，我不由得对史铁生充满敬意，知道他已经上升到了足够的高度，作为一个以上帝为对手和伙伴的大猜谜者，他无须再去计较那些涉及他本人的小谜底的对错。

史铁生之走向猜谜，残疾是最初的激因。但是，他没有停留于此。人生困境之形成，身体的残疾既非充分条件，亦非必要条件。凭他的敏于感受和精于思索，即使没有残疾，他也必能发现人生固有的困境，从而成为一个猜谜者。正如他所说，诗人面对的是上帝布下的迷阵，之所以要猜斯芬克司之谜是为了在天定的困境中得救。这使人想起尼采的话："倘若人不也是诗人，猜谜者，偶然的拯救者，我如何能忍受做人！"猜谜何以就能得救，就能忍受做人了呢？因为它使一个人获得了一种看世界的新的眼光和角度，以一种自由的心态去面对人生的困境，把困境变成了游戏的场所。通过猜谜游戏，猜谜者与自己的命运、也与一切命运拉开了一个距离，借此与命运达成了和解。那时候，他不再是一个为自己的不幸而哀叹的伤感角色，也不再是一个站在人生的困境中抗议和号叫的悲剧英雄，他已从生命的悲剧走进了宇宙的喜剧之中。这就好比大病之后的复元，在经历了绝望的挣扎之后，他大难不死，竟然获得了前所未有的精神上的健康。在史铁生的作品中，我们便能鲜明地感觉到这种精神上的健康，而绝少上述那位评论家所渲染的阴郁心理。那位评论家是从史铁生的身体的残疾推导出他必然会有阴郁心理的,我愿把这看作心理学和逻辑皆不具备哲学资格的一个具体证据。

命运的一个最不可思议的特点就是,一方面,它好像是纯粹的偶然性,另一方面,这纯粹的偶然性却成了个人不可违抗的必然性。一个极偶然极微小的差异或变化,很可能会导致天壤之别的不同命运。命运意味着一个人在尘世的全部祸福,对于个人至关重要,却被上帝极其漫不经心、不负责任地决定了。由个人的眼光看,这不能不说是荒谬的。为了驱除荒谬感,我们很容易走入一种思路,便是竭力给自己分配到的这一份命运寻找一个原因,一种解释,例如,倘若遭到了不幸,我们便把这不幸解释成上帝对我们的惩罚(“因果报应”之类)或考验(“天降大任”之类)。在这种宿命论的亦即道德化的解释中,上帝被看作一位公正的法官或英明的首领,他的分配永远是公平合理的或深谋远虑的。通过这样的解释,我们否认了命运的偶然性,从而使它变得似乎合理而易于接受了。这一思路基本上是停留在为一己的命运讨个说法上,并且自以为讨到了,于是感到安心。

命运之解释还可以有另一种思路,便是承认命运的偶然性,而不妨揣摩一下上帝在分配人的命运时何以如此漫不经心的缘由。史铁生的《小说三篇》之三《脚本构思》堪称此种揣摩的一个杰作。人生境遇的荒谬原来是根源于上帝自身境遇的荒谬,关于这荒谬的境遇,史铁生提供了一种极其巧妙的说法:上帝是无所不能的,独独不能做梦,因为唯有在愿望不能达到时才有梦可做,而不能做梦却又说明上帝不是无所不能。为了摆脱这个困境,上帝便令万物入梦,借此而自己也参与了一个如梦的游戏。上帝因全能而无梦,因无梦而苦闷,因苦闷而被逼成了一个艺术家,偶然性便是他的自娱的游戏,是他玩牌之前的洗牌，是他的即兴的演奏，是他为自己编导的永恒的戏剧。这基本上是对世界的一种审美的解释，通过这样的解释，我们在宇宙大戏剧的总体背景上接受了一切偶然性，而不必孜孜于为每一个具体的偶然性寻找一个牵强的解释了。当一个人用这样的审美眼光去看命运变幻之谜时，他自己也必然成了一个艺术家。这时他不会再特别在乎自己分配到了一份什么命运，而是对上帝分配命运的过程格外好奇。他并不去深究上帝给某一角色分配某种命运有何道德的用意，因为他知道上帝不是道德家，上帝如此分配纯属心血来潮。于是令他感兴趣的便是去捕捉上帝在分配命运时的种种动作，尤其是导致此种分配的那些极随意也极关键的动作，并且分析倘若这些动作发生了改变，命运的分配会出现怎样不同的情形，如此等等。他想要把上帝发出的这副牌以及被上帝洗掉的那些牌一一复原，把上帝的游戏当作自己的研究对象，在这研究中获得了一种超越于个人命运的游戏者心态。

当我们试图追溯任一事件的原因时，我们都将发现，因果关系是不可穷尽的，由一个结果可以追溯到许多原因，而这些原因又是更多的原因的结果，如此以至于无穷。因此，因果关系的描述必然只能是一种简化，在这简化之中，大量的细节被忽略和遗忘了。一般人安于这样的简化，小说家却不然，小说的使命恰恰是要抗拒对生活的简化，尽可能复原那些被忽略和遗忘的细节。在被遗忘的细节中，也许会有那样一种细节，其偶然的程度远远超过别的细节，仿佛与那个最后的结果全然无关，实际上却正是它悄悄地改变了整个因果关系，对于结果的造成起了至关重要的作用。在以前的作品中，史铁生对于这类细节表现出了浓厚的兴趣，醉心于种种巧妙的设计。例如，在《宿命》中，主人公遭遇了一场令其致残的车祸，车祸的原因竟然被追溯到一只狗放了个响屁。通过这样的设计，作者让我们看到了结果之重大与原因之微小之间的不相称,从而在一种戏谑的心情中缓解了沉重的命运之感。

在《务虚笔记》中,史铁生对命运之偶然性的研究有了更加自觉的性质。命运之对于个人,不只是一些事件或一种遭遇,而且也是他在人间戏剧中被分配的角色,他的人生的基本面貌。因此,在一定的意义上可以说,命运即人。基于这样的认识,史铁生便格外注意去发现和探究生活中的那样一些偶然性,它们看似微不足道,却在不知不觉中开启了不同的人生之路,造就了不同的人间角色。在这部小说中,作者把这样的偶然性名之为人物的"生日"。不同的"生日"意味着人物从不同的角度进入世界,角度的微小差异往往导致人生方向的截然不同。这就好像两扇紧挨着的门,你推开哪一扇也许纯属偶然,至少不是出于你自觉的选择,但从两扇门会走进两个完全不同的世界中去。

小说以一个回忆开头:与两个孩子相遇在一座古园里。所有的人都曾经是这样的一个男孩或一个女孩,人世间形形色色的人物和迥然相异的命运都是从这个相似的起点分化出来的。那么,分化的初始点在哪里? 这是作者的兴趣之所在。他的方法大致是,以自己的若干童年印象为基础,来求解那些可能构成为初始点的微小差异。

例如,小巷深处有一座美丽幽静的房子,家住灰暗老屋的九岁男孩(童年的"我")对这座房子无比憧憬,在幻想或者记忆中曾经到这房里去找一个同龄的女孩,这是作者至深的童年印象,也是书中反复出现的一个意象。如果这个男孩在离去时因为弯身去捡从衣袋掉落的一件玩具,在同样的经历中稍稍慢了一步,听见了女孩母亲的话("她怎么把外面的野孩子带了进来"),他的梦想因此而被碰到了另一个方向上,那么,他日后就是画家 Z,一个迷恋幻象世界而对现实世界怀着警惕之心的人。如果他没有听见，或者听见了而并不在乎，始终想念着房子里的那个女孩，那么，他日后就是诗人L，一个不断追寻爱的梦想的人。房子里的那个女孩是谁呢？也许是女教师O，一个在那样美丽的房子里长大的女人必定也始终沉溺在美丽的梦境里，终于因不能接受梦境的破灭而自杀了。也许是女导演N，我认识的女导演已近中年，我想象她是九岁女孩时的情形，一定便是住在那样美丽的房子里，但她从母亲那里继承了坚毅而豁达的品格，因而能够冷静地面对身世的沉浮，终于成为一个事业有成的女人。然而，在诗人L盲目而狂热的初恋中，她又成了模糊的少女形象T，这个形象最后在一个为了能出国而嫁人的姑娘身上清晰起来，使诗人倍感失落。又例如，WR，一个流放者，一个立志从政的人，他的"生日"在哪一天呢？作者从自己的童年印象中选取了两个细节，一是上小学时为了免遭欺负而讨好一个"可怕的孩子"，一是"文革"中窥见奶奶被斗而惊悉奶奶的地主出身，两者都涉及内心的屈辱经验。"我"的写作生涯便始于这种屈辱经验，而倘若有此经历的这个孩子倔强而率真，对那"可怕的孩子"不是讨好而是回击，对出身的耻辱不甘忍受而要洗雪，那么，他就不复是"我"，而成为决心向不公正宣战的WR了。

作者对微小差异的设计实际上涉及两种情形：一是客观的遭遇有一点微小的不同，导致了截然不同的结果；二是对同样的遭遇有不同的反应，也导致了截然不同的结果。客观的遭遇与一个人生活的环境有关，对遭遇的主观反应大致取决于性格。如果说环境和性格是决定一个人的命运的两个主要因素，那么，在作者看来，个人对这两个因素都是不能支配的。

从生活的环境看，每个人生来就已被编织在世界之网的一个既定的网结上，他之被如此编织并无因果脉络可寻，乃是"上帝即兴的编织”。即使人的灵魂是自由的，这自由的灵魂也必定会发现，它所寄居的肉身被投胎在怎样的时代、民族、阶层和家庭里，于它是彻头彻尾的偶然性，它对此是完全无能为力的。而在后天的生活中，人与人之间的一切相遇也都是偶然的，这种种偶然的相遇却组成了一个人的最具体的生活环境，构筑了他的现实生活道路。

我们对自己的性格并不比对环境拥有更大的决定权。“很可能这颗星球上的一切梦想，都是由于生命本身的密码”，一个人无法破译自己生命的密码，而这密码却预先规定了他对各种事情的反应方式。也许可以把性格解释为遗传与环境、尤其是早年环境相互作用的产物，而遗传又可以追溯到过去世代的环境之作用，因此，宏观地看，性格也可归结为环境。

由命运的偶然性自然而然会产生一个问题：既然人不能支配自己的命运，那么，人是否要对这自己不能支配的命运承担道德责任呢？作者借“叛徒”这样一个极端的例子对此进行了探讨。葵花林里的那个女人凭助爱的激情，把敌人的追捕引向自己，使她的恋人得以脱险。她在敌人的枪声中毫无畏惧，倘若这时敌人的子弹射中了她，她就是一个英雄。但这个机会错过了，而由于她还没有来得及锤炼得足够坚强，终于忍受不住随后到来的酷刑而成了一个叛徒。这样一个女人既可以在爱的激情中成为英雄，也可以在酷刑下成为叛徒，但命运的偶然安排偏偏放弃了前者而选择了后者。那么，让她为命运的这种安排承担道德责任而遭到永世的惩罚，究竟是否公正？

综上所述，我们看到了史铁生研究命运问题的两个主要结果：一、与命运和解，从广阔的命运之网中看自己的命运；二、对他人宽容，限制道德判断，因为同样的命运可能落在任何人头上。

三　残缺与爱情

《务虚笔记》问世后,史铁生曾经表示,他不反对有人把它说成一部爱情小说。他解释道,他在小说中谈到的“生命的密码”,那隐秘地决定着人物的性格并且驱使他们走上了不同的命运之路的东西,是残缺也是爱情。那么,残缺与爱情,就是史铁生对命运之谜的一个比较具体的破译了。

残缺即残疾,史铁生是把它们用作同义词的。有形的残疾仅是残缺的一种,在一定的意义上,人人皆患着无形的残疾,只是许多人对此已经适应和麻木了而已。生命本身是不圆满的,包含着根本的缺陷,在这一点上无人能够幸免。史铁生把残缺分作两类:一是个体化的残缺,指孤独;另一是社会化的残缺,指来自他者的审视的目光,由之而感受到了差别、隔离、恐惧和伤害。我们一出生,残缺便已经在我们的生命中隐藏着,只是必须通过某种契机才能暴露出来,被我们意识到。在一个人的生活历程中,那个因某种契机而意识到了人生在世的孤独、意识到了人与人之间的差别和隔离的时刻是重要的,其深远的影响很可能将贯穿终生。在《务虚笔记》中,作者在探寻每个人物的命运之路的源头时,实际上都是追溯到了他们生命中的这个时刻。人物的“生日”各异,却都是某种创伤经验,此种安排显然出于作者的自觉。无论在文学中,还是在生活中,真正的个性皆诞生于残缺意识的觉醒,凭借这一觉醒,个体开始从世界中分化出来,把自己与其他个体相区别,逐渐形成为独立的自我。

有残缺便要寻求弥补,“恰是对残缺的意识,对弥补它的近乎宗教般痴迷的祈祷”,才使爱情呈现。因此,在残缺与爱情两者中,残缺是根源，它造就了爱的欲望。不同的人意识到残缺的契机、程度、方式皆不同，导致对爱情的理解和寻爱的实践也不同，由此形成了不同的命途。

所谓寻求弥补，并非通常所说的在性格上互补。这里谈论的是另一个层次上的问题，残缺不是指缺少某一种性格或能力，于是需要从对方身上取长补短。残缺就是孤独，寻求弥补就是要摆脱孤独。当一个孤独寻找另一个孤独时，便有了爱的欲望。可是，两个孤独到了一起就能够摆脱孤独了吗？有两种不同的孤独。一种是形而上的孤独，即人发现自己的生存在宇宙间没有根据，如海德格尔所说的“嵌入虚无”。这种孤独当然不是任何人间之爱能够解除的。另一种是社会性的孤独，它驱使人寻求人间之爱。然而，正如史铁生指出的，寻求爱就不得不接受他人目光的判定，而他人的目光还判定了你的残缺。因此，“海盟山誓仅具现在性，这与其说是它的悲哀，不如说是它的起源。”他人的不可把握，自己可能受到的伤害，使得社会性的孤独也不能真正消除。由此可见，残缺是绝对的，爱情是相对的。孤独之不可消除，残缺之不可最终弥补，使爱成了永无止境的寻求。在这条无尽的道路上奔走的人，最终就会看破小爱的限度，而寻求大爱，或者——超越一切爱，而达于无爱。

对于爱情的根源，可以有两种相反的解说，一是因为残缺而寻求弥补，另一是因为丰盈而渴望奉献。这两种解说其实并不互相排斥。越是丰盈的灵魂，往往越能敏锐地意识到残缺，有越强烈的孤独感。在内在丰盈的衬照下，方见出人生的缺憾。反之，不谙孤独也许正意味着内在的贫乏。一个不谙孤独的人很可能自以为完满无缺，但这与内在的丰盈完全是两回事。

在实际生活中，我们可以看到不同的排列组合：

1. 完满者爱残缺者。表现为征服和支配,或怜悯和施舍,皆不平等。

2. 残缺者爱完满者。表现为崇拜或依赖,亦不平等。

3. 完满者爱完满者。双方或互相欣赏,或彼此较量,是小平等。

4. 残缺者爱残缺者。分两种情形:(1)相濡以沫,同病相怜,是小平等;(2)知一切生命的残缺,怀着对神的谦卑,以大悲悯之心而爱,是大平等。此项包含了爱的最低形态和最高形态。

在《务虚笔记》中,女教师O与她不爱的前夫离婚,与她崇拜的画家Z结合。此后,一个问题始终折磨着她:爱的选择基于差异,爱又要求平等,如何统一? 她因这个问题而自杀了。O的痛苦在于,她不满足于4 (1) ,而去寻求2,又不满足于2,而终于发现了4 (2) 。可是,性爱作为世俗之爱确是基于差异的,所能容纳的只是小平等或者不平等,容纳不了大平等。要想实现大平等,只有放弃性爱,走向宗教。O不肯放弃性爱,所以只好去死。

在小说中,作者借诗人L这个人物对于性爱问题进行了饶有趣味的讨论。诗人是性爱的忠实信徒,如同一切真正的信徒一样,他的信仰使他陷入了莫大的困惑。他感到困惑的问题主要有二。其一,既然爱情是美好的,多向的爱为什么不应该? 作者的结论是,不是不应该,而是不可能。那么,其二,在只爱一个人的前提下,多向的性吸引是否允许? 作者的结论是,不是允许与否的问题,而是必然的,但不应该将之实现为多向的性行为。

让我们依次来讨论这两个问题。

诗人曾经与多个女人相爱。他的信条是爱与诚实,然而,在这多向的爱中,诚实根本行不通,他不得不生活在谎言中。每个女人都向他要求“最爱”,都要他证明自己与别的女人的区别,否则就要离开他。

其实他自己向每个女人要求的也是这个“最爱”和区别，设想一下她们也是一视同仁地爱多个男人而未把他区别出来，他就感到自己并未真正被爱，为此而受不了。性爱的现实逻辑是，每一方都向对方要求“最爱”，即一种与对方给予别人的感情有别的特殊感情，这种相互的要求必然把一切“不最爱”都逼成“不爱”，而把“最爱”限定为“只爱”。

至此为止，多向的爱之不可能似乎仅是指现实中的不可能，而非本性上的不可能。也就是说，不可能只是因为各方都不能接受对方的爱是多向的，于是不得不互相让步。如果撇开这个接受的问题，一人是否可能爱上多人呢？爱情的专一究竟有无本性上的根据？史铁生认为有，他的解释是：孤独创造了爱情，多向的爱情则使孤独的背景消失，从而使爱情的原因消失。我说一说对他的这一解释的理解——

人因为孤独而寻求爱情。寻求爱情，就是为自己的孤独寻找一个守护者。他要寻找的是一个忠实的守护者，那人必须是一心一意的，否则就不能担当守护他的孤独的使命。为什么呢？因为每一个孤独都是独特的，而在一种多向的照料中，它必丧失此独特性，沦为一种一般化的东西了。形象地说，就好比一个人原想为自己的孤独寻找一个母亲，结果却发现是把它送进了托儿所里，成了托儿所阿姨所照料的众多孩子中的一个普通孩子。孤独和爱情的寻求原本凝聚了一个人的沉重的命运之感，来自对方的多向的爱情则是对此命运之感的蔑视，把本质上的人生悲剧化作了轻浮的社会喜剧。与此同理，一个人倘若真正是要为自己的孤独寻找守护者，他所要寻找的必是一个而非多个守护者。他诚然可能喜欢甚至迷恋不止一个异性，但是，在此场合，他的孤独并不真正出场，而是隐藏了起来，躲在深处旁观着它的主人逢场作戏。唯有当他相信自己找到了一个人，他能够信任地把自己的孤独交付那人守护之时，他才是认真地在爱。所以，在我看来，所谓爱情的专一不是一个外部强加的道德律令,只应从形而上的层面来理解其含义。按照史铁生的一个诗意的说法,即爱情的根本愿望是“在陌生的人山人海中寻找一种自由的盟约”。

诗人L后来吸取了教训,不再试图实行多向的爱情,而成了一个真诚的爱者,最爱甚至只爱一个女人。然而,作为“好色之徒”,他仍对别的可爱女人充满着性幻想,作为“诚实的化身”,他又向他的恋人坦白了这一切。于是,他受到了恋人的“拷问”,结果是他理屈,恋人则理直气壮地离开了他。

“拷问”之一——

我们是在美术馆里极其偶然地相遇的。我迷路了,推开了右边的而不是左边的门,这才有我们的相遇。如果没有遇到我,你一定会遇到另一个女人的。结论:我对于你是一个偶然,女人对你来说才是必然。推论:你对我有的只是情欲,不是爱情。进一步的推论:你说只爱我是一个谎言。

这一“拷问”的前半部分无可辩驳,诗人和这位恋人的相遇的确完全是偶然的。可是,在这世界上,谁和谁的相遇不是偶然的呢?分歧在于对偶然的评价。在茫茫人海里,两个个体相遇的几率只是千千万万分之一,而这两个个体终于极其偶然地相遇了。我们是应该因此而珍惜这个相遇呢,还是因此而轻视它们?假如偶然是应该蔑视的,则首先要遭到蔑视的是生命本身,因为在宇宙永恒的生成变化中,每一个生命诞生的几率几乎等于零。然而,倘若一个偶然诞生的生命竟能成就不朽的功业,岂不更证明了这个生命的伟大?同样,世上并无命定的情缘,凡缘皆属偶然,好的情缘的魔力岂不恰恰在于,最偶然的相遇却唤起了最深刻的命运之感?诗人的恋人显然不懂得珍惜偶然的价值。

“拷问”的后半部分涉及了爱情的复合结构。在精神的、形而上的层面上，爱情是为自己的孤独寻找一个守护者。在世俗的、形而下的层面上，爱情又是由性欲发动的对异性的爱慕。现实中的爱情是这两种冲动的混合，表现为在异性世界里寻找那个守护者。在异性世界里寻找是必然的，找到谁则是偶然的。所以，恋人所谓“我对于你是一个偶然，女人对你来说才是必然”确是事实。但是，她的推论却错了。因为当诗人不只是把她作为一个异性来爱慕，而且认定她就是那个守护者之时，这就已经是爱情而不仅仅是情欲了。爱情与情欲的区别就在于是否包含了这一至关重要的认定。当然，诗人的恋人可以说：既然这一认定是偶然的，因而是完全可能改变的，我怎么能够对此寄予信任呢？我们不能说她的不信任没有道理，于是便有了“拷问”之二和诗人的莫大困惑。

“拷问”之二——

你对别的女人的性幻想没有实现，只是因为你不敢。(申辩：不是不敢，是不想，不想那样做，也不想那样想。)如果能实现，我和她们的区别还有什么呢？(“可我并不想实现，这才是区别。我只要你一个，这就是证明。”)幻想之为幻想，就不是“不想”实现，而只是“不能”或“尚未”实现。

诗人糊涂了。他无力地问：“曾经对你来说，我与别的男人的区别是什么？”回答是铿锵有力的：“看见他们就想起你，看见你就忘记了他们。”她大义凛然地离开了他。作者问：这就是“看见你就忘记了他们”吗？

作者在这里显然是同情诗人而批评恋人的。借用他在散文《爱情问题》中一个更清晰的表达，他对此问题的分析大致是：⑴ 性是多指向的，与爱的专一未必不可共存；⑵ 她把自己仅仅放在了性的位置上，在这个位置上她与别的女人才是可比的；⑶ 他没有因众多的性吸引而离开她，她却因性嫉妒而离开了他，正证明了他立足于爱而她立足于性。

可是，诗人用什么来证明自己对恋人的感情是爱情，而不只是多向情欲中之一向，与其他诸向的区别仅在它是实现了的一向而已？作者认为，这样的证明已经存在，有多向的性幻想而不去实现，不想去实现，这本身就是爱的证明。使爱情受到质疑的不是多向的性吸引，而是多向的性行为。作者并非站在道德的立场上反对多向的性行为，他的理由完全是审美性质的。他说，性行为中的呼唤和应答，渴求和允许，拆除防御和互相敞开，极乐中忘记你我仿佛没有了差别的境界，凡此种种，使性行为的形式与爱同构，成为爱的最恰当的语言。正是在性行为中，人用肉体淋漓尽致地表达了摆脱孤独的愿望。在此意义上，“是人对残缺的意识，把性炼造成了爱的语言，把性爱演成心魂相互团聚的仪式”。性是“上帝为爱情准备的仪式”。因此，爱者决不可滥用这种仪式，滥用会使爱失去了最恰当的语言。

在我看来，史铁生为贞洁提出了最有说服力的理由。性是爱侣之间示爱的最热烈也最恰当的语言，对于他们来说，贞洁之所以必要，是为了保护这语言，不让它被污染从而丧失了示爱的功能。所以，如果一个人真的在爱，他就应该自愿地保持贞洁。反过来说，自愿的贞洁也就能够证明他在爱。然而，深入追究下去，问题要复杂得多。诗人的恋人有一句话在逻辑上是不容反驳的，难怪把诗人说糊涂了：幻想之为幻想，就不是“不想”实现，而只是“不能”或“尚未”实现。如果说爱情保证了一个人不把多向的性幻想付诸实现，那么，又有什么能保证爱情呢？如果爱情本身是不可靠的，那么，我们怎么能相信它所保证的东西是可靠的呢？一旦爱情发生变化，那些现在“不想”实现的性幻想岂不就有了实现的理由？事实上，确实没有任何东西能够保证爱情。问题在于，使爱情区别于单纯情欲的那个精神内涵，即为自己的孤独寻找一个守护者的愿望，其实是不可能在某一个异性身上获得最终实现的，否则就不成其为形而上的了。作为不可能最终实现的愿望，不管当事人是否觉察和肯否承认，它始终保持着开放性，而这正好与多向的性兴趣在形式上相吻合。因此，恋爱中的人完全不能保证，他一定不会从不断吸引他的众多异性中发现另一个人，与现在这个恋人相比，那人才是他梦寐以求的守护者。也因此，他完全无法证明，他对现在这个恋人的感情是真正的爱情而不是化装为爱情的情欲。

也许爱情的困难在于，它要把性质截然不同的两种东西结合在一起，反而使它们混淆不清了。假如一个人看清了那种形而上的孤独是不可能靠性爱解除的，于是干脆放弃这徒劳的努力，把孤独收归己有，对异性只以情欲相求，会如何呢？把性与爱拉扯在一起，使性也变得沉重了。诚如史铁生所说，性作为爱的语言，它不是赤裸地表白爱的真诚、坦荡，就是赤裸地宣布对爱的蔑视和抹杀。那么，把性和爱分开，不再让它宣告爱或不爱，使它成为一种中性的东西，是否轻松得多？失恋以后，诗人确实这样做了，他与一个个女人上床，只要性，不说爱，互相都不再问"区别"，都没有历史，试图回到乐园，如荒原上那些自由的动物。但是，结果却是更加失落，在无爱的性乱中，被排除在外的灵魂愈发成了无家可归的孤魂。人有灵魂，灵魂必寻求爱，这注定了人不可能回到纯粹的动物状态。那么，承受性与爱的悖论便是人的无可避免的命运了。

四　自我与世界

自我与世界的关系是一个最重要的哲学问题。一切哲学的努力，都是在寻求自我与世界的某种统一。这种努力大致朝着两个方向。其一是追问认识的根据,目的是要在作为主体的自我与作为客体的世界之间寻找一条合法的通道。其二是追问人生的根据,目的是要在作为短暂生命体的自我与作为永恒存在的世界之间寻找一种内在的联系。我说史铁生具有天生的哲学素质,证据之一是他对这个最重要的哲学问题的执著的关注,在他作品的背景中贯穿着有关的思考。套用正、反、合的模式,我把他的思路归纳为:认识论上的唯我论(正题),价值论上的无我论(反题),最后试图统一为本体论上的泛我论(合题)。

在认识论上,史铁生是一个旗帜鲜明的唯我论者。他说:我只能是我,这是一个不可逃脱的限制,所以世界不可能不是对我来说的世界。我找不到也永远不可能找到非我的世界。在还没有我的时候这个世界就已经存在——这不过是在有我之后我听到的一种传说。到没有了我的时候这个世界会依旧存在下去——这不过是在还有我的时候我被要求同意的一种猜测。我承认按此逻辑,除我之外的每个人也都有一个对他来说的世界,因此譬如说现在有五十亿个世界,但是对我来说,这五十亿个世界也只是我的世界中的一个特征罢了。

所有这些都表述得十分精彩。认识论上的唯我论是驳不倒的,简直是颠扑不破的,因为它实际上是同语反复,无非是说:我只能是我,不可能不是我。即使我变成了别人,那时候也仍然是我,那时候的我也不可能把我意识为一个别人。这就是维特根斯坦所说的“语言的界限意味着我的世界的界限”,在此程度内世界只能是我的世界。这一主体意义上的自我不属于世界,而是世界的一种界限。我只能作为我来看世界,但这个我并不因此而膨胀成了整个世界,相反是“缩小至无延展的点”,即一个看世界的视点了。所以,维特根斯坦说,严格贯彻的唯我论是与纯粹的实在论一致的。

与哲学上作为主体的自我不同，心理学上的自我是指人的欲望。如果一个人因为世界是我的世界这一认识论的真理便认为世界仅仅为满足我的欲望而存在，他就是混淆了这两个自我的概念。同样，一切对唯我论的道德谴责也无不是出于此种混淆。在史铁生那里，我们看不到这种混淆。对于作为欲望的自我，他基本上是以一种超脱的眼光看轻其价值。

在《务虚笔记》中，我们可以发现史铁生面对命运之谜有两种相反的心情。大多数时候，他兴致勃勃地玩着猜谜的游戏。但是，正当他玩得似乎很投入时，有时忽然会流露出一种厌倦之情。例如，他琢磨着几位女主人公命运互换的可能性，突然带点儿自嘲的口吻写道："甚至谁是谁，谁一定是谁，这样的逻辑也很无聊。亿万个名字早已在历史中湮灭了，但人群依然存在……"小说中两次出现同一个景象、同一种思绪：我每天都看到一群鸽子，仿佛觉得几十年中一直是那一群，可事实上它们已经生死相继了若干次，生死相继了数万年。人山人海也是一样，其中的每一个人都将死去，但始终有一个人山人海在那里喧嚣踊跃。相同的人间戏剧在永远地上演着，一个只上场片刻的演员究竟被派给了什么角色，实在不值得认真。其实也没法认真，作者在散文《角色》中告诉我们：产科的婴儿室里一排新生儿，根据人间戏剧的需要，他们未来的角色大致上已经有了一个分配的比例，其中必有人要扮演倒霉的角色，那么，谁应该去扮演，为什么？这个问题不可能有一个美满的答案，所以就不要徒劳地去寻找答案了吧。散文《我与地坛》的结尾语把这个意思说得更精辟："宇宙以其不息的欲望将一个歌舞炼为永恒。这个欲望有怎样一个人间的姓名，大可忽略不计。"

好吧，我们姑且承认作为欲望的自我只是造化即宇宙大欲望手中的一个暂时的工具，我们应该看破这个自我的虚幻，千万不要执著。

可是，在这个自我之外，岂不还有一个自我，不妨称之为宗教上的自我，那便是灵魂。如果说欲望是旋生旋灭的，则灵魂却是指向永恒的，怎么能甘心自己被轻易地一次性地挥霍掉？关于灵魂，我推测它很可能是作为主体的自我与作为欲望的自我的一个合题。试想一个主体倘若有欲望，最大的欲望岂不就是永恒，即世界永远是我的世界，而不能想象有世界却没有了我？有趣的是，史铁生解决永恒问题的思路正好与此暗合，由唯我和无我走向了颇具宗教意味的泛我。早在《我与地坛》中，他就如此描写：有一天，我老了，扶着拐杖走下山去，从某一处山洼里势必会跑上来一个欢蹦的孩子，抱着他的玩具。接着自问："当然，他不是我。但是，那不是我吗？"在《务虚笔记》的最后一章，作者再次提到小说开头所回忆的那两个孩子。这一章的标题是"结束或开始"，暗示人间戏剧的轮回，而在这轮回中，所有的人都是那两个孩子，那两个孩子是所有的角色。不言而喻，那两个孩子也就是"我"。《务虚笔记》的结尾："那么，我又在哪儿呢？"上帝用欲望造就了一个永劫的轮回，这永劫的轮回使"我"诞生，"我"就在这样的消息里，这样的消息就是"我"。当然，这个"我"已经不是一个有限的主体或一个有限的欲望了，而是一个与宇宙或上帝同格的无限的主体和无限的欲望。就在这与宇宙大化合一的境界中，作为灵魂的自我摆脱了肉身的限制而达于永恒了。

第四辑　不时髦的读书

人不只属于历史

那个时代似乎离我们已经非常遥远了。当时,不仅在中国,而且在欧洲和全世界,人文知识分子大多充满着政治激情,它的更庄严的名称叫作历史使命感。那是在50年代初期,第二次世界大战结束不久,世界刚刚分裂为两大阵营。就在那个时候,曾经积极参加抵抗运动的加缪发表了他的第二部散文风格的哲学著作《反抗者》,对历史使命感进行了清算。此举激怒了欧洲知识分子中的左派,直接导致了萨特与加缪的决裂,同时又招来了右派的喝彩,被视为加缪在政治上转向的铁证。两派的态度鲜明对立,却对加缪的立场发生了完全相同的误解。

当然,这毫不奇怪。两派都只从政治上考虑问题,而加缪恰恰是要为生命争得一种远比政治宽阔的视野。

加缪从对“反抗”概念做哲学分析开始。“反抗”在本质上是肯定的,反抗者总是为了捍卫某种价值才说“不”的。他要捍卫的这种价值并不属个人，而是被视为人性的普遍价值。因此，反抗使个人摆脱孤独。“我反抗，故我们存在。”这是反抗的意义所在。但其中也隐含着危险，便是把所要捍卫的价值绝对化。其表现之一，就是以历史的名义进行的反抗，即革命。

对卢梭的《社会契约论》的批判是《反抗者》中的精彩篇章。加缪一针见血地指出，卢梭的这部为法国革命奠基的著作是新福音书，新宗教，新神学。革命的特点是要在历史中实现某种绝对价值，并且声称这种价值的实现就是人类的最终统一和历史的最终完成。这一现代革命概念肇始于法国革命。革命所要实现的那个绝对价值必定是抽象的，至高无上的，在卢梭那里，它就是与每个人的意志相分离的“总体意志”。“总体意志”被宣布为神圣的普遍理性的体现，因而作为这“总体意志”之载体的抽象的“人民”也就成了新的上帝。圣茹斯特进而赋予“总体意志”以道德含义，并据此把“任何在细节上反对共和国”亦即触犯“总体意志”的行为都宣判为罪恶，从而大开杀戒，用断头台来担保品德的纯洁。浓烈的道德化色彩也正是现代革命的特点之一，正如加缪所说：“法国革命要把历史建立在绝对纯洁的原则上，开创了形式道德的新纪元。”而形式道德是要吃人的，它导致了无限镇压原则。它对心理的威慑力量甚至使无辜的受害者自觉有罪。我们由此而可明白，圣茹斯特本人后来从被捕到处死为何始终保持着沉默，斯大林时期冤案中的那些被告又为何几乎是满怀热情地给判处他们死刑的法庭以配合。在这里起作用的已经不是法律，而是神学。既然是神圣的“人民”在审判，受审者已被置于与“人民”相对立的位置上，因而在总体上是有罪的，细节就完全不重要了。

加缪并不怀疑诸如圣茹斯特这样的革命者的动机的真诚，问题也许恰恰出在这种可悲的真诚上，亦即对于原则的迷醉上。“醉心于原则,就是为一种不可能实现的爱去死。”革命者自命对于历史负有使命,要献身于历史的终极目标。可是,他们是从哪里获知这个终极目标的呢?雅斯贝尔斯指出:人处在历史中,所以不可能把握作为整体的历史。加缪引证了这一见解,进一步指出:因此,任何历史举动都是冒险,无权为任何绝对立场辩护。绝对的理性主义就如同绝对的虚无主义一样,也会把人类引向荒漠。

放弃了以某种绝对理念为依据的历史使命感,生活的天地就会变得狭窄了吗?当然不。恰好相反,从此以后,我们不再企图做为历史规定方向的神,而是在人的水平上行动和思想。历史不再是信仰的对象,而只是一种机会。人们不是献身于抽象的历史,而是献身于大地上活生生的生活。“谁献身于每个人自己的生命时间,献身于他保卫着的家园,活着的人的尊严,那他就是献身于大地并且从大地取得收获。”加缪一再说:“人不只属于历史,他还在自然秩序中发现了一种存在的理由。”“人们可能拒绝整个历史,而又与繁星和大海的世界相协调。”总之,历史不是一切,在历史之外,阳光下还绵亘着存在的广阔领域,有着人生简朴的幸福。

我领会加缪的意思是,一个人未必要充当某种历史角色才活得有意义,最好的生活方式是古希腊人那样的贴近自然和生命本身的生活。我猜想那些至今仍渴望进入历史否则便会感到失落的知识分子是不满意这种见解的,不过,我承认我自己是加缪的一个拥护者。

给成人读的童话

最近又重读了圣埃克絮佩里的《小王子》,还重读了安徒生的一些童话。和小时候不一样,现在读童话的兴奋点不在故事,甚至也不在故事背后的寓意,而是更多地感受到童话作者的心境,于是读出了一种悲凉。

据说童话分为民间童话和作家童话两类,而民间童话作为童话之源是更有价值的。但是,我自己偏爱作家童话,在作家童话中,最读不厌的又是这一篇《小王子》。我发现,好的童话作家一定是极有真性情的人,因而在俗世又是极孤独的人,他们之所以要给孩子们讲故事决不是为了劝喻,而是为了寻求在成人世界中不易得到的理解和共鸣。也正因为此,他们的童话同时又是写给与他们性情相通的成人看的,或者用圣埃克絮佩里的话说,是献给还记得自己曾是孩子的少数成人的。

莫洛亚在谈到《小王子》时便称它为一本“给成人看的儿童书籍”,并说“在它富有诗意的淡淡的哀愁中蕴含着一整套哲学思想”。不过,他声明,他不会试图去解释《小王子》中的哲学思想,就像人们不对一座大教堂或布满星斗的天穹进行解释一样。我承认他说得有理。对于一切真正的杰作,就如同对于奇妙的自然现象一样,我们只能亲自用心去领悟,而不能凭借抽象的概括加以了解。因此,我无意在此转述这篇童话的梗概,只想略微介绍一下作者在字里行间透露的对成人的精辟看法。

童话的主人公是一个小王子,他住在只比他大一点儿的一颗星球上。这颗星球的编号是B612。圣埃克絮佩里写道,他之所以谈到编号,是因为成人们的缘故——

“大人们喜欢数目字。当你对他们说起一个新朋友的时候,他们从不问你最本质的东西。他们从不会对你说:‘他的声音是什么样的?他爱玩什么游戏?他搜集蝴蝶吗?’他们问你的是:‘他几岁啦?他有几个兄弟?他的父亲挣多少钱呀?’这样,他们就以为了解他了。假如你对大人说:‘我看见了一所美丽的粉红色砖墙的小房子,窗上爬着天竺葵,屋顶上还有鸽子……’他们是想象不出这所房子的模样的。然而,要是对他们说:‘我看到一所值十万法郎的房子。’他们就会高呼:‘那多好看呀!’”

圣埃克絮佩里告诉孩子们:“大人就是这样的,不能强求他们是别种样子。孩子们应当对大人非常宽容大度。”他自己也这样对待大人。遇到缺乏想象力的大人,“我对他既不谈蟒蛇,也不谈原始森林,更不谈星星了。我就使自己回到他的水平上来。我与他谈桥牌、高尔夫球、政治和领带什么的。那个大人便很高兴他结识了这样正经的一个人。”

在这巧妙的讽刺中浸透着怎样的辛酸啊。我敢断定,正是为了摆脱在成人中感到的异乎寻常的孤独，圣埃克絮佩里才孕育出小王子这个形象的。他通过小王子的眼睛来看成人世界，发现大人们全在无事空忙，为占有、权力、虚荣、学问之类莫名其妙的东西活着。他得出结论：大人们不知道自己到底要什么。相反，孩子们是知道的，就像小王子所说的："只有孩子们知道他们在寻找些什么，他们会为了一个破布娃娃而不惜让时光流逝，于是那布娃娃就变得十分重要，一旦有人把它们拿走，他们就哭了。"孩子并不问破布娃娃值多少钱，它当然不值钱啦，可是，他们天天抱着它，和它说话，便对它有了感情，它就比一切值钱的东西更有价值了。一个人在衡量任何事物时，看重的是它们在自己生活中的意义，而不是它们能给自己带来多少实际利益，这样一种生活态度就是真性情。许多成人之可悲，就在于失去了孩子时期曾经拥有的这样的真性情。

在安徒生的童话中，我们也常可发现看似不经意的对成人世界的讽刺。有一篇童话讲一双幸运套鞋的故事，它是这样开头的：在一幢房子里正在举行一个盛大晚会，客人们就某个无聊话题发生了争论。安徒生接着写道："谈话既然走向两个极端，除了有人送来一份内容不值一读的报纸外，没有什么能打断它——我们暂且到放外套、手杖、雨伞和套鞋的前厅去看一下吧。"笔锋由此转到那双套鞋上。当然，在安徒生看来，这双不起眼的套鞋远比客厅里那貌似有学问的谈话有趣得多。在另一篇童话中，安徒生让一些成人依次经过一条横在大海和树林之间的公路。对于这片美丽的景致，一个地主谈论着把那些树砍了可以卖多少钱，一个小伙子盘算着怎样把磨坊主的女儿约来幽会，一辆公共马车上的乘客全都睡着了，一个画家自鸣得意地画了一幅刻板的风景画。最后来了一个穷苦的女孩子，她什么也没有说，什么也没有做。"她惨白的美丽面孔对着树林倾听。当她望见大海上的天空时，她的眼珠忽然发亮,她的双手合在一起。”虽然她自己并不懂得这时渗透了她全身的感觉,但是,唯有她读懂了眼前的这片风景。

无须再引证著名的《皇帝的新装》,在那里面,也是一个孩子说出了所有大人都视而不见的真相,这当然不是偶然的。也许每一个优秀的童话作家对于成人的看法都相当悲观。不过,安徒生并未丧失信心,他曾说,他写童话时顺便也给大人写点东西,“让他们想想”。我相信,凡童话佳作都是值得成人想想的,它们如同镜子一样照出了我们身上业已习以为常的庸俗,但愿我们能够因此回想起湮没已久的童心。

也重读安徒生

之所以在“重读安徒生”前加上一个“也”字，是因为在《济南日报》上看到一篇文章:《重读安徒生》。那篇文章是叶君健先生写的，众所周知，中国读者是因了叶先生的译文而认识安徒生的。

在看到叶先生的这篇文章前不久，我恰好重读了安徒生，当然读的是叶先生翻译过来的安徒生。我已经在一篇文章中谈了安徒生童话对我的精神启示，现在我想说说我对安徒生的语言艺术的钦佩。

万事开头难，文章亦然。可是你看看安徒生那些童话的开头，好像一点儿不难，开得非常自然，朴实，往往直截了当，貌似平淡，其实极别致，极耐人寻味，一丝不落俗套。“公路上有一个兵在开步走——一，二！一，二！”这个兵的奇遇就从这最平常的开步走开始了。(《打火匣》) 名篇《丑小鸭》的开头是一个朴素得不能再朴素的短句:“乡下真是非常美丽。”《老头子做的事总是对的》讲了一对老年夫妇相亲相爱的故事,故事是安徒生在小时候听到的,他每逢想起就倍觉可爱,于是在开头议论说:“故事也跟许多人一样,年纪越大,就越显得可爱。这真是有趣极了!”这看似随意的议论有一种魔力,伴随着整个阅读过程,使你觉得不但故事本身,而且讲故事的人,故事里的人,都那么可爱而有趣。

安徒生的确可爱。所以,他能发现和欣赏孩子的可爱。那个穿了新衣服的小女孩“朝上望了望自己的帽子,朝下望了望自己的衣服”(多么传神!),幸福地对妈妈说:“当那些小狗看见我穿得这样漂亮的时候,它们心里会想些什么呢?”另一个四岁的小女孩念主祷文时,总要在“您赐给我们每天的面包”后面加上别人听不清的一点什么,在妈妈的责问下,她不好意思地说:“我只是祈求在面包上多放点黄油。”读到这里,谁能不为小女孩和安徒生的可爱而微笑呢?

安徒生的童话往往构思巧妙,想象奇特,多在意料之外,而叙述起来却又非常自然,似全在情理之中。《皇帝的新装》里的皇帝不是一上来就愚蠢得连自己穿没穿衣服也不知道的,他对那件正在制作中的新衣充满好奇,可是当他想到织工曾说愚蠢的人看不见这布的时候,“他心里的确感到有些不大自然”(多么准确!)。尽管他很自负,他内心还是怕万一证实了自己是个愚蠢的人,于是决定先派别人去看制作的进展情况。这心理多么正常,而正是这似乎很可理解的虚荣心理导致他一步步展现了他的不可思议的愚蠢。世上不会有一个公主,竟然因为二十床垫子和二十床鸭绒被下面的一粒豌豆而失眠。可是,在《豌豆上的公主》中,安徒生在讲完这个故事后从容地告诉我们:“现在大家就看出来了,她是一个真正的公主,因为……除了真正的公主外,任何人都不会有这么嫩的皮肤的。”其叙述的口吻之平静,反使故事的夸张有了一种真实的效果。

重读安徒生,我折服于安徒生的语言技巧。他的表达异常质朴准确,文字异常简洁干净,不愧是语言艺术的大师。可是,我读的不是叶君健先生的译本吗?那么,我同时也是折服于叶先生的语言技巧。叶先生在文章中批评了国内的翻译现状,我很有同感。从前的译家之翻译某个作家的作品,多是因为真正酷爱那个作家,不但领会其神韵,而且浸染其语言风格,所以能最大限度地提供汉语的对应物。叶先生于四十年前翻译的安徒生童话就是如此。这样的译著成功地把世界名著转换成了我们民族的精神财富,必将世代流传下去。相反,为了占领市场而组织一批并无心得和研究的人抢译外国作品,哪怕译的是世界名著,如此制作出来的即使不是垃圾,至多也只是迟早要被废弃的代用品罢了。

临终的苏格拉底

《儒林外史》中有一个著名的情节:严监生临死之时,伸着两个指头,总不肯断气,众人猜说纷纭而均不合其意。唯有他的老婆赵氏明白,他是为灯盏里点了两茎灯草放心不下,恐费了油,忙走去挑掉一茎。严监生果然点一点头,把手垂下,登时就没了气。

奇怪的是,我由这个情节忽然联想到了苏格拉底临终前的一个情节。据柏拉图的《斐多篇》记载,苏格拉底在狱中遵照判决饮了毒鸩,仰面躺下静等死亡,死前的一刹那突然揭开脸上的遮盖物,对守在他身边的最亲近的弟子说:"克里托,我还欠阿斯克勒庇俄斯一只公鸡,千万别忘了。"这句话成了这位西方第一大哲的最后遗言。包括克里托在内,当时在场的有十多人,只怕没有一个人猜得中这句话的含意,一如赵氏之善解严监生的那两个指头。

在生命的最后一天,苏格拉底过得几乎和平时没有什么不同。他仍然那样诲人不倦，与来探望他的年轻人从容谈论哲学，只是由于自知大限在即，谈话的中心便围绕着死亡问题。《斐多篇》通过当时在场的斐多之口，详细记录了他在这一天的谈话。谈话从清晨延续到黄昏，他反复论证着哲学家之所以不但不怕死而且乐于赴死的道理。这道理归结起来便是：哲学所追求的目标是使灵魂摆脱肉体而获得自由，而死亡无非就是灵魂彻底摆脱了肉体，因而正是哲学所要寻求的那种理想境界。一个人如果在有生之年就努力使自己淡然于肉体的快乐，专注于灵魂的生活，他的灵魂就会适合于启程前往另一个世界，这是真正意义上的哲学活动，也是把哲学称作“预习死亡”的原因所在。

这一番论证有一个前提，就是相信灵魂不死。苏格拉底对此好像是深信不疑的。在一般人看来，天鹅的绝唱表达了临终的悲哀，苏格拉底却给了它一个诗意的解释，说它是因为预见到死后另一个世界的美好而唱出的幸福之歌。可是，诗意归诗意，他终于还是承认，所谓灵魂不死只是一个“值得为之冒险的信念”。

凡活着的人的确都无法参透死后的神秘。依我之见，哲人之为哲人，倒也不在于相信灵魂不死，而在于不管灵魂是否不死，都依然把灵魂生活当作人生中唯一永恒的价值看待，据此来确定自己的生活方式，从而对过眼云烟的尘世生活持一种超脱的态度。那个严监生临死前伸着两个指头，众人有说为惦念两笔银子的，有说为牵挂两处田产的，结果却是因为顾忌两茎灯草费油，委实吝啬得可笑。但是，如果他真是为了挂念银子、田产等而不肯瞑目，就不可笑了吗？凡是死到临头仍然看不破尘世利益而为遗产、葬礼之类操心的人，其实都和严监生一样可笑，区别只在于他们看到的灯草也许不止两茎，因而放心不下的是更多的灯油罢了。苏格拉底眼中却没有一茎灯草，在他饮鸩之前，克里托问他对后事有何嘱托，需要为孩子们做些什么，他说只希望克里托照顾好自己,智慧地生活,别无嘱托。又问他葬礼如何举行,他笑道:“如果你们能够抓住我,愿意怎么埋葬就怎么埋葬吧。”在他看来,只有他的灵魂才是苏格拉底,他死后不管这灵魂去向何方,那具没有灵魂的尸体与苏格拉底已经完全不相干了。

那么,苏格拉底那句奇怪的最后遗言究竟是什么意思呢?阿斯克勒庇俄斯是希腊神话中的医药之神,蔑视肉体的苏格拉底竟要克里托在他的肉体死去之后,替他向这个司肉体的病痛及治疗的神灵献祭一只公鸡,这不会是一种讽刺吗?或者如尼采所说,这句话喻示生命是一种疾病,因而暴露了苏格拉底骨子里是一个悲观主义者?我曾怀疑一切超脱的哲人胸怀中都藏着悲观的底蕴,这怀疑在苏格拉底身上也应验了吗?

《李白与杜甫》内外

“文革”中，郭沫若接连失去了两个儿子，其中之一的世英是我的好友。世英死后不久，我从北大毕业，被分配到洞庭湖区的一个军队农场劳动。农场的生活十分单调，洞庭湖的汪洋把我们与外界隔绝，每天无非是挖渠、种田和听军队干部训话，加上我始终沉浸在世英之死的哀痛中，心情是很压抑的。在那一年半里，与郭家的通信成了我的最大安慰。

有一回，我给建英寄了一些我在农场写的诗，其中一首由李白诗句点化而来。诗写得并不好，我当时的诗大多强作豪迈，意在使自己振作。但是，建英回信转述了郭老的鼓励，夸我很有诗才，并说郭老又写给他一首李白的诗：“铲却君山好，平铺湘水流。巴陵无限酒，醉杀洞庭秋。”问我一个问题：君山那样的好，为什么要铲却它呢？我的回答是：就像“槌碎黄鹤楼”、“倒却鹦鹉洲”一样，“铲却君山”也是李白的豪言,未必要有什么目的。建英在下一封信中揭破谜底:铲平君山是为了造田种稻米,把米做成酒,就“醉杀洞庭秋”了。

后来我收到于立群寄给我的《李白与杜甫》一书,才知道郭老当时正在研究李白。在这部书中,郭老不指名地把我对上述谜语的解答和他的反驳也写了进去。同一书中还第一次发表了他写的一首词,正是他曾经抄录给我的《水调歌头·游采石矶》。离京前夕,我到他家告别,他拿出这幅大约四开大的墨迹,为我诵读了一遍,盖章后送给了我。“借问李夫子:愿否与同舟?”我很喜欢这个意境。可惜的是,于立群顾忌到我所要去的军队农场的政治环境,建议我不要带去,我便把这幅字留在郭家了。

《李白与杜甫》初版于1971年,我不知道郭老是从何时开始构思这部书的,有一点似乎可以肯定:该书的大部分写作及完稿是在他连丧二子的1968年之后。可以想见,当时他的心境是多么低郁,这种心境在他给我的信里也有曲折的表达。他在一封信中写道:“非常羡慕你,你现在走的路才是真正的路。可惜我‘老’了,成为了一个一辈子言行不一致的人。”接着提到了世英:“我让他从农场回来,就像把一棵嫩苗从土壤中拔起了的一样,结果是什么滋味,我深深领略到了。你是了解的。”世英原是北大学生,因“思想问题”而被安排到一所农场劳动,两年后转学到北京农业大学,“文革”中被那里的造反派迫害致死。在另一封信中,因为我曾叹息自己虽然出胎生骨的时间不长,脱胎换骨却难乎其难,郭老如此写道:“用你的话来说,我是‘出胎生骨的时间’太长了,因而要脱胎换骨近乎不可能了。在我,实在是遗憾。”这些因“文革”遭际而悔己一生之路的悲言是异常真实的,我从中读出了郭老对当时中国政治的无奈和绝望。他在这样的心境下研究李白,很可能也是感情上的一种寄托。他褒扬李白性格中天真脱俗的一面,批评其看重功名的一面，而最后落脚在对李白临终那年写的《下途归石门旧居》一诗的诠释上。他对这首向来不受重视的诗评价极高，视之为李白的觉醒之作和一生的总结，说它表明“李白从农民的脚踏实地的生活中看出了人生的正路”，从而向“尔虞我诈、勾心斗角的整个市侩社会”“诀别”了。姑且不论这种解释是否牵强，或者说，正因为有些牵强，我们岂不更可以把它看作是作者自己的一种觉醒和总结？联系到他给我的信中的话，我能体会出其中隐含着的愤懑：政治如此黑暗，善良的人的唯一正路是远离政治，做一个地道的农民。也正是在同一意义上，我理解了他写给我的这句“豪言壮语”：“希望你在真正的道路上，全心全意地迈步前进。在泥巴中扎根越深越好，越久越好。扎穿地球扎到老！”

如果不算若干短小的诗词，《李白与杜甫》的确是郭老的封笔之作。不管人们对这部书的扬李抑杜立场有何不同意见，重读这部书，我仍由衷地钦佩郭老以八十之高龄，在连遭丧子惨祸之后，还能够把一部历史著作写得这样文情并茂，充满活力。近些年来，对于郭沫若其人其学的非议时有耳闻，我不否认作为一个真实的人，他必有其弱点和失误，但我同时相信，凡是把郭沫若仅仅当作一个政治性人物加以评判的论者，自己便是站到了一种狭隘的政治性立场上，他们手中的那把小尺子是完全无法衡量中国现代文化史上这位广有建树的伟人的。

回到世界名著

我“发现”了一套好书：中国商务印书馆和美国不列颠百科全书公司1995年合作出版的《西方名著入门》。之所以说“发现”，是因为不曾看见大小报刊宣传它，而它比绝大多数被宣传得很热闹的书有价值多了。事实上它一直默默无闻，初印三千册，迄今没有重印。全书共九卷，收入了西方自古至今文学、社会科学、自然科学、哲学各门类的中短篇名作，其中有相当部分是首次译介的。

这套书原是为西方读者准备的，编者在书首写有篇幅甚长的序和导言，交代编书的意图。读后觉得，其意图对于我们亦非无的放矢。

现代社会是一个娱乐社会。随着工作时间的缩短和闲暇的增加，现代人把越来越多的时间用于娱乐。所谓娱乐，又无非是一种用钱买来、由时髦产品提供、由广告逼迫人们享用的东西。如果不包含这些因素，人们便会觉得自己不是在娱乐。在娱乐中，人们但求无所用心，彻底放松。花费昂贵和无所用心成了衡量娱乐之品级的尺度，进而又成了衡量生活之质量的尺度，如果一个人把许多时间耗在豪华的俱乐部或度假村里，他就会被承认是一个体面的人士。当然，这样的人是不读书的，至少是不读世界名著的，因为那不太费钱却需要用心。

如果闲暇的时间越来越多，甚至超过了工作的时间，那么，我们确实可以认为，一个人的生活质量将越来越取决于他如何消度闲暇。正是在这个意义上，该书的编者提出教育目标发生了变化的命题。过去，教育的目标是为职业做准备。现在，教育应该为人们能够有意义地利用闲暇时间做准备。也就是说，应该使人们有能力在闲暇时间过一种有头脑的生活，而不是无所用心的生活。在编者看来，阅读名著无疑最有助于实现这个目标。

名著之为名著，就因为其作者如同圣伯夫形容苏格拉底和蒙田的那样，是“拥抱所有国家和所有时代”的，他们的作品触及了某些人类共同感兴趣的重大问题，表达了某些最根本的思想。正由于此，它们不会是普通人所无法理解的。有了这一点基本的信心，编者便劝告读者在阅读时尽量把注意力放在读懂的内容上，而不要受阻于不懂的地方。我很赞赏编者的这一劝告。我相信，越是读伟大的作品，五柳先生“好读书不求甚解”的原则就越是适用。读名著原是为了获得享受，在享受中自然而然地得到熏陶和教益，而刻意求解的读法往往把享受破坏无遗，也就消解了在整体上受熏陶的心理氛围。

从前的时代，由于印刷的困难，一个人毕生只能读到不多的几本书，于是反复阅读，终身受用不尽。现在不同了，出版物如汪洋大海，席卷而来。每月都有许多新书上架，即使浅尝辄止，仍是目不暇接。印刷业的发达必然导致阅读的浮躁。哪怕明知名著的价值非一般书所可比拟，也沉不下心来读它们，很容易把它们看作众多书中的一种罢了。回想起来，真是舍本求末，损失莫大矣。那么，此刻，这套《西方名著入门》摆在面前，唤醒了我对名著的眷恋，使我决心回到它们那里。

有人问一位登山运动员为何要攀登珠穆朗玛峰，得到的回答是："因为它在那里。"别的山峰不存在吗？在他眼里，它们的确不存在，他只看见那座最高的山。爱书者也应该有这样的信念：非最好的书不读。让我们去读最好的书吧，因为它在那里。

简洁的力量

不同的书有不同的含金量。世上许多书只有很低的含金量，甚至完全是废矿，可怜那些没有鉴别力的读者辛苦地去开凿，结果一无所获。含金量高的书，第一言之有物，传达了独特的思想或感受，第二文字凝练，赋予了这些思想或感受以最简洁的形式。这样的书自有一种深入人心的力量，使人过目难忘。在这方面，法国作家儒勒·列那尔的作品堪称典范。

《胡萝卜须》是列那尔的代表作，他在其中再现了自己辛酸的童年生活。记得第一次读这本书时，我常常情不自禁地流泪，又常常情不自禁地破涕为笑。书中那个在家里饱受歧视和虐待的孩子，他聪明又憨厚，淘气又乖顺，充满童趣却被逼得少年老成，真是又可爱又可怜。他清楚地意识到自己在家里的地位，因此万事都不敢任性，而是努力揣摩和迎合大人的心思，但结果总是弄巧成拙，遭受加倍的屈辱。当然，最后他反抗了，反抗得义无反顾。我相信，列那尔的作品以敏锐的观察和冷峭的幽默见长，是与他的童年经历有关的，来自亲人的折磨使他很早就养成了对世界的一种审视态度。《胡萝卜须》由一些独立成篇的小故事组成，每一篇的文字都十分干净，读起来毫无窒碍，我几乎是一口气把它们读完的。

列那尔的观察之细致和文风之简洁是公认的，《不列颠百科全书》说他的散文到了无一字多余的地步。试看他在《自然记事》中对动物的描写：

蝙蝠——“枝头上一簇簇破布”；

喜鹊——“老穿着那件燕尾服，真是最有法国气派的禽类”；

跳蚤——“一粒带弹簧的烟草种子”；

蛇——“太长了”；

蜗牛——“他只会用舌头走路”。

列那尔的眼力好，笔力也好。他非常自觉地锤炼文字功夫，要求自己像罗丹雕塑那样进行写作，凿去一切废料。他认为，风格就是仅仅使用必不可少的词，绝对不写长句子，最好只用主语、谓语和宾语。拉马丁思考五分钟就要写一小时，他说应该反过来。他甚至给自己规定，每天只写一行。他的确属于那种产量不太高的作家。我所读到的他的最精辟的话是：“我把那些还没有以文学为职业的人称作经典作家。”以文学为职业的弊病是不管有没有想写的东西都非写不可，于是难免写得滥。当然，一个职业作家仍然可以用非职业的态度来写作，只写自己真正想写的东西，就像列那尔那样。对于一个作家来说，节省语言是基本的美德。所谓节省语言，倒不在于刻意少写，而在于不管写多写少，都力求货真价实。这一要求见之于修辞，就是剪除一切可有可无的词句，达于文风的简洁。由于惜墨如金，所以果然就落笔成金，字字都掷地有声。

在印刷垃圾泛滥的今天，我忽然怀念起列那尔来，于是写了上面这些感想。

世上本无奇迹

《鲁滨孙漂流记》出版二百周年之际，弗吉尼亚·伍尔夫发表感想说，她觉得这本书像是一部万古常新的无名氏作品，而不像是若干年前某个人的精心之作，因此，要庆祝它的生日，就像庆祝史前巨石柱的生日一样令人感到奇怪。这话道出了我们读某些经典名著时的共同感觉。当然，即使在经典名著中，这样的作品也是不多的，而《鲁滨孙漂流记》也许是最有代表性的一部。

故事本身是尽人皆知的，它涉及一桩奇遇：鲁滨孙在荒无人烟的孤岛上生活了二十八年，终于活着回到了人群中。可是，知道这个故事与读这本书完全是两回事。如果你仅仅知道故事梗概而不去读这本书，你将错过最重要的东西。一部伟大的小说，其所以伟大之处不在故事本身，而在对故事的叙述。在笛福笔下，鲁滨孙的孤岛奇遇是由许许多多丝毫不是奇遇的具体事件和平凡细节组成的，他只是从容道来，丝毫不加渲染，一切都好像是事情自己在那里发生着。他的叙事语言朴实，准确，宛若自然天成，因此而极有力量，使我们几乎不可能怀疑他所叙述的事情的真实性。我们仿佛身历其境地看到，只身落在荒岛上的鲁滨孙怎样由惊恐而到渐渐适应，在习惯了孤独以后，又怎样因为在沙滩上发现人的脚印而感到新的惊恐。我们看到他为了排除寂寞，怎样辛勤地营建自己的小窝，例如怎样花费四十二天工夫把一棵大树做成一块简陋的搁板。我们会觉得，这一切都是十分真实的，倘若我们落入那个境遇里，我们也会那样反应和那样做。鲁滨孙能够在孤岛上活下来，靠的不是超自然的奇迹，而是生存本能和一点好运气罢了。

在过去的评论中，人们常常强调笛福是资产阶级的代言人，小说的主旨是鼓吹勤劳求生和致富。在我看来，即使这部小说含有道德训诫的意思，也决非如此肤浅。在现实生活中，笛福是一个很入世的人，曾经经商、从政、办刊物，在每一个领域都折腾得很厉害，大起大落，最后失败得也很惨，是一个喜欢折腾又历尽坎坷的人。他自己总结说："谁也没有经受过这么多命运的播弄，我曾经十三回穷了又富，富了又穷。"到了晚年，他才开始写小说。使我感到有趣的是，就是这样一个人，却借了鲁滨孙的眼光，表达了对俗世的一种超脱和批评的立场。在远离世界并且毫无返回希望的情形下，鲁滨孙发现自己看世界的眼光完全变了。他的眼光的变化，我认为最有价值的是两点。一是对财富的看法。由于他碰巧落在一个物产丰富的岛上，加上他的勤勉，他称得上很富有了。可是他发现，财富再多，他所能享受的也只是自己能够使用的部分，而这个部分是非常有限的，其余多出的部分对于他没有任何实际价值。由此他意识到，世人的贪婪乃是出于虚荣，而非出于真实的需要。另一是对宗教的看法。如果说他还是一个基督徒的话，他的宗教信仰也变得极其单纯了，仅限于从上帝的仁慈中寻求活下去的勇气和安宁的心境。由此他回想人世间宗教上的一切烦琐的争执，看破了它们的毫无意义。我相信在这两点认识中包含着某种基本的真理。世上种种纷争，或是为了财富，或是为了教义，不外乎利益之争和观念之争。当我们身在其中时，我们不免很看重。但是，我们每一个人都迟早要离开这个世界，并且绝对没有返回的希望。在这个意义上，我们不妨也用鲁滨孙的眼光来看一看世界，这会帮助我们分清本末。我们将发现，我们真正需要的物质产品和真正值得我们坚持的精神原则都是十分有限的，在单纯的生活中包含着人生的真谛。

孤岛遐想是现代人喜欢做的一个游戏。只身一人漂流到了一座孤岛上，这种情景对于想象力是一个刺激。不过，我们的想象力往往底气不足，如果没有某种浪漫的奇迹来救助，便难以为继。最后，也就只好满足于带什么书去读、什么音乐去听之类的小情调而已。在鲁滨孙的孤岛上也没有奇迹。那里不是桃花源，没有乌托邦式的社会实验。那里不是伊甸园，没有女人和艳遇。鲁滨孙在他的孤岛上所做的事情在人类历史上其实是经常发生的，这就是凭借从一个文明社会中抢救出的少许东西，重新开始建立这个文明社会。世上本无奇迹，但世界并不因此而失去了魅力。我甚至相信，人最接近上帝的时刻不是在上帝向人显示奇迹的时候，而是在人认识到世上并无奇迹却仍然对世界的美丽感到惊奇的时候。

第五辑　爱者的反思

爱:从痴迷到依恋

爱有一千个定义,没有一个定义能够把它的内涵穷尽。

当然,爱首先是一种迷恋。情人之间必有一种痴迷的心境,和一种依恋的情怀,否则算什么堕入情网呢。可是,仅仅迷恋还不是爱情。好色之徒猎艳,无知少女追星,也有一股迷恋的劲儿,却与爱情风马牛不相及。即使自以为堕入情网的男女,是否真爱也有待岁月检验。一个爱情的生存时间或长或短,但必须有一个最短限度,这是爱情之为爱情的质的保证。小于这个限度,两情无论怎样热烈,也只能算作一时的迷恋,不能称作爱情。

所以,爱至少应该是一种相当长久的迷恋。迷恋而又长久,就有了互相的玩味和欣赏,爱便是这样一种乐此不疲的玩味和欣赏。两个相爱者之间必定是常常互相玩味的,而且是不由自主地要玩,越玩越觉得有味。如果有一天觉得索然无味,毫无玩兴,爱就荡然无存了。

迷恋越是长久,其中热烈痴迷的成分就越是转化和表现为深深的依恋,这依恋便是痴迷的天长日久的存在形式。由于这深深的依恋,爱又是一种永无休止的惦念。有爱便有牵挂,而且牵挂得似乎毫无理由,近乎神经过敏。你在大风中行走,无端地便担心爱人的屋宇是否坚固。你在睡梦中惊醒,莫名地便忧虑爱人的旅途是否平安。哪怕爱人比你强韧,你总放不下心,因为在你眼中她(他)永远比你甚至比一切世人脆弱,你自以为比世人也比她自己更了解她,唯有你洞察那强韧外表掩盖下的脆弱。

于是,爱又是一种温柔的呵护。不论男女,真爱的时候必定温柔。爱一个人,就是心疼她,怜她,宠她,所以有"疼爱"、"怜爱"、"宠爱"之说。心疼她,因为她受苦。怜她,因为她弱小。宠爱她,因为她这么信赖地把自己托付给你。女人对男人也一样。再幸运的女人也有受苦的时候,再强大的男人也有弱小的时候,所以温柔的呵护总有其理由和机会。爱本质上是一种指向弱小者的感情,在爱中,占优势的是提供保护的冲动,而非寻求依靠的需要。如果以寻求强大的靠山为鹄的,那么,正因为再强的强者也有弱的时候和方面,使这种结合一开始就隐藏着破裂的必然性。

如此看来,爱的确是一种给予和奉献。但是,对于爱者来说,这给予是必需,是内在丰盈的流溢,是一种大满足。温柔也是一种能量,如果得不到释放,便会造成内伤,甚至转化为粗暴和冷酷。好的爱情能使双方的这种能量获得最佳释放,这便是爱情中的幸福境界。因此,真正相爱的人总是庆幸自己所遇恰逢其人,为此而对上天满怀感恩之情。

我听见一个声音嘲笑道:你所说的这种爱早已过时,在当今时代纯属犯傻。好吧,我乐于承认,在当今这个讲究实际的时代,爱便是一种犯傻的能力。可不,犯傻也是一种能力,无此能力的人至多只犯一次傻,然后就学聪明了,从此看破了天下一切男人或女人的真相,不再受爱蒙蔽,而具备这种能力的人即使受挫仍不吸取教训,始终相信世上必有他所寻求的真爱。正是因为仍有这些肯犯傻能犯傻的男女存在,所以寻求真爱的努力始终是有希望的。

婚姻反思录

一　开场白

某君倡“宽松的婚姻”之高论，且身体力行之。他深信唯有立足于信任而非猜疑，借宽松而非禁锢，才能保证爱情在婚姻之中仍有自由发展的空间，令婚姻优质而且坚固。此论确乎行之有效，他和他的妻子的美满婚姻一时传为佳话。

忽一日，传来惊人的消息，据说他的婚姻宣告破裂，他和他的妻子已经友好分手。于是群起而攻之、嘲之、诘之，曰：事实胜于雄辩，“宽松”论业已破产矣！

某君答曰：你们拿得出一种必定成功的婚姻理论吗？

然而，长夜灯下独坐，某君仍不免暗自检讨自己的婚爱经历和观念，若有所悟。以下便是他的反思的记录。

二　神圣的命名

在造出第一个人——亚当——之后，上帝所做的第一件事就是，把各种飞鸟走兽带到亚当面前，让他给它们命名。根据《旧约》的这一记载，命名便是人之为人的第一个行为，是人为自己加冕的神圣仪式，通过给世间万物命名，世界才成为人的世界。

所以，一个男人把一个女人叫作妻子，一个女人把一个男人叫作丈夫，这不仅仅是一个法律行为，而且是一个神圣行为，是在上帝面前的互相确认。唯有通过这个命名，她才成为他的“自己的女人”，他也才成为她的“自己的男人”。无此命名，不论他们如何相爱，终归不互相拥有。同样，他们的屋宇在他们互相命名为妻子和丈夫之前只是一个住处，唯有通过这个命名才成为“自己的家”。

不结婚而同居当然潇洒，但是，无其名必也无其实，至少缺少了那种今生今世共有一份命运的决心和休戚与共之感，那种走遍天涯海角仍然牵肠挂肚的惦念。

当然，有其名未必有其实。多少男女顶着夫妻的名义，却同床异梦，并不觉得找到了今生今世真正属于自己的女人或男人。也有曾经相爱甚笃的夫妻，一方做出了负心的事，使另一方发出痛楚的呼喊：“他（她）不是我的自己的男人（女人）了！”

结婚是神圣的命名。是否在教堂里举行婚礼，这并不重要。苍天之下，命名永是神圣的仪式。“妻子”的含义就是“自己的女人”，“丈夫”的含义就是“自己的男人”，对此命名当知敬畏。没有终身相爱的决心，不可妄称夫妻。有此决心，一旦结为夫妻，不可轻易伤害自己的女人和自己的男人，使这神圣的命名蒙羞。

三　婚姻是难事

性遵循快乐原则，爱情遵循理想原则，婚姻遵循现实原则。这是三个不同的东西，彼此之间常常还发生着冲突。婚姻的困难在于，如何能在自身中把三者统一起来。

婚姻当然包含性，它是社会所公认的性满足的合法形式和主要方式。但是，作为一种纯粹的生理欲望，性欲本身又具有盲目性。不必是配偶，不必是情侣，两个健康男女之间的做爱都能给当事人带来快乐。而且，性的快乐常常取决于双方性的癖好和习性的协调，其协调的程度未必与爱情成正比，更未必与婚姻相一致。由于长年的重复，夫妇之间的性生活还可能因为缺少新奇的刺激而减少其兴味。因此，对于已婚者来说，婚外性关系始终是一种潜在的诱惑，并对婚姻构成潜在的威胁。

好的婚姻是爱情的结果，有情人结为眷属也表明了终身相爱的决心。但是，结婚意味着在一起过日子，而过日子总是很琐碎也很平凡的。把平凡的日子过得始终不乏浪漫的情趣，这并非不可能，但殊为不易。何况结婚不能也不该杜绝新的邂逅，移情别恋的可能是始终存在的。

看看周围，无爱的婚姻，性冷淡的夫妇，事实上都为数不少。许多婚姻之所以能够延续，只是基于现实利益的一种妥协或无奈。那么，婚姻、爱情、性三者的持久完满的统一不可能吗？我相信是可能的。其前提当然是，婚姻在爱和性和谐方面本来就有较好的质量。在此前提下，也许关键在于，如何怀着对这个好婚姻的珍惜之心，来克服一般婚姻都会产生的倦怠，在婚姻之中（而不是到婚姻之外）不断更新爱情的理想和性的快乐。到婚外寻找新的刺激当然简便得多，但是，世上的捷径往往只通向事物的表面，要达于核心就必须做出持久不懈的努力。在两性之间，发生肉体关系是容易的，发生爱情便很难，而最难的便是使一个好婚姻经受住岁月的考验。

四　珍惜便是缘

人们常把有情人终成眷属说成有缘，一旦反目离异呢，便说是缘分已尽。缘的长短，最难预料。相爱者谁不自许已经从茫茫人海中找到了自己的“另一半”，从此永结百年之好了呢？可是，世事无常，风云变幻，多少终成眷属的有情人未曾料到，有朝一日他们之间会发生感情危机，甚至于渡不过难关，只好挥泪诀别。

世上婚配，形形色色，真正基于爱情的结合并不太多，因而弥足珍贵。然而，偏偏愈是基于爱情的结合，比起那些以传统伦理和实际利益为基础的婚姻来，愈有其脆弱之处。所谓佳偶难久，人们眼中的天作之合往往不能白头偕老，这差不多是古老而常新的故事了。究其原因，也许是因为人的内在的感情要比外在的规范和利益更加难以捉摸，更加不易把握，爱情是比世俗的婚姻纽带更易变的东西。以爱情为婚姻的唯一依据，在逻辑上便意味着爱情高于婚姻，因此，一方面，如果既有的爱情出现瑕疵，婚姻便成问题；另一方面，一旦新的爱情产生，婚姻便当让位。事实上，凡是在婚姻中把爱情看得比一切都重要的人，在感情问题上往往比较敏感，既容易互相挑剔，也容易动情别恋。他们爱起来惊天动地，可歌可泣，同时也风起云涌，乍喜乍悲。假如他们足够幸运，又足够成熟，因而能够足够长久地相爱，那么，他们倒也能做到情深意笃，琴瑟和谐，成就一段美满姻缘。然而，千万不要大意,潜在的危险始终存在着,真正以爱情为基础的婚姻永远不会大功告成,一劳永逸,再好的姻缘也不可能获得终身保险。

我的意思是说,我们当然不能也不该对爱情可能发生的变化严加防范,但是也大可不必为它创造条件。红尘中人,诱惑在所难免,而每个当事人对于自己所面临的究竟是不可抵御的更强烈的爱情,还是一般的风流韵事,心里大致是清楚的。我的劝告是,如果是后者,而你又很看重(不看重则另当别论)既有的婚爱,就请你三思而不要行了。这对你也许是一种损失,但你因此避免了更惨重的损失。如果是前者,我就无需说什么了,因为说了也没有用。

爱情是人生的珍宝,当我们用婚姻这只船运载爱情的珍宝时,我们的使命是尽量绕开暗礁,躲开风浪,安全到达目的地。谁若故意迎着风浪上,固然可以获得冒险的乐趣,但也说明了他(她)对船中的珍宝并不爱惜。好姻缘是要靠珍惜之心来保护的,珍惜便是缘,缘在珍惜中,珍惜之心亡则缘尽。

人的心是世上最矛盾的东西,它有时很野,想到处飞,但它最平凡最深邃的需要却是一个憩息地,那就是另一颗心。倘若你终于找到了这另一颗心,当知珍惜,切勿伤害它。历尽人间沧桑,遍阅各色理论,我发现自己到头来信奉的仍是古典的爱情范式:真正的爱情必是忠贞专一的。惦着一个人并且被这个人惦着,心便有了着落,这样活着多么踏实。与这种相依为命的伴侣之情相比,一切风流韵事都显得何其虚飘。

五　结束语

以上是某君的婚姻反思的记录。读毕这个记录,一位小姐问道:

“先生因一己的遭遇，便由开放一变而为保守，岂不大谬？”

某君答曰：“人皆因受挫而对爱情失望，视婚姻为畏途，我独一如既往热情地为婚爱辩护，何保守之有？”

小姐问道：“难道先生仍想结婚？”

某君答曰：“诚然。婚姻的好坏，不可以成败论之。好婚姻也是可能失败的。我期望得到一个终于成功的好婚姻。”

小姐慨然叹道：“先生真保守矣，老矣！”

某君笑而不答。

嫉妒的权利

一

在性爱中,嫉妒是常见的现象,俗称吃醋。醋坛子打翻,那酸溜溜的滋味很难用语言表达,人们往往也羞于用语言表达。表达出来时,嫉妒总是化装成别的东西,例如愤怒、骄傲或冷漠。可以公开表示仇恨,嫉妒却不能。在人类一切情感中,嫉妒似乎是最见不得人的一种。

人们讴歌爱情,耻笑嫉妒。这两种情感本来宛如一对孪生姐妹,彼此有着不解之缘,却受到完全相反的评价,这未免有些不合逻辑。其实,被笼统地称作嫉妒的这种情感是很复杂的,包含着不同的因素,而它们并非都是负面的。

人为什么会吃醋?大体而论,是因为爱。爱,所以就在乎,就把爱人是否也爱自己看得很重要,对爱人感情上的些微变化十分敏感。吃醋未必要有事实的根据，热恋中人常常会捕风捉影，无端猜疑。这样的吃醋，只要控制在一定程度内，不但无害，反倒构成了爱情中的喜剧性因素，我们不妨把它看作一种特殊的调情。事实上，一点醋不吃的人不解爱情滋味，一点醋味不带的爱情平淡无味。当然，如果不加控制，嫉妒就会成为一种巨大的破坏力量，每每酿成悲剧。

也有不是从爱出发的嫉妒，这种情形突出地表现在那些无爱或者爱情业已死亡的婚姻中。爱情不存在了，为什么还要嫉妒呢？可能有三种原因。一是在传统观念支配下，因所有权受到侵犯而愤怒。二是在虚荣心支配下，因“面子”受损害而感到屈辱。三是在报复心的支配下，因对方可能获得的幸福而不平。当一个人因为爱而嫉妒时，在他的嫉妒中，这些因素也可能以较弱的程度混杂着。在我看来，这样的嫉妒或嫉妒中的这些因素的确是阴暗的，应该被否定的。而凡是真正由爱导致的嫉妒，则多少有其存在的理由。最执著的爱往往会导致最强烈的嫉妒，即使疯狂如奥赛罗，也有一种悲剧性的美。不过，我对之只能欣赏，却不赞成，因为他的行为不符合我的民主观念。

二

按照我的理解，婚爱中的民主所要反对的是把爱情变成占有，但它并不排斥嫉妒的权利。嫉妒本身不是专制，因为嫉妒而伤害人身才是专制。

随着民主观念的演进，曾经有不少激进之士主张一种开放的婚姻，在这种婚姻中，嫉妒不复有容身之地。例如，西方“婚姻革命”的始作俑者罗素认为：爱是一种积极的光明的感情，嫉妒是一种消极的阴暗的本能，因此，开明的夫妇应当自觉地压制各自的嫉妒本能，以便给自己也给对方以婚外性爱的充分自由和广阔天地。在他看来，这种婚内外多样化的性爱关系无损于由最真挚的爱情所缔结的婚姻，两者完全可以并行不悖。相反，因为婚姻而拒绝来自别的异性的一切爱情，则意味着减少感受性、同情心以及与有价值的人接触的机会，摧残人生中最美好的东西。

我对罗素的见解曾经深以为然，但是观察和经历使我产生了怀疑。据我所见，凡是发生过婚外恋或婚外性关系的家庭，不论受伤害的一方多么开通豁达，如何显示大度宽容，那阴影总是潜伏了下来。其结果是，或早或迟，其中的相当多家庭（如果不是大部分的话）终难免于破裂的命运。在这过程中，悄悄起着破坏作用的阴影正是嫉妒。

是那受伤害的一方缺乏足够的教养，压制嫉妒的努力不够真诚吗？可是，罗素自己够绅士也够真诚了吧，结果怎么样呢？众所周知，他一生中多次结婚和离婚。当然，这未必能证明他的理论是错误的，就像不能证明相反的婚姻理论是正确的一样，因禁锢而遭失败的婚姻比比皆是，其绝对数量远超过开放的婚姻。然而，当罗素和他同样主张性开放而痛斥嫉妒之非的第二任妻子勃列克离婚的消息传来时，林语堂不无理由地推测，很可能是嫉妒在其中起了最重要的作用。

正如罗素的传记作者艾伦·伍德所说：压制嫉妒的行为容易，压制嫉妒的情感难。他以嘲讽的口吻指出，罗素主张对配偶的风流韵事处之泰然，这个主张貌似激进，实则保守，乃是出于一种贵族信念：流露出嫉妒情感是不体面的。

可不是吗，当你发现妻子或丈夫不忠时，你妒火中烧，但你立刻想到了你是一个文明人，你深谙人性的弱点，你甚至不认为这是弱点，而是开明婚姻的权利和优点，你劝说自己予以宽容，决不为此报复，甚至决不为此争吵。你成功了，并且从中获得了一种满足，因为你的行为维护了你的做人的尊严，表明了你是一个胸怀开阔的人。可是，殊不知你的成功仅是表面的，暂时的，嫉妒的情感并不因此而消解了，它只是被压抑到了潜意识之中。后来，当你自己也不忠时，连你自己也分不清你到底是在实践开明的婚姻理论，还是隐藏着的嫉妒情感在作祟和寻求报复了。

三

我承认世上并无命定的姻缘，即使两人真正因为相爱而结合了，他们各自与别的异性之间仍然存在着发生亲密关系的各种可能性。是否应该为了既有的婚爱扼杀这些可能性呢？对此需要做具体的分析。

一种情况是婚外的性关系。如果把做爱看作单纯的生理行为，专一的爱情和美满的婚姻的确都并不排斥多元的性关系，一个人跟情人或配偶之外的异性上床仍能获得快感。但是，问题在于，做爱不只是生理行为。做爱时两个肉体在极乐中的互相敞开、拥有和融合，乃是男女之爱最自然最直接的表达方式。这就使你的爱人有权表示疑虑：如果你的婚外性伴侣是相当固定的，你如何证明你们之间的做爱不具有上述性质？如果你的性生活不拘对象非常随便，你如何证明你与爱人的做爱仍具有上述性质？在两种情形下，既有的婚爱都受到了质疑，对它的信心都发生了动摇。也许你的婚外性遭遇的确只是一般的风流韵事，那么，在我看来，为之冒损害一个好姻缘的风险是不值得的。

如果不是风流韵事，而是真正的爱情，又怎么样呢？既然不存在命定姻缘，就完全可以假定，在现有的爱人之外还有许多别的异性，她(他)们对于我同样也合适，甚至更合适，我只是暂时没有遇上她们罢了。暂时没有，不等于永远不会，相爱者难道不应该压制各自的嫉妒，给也许更佳的机遇敞开大门吗？撇开亲情、家庭责任等非爱情的因素，仅从爱情考虑，旧的较逊色的爱情给新的更好的爱情让路似乎是理所当然的。不期而遇，欲躲不能，也许只好让路。但是，我相信，在任何情况下都不该敞开大门。在心态上，在做法上，被迫让路和主动敞开大门都是两回事。敞开大门，意味着主动去寻找新的机遇，新的爱情。可是，相爱者对他们之间爱情的信心原是爱情的一个必要内涵，而敞开大门的心态和做法本身就剥夺了这个必要内涵，在此心态和做法支配下，不但已有的爱情，而且任何新得到的爱情，都永远处于朝不保夕风雨飘摇之中。敞开大门的结果，进来的往往不是新的更好的爱情，而是一大堆风流韵事，这些不速之客顺便也把已有的爱情这个合法主人挤出了门。事实上，在爱情上得陇望蜀的人的确不是爱情信徒，而往往是些风月领袖。

那么，有没有例外呢？据说萨特和波伏瓦的关系是一个例外。他们一辈子相爱，建立了一种虽不结婚却至死不渝的伴侣关系。基于对彼此爱情的信心，他们在年轻时就约定，每人在对方之外不但允许而且应该有别的情人，并且互不隐瞒这方面的情况。区别于他们之间的"必然的爱情"，他们把这种关系称作"偶然的爱情"。他们的确这样做了，每人在一生中不止一次地陷入了有时是相当热烈持久的恋爱中。但是，他们真的不嫉妒吗？事实上，如果不是因为波伏瓦出于嫉妒的阻止，萨特差点儿就和他的一个情人结婚了。波伏瓦则异常费力地维持着她和萨特以及她的美国情人阿尔格朗之间的三角关系，一面为了萨特不得不拒绝阿尔格朗的结婚要求,一面信誓旦旦地向阿尔格朗宣布自己事实上是他的"真正的妻子"。至于阿尔格朗,就简直是被嫉妒折磨死的,在向记者表示了他对波伏瓦的所谓"偶然的爱情"的愤怒后的当天夜里,便死于心脏病发作。他说得对:"只以偶然的方式爱人,等于过一种偶然的生活。"我不能断言萨特和波伏瓦的试验毫无价值,但可以肯定一点:凡多元的性爱关系,有关各方都不可能真正摆脱嫉妒,而且爱得愈真实热烈者就愈是受嫉妒的折磨,因为"全或无"原是真正的爱情的信条,多元是违背其本性的。如此看来,萨特和波伏瓦在多元性爱格局中仍能终身保持他们稳定的伴侣关系,可以算是一个例外甚至一个奇迹了。不过,他们始终是分居的,而且有材料说,他们之间从很早开始就没有了性生活。如果此说属实,则把他们的关系说成性爱就未免勉强了,不如说是友谊,哪怕是非常动人的友谊。

四

我的结论是:在真正以爱情为基础的两性结合中,从爱出发的嫉妒不是消极的,而是积极的,不是阴暗的,而是光明的。它怀着对既有婚爱的珍惜之心,像一个卫士一样守卫着爱的果实,以警戒风流韵事和新的爱情冒险的侵害。

美满幸福的婚爱总是凝聚着也鼓舞着一个人对人生的信心,对人性的自豪,乃至对神圣的感悟。当这样的婚爱遭到打击时,嫉妒的痛苦常常还包含着、至少伴随着这些美好感情碎裂所产生的疼痛。就此而论,嫉妒更有其值得尊重的光明正大的权利。

所以,罗素的立论应该颠倒过来:对于真挚相爱的人来说,与其为了婚外的性爱自由而压制各自的嫉妒，不如为了他们真挚的爱情以及必然伴随的嫉妒而压制婚外的性爱自由。鉴于世上真正幸福的婚姻如此稀少，已经得此幸福的男女应该明白：一个男人能够使一个女人幸福，一个女人能够使一个男人幸福，就算功德无量了，根本不存在能够同时使许多个异性幸福的超级男人或超级女人。

当然，和别的事物一样，嫉妒也仅在一定界限内有其权利。当爱情存在时，嫉妒这个卫士不妨为爱情站岗放哨，履行职责。此时它也应心明眼亮，不可向假想敌胡乱开枪，错杀无辜。一旦爱情不复存在，它就应当尊严地撤除岗哨，完全不必也不该为不存在的东西拼个你死我活了。

点与面

一

那家豪华餐馆里正在举办一个婚礼，这个婚礼与你有某种关系。你并没有参加这个婚礼，你甚至不知道婚礼会举办和已经举办。你的不知道本身就具有一种意义，这意义是每个受到邀请的客人都心里明白又讳莫如深的，于是他们频频举杯向新郎新娘庆贺。

岁末的这个夜晚，你独自坐在远离市区的一间屋子里，清醒地意识到你的生活出现了空前的断裂。你并不孤寂，新的爱情花朵在你的秋天里温柔地开放。然而，无论花朵多么美丽，断裂依然存在。人们可以清除瓦砾，在废墟上建造新的乐园，却无法使死者复活，也无法禁止死者在地下歌哭。

是死去的往事在地下歌哭。真正孤寂的是往事，那些曾经共有的往事，而现在它们被无可挽回地遗弃了。它们的存在原本就缘于共同享有，一旦无人共享，它们甚至不再属于你。你当然可以对你以后的爱人谈论它们，而在最好的情形下，她也许会宽容地倾听并且表示理解，却抹不去嘴角的一丝嘲讽。谁都知道，不管它们过去多么活泼可爱，今天终归已成一群没人要的弃儿，因为曾有的辉煌而更加忍辱含垢，只配躲在人迹不至的荒野里自生自灭。

你太缺少随遇而安的天赋，所以你就成了一个没有家园的人。你在飘流中逐渐明白，所谓共享往事只是你的一种幻觉。人们也许可以共享当下的日子和幻想中的未来，却无法共享往事。如果你确实有过往事，那么，它们仅仅属于你，是你的生命的作品。当你这么想时，你觉得你重获了对自己的完整历史的信心。

二

一个男人抱着一个婴儿坐在街沿上，身前身后是飞驰的车轮和行人匆忙的脚步。没有人知道那个婴儿患有绝症，而那个父亲正在为此悲伤。即使有人知道，最多也只会在他们身旁停留片刻，投去怜悯的一瞥，然后又匆匆地赶路，很快忘记了这一幕小小的悲剧。如果你是行人，你也会这样的。有什么办法呢？生活太琐碎了，我们甚至不能在自己的一个不幸上长久集中注意力，更何况陌生人的一个不幸。

可是，你偏偏不是行人，而就是那个父亲。

即使如此，你又能怎样呢？你用柔和的目光抚爱着孩子的脸庞，悄声对她说话。孩子很聪明，开始应答，用小手抓摸你，喊你爸爸，并且出声地笑了。尽管你没有忘记那个必然到来的结局，你也笑了。有一天孩子会发病，会哭，会经受临终的折磨，那时候你也会与她同哭。然后，孩子死了，而你仍然活着。你无法知道孩子死后你还能活多久，活着时还会遭遇什么，但你知道你也会死去。如果这就是生活，你又能怎样呢？

在这个世界上，幸福和苦难都是平凡的，它们本身不是奇迹，也创造不出奇迹。是的，甚至苦难也不能创造出奇迹。后来那个可怜的孩子死了，她只活了一岁半，你相信她在你的心中已经永恒，你的确常常想起她和梦见她，但更多的时候你好像从来没有过她那样地生活着。随着岁月流逝，她的小小的身影越来越淡薄，有时你真的怀疑起你是否有过她了。事实上你完全可能没有过她，没有过那一段充满幸福和苦难的日子，而你现在的生活并不会因此就有什么不同。也许正是类似的体验使年轻的加缪写下了这样的句子："每当我似乎感受到世界的深刻意义时，正是它的简单令我震惊。"

三

那个时候，你还不曾结婚，当然也不曾离婚，不曾有过做父亲然后又不做父亲的经历。你甚至没有谈过恋爱，没有看见过女人的裸体。尽管你已经大学毕业，你却单纯得令我吃惊。走出校门，你到了南方深山的一个小县，成为县里的一个小干部。和县里其他小干部一样，你也常常下乡，跋涉在崎岖的山路上。

有一天，你正独自走在山路上，天下着大雨，路滑溜溜的，你深一脚浅一脚地走着。远远看去，你头戴斗笠、身披塑料薄膜（就是罩在水稻秧田上的那种塑料薄膜）的身影很像一个农民。你刚从公社开会回来，要回到你蹲点的那个生产队去。在公社办公室里，一边听着县和公社的头头们布置工作，你一边随手翻看近些天的报纸。你的目光在一幅照片上停住了。那是当时报纸上常见的那种党和国家领导人接见外宾的照片，而你竟在上面发现了一个熟悉的面影，相应的文字说明证实了你的发现。她是你的一个昔日的朋友，不过你们之间已经久无联系了。当你满身泥水地跋涉在滂沱山雨中时，你鲜明地感觉到你离北京已经多么遥远，离一切成功和名声从来并且将永远多么遥远。

许多年后，你回到了北京。你常常从北京出发，应邀到各地去参加你的作品的售书签名，在各地的大学讲台上发表学术讲演。在忙碌的间隙，你会突然想起那次雨中的跋涉，可是丝毫没有感受到所谓成功的喜悦。无论你今天得到了什么，以后还会得到什么，你都不能使那个在雨中跋涉的青年感到慰藉，为此你心中弥漫开一种无奈的悲伤。回过头看，你无法否认时代发生了沧桑之变，这种变化似乎也改变了你的命运。但你立刻意识到在这里用“命运”这个词未免夸张，变换的只是场景和角色，那内在的命运却不会改变。你终于发现，你是属于深山的，在仅仅属于你的绵亘无际的空寂的深山中，你始终是那个踽踽独行的身影。

四

一辆大卡车把你们运到北京站，你们将从这里出发奔赴一个遥远的农场。列车尚未启动，几个女孩子站在窗外，正在和你的同伴话别。她们充满激情，她们的话别听起来像一种宣誓。你独自坐在列车的一个角落里，李贺的一句诗在你心中反复回响：“我有迷魂招不得。”

你的行李极简单，几乎是空着手离开北京的。你的心也空了。不多天前，你烧毁了你最珍爱的东西——你的全部日记和文稿。在以后漫长的岁月里，你注定要为你生命之书不可复原的破损而不断痛哭。这是一个秘密的祭礼，祭你的那位屈死的好友。你进大学时几乎还是个孩子呢，瘦小的身体，腼腆的模样。其实他比你也大不了几岁，但当时在你眼里他完全是个大人了。这个热情的大孩子，他把你带到了世界文化宝库的门前，指引你结识了托尔斯泰、陀思妥耶夫斯基、易卜生、休谟等大师。夜深人静之时，他久久地站在昏暗的路灯下，用低沉的嗓音向你倾吐他对人生的思考，他的困惑和苦恼。从他办的一份手抄刊物中，你第一次对于自由写作有了概念。你逐渐形成了一个信念，相信人生最重要的事情不是学问和地位，而是真诚地生活和思考。可是，他为此付出的是生命的代价。

在等待列车启动的那个时刻，你的书包里只藏着几首悼念他的小诗。后来你越来越明白，一个人一生只能有一次这样的友谊，因为一个人只能有一次青春，一次精神上的启蒙。三十年过去了，他仍然常常在你的梦中复活和死去，令你一次次重新感到绝望。但是，这深切的怀念也使你懂得了男人之间友谊的宝贵。在以后的岁月里，你最庆幸的事情之一就是结识了若干志趣相投的朋友。尽管来自朋友的伤害使你猝不及防，惶惑和痛苦使你又退入荒野之中，你依然相信世上有纯正的友谊。

五

你放学回家，发现家里发生了某种异常事情。邻居们走进走出，低声议论。妈妈躺在床上，面容憔悴。弟弟悄悄告诉你，妈妈生了个死婴，是个女孩。你听见妈妈在对企图安慰她的一个邻居说，活着也是负担，还是死了好。你无法把你的悲伤告诉任何人。你还有一个比你小一岁的弟弟也夭折了，没有人知道这件事给你造成的创伤，你想象他就是你而你的确完全可能就像他一样死于襁褓，于是你坚信自己失去了一个最知己的同伴。

自从那次流产后，妈妈患了严重贫血，常常突然昏倒。你是怎样地为她担惊受怕呵，小小的年纪就神经衰弱，经常通宵失眠。你躺在黑暗中颤抖不止，看见墙上伸出长满绿毛的手，看见许多戴尖帽的小矮人在你的被褥上狞笑狂舞。你拉亮电灯，大声哭喊，妈妈说你又神经错乱了。

妈妈站在炉子前做饭，你站在她身边，仰起小脸蛋久久地望着她。你想用你的眼神告诉她，你是多么爱她，她决不能死。妈妈好像被你看得不好意思了，温和地呵斥你一声，你委屈地走开了。

一根铁丝割破了手指，看到溢出的血浆，你觉得你要死了，立即晕了过去。你满怀恐惧地走向一个同学的家，去参加课外小组的活动，预感到又将遭受欺负。一个女生奉命来教手工，同组的男生们恶作剧地把门锁上，不让她进来。听着一遍遍的敲门声，你心中不忍，胆怯地把门打开了，于是响起一阵哄笑，接着是体罚，他们把你按倒在地上，逼你说出她是你的什么人。你倔强地保持沉默，但在回家的路上，你流了一路眼泪。

我简直替自己害羞。这个敏感而脆弱的孩子是我吗？谁还能在我的身上辨认出他来呢？现在我的母亲已是八旬老人，远在家乡。我想起我们不多的几次相聚，她也只是默默地看着我忙碌。面对已经长大的儿子，她是否还会记起那张深情仰望着她的小脸蛋，而我又怎样向她叙说我后来的坎坷和坚忍呢？不，我多半只是说些眼前的琐事，仿佛它们是我们之间最重要的事情,而离别和死亡好像完全不存在似的。原本非常亲近的人后来天各一方,时间使他们可悲地疏远,一旦相见,语言便迫不及待地丈量这疏远的距离。人们对此似乎已经习以为常,生活的无情莫过于此了。

六

在我的词典里,没有“世纪末”这个词。编年和日历不过是人类自造的计算工具,我看不出其中某个数字比其余数字更具特别意义。所以,对于人们津津乐道的所谓“世纪末”,我没有任何感想。

当然,即将结束的20世纪对于我是重要的,其理由不说自明。我是在这个世纪出生的,并且迄今为止一直在其中生活。没有20世纪,就没有我。不过,这纯粹是一句废话。世上每一个人都出生在某一个世纪,他也许长寿,也许短命,也许幸福,也许不幸,这取决于别的因素,与他是否亲眼看见世纪之交完全无关。

我知道一些负有大使命感的人是很重视“世纪末”的,因为他们相信自己在旧的世纪有不可忽略的影响,对新的世纪有不可推卸的责任,总之新旧世纪都不能缺少他们,因此他们理应在世纪之交高瞻远瞩,点拨苍生。可是,我深知自己的渺小,对任何一个世纪都是可有可无的。所以,当别人站在世纪的高峰俯视历史之时,我只能对自己的平凡生涯做些琐碎的回忆。而且,这回忆绝非由“世纪末”触发。天道无情,人生易老,世纪的尺度对于个人未免大而无当了罢。

男子汉形象

做什么样的男人?

我从来不考虑这种问题。我心目中从来没有一个指导和规范我的所谓男子汉形象。我只做我自己。我爱写作,我只考虑怎样好好写我想写的作品。我爱女人,我只考虑怎样好好爱那一个与我共命运的好女人。这便是我作为男人所考虑的全部问题。

据说每个时代都有一种具有时代特色的男子汉形象。在我看来,如果这不是平庸记者和无聊文人的杜撰,那也只是女中学生的幼稚想象。事实上,好男人是可以有非常不同的个性和形象的。如果一定要我提出一个标准,那么,我只能说,他们的共同特点是对人生,包括对爱情有一种根本的严肃性。不过,这与时代无关。

人在社会上生活,不免要担任各种角色。但是,倘若角色意识过于强烈,我敢断言一定出了问题。一个人把他所担任的角色看得比他的本来面目更重要，无论如何暴露了一种内在的空虚。我不喜欢和一切角色意识太强烈的人打交道，例如名人意识强烈的名流，权威意识强烈的学者，长官意识强烈的上司，等等，那会使我感到太累。我不相信他们自己不累，因为这类人往往也摆脱不掉别的角色感，在儿女面前会端起父亲的架子，在自己的上司面前要表现下属的谦恭，就像永不卸妆的演员一样。人之扮演一定的社会角色也许是迫不得已的事，依我的性情，能卸妆时且卸妆，要尽可能自然地生活。两性关系原是人的最自然的生活领域，如果在这个领域里，男人和女人仍以强烈的角色意识相对峙和相要求，人生就真是累到家了。假如我是女人，反正我是不会喜欢和刻意营造男子汉形象的男人一起生活的。

今天有一个怪现象：男人们忽然纷纷作沉重状，作委屈状，作顾影自怜状，向女人和社会恳求更多的关爱了。之所以出现这种现象，是因为他们感觉到了当今社会严酷的生存压力的挑战。然而，在事实上，这种压力是男女两性共同面临的，并非只施于男性头上。我认为今天的社会在总体上不存在男性压迫女性或女性压迫男性的情况，已经基本上实现了两性之间的社会平等。在此前提下，性别冲突是一个必须个案分析和解决的问题。在每一对配偶中，究竟是男人还是女人承受了更大的压力，不可一概而论。我怀疑无论是那些愤怒声讨男性压迫的女权主义者，还是那些沉痛呼喊男性解放的男权主义者，都是在同一架风车作战，这架风车的名字叫作——男子汉形象。按照某种仿佛公认的模式，它基本上是两性对比中的强者形象。这个模式令一些好强而争胜的女人愤愤不平，又令一些好强而不甘示弱的男人力不从心。那么，何不抛开这个模式，男人和女人携起手来，肩并肩共同应付艰难生活的挑战呢？

婚姻的悖论与现代的困境

《中国妇女》杂志举办的“富裕的日子怎么过”的讨论已进入尾声，主持人林亚男女士向我索稿，希望我也加入这场讨论。引发这场讨论的刘花然的故事本身并不复杂，如果不考虑相当偶然地出了人命案的结局，无非是一个始乱终弃、婚姻破裂的老故事。它之所以引起关注，是因为在中国当前的社会环境中，这类事的发生越来越频繁了。从讨论的情况看，人们对此的态度大致有三种：一是为爱情的权利辩护，视此类现象为一种进步；另一是为妇女的权益辩护，对此类现象作道德的谴责并且呼吁法律的干预；还有一些人则感到困惑，在支持和反对之间无所适从。我好像属于第三种，在两个极端之间颇费思量，不过也许出于不太相同的原因。

一　婚姻与性爱的冲突

在我的概念中，婚姻一直是人类生存所面临的重大悖论之一，它不只是一个社会难题，更是一个永恒的人类难题。其困难在于，婚姻是一种社会组织，在本性上是要求稳定的，可是，作为它的自然基础的性爱却天然地倾向于变易，这种内在的矛盾是任何社会策略都消除不了的。面对这种矛盾，传统的社会策略是限制乃至扼杀性爱自由，以维护婚姻和社会的稳定，中国的儒家社会和西方的天主教社会都是这种做法。这样做的代价是牺牲了个人幸福，曾在历史上——在较弱的程度上仍包括今天——造成无数有形或无形的悲剧。然而，如果把性爱自由推至极端，完全无视婚姻稳定的要求，只怕普天下剩不下多少幸存的家庭了，而这种极度的动荡既不利于社会安定，也不会使个人真正幸福。

这么说并非危言耸听。问题在于，性爱在本质上是一种很不确定的感情。一方面，它具有一种浪漫倾向，所谓“人情固重难而轻易，喜新而厌旧”，这种心理在性爱中尤为突出。人们往往把未知的东西和难以得到的东西美化、理想化，于是邂逅的新鲜感和犯禁的自由感成了性爱快感的主要源泉。正因为这个原因，最令人难忘的爱情经历倘若不是初涉爱河的未婚恋，便多半是红杏出墙的婚外恋了。这种情形不能只归结为道德缺陷，而是有心理学上的原因的。另一方面，性爱又是一种纯粹的个人体验，并无客观标准可言。自己是否堕入情网，两情是否真正相悦，好感和爱情的界限在哪里，不但旁人难以判断，有时连当事人也把握不了。如果以这样一种既不稳定又不明确的感情为婚姻的唯一纽带，任何婚姻之岌岌可危就可想而知了。

二 出路:亲情式的爱情?

婚姻以爱情为基础是现代文明人的共识,我无意反对。为了在婚姻的悖论中寻找一条出路,我的想法是:我们也许应当改变一下思路,把作为婚姻之基础的爱情同上述那种浪漫式的爱情区分开来。那种浪漫式的爱情可能导致婚姻的缔结,但不能作为婚姻的持久基础。能够作为基础的是一种由爱情发展来的亲情,与那种浪漫式的爱情相区别,我称之为亲情式的爱情。在这种爱情中,浪漫因素也许仍然存在,但已降至次要地位,基本的成分乃是在长久共同生活中形成的彼此的信任感和相知相惜之情。西方一位社会学家把信任感视为好婚姻的第一要素,我觉得是有道理的。这种信任感不单凭借良好愿望,而是悠悠岁月培养起来的在重要的行为方式上互相尊重和赞成的能力,它随婚龄俱增,给人一种踏实感,会使婚姻放散出一种肃穆祥和的气氛。事实上,许多家庭之所以没有解体,并不是因为从未遭遇浪漫式爱情的诱惑,而恰恰是因为当事人看重含有这种来之不易的信任感的亲情式爱情,从而自觉地规避那种诱惑,或者在陷入诱惑之后仍能做出理智的选择,而受委屈的一方也乐意予以原谅。在我看来,凡是建立在这种亲情式爱情的基础上的婚姻不仅稳固,而且仍是高质量的。我不否认一次新的浪漫式爱情带来更佳婚姻的可能性,但是,第一,这终究是未知的,因而是一个冒险;第二,即便真的如此,在结婚之后,新的浪漫式爱情迟早仍要转变为亲情式爱情。我相信,认清了婚姻以亲情式爱情为基础的必然性和必要性,人们对于自身婚姻现状的评价就会客观一些,一旦面临去留的抉择,也就会慎重得多。

三　现代人的婚姻困境

现在可以谈一谈我对讨论主题的看法了。我们今天所遇到的婚姻难题,有些源于人性和婚姻的共性,有些来自中国当代社会的特殊境况,所谓“富裕的日子怎么过”涉及的是后一方面的问题。我的看法是,当今中国的现代化过程对于人们婚爱实践和观念的影响是双重的,有正有负,不可一概而论。

一方面,金钱势力的增长削弱乃至冲垮了过去曾经威力巨大的对个人婚爱行为的行政干预,市场所造成的人口流动又普遍增加了两性接触的机会,两者综合,人们在两性关系上的自由度明显地提高了。在就业自由、挣到钱就能在社会上立足的条件下,两性关系日益成为个人的私事,只要不触犯法律,行政权力对之无可奈何。反映到观念上,整个社会对之也日益持宽容和开放的态度。通奸罪的取消,离婚以感情破裂为唯一尺度,不过是法律对实践上和观念上的变化的事后追认。在这种情形下,一些原本没有任何爱情基础的劣质婚姻呈土崩瓦解之势,是不足怪也不足惜的。

但是,另一方面,金钱势力的增长也导致了人们物欲的膨胀和精神品格的下降,这种下降在两性关系上同样有所表现。且不说以性为商品的卖淫活动有猖獗之势,即使在一般的性交往中,灵肉的分离也是日甚一日。当两性之间的肉体接触变得十分随便之时,这种接触必然越来越失去情感的内涵。有的人认为,人一旦富裕了,对于性爱就会产生更高的精神需要。我觉得不能教条地搬用这种需要金字塔的理论,事实上,在那些精神素质差的人身上,金钱所起的使人堕落的作用远超过教化作用,他们因为肉欲的容易满足而更加蔑视爱情的价值。结果我们看到,人们虽然在两性关系上有了更多的自由,真正的爱情反而稀少了。许多婚姻之所以破裂,并不是由于浪漫式爱情的威力,而只是追求婚外性刺激的结果,一些有良好的亲情式爱情之基础的婚姻竟也在时髦的露水风流中倾覆了。

所以,在我看来,现代人的婚姻困境不是一个孤立现象,而是现代化进程中整体性精神危机的一个表征,是精神平庸化在两性关系上的表现。

四　性爱的自律

凡是在现代化进程中产生的弊病,唯有通过现代化进程本身才能解决,婚爱上的问题也是如此。有些人主张重新运用法律武器来惩办婚外恋,严格限制离婚自由。我认为走回头路是行不通的,即使行得通也是不可取的。我们应该看到,婚姻是性爱的社会形式,而性爱必须是一种自由行为才成其为性爱。法律在这方面的作用有其限度,它不能强迫一个人同自己不愿意的对象从事性行为,而倘若禁止感情已经破裂的婚姻解体,它实际上就是试图做这种蠢事。一个社会是否尊重和保护其成员在性爱上的自由,是这个社会的文明程度的标志。

当然,社会的文明程度还有另一方面的标志,便是其成员在性爱上能否自律。其实,自由本身即包含了自律之义,一个不能支配自己的欲望反而被欲望支配的人,你不能说他是一个自由人。人在两性关系中袒露的不但是自己的肉体,而且是自己的灵魂——灵魂的美丽或丑陋,丰富或空虚。一个人对待异性的态度最能表明他的精神品级,他在从兽向人上升的阶梯上处在怎样的高度。在性爱上能够自律的人,他在两性关系上有一种根本的严肃性,看重性关系中的情感价值,尊重其性伴侣的人格和心灵,珍惜爱情以及由爱情发展来的亲情。在我看来,这实际上也就是爱的能力,一个人是否具有这种能力,是比他的婚爱经历是否顺利更重要的事情。能否做到自律,取决于一个人的整体精神素质。在解除他律之后无能自律,正暴露了一个人整体精神素质的低劣。就整个社会看,这方面要有大改观将是一个漫长的过程,有待于整个民族素质的提高。西方人在放任式的性流浪之后重新走上了归家的路,这个先例或许可以给我们一种启发,使我们明白在一定时期内弯路的不可避免,同时也给我们一种希望,使我们对在现代文明水准上重获古老婚爱价值的前景抱有信心。

关于好男人

怎样的男人是好男人？对于这个问题，男人很难说出什么，说出了也是不算数的。因为这个问题实际上是问：在女人眼里，怎样的男人是理想的情侣或理想的丈夫？男人好不好，当然得让女人来说，女人说了才算数。一个男人即使名垂青史，可是，如果他不令女人满意，你就只能说他是一个伟人，不能说他是一个好男人。也就是说，评论一个男人是不是好男人，被评论的是他的性别角色，而非他的别种社会角色，评判权只能属于另一个性别。

所以，当男人面对这个问题时，他就只能凭借经验或想象来揣摩女人的想法，努力用女人的眼光来审视自己的性别。在他这样做时，他当然不可避免地会带入自己的偏见。譬如说，如果他自许甚高，却在情场不得志，在婚姻中不如意，他就会批判和试图纠正女人的眼光，劝说女人接受自己的形象。不过，在这种情形下，前提仍是承认女性眼光的权威性。离开女性眼光而评说男人的好坏,乃是毫无意义的。

因此之故,一个男人谈论什么是好男人,他实际上是在谈论自己对女人的理解,在谈论女人需要或应该需要什么,女人怎样才幸福,等等。但是,在这方面,女人何尝是一律的? 相同的东西当然是有的。例如,一般而言,女人都渴望爱情的满足,所以,好男人应该是那种感情深沉而又细腻、爱得热烈而又专一的男人;女人希望生活得轻松而富有情趣,所以,好男人应该有力、丰富、宽容、幽默。然而,这一切不过是老生常谈。我觉得,男人评论好女人或者女人评论好男人都是正常的,那是在表达自己对于异性的经验、态度和期望,男人评论好男人却是奇怪的,其内容如果不是对女性心理的揣摩,就只能是变相的自我表白。

可是,既然广州的《希望》杂志把这个问题提到了我的面前,那么,我好像应该不避空话和自白之嫌,来做一个回答。对于男人来说,现代社会是一个既充满压力又充满诱惑的社会。我们确实看到,有一些男人承受不了压力,萎靡不振了,还有一些男人经受不住诱惑,腐化堕落了。与这两类男人一起生活,女人都不会幸福。比较起来,女人容易本能地躲开前一类男人,却难以摆脱与后一类男人的纠缠。在现实生活中,所谓成功的男人并不稀少,难觅的是在成功之后仍不变坏的男人。多少男人在成了富翁或名流以后,因为女人的容易到手,便不再需要也不再相信任何专一的感情,丧失了对任何一个女人的责任感。所以,如果一个男人在成功之后仍不变坏,依然保持着感情上的认真和两性关系中的责任感,我觉得与他密切相关的女子就可以承认他是一个好男人了。

生命中的无奈

这是妞妞六周年的忌日，天色阴郁，我打电话问候雨儿。她说，她记得六年前的今天是晴天。她还说，妞妞现在该在上小学了。她只能说这些，也许她自己也不知道她多么无奈。这些天，我曾经回到我们共同养育妞妞的屋子，那里已经面目全非，只在一个被遗忘的顶柜里塞满了妞妞的玩具，仍是当年我存放的原样，我一件件取出和摩挲，仿佛能够感觉到妞妞小手的余温。毋需太久，妞妞生活过的痕迹将在这所屋子里消失殆尽，而即使我们能够把这所屋子布置成永久的博物馆，我们也仍然不能从中找到往事的意义。

在把《妞妞》一书交付出版以后，我自以为完成了一个告别的姿态——与妞妞告别，与雨儿告别，与我生命中一段心碎的日子告别。我不去读这本书。对于我来说，它不是一本书，而是一座坟，我垒筑它是为了离开它，从那里出发走向新的生活。然而，我未尝想到，在读者眼里,它仍然是一本书。我无法阻挡它常常出现在畅销书的排行榜上,无法阻挡涌向书摊书店的大量盗印本,无法阻挡报刊上许多令人感动的评论。那么,也许我不应该把如此私密的经历公之于众,使之成为又一个社会故事?或者相反,正因为它不只是一个私人事件,还蕴含着人类精神的某种相同境遇,我便应该和读者一起继续勇敢地面对它?

可是我知道,问题并不在于是否勇敢。我相信我有足够的勇气面对生活中已经发生的一切,我甚至敢于深入到悲剧的核心,在纯粹的荒谬之中停留,但我的生活并不会因此出现奇迹般的变化。人们常常期望一个经历了重大苦难的人生活得与众不同,人们认为他应该比别人有更积极或者更超脱的人生境界。然而,实际上,只要我活下去,我就仍旧只能是芸芸众生中的一员,我依然会被卷入世俗生活的旋涡。譬如说,许多读者对于我和雨儿的终于离异感到震惊和不解,他们希望得到一个比一般离异事件远为崇高的解释。事实却是我和雨儿与别人没有什么不同,苦难和觉悟都不能使我们免除人性的弱点。即使我们没有离异,我们仍会过着与别人一样的普通的日子。生命中那些最深刻的体验必定也是最无奈的,它们缺乏世俗的对应物,因而不可避免地会被日常生活的潮流淹没。当然,淹没并不等于不存在了,它们仍然存在于日常生活所触及不到的深处,成为每一个人既无法面对、也无法逃避的心灵暗流。

我的确相信,每一个人的心灵中都有这样的暗流,无论你怎样逃避,它们都依然存在,无论你怎样面对,它们都不会浮现到生活的表面上来。当生活中的小挫折彼此争夺意义之时,大苦难永远藏在找不到意义的沉默的深渊里。认识到生命中的这种无奈,我看自己、看别人的眼光便宽容多了,不会再被喧闹的表面现象所迷惑。在评论《妞妞》

的文章中,有一位作者告诉我,陪着我的寂寞坐着的,另外还有很多寂寞;另一位作者告诉我,真正的痛点是无从超越,没有意义能够引渡我们。我感谢这两位有慧心的作者。我想,《妞妞》一书之所以引人心动,原因一定就在这人人都摆脱不了的无奈。

婚姻中的爱情

关于婚姻应当以爱情为基础，人们已经说得很多了。关于婚姻是爱情的坟墓，人们也已经说得很多了。这两种说法显然是互相矛盾的。如果婚姻的确是爱情的坟墓，而爱情又的确是婚姻的基础，那就等于说，婚姻必然自毁基础，自掘坟墓，真是一点出路也没有了。

解决这个矛盾可以有两种相反的思路。有一些人（包括有一些哲学家）认为，婚姻和爱情在本性上就是冲突的，因此必须为婚姻寻找别的基础，例如习惯、利益、义务、抚育后代之类。与此不同，我仍想坚持婚姻以爱情为基础的价值立场，只是要对作为婚姻之基础的爱情重新进行定义。

一个真正值得深思的问题：婚姻中的爱情究竟应该是怎样的？

我发现，人们之所以视婚姻与爱情为彼此冲突，一个重要原因便是对爱情的理解过于狭窄，仅限于男女之间的浪漫之情。这种浪漫之情依赖于某种奇遇和新鲜感，其表现形式是一见钟情，销魂断肠，如痴如醉，难解难分。这样一种感情诚然也是美好的，但肯定不能持久，并且这与婚姻无关，即使不结婚也一样持久不了。因为一旦持久，任何奇遇都会归于平凡，任何陌生都会变成熟悉。试图用婚姻的形式把这种浪漫之情延续下去，结果当然会失败，但其咎不在婚姻。

如果我们把爱情理解为男女之间的极其深笃的感情，那么，我们就会看到，它决不仅限于浪漫之情，事实上还有别样的形态。一般来说，浪漫之情往往存在于婚姻前或婚姻外，至多还存在于婚姻的初期。随着婚龄增长，浪漫之情必然会递减，然而，倘若这一结合的质量确实是好的，就会有另一种感情渐渐生长起来。这种新的感情由原来的恋情转化而来，似乎不如恋情那么热烈和迷狂，却有了恋情所不具备的许多因素，最主要的便是在长期共同生活中形成的互相的信任感、行为方式上的默契、深切的惦念以及今生今世的命运与共之感。我们不妨把这种感情看作亲情的一种，不过它不同于血缘性质的亲情，而的确是在性爱基础上产生的亲情。我认为它完全有资格被承认为爱情的一种形态，而且是一种成熟的形态。为了与那种浪漫式的爱情相区别，我称之为亲情式的爱情。婚姻中的爱情，便是以这样的形态存在的。按照这一思路，婚姻就不但不是爱情的坟墓，反倒是爱情——亲情式的爱情——生长的土壤了。

大千世界里，许多浪漫之情产生了，又消失了。可是，其中有一些幸运地活了下来，成熟了，变成了无比踏实的亲情。好的婚姻使爱情走向成熟，而成熟的爱情是更有分量的。当我们把一个异性唤作恋人时，是我们的激情在呼唤。当我们把一个异性唤作亲人时，却是我们的全部人生经历在呼唤。

人人都是孤儿

我们为什么会渴望爱？我们心中为什么会有爱？我的回答是:因为我们人人都是孤儿。

当然,除了极少数的例外,我们每个人降生时都是有父有母的,随后又都在父母的抚养下逐渐长大成人。可是,仔细想想,父母之孕育我们是一件多么偶然的事啊。大千世界里,凭什么说那个后来成为你父亲的男人与那个后来成为你母亲的女人就一定会相识,一定会结合,并且又一定会在那个刚好能孕育你的时刻做爱？而倘若他们没有相识,或相识了没有结合,或结合了没有在那个时刻做爱,就压根儿不会有你！这个道理可以一直往上推,只要你的祖先中有一对未在某个特定的时刻做爱,就不会有后来导致你诞生的所有世代,也就不会有你。如此看来,我们每一个人都是茫茫宇宙间极其偶然的产物,造化只是借了同样是偶然产物的我们父母的身躯把我们从虚无中产生了出来。

父母既不是我们在这个世界上诞生的必然根据，也不能成为保护我们免受人世间种种苦难的可靠屏障。也许在童年的短暂时间里，我们相信在父母的怀抱中找到了万无一失的安全。然而，终有一天，我们会明白，凡降于我们身上的苦难，不论是疾病、精神的悲伤还是社会性的挫折，我们都必须自己承受，再爱我们的父母也是无能为力的。最后，当死神召唤我们的时候，世上决没有一个父母的怀抱可以使我们免于一死。

因此，从茫茫宇宙的角度看，我们每一个人的确都是无依无靠的孤儿，偶然地来到世上，又必然地离去。正是因为这种根本性的孤独境遇，才有了爱的价值，爱的理由。人人都是孤儿，所以人人都渴望有人爱，都想要有人疼。我们并非只在年幼时需要来自父母的疼爱，即使在年长时从爱侣那里，年老时从晚辈那里，孤儿寻找父母的隐秘渴望都始终伴随着我们，我们仍然期待着父母式的疼爱。另一方面，如果我们想到与我们一起暂时居住在这颗星球上的任何人，包括我们的亲人，都是宇宙中的孤儿，我们心中就会产生一种大悲悯，由此而生出一种博大的爱心。我相信，爱心最深厚的基础是在这种大悲悯之中，而不是在别的地方。譬如说性爱，当然是离不开性欲的冲动或志趣的相投的，但是，假如你没有那种把你的爱侣当作一个孤儿来疼爱的心情，我敢断定你的爱情还是比较自私的。即使是子女对父母的爱，其中最刻骨铭心的因素也不是受了养育之后的感恩，而是无法阻挡父母老去的绝望，在这种绝望之中，父母作为无人能够保护的孤儿的形象清晰地展现在了你的眼前。

爱的反义词

爱的反义词不是孤独。在我们的心灵深处，爱和孤独其实是同一种情感，它们如影随形，不可分离。愈是在我们感觉孤独之时，我们便愈是怀有强烈的爱之渴望。也许可以说，一个人对孤独的体验与他对爱的体验是成正比的，他的孤独的深度大致决定了他的爱的容量。反过来说也一样，人类思想史和艺术史上的那些伟大的灵魂，其深不可测的孤独岂不正是源自那博大无际的爱，这爱不是有限的人世事物所能满足的？孤独和爱是互为根源的，孤独无非是爱寻求接受而不可得，而爱也无非是对他人之孤独的发现和抚慰。在爱与孤独之间并不存在此长彼消的关系，现实的人间之爱不可能根除心灵对于孤独的体验，而且在我看来，我们也不应该对爱提出这样的要求，因为一旦没有了对孤独的体验，爱便失去了品格和动力。在两个不懂得品味孤独之美的人之间，爱必流于琐屑和平庸。

爱的反义词也不是恨。一个心中没有爱的人,他对什么都不在乎,也就不会恨什么。之所以爱憎分明,是因为有执著的爱,有鲜明的价值取向。在现实生活中,爱转化为恨的事例更是司空见惯,而这种转化之所以可能,就是因为两者原是同一种激情的不同形态。爱是关切,关切就会在乎,在乎就难免挑剔,于是生出了无穷的恩恩怨怨。当然,一般而言,那种容易陷入恩怨是非的爱的气象未免渺小,其中还混杂了太多的得失计较。大爱不求回报,了断浮世恩怨。然而,当大爱者的救世抱负受挫之时,大爱也会表现为像鲁迅那样“哀其不幸,怒其不争”的大恨。总之,一切人世的爱,都是不能割断与恨的联系的。

那么,爱的反义词是什么呢? 哪一种情感状态与爱截然相反,是爱的毋庸置疑的对立面呢? 回答只能是:冷漠。孤独者和恨者都是会爱的,冷漠者却与爱完全无缘。如果说孤独是爱心的没有着落,恨是爱心的受挫,那么,冷漠就是爱心的死灭。一个冷漠的人,他不但没有爱心,我们甚至可以说他没有心,没有灵魂。因为爱心原是灵魂的核心,灵魂借爱而活着,感受着,生长着,无爱的灵魂中没有了一切积极的情感,这样的灵魂已经名存实亡。无论对于个人来说,还是对于社会来说,真正可怕的是冷漠,它使个人失去生活的意义,使社会发生道德的危机。在我看来,当今社会最触目惊心的现象之一便是人心的冷漠。最近屡屡读到汽车司机肇事后把受害者处死然后逃逸的报道,处死的方式包括回车碾轧伤者、把伤者扔进污水沟、带着被卷入车下的伤者继续驰行,等等,无不令人发指。毫无疑问,这些罪犯对于受害者无仇无恨,他们仅仅是为了逃避对己的惩罚而不惜虐杀他人的生命,而这种惩罚本来只不过是使他们受短暂的牢狱之灾或一些财产损失而已,与一条生命的价值不可同日而语。这当然是冷漠的极端例子,然而,这类恶性事件的增多是有社会的基础的,暴露了社会上相当普遍的重利轻情、见利忘义的倾向。在一个太重功利的社会里，冷漠会像病毒一样传播，从而使有爱心的人更感到孤独，甚至感到愤恨。不过，让我们记住，我们不要由孤独和愤恨而也堕入冷漠，保护爱心、拒绝冷漠乃是我们对于自己的灵魂的一份责任，也是我们对于社会的一份责任。

情人节

一年一度情人节。假如我有一个情人,我把什么送她做礼物呢?

那市场上能够买到的东西,我是不会当作礼物送给她的。在市场上购买情人节礼物是现在的时尚,根据钱包的鼓瘪,人们给自己的情人购买情人卡、鲜花、假首饰、真首饰、汽车、别墅,等等。如果我也这样做,我不过是向时尚凑了一份热闹,参加了一次集体消费活动而已,我看不出这和爱情有什么关系。

我要送情人的礼物,必须是和别人不同的。所以,我也不能送她海誓山盟,因为一切海誓山盟都那样雷同。那么,我只能把我心中的沉默的爱送给她了。可是,这沉默的爱一开始就是属于她的了,我又怎么能把本来属于她的东西当作礼物送给她呢?

一年一度情人节。假如我有一个情人,我带她去哪里呢?

我不会带她去人群聚集的场所。在舞厅、影院、酒吧、游乐场欢度情人节,是现在的又一个时尚。可是,人群聚集之处,只有娱乐者,怎么会有情人呢? 在那里,情人不复是情人了,秋波、偎依、抚摩和醉颜都变成了一种娱乐节目。我看不出娱乐场所的喧嚣和爱情有什么关系。

我带情人去的地方,必须是别人的足迹到达不了的。它或许是一片密林,就像泰戈尔所说,密林本不该是老年人的隐居地,老年人应该去管理世间营生,而把密林让给浮躁的年轻人经受爱的修炼。只是在今日的嘈杂世界上,哪里还找得到一片这样的密林。那么,我只好把情人带到我的宁静的心中了,因为如今这是能使我们避开尘嚣的唯一去处。可是,既然我的心早就接纳了她,我又怎么能把她带往她已经在的地方呢?

一年一度情人节。假如我有一个情人,我不知道给她送什么礼物,把她带往何处。于是我对自己说,让我去看看别的情人们是怎么做的吧。令我惊奇的事情发生了:我到处只看见情人的模仿者和扮演者,却看不见真正的情人。我暗自琢磨其原因,恍然大悟:情人节之在中国,原本就是对西洋习俗的模仿和扮演。

其实,中国也有自己的情人节,但早已被忘却,那是阴历七月初七,牛郎织女鹊桥相会,情人久别重逢的日子。我进一步恍然大悟:节日凭借与平常日子的区别而存在,正是久别使重逢成了节日。既然现在的情人们少有离别,因而不再能体会重逢的喜悦,那作为重逢之庆典的中国情人节不再被盼望和纪念也就是当然的事了。我不反对中国的现代情人过外国的节日,但是,我要提一个合理的建议:如果你们平日常常相聚,那么,在这一天就不要见面了吧,更不要费神为对方购物或者一同想法寻欢作乐了,因为这些事你们平日做得够多的了,而唯有和平日不同才显得你们是在过节。

第六辑　科学与人文

电脑:现代文明的陷阱?

我自认为是一个对现代文明抱着相当警惕心的人。倘在若干年前,有人预言我会迷上电脑这种现代文明最时髦的产品,我一定会嗤之以鼻。我不能想象我怎么可以丢开纸笔,把头脑里的思想转换成一套与思想漠不相干的键入动作,然后让它们在荧光屏上显示出来。那样还叫写作吗?然而,事实却是,在很短的时间内,我不但习惯了用电脑写作,而且对它依赖到了这般地步,离开它简直不会也不肯写任何东西了。

让我反省一下,这种情形是如何发生的。

毫无疑问,如同一切现代文明的产品一样,电脑的难以抵御的诱惑力在于方便和效率。初学电脑当然要花点工夫,但是,凡现代文明的产品,其特点便是制造愈复杂而使用就愈简便,把那套使用程序设计得连傻瓜也很容易学会。一旦学会了,你瞧吧,再也不用一笔一画地涂写了,伴随着令人愉快的键入声,屏幕上快速出现了整齐的字行,不但省力,而且美观悦目。电脑写作最便利之处是修改,增删挪移,悉听君便,无需涂抹,更不必誊抄,一步到位。更何况可以随心所欲地存盘、拷贝和打印,以往那种留底稿和复写的麻烦一扫而光。享受过如此种种好处,谁还愿意回到手工时代吃二遍苦呢?

不过,正像我一开始说的,我毕竟是一个对现代文明怀有戒心的人,因而在享受着电脑的种种好处的同时,也仍然不敢对它完全放心。对于我来说,诸如电脑通过脑芯片主宰人脑之类的恐怖神话离我尚远,我的担心是很浅近的。当我坐在电脑前工作时,我一直不能排除一种也许可笑也许不可笑的担忧:我如此毫无保留地把我的全部思想和感受,我的全部心灵档案和精神创作交付给电脑,在此之外未留下任何文字的记录,有一天它们不翼而飞了,我怎么办呢,我岂不成了一无所有的穷光蛋?无论我多么努力地钻研,电脑的秘密岂是我辈能够洞悉,它对于我始终是一个异己的家伙,是一个心怀叵测的仆人,我们之间绝无推心置腹的可能,一如我与纸笔之间。我竟然忘恩负义,辞退了从前的忠仆,花大价钱雇用这个黠奴,随时冒着它卷财潜逃的危险,真的受此惩罚不也活该吗?雇用一个太精明能干的仆人的另一危险是,主人离开仆人便寸步难行,成了事实上的奴隶。我现在不正在沦入这可悲的境地吗?我不禁想,也许迟早有一天,当我陶醉在春天的田野或情人的怀抱里时,出现在我脑中的将不再是美丽的诗句,而是电脑的键盘了。

那么,也许电脑是现代文明伸向我的一种诱饵,在诱饵下面的竟是陷阱?

关于绿色文明的访谈录

1. 人类能否超越自我,或超越客观?人类的生存条件和生存方式之间是否酝酿着人类的生存悲剧?

答:所谓自然与文化、生存条件与生存方式的冲突,有两方面的含义。一是存在论意义上的,即在人性和人的存在境况中,这一冲突表现为肉与灵、生物性与精神性的冲突。作为自然的生命体,人不能完全摆脱动物式欲望的支配,并且像动物一样必然死亡。作为文化的存在物,人又不甘心如此。这种冲突确实构成了人类最基本的生存悲剧,但此种悲剧不可解除,我们只能承受。另一含义是生态学意义上的,即人类的文化野心破坏了自然的生态平衡,从而危及了自身的生存。这方面的问题当然是可以也应该解决的。不要把这两种不同的含义混淆起来,而所谓"超越自我"还是"超越客观"的提法在概念上不太清晰,可能是把它们混淆了。

2. 从绿荫遮蔽到刀耕火种，人类开辟的生存和发展之路是否自始就在把人类引向歧路？

答：原始农耕对于森林、从而对于地球生态的破坏是显然的，不过我想，我们无权责备先人，在他们的生存条件和认识水平下，刀耕火种有其必然性。问题是今天，人们仍因贪婪和愚昧而毁坏着森林资源。森林是地球上最好的东西，是水之源、土之源、空气之源、生命之源。我认为可以用森林保护和培植状况准确地衡量现代世界上每一个民族的文明水平。

3. 中国文化是否是一种尊重自然的文化，有无现代意义？

答：我不太同意把中国文化尤其是儒家文化说成解决现代文明弊病的根本出路，在环境问题上也是如此。诚然，在人与自然的关系方面，中国哲学提供了一些很有价值的思想，这主要是在老庄哲学中。不过，老庄所倡导的自然无为是一种人生哲学，并不直接包含环境保护的意义。至于儒家的“天人合一”甚至间接地也不包含，“天”只是用来证明人伦秩序的神学符号罢了。我不反对后人加以引申发挥，但要把握分寸。同时也应当看到，西方思想中同样也有主张人与自然和谐的传统，而并非一味地强调人与自然的对立的。前苏格拉底哲学家往往以《论自然》为其著作的标题，想来不是纯属偶然。犬儒派和斯多葛派哲学家提倡顺应自然，与老庄有异曲同工之妙。卢克莱修告诉我们：“大地是我们的母亲，因为正是她生育了人类。”后来卢梭开启的浪漫思潮热情地鼓吹回归自然，更是尽人皆知的。我想说的是，在保护自然的问题上，东西方都有可资借鉴的思想资料。而严格意义上的生态科学、环境保护意识以及可持续发展的观念，则完全是西方文化发展到一定阶段的产物。事实上，凡是到过欧美的人都亲眼看见，人家的环保总体水平远远高于我们。在这一点上，我们最好诚实和虚心一些，把环保当作一门科学来对待，不要在似是而非的审美境界中自我陶醉。

4. 应以什么态度看待科学及其文明成果?

答：认识自然可以有两种不同的方式，一是艺术的、诗意的方式，另一是科学的、逻辑的方式。前者如中国的道家，西方的泛神论，基于一种人与自然融合一体的感觉，主体和客体未尝分裂，自然是人的母腹和家园。后者的特点是主体与客体的分裂，人以主体自居，把自然当作对象来研究。近代科学把这后一种方式发展到了极致，建立了机械论、数学化的世界图景，人失去了对于自然的亲近感和家园感，当然是偏颇的。不过我想，科学方式仍将永远有其存在的理由，无此方式，人类对于自然的认识只能是笼统模糊的，没有任何可操作性。科学方式和艺术方式各有其用途，不能互相取代。人对自然的根本态度应该是艺术（广义的，包括宗教）的，而在具体认识上则不能不借助科学的工具。

5. 如何评价技术的社会力量和社会的技术化倾向?

答：技术是人类对于自然过程的干预，因而本身已经包含了人与自然相对立的因素。作为制造和使用工具的动物，人类当然不可能完全放弃技术，否则就不成其为人类了。现在的问题是，随着高技术的发展和运用，人类的生存方式越来越远离自然，其后果将是灾难性的。技术已经造就了不自然的饮食结构和居住环境，正在野心勃勃地觊觎人身上最后一个自然的领域——性和生育，准备取而代之。到了那时，人就真成了地球上的怪物了。技术畸形发展的动力，一是物欲，二是好奇心，对这两者都应加以限制。技术是为人类幸福服务的，而人类怎样才幸福，技术并不知道，发言权在哲学和人文科学。至于好奇心，可以用科学来满足，科学是无禁区的，但技术必须有禁区。

6. 发展中国家怎样才能解决加速科技进步同滥用科技成果的矛盾?

答:发展中国家在加速科技进步的同时,当然应该尽量防止和减少其弊病,在这方面,有发达国家正反两方面的经验可资借鉴。不过,做起来谈何容易,需要决策者的眼光,也需要法律和制度的保障。

7. 生态文化是否是一种新的文化形态?

答:我比较欣赏"生态文化"("生态文明社会")这个提法,觉得比"信息文明"、"后工业社会"等提法好,更加准确地规定了工业社会之后人类文明发展的新方向。"后工业社会"这个概念显然缺乏具体的规定性,"信息文明"则仍然走在技术文明的老思路上,最多只能作为由工业文明向生态文明的过渡。但是,生态文明社会能否实现,何时实现,却难以肯定,在目前还只能看作一种理想和努力方向。

8. 如何解决当下发展和可持续发展的矛盾?

答:可持续发展并不排斥当下发展,而是对当下发展提出了更高的要求。同时,这又是一个十分合理的要求。过去我们有一个提法,所谓为子孙后代谋幸福,为此不惜牺牲现在这一代人的幸福。其实那是空洞的、不实际的,甚至是虚伪的。可持续发展的观念则强调,在满足当代人的需要的同时,不对后代人满足其需要的能力构成危害,这个提法是很有分寸的。也就是说,并非要求我们当苦行僧,而只是要求我们不做败家子而已。当然,真正不做败家子也并不容易,事实上我们一直在做着败家子。

9. 如何看待人机文明和智能社会?

答:我不太懂所谓"智能社会"这种设想,印象中觉得它仍然是一种技术神话,并且散发着空洞的乐观主义气味。

10. 绿色文明的理想能否实现?

答:保护自然环境的呼声之所以高涨,源于人们的真实需要。其一,是精神上的需要。人总是要有信仰和精神家园的,在对人格化上帝的信仰破灭之后,现代西方人中间有一种相当显著的泛神论倾向,从大自然那里寻求寄托。对于许多人来说,素食主义、动物保护、绿色运动都带有精神信仰的意义,而不单单是个人喜好和社会活动。人与自然的和谐乃是人生意义的最可靠源泉,这一点正在成为越来越多的人的共识。其二,是人类继续生存的需要。即使人们对自然并无宗教和道德上的关切,用科学的眼光看,生态破坏对人类生存的威胁也已十分明显,迫使人们善待自然。因此,我对绿色文明的实现还是有一定的信心的。

“天人合一”与生态学

90 年代以来，国学好像又成了显学。而在国学热中，有一个概念赫然高悬，众望所归，这便是“天人合一”。在一些人嘴里，它简直是新福音，用它可以解决当今人类所面临的几乎一切重大难题。其最旗帜鲜明者甚至断言，唯“天人合一”才能拯救人类，舍此别无出路。按照他们的解释，西方文化的要害在于天人相分乃至对立，由此导致人性异化和生态危机，殊不知完备的人性理论和生态哲学在中国古已有之，“天人合一”便是，它的威力足以引导人类重建内心的和外部的和谐。

我的印象是，鼓吹者们一方面大大缩小了中国哲学的内涵，儒道佛一锅煮，最后熬剩下了“天人合一”这一点儿浓汁，另一方面又大大扩展了“天人合一”的内涵，使这一点儿浓汁囊括了一切有益成分，于是有了包治百病的神效。

“天人合一”原是一种儒家学说，把道家的“物我两忘”、禅宗的“见性成佛”硬塞入“天人合一”的模子里，未免牛头不对马嘴。即使儒家学说也不能归结为“天人合一”，“天人合一”仅是儒家在人与宇宙之关系问题上的一种较有代表性的观点。关于“天人合一”的含义，我认为张岱年先生在《中国哲学大纲》中的归纳最为准确，即一是滥觞于孟子、流布于宋儒的天人相通思想，二是董仲舒的天人相类思想。其中，后者纯属牵强附会的无稽之谈。前者主张人的心性与宇宙的本质相通，因而人借内省或良知即可知天道，这基本上属于认识论的范畴，我们自可对之作学理的探讨，却没有理由无限地扩大其含义和夸大其价值。事实上，在西方哲学中也不乏类似的思想，例如柏拉图的回忆说，笛卡儿的天赋观念说，可是人家并没有从中寻找什么新福音，相反倒是挖掘出了西方文明危机的根源。

把“天人合一”解释成人与自然的和谐相处，又进一步解释成一种生态哲学，这已经成为国学新时髦。最近看到一本书，是美国科学家和学术活动家普里迈克写的《保护生物学概论》，译成中文洋洋五十多万字，对生态保护的一个重要方面即生物多样性保护的问题作了系统的研究和论述。我一面翻看这本书，一面想起某些国人欲靠“天人合一”解救世界生态危机的雄心，不禁感到啼笑皆非。当然，学有专攻，我们不能要求研究中国哲学的学者精通生态学，但我们也许有权要求一切学者尊重科学，承认环境保护也是科学，而不要在一种望文生义的“天人合一”境界中飘飘然自我陶醉。

现代技术的危险何在?

现代技术正在以令人瞠目的速度发展,不断创造出令人瞠目的奇迹。人们奔走相告:数字化生存来了,克隆来了……接下来还会有什么东西来了?尽管难以预料,但一切都是可能的,现代技术似乎没有什么事情是它办不到的。面对这个无所不能的怪兽,人们兴奋而又不安,欢呼声和谴责声此起彼伏,而它对这一切置若罔闻,依然迈着它的目空一切的有力步伐。

按照通常的看法,技术无非是人为了自己的目的而改变事物的手段,手段本身无所谓好坏,它之造福还是为祸,取决于人出于什么目的来发明和运用它。乐观论者相信,人有能力用道德约束自己的目的,控制技术的后果,使之造福人类,悲观论者则对人的道德能力不抱信心。仿佛全部问题在于人性的善恶,由此而导致技术服务于善的目的还是恶的目的。然而,有一位哲学家,他越出了这一通常的思路,在 50

年代初便从现代技术的早期演进中看到了真正的危险所在，向技术的本质发出了追问。

在海德格尔看来，技术不仅仅是手段，更是一种人与世界之关系的构造方式。在技术的视野里，一切事物都只是材料，都缩减为某种可以满足人的需要的功能。技术从来就是这样的东西，不过，在过去的时代，技术的方式只占据非常次要的地位，人与世界的关系主要是一种非技术的、自然的关系。对于我们的祖先来说，大地是化育万物的母亲，他们怀着感激的心情接受土地的赠礼，守护存在的秘密。现代的特点在于技术几乎成了唯一的方式，实现了“对整个地球的无条件统治”，因而可以用技术来命名时代，例如原子能时代、电子时代，等等。现代人用技术的眼光看一切，神话、艺术、历史、宗教和朴素自然主义的视野趋于消失。在现代技术的统治下，自然万物都失去了自身的丰富性和本源性，仅仅成了能量的提供者。譬如说，大地不复是母亲，而只是任人开发的矿床和地产。畜禽不复是独立的生命和人类的伙伴，而只是食品厂的原料。河流不复是自然的风景和民族的摇篮，而只是水压的供应者。海德格尔曾经为莱茵河鸣不平，因为当人们在河上建造发电厂之时，事实上是把莱茵河建造到了发电厂里，使它成了发电厂的一个部件。那么，想一想我们的长江和黄河吧，在现代技术的视野中，它们岂不也只是发电厂的巨大部件，它们的自然本性和悠久历史何尝有一席位置？

现代技术的真正危险并不在于诸如原子弹爆炸之类可见的后果，而在于它的本质中业已包含着的这种对待事物的方式，它剥夺了一切事物的真实存在和自身价值，使之只剩下功能化的虚假存在。这种方式必定在人身上实行报复，在技术过程中，人的个性差别和价值也不复存在，一切人都变成了执行某种功能的技术人员。事情不止于此，人甚至还成了有朝一日可以按计划制造的“人力资源”。不管幸运还是不幸，海德格尔活着时赶上了人工授精之类的发明，化学家们已经预言人工合成生命的时代即将来临，他对此评论道：“对人的生命和本质的进攻已在准备之中，与之相比较，氢弹的爆炸也算不了什么了。”现代技术“早在原子弹爆炸之前就毁灭了事物本身”。总之，人和自然事物两方面都丧失了自身的本质，如同里尔克在一封信中所说的，事物成了“虚假的事物”，人的生活只剩下了“生活的假象”。

技术本质在现代的统治是全面的，它占领了一切存在领域，也包括文化领域。在过去的时代，学者都是博学通才，有着自己的个性和广泛兴趣，现在这样的学者消失了，被分工严密的专家即技术人员所取代。在文学史专家的眼里，历史上的一切伟大文学作品都只是有待从语法、词源学、比较语言史、文体学、诗学等角度去解释的对象，即所谓文学，失去了自身的实质。艺术作品也不复是它们本身所是的作品，而成了收藏、展览、销售、评论、研究等各种活动的对象，海德格尔问道：“然而，在这种种活动中，我们遇到作品本身了吗？”海德格尔还注意到了当时已经出现的信息理论和电脑技术，并且尖锐地指出，把语言对象化为信息工具的结果将是语言机器对人的控制。

既然现代技术的危险在于人与世界之关系的错误建构，那么，如果不改变这种建构，仅仅克服技术的某些不良后果，真正的危险就仍未消除。出路在哪里呢？有一个事实看来是毋庸置疑的：没有任何力量能够阻止现代技术发展的步伐，人类也决不可能放弃已经获得的技术文明而复归田园生活。其实，被讥为“黑森林的浪漫主义者”的海德格尔也不存此种幻想。综观他的思路，我们可以看出，虽然现代技术的危险包含在技术的本质之中，但是，技术的方式之成为人类主导的乃至唯一的生存方式却好像并不具有必然性。也许出路就在这里。

我们是否可以在保留技术的视野的同时，再度找回其他的视野呢？如果说技术的方式根源于传统的形而上学，在计算性思维中遗忘了存在，那么，我们能否从那些歌吟家园的诗人那里受到启示，在冥想性思维中重新感悟存在？当然，这条出路未免抽象而渺茫，人类的命运仍在未定之中。于是我们便可以理解，为何海德格尔留下的最后手迹竟是一个没有答案的问题——

"在技术化的千篇一律的世界文明的时代中，是否和如何还能有家园？"

人是地球的客人

生态学正在成为一门显学，绿色正在成为新闻出版界看好的时髦色之一。在这热闹之中，我读了一本相对默默无闻的专著，发现它是一本可以在此领域为我做向导的基本读物。在《文明的生态学透视——绿色文化》（安徽科学技术出版社 1997 年 3 月）一书中，生态学家周鸿清晰地阐述了生态理论和实践的发展脉络，使我获得了有关知识。当然，这本著作的主旨不是介绍这些知识，而是以生态学观点研究人类文明。这一研究涉及文明与自然的关系这个复杂问题，我想结合此书的阅读谈一谈我的思考。

文明与自然的冲突是在文明早期就已提出的古老话题。中国的老庄，西方的犬儒派、斯多葛派，都认为文明是对自然的有害干扰，因此皆对文明持拒斥立场。按照现代的看法，地球上迄今为止的生态破坏也的确是人类社会对生物圈影响的结果。然而，文明是人类生存的必然方式，人类绝不可能停留在或者回到纯粹的自然状态，这一点是不言而喻的。那么，问题就只能归结为选择一种尽可能与自然相和谐的文明。

常常听到有人为古代文明、尤其是东方古代文明唱赞歌，仿佛那是人与自然相和谐的天堂，而生态危机仅仅是现代文明的产物。事实却大不然，正如作者所指出的，许多辉煌的古代文明，包括巴比伦文明、地中海的米诺斯文明、腓尼基文明、玛雅文明、撒哈拉文明等，它们之所以灭亡，最重要的原因很可能是由于人类早期农业对土地的不合理使用和灌溉所导致的沙漠化与贫瘠化，使得支撑这些文明的生态环境遭到了彻底破坏。作为古中华文明发源地的黄河流域和作为古印度文明发源地的印度河流域，也因生态恶化而成了世界最贫困的地区。由此可见，古代人因为科学知识上的无知而对环境造成的破坏，其严重程度决不亚于现代人运用技术所造成的破坏。

当然，我们也不可低估现代工业文明所导致的生态危机的严重性，包括能源短缺、土地减少、环境污染、生物多样性的急剧丧失以及温室效应、臭氧损耗等全球问题。就对自然环境的关系而言，古代文明的长处在于对自然怀有一种敬畏的态度，这种态度在古代各民族的宗教中均有体现，短处在于不具备环境保护的科学知识和自觉性。现代文明则正好反过来，对自然的敬畏之心业已淡薄，而干预自然过程的能力却空前地加强了，这正是危险所在；但是与此同时，由科学知识导引的环境保护的自觉性也正在空前地提高，其突出表现是自 60 年代开始的绿色生态运动，这一运动声势日趋浩大，并因可持续发展观念的提出而达于成熟。

由此我想到一个问题：一个民族倘若既失去了古代文明对自然的敬畏，又未达到现代文明对环境保护的自觉，情形会怎么样呢？这正是我们今天所面临的可怕情形。我想举书中大量涉及的森林状态为例。本世纪以来,全球的森林覆盖率在下降,越是落后的地区下降幅度越大,但在覆盖率本来就很高的欧洲和苏联却已开始呈上升趋势。现在,全球森林面积的 80% 在发达国家,仅 20% 在发展中国家。我国森林密集地区包括东北、四川、海南等地毁林速度惊人,例如海南的热带雨林在不到四十年间被毁五分之四,近十九年间全国森林面积减少了 23.1%,现有覆盖率远远低于世界平均水平。现代科学告诉我们,森林是地球的"绿色的肺",地球上物质循环和能量交换的中枢,它通过储存碳而调节空气和气候,能够蓄积水和控制水土流失,并且还是物种的主要居所。因此,森林的毁坏必然导致严重的生态后果。毫无疑问,90 年代以来我国水灾不断,便与此有着直接的关系。

以环境为发展的代价,这是西方国家在实现现代化的过程中曾经走过的弯路,也许我国也难以完全避免。但是,在有了西方国家的正反面经验之后,我们没有理由不缩短这一段弯路。我相信,一种健全的文明对于自然的关系应该是结合了古今文明之优点的,既怀着宗教性的敬畏之心,又有着科学性的保护意识。有迹象表明,这样的文明正在形成之中。现代生态运动的主导精神并非狂妄的人类中心主义或狭隘的功利主义,而是一种具有泛神论意味的生态伦理学,其基本思想是把人看作大自然家庭中的普通一员,以平等的态度尊重地球上的一切生命,主张每一个物种都有自己的权利。这种伦理学在现代的兴起无疑得力于对生态平衡之重要性的科学认识,但是,我们不难发现其中也复活了那种敬畏自然的古老宗教精神。据说古代曾经流行树崇拜的习俗,先民们把树看作神在人间的驻地。一位现代生态学家则说人类是作为绿色植物的客人生活在地球上的,这个比较温和的说法减弱了古时的神话色彩,也许更适合于现代人。若把这个说法加以扩展,我们便可以说,人是地球的客人。作为客人,我们在享受主人的款待时倒也不必羞愧,但同时我们应当懂得尊重和感谢主人。那么,做一个有教养的客人,这可能就是现代人对待自然的最恰当的态度吧。

我反对克隆人

由于克隆羊多利的诞生以及随后美国人希德声称要进行克隆人的实验，关于克隆人是否道德和应否加以禁止的争论活跃了起来。尽管科学界旋即又对多利实验的可靠性提出了有力的质疑，从而大大推迟了克隆人实验的可行性日程，但是，从现代科学技术发展的势头看，推迟大概不会是无限期的。因此，相关的争论仍将不可避免。

我本人对克隆人持反对的立场，其理由如下——

通过克隆的方式来繁殖人是不自然、反自然的。衡量生殖方式之是否自然，要有一个标准，便是自然界中实际发生的基本过程，此外不可能有别的标准。在自然界中，生殖方式是由无性向有性发展的，而凡是哺乳动物皆为有性生殖。倘若人为地加以改变，就是非自然；倘若这种改变产生了危害自然界生物状态的后果，就是反自然。有人断言：人是自然界进化过程的产物，人所做的一切都是这个过程的延续，因而都是自然的。这种逻辑抹杀了自然与非自然的界限。按照这种逻辑，就根本不存在任何非自然的东西了，甚至可以把灭绝人类和生物的核大战也宣布为自然的了。

通过克隆的方式来繁殖人也是不道德的。这首先是因为，克隆人违背和损害了人类的基本价值观念，其中包括人格的价值，即每一个人作为独一无二的生命体、作为个性的价值，以及情感的价值，尤其是以有性生殖为基础的爱情和亲情的价值。一旦个体的人可以通过无性的方式复制，这些价值皆从根本上被动摇甚至被摧毁了。其次，克隆人必将导致严重的伦理后果。我们不妨设想一下，人类可能为了什么目的进行人的克隆？无非是两种情况。一是为了改良人种，通过克隆制造“优质人”，将体质上或智质上的优秀者大量复制，而淘汰劣者。姑且假定这一做法在技术操作上不存在困难，克隆出来的人的确能够继承其母本的优点，那么，剩下的问题便是决定谁有权被复制谁必须被淘汰了。不难想象，在此情形下，人类便会被划分为空前不平等的两大等级，人与人之间为了争夺繁衍权而必将陷入空前激烈的斗争。另一可能的目的是通过克隆制造“工具人”，由于克隆出来的人是可以大量复制的，他们的生命将不被珍惜，人们完全可能、甚至必然会把他们用于战争或残害性实验。在此情形下，人类同样会形成两大不同等级，一是自然诞生的人，一是克隆出来的人，其间的鸿沟远甚于奴隶和奴隶主，从而形成新的奴隶制度。这种对于克隆出来的人的生命的态度也必然会殃及自然诞生的人，因为只要个人可以复制，对生命不尊重的态度一旦形成，两者之间的界限就很容易被打破了。很显然，在上述两种情况下，无论克隆的目标是“优质人”抑或是“工具人”，均隐含着人类自我毁灭的危险。

有人强调“科学无禁区”，以此为理由主张克隆人不应该成为禁区。还有人强调“个人的选择自由”，以此为理由主张个人有权选择克隆的繁殖方式。科学即对事物的认识诚然是没有禁区的，但技术即对事物的改变却必须有禁区，前提是不能危及人类的生存。至于“个人的选择自由”，当然也必须遵守这个前提。鉴于克隆人会危及人类的生存，我赞成在世界范围内通过立法严格禁止克隆人的实验。

医学的人文品格

一

现代人是越来越离不开医院了。从前，人在土地上生息，得了病也只是听天由命，顺其自然。现在，生老病死，每一环节几乎都与医院难解难分。我们在医院里诞生，从此常常出入其中，年老时去得更勤，最后还往往是在医院里告别人世。在我们的生活中，医院、医生、医学占据了太重要的位置。

然而，医院带给我们的美好回忆却是如此稀少。女人分娩，病人求医，老人临终，都是生命中最脆弱的时刻，最需要人性的温暖。可是，在医院里，我们很少感觉到这种温暖。尤其在今日中国的许多医院里，我们感觉到的更多是世态炎凉，人心冷漠。可以毫不夸张地说，医院如今是最令人望而生畏的地方之一。

一个问题使我困惑良久：以拯救生命为使命的医学，为什么如此缺少抚慰生命的善意？没有抚慰的善意，能有拯救的诚意吗？

正是在这困惑中，甚至困惑已经变成了愤慨、愤慨已经变成了无奈和淡漠的时候，我读到了刘易斯·托马斯所著《最年轻的科学——观察科学的札记》一书，真有荒漠遇甘泉之感。托马斯是美国著名的医学家和医生，已于 1993 年病故。在他写的这本自传性著作中，我见识了一个真正杰出的医生，他不但有学术上和医术上的造诣，而且有深刻的睿智、广阔的人文视野和丰富的同情心。诺贝尔物理奖得主费因曼尝言，科学这把钥匙既可开启天堂大门，也可开启地狱大门，究竟打开哪扇门，则有赖于人文指导。我相信，医学要能真正造福人类，也必须具备人文品格。当然，医学的人文品格是由那些研究和运用它的人赋予它的，也就是说，前提是要拥有许多像托马斯这样的具备人文素养的医学家和医生。托马斯倡导和率先实施了医学和哲学博士双学位教育计划，正显示了他在这方面的眼光。

二

在这本书里，托马斯依据亲身经历回顾了医学发展的历史。他不在乎什么职业秘密，非常诚实地告诉我们，直到他青年时代学医时为止，医学在治疗方面是完全无知的，唯一的本领是给病人吃治不好也治不坏的安慰剂，其效力相当于宗教仪式中的符咒。最高明的医生也不过是善于判断病的名称和解释病的后果罢了。一种病无论后果好坏，医生都无法改变它的行程，只能让它自己走完它的行程。医学之真正能够医治疾病，变得名副其实起来，是 1937 年发明了磺胺药以后的事情。在此意义上,托马斯称医学为“最年轻的科学”。

从那以来,人类拥有了越来越多的从前无法想象的治疗技术。作为一个科学家,托马斯对技术的进步持充分肯定的态度。但是,同时他认为,代价是巨大的,这代价便是医疗方式的“非人化”,医生和病人之间的亲密关系一去不返了。譬如说,触摸和谈话曾是医生的两件法宝,虽无真正的医疗作用,但病人却借之得到了安慰和信心。现在,医生不再需要把自己的手放到病人的身体上,也不再有兴趣和工夫与病人谈话了。取而代之的是各种复杂的机器,它们横在医生和病人之间,把两者的距离越拉越大。住院病人仿佛不再是人,而只成了一个号码。在医院这个迷宫里,他们随时有迷失的危险,不知什么时候会被放在担架上推到一个不该去的地方。托马斯懂得,技术再发达,病人仍然需要医生那种给人以希望的温柔的触摸,那种无所不包的从容的长谈,但他知道要保留这些是一件难事,在今天唯有“最好的医生”才能做到。“最好的医生”——他正是这么说的。我敢断定,倘若他不是一个公认的医学权威,他的同行一定会对他的标准哗然了。这没有什么可奇怪的,因为制定这标准的那种神圣感情在今天已经成了人们最陌生的东西。

托马斯还有别的怪论也会令他的同行蹙额。譬如说,他好像对医生自己不患重病感到遗憾。从前,患重病是很普遍的事情,医生也不能幸免。现在,由于医学的进步,这种机会大为减少了。问题在于,没有亲身经历,医生很难知道做病人的感觉。他不知道病人受疾病袭击时的痛苦,面临生命危险时的悲伤,对于爱抚和同情的渴望。他很容易不把病人当作一个真实的人,而只当作一个抽象的疾病标本,一个应用他从教科书上学来的知识的对象。生病是一种特别的个人经历,有助于加深一个人对生命、苦难、死亡的体验。一个自己有过患重病经历的医生，往往是更富有人性的。所以，托马斯半开玩笑地建议，既然现在最有机会使人体会生病滋味的只有感冒了，在清除人类其他疾病的进程中，就把感冒保留下来吧，把它塞进医学生的课程表里，让他们每年两次处在患流感并且受不到照顾的境地，这对他们今后做人和做医生都有好处。

很显然，在托马斯看来，人生体悟和人道精神应是医生的必备品质，其重要性至少不在医术之下。其实道理很简单，医生自己必须是一个人性丰满的人，他才可能把病人看作一个人而不只是疾病的一个载体。

三

托马斯毕生从医，但他谈论起医学之外的事情来也充满智慧。我只举两个例子。

其一是关于电脑。他说，人脑与电脑的区别有二，一是容易遗忘，二是容易出错。这看起来是缺点，其实是优点。遗忘是自动发生的，这使我们可以不费力气就把多余的信息清除出去，给不期而至的好思想腾出空间。倘若没有这样的空间，好思想就会因为找不到栖息地而又飞向黑暗之中。让关系出错更是人脑的一个美妙天赋，靠了它我们往往会有意外的发现，在没有关联之处邂逅崭新的思想。这两个区别说明了同一件事，便是电脑的本领仅到信息为止，人脑的本领却是要让信息导致思想。电脑的本领常常使人惊奇，这很可能使一般人得出电脑胜于人脑的结论，但托马斯却从自己的惊奇中看到了人的优越，因为电脑没有惊奇的能力。

第二个例子是他对女性的评价。他非常感谢女性在幼儿教育方面的贡献,认为这是她们给予文明的厚礼,证明了她们才是记录和传递文化基础的功臣。由于女性对儿童的天然喜爱和理解,她们是更善于开启年幼的头脑的。他还看到,女性虽然容易为生活中的小事和事物的外表烦恼,但是面对极其重大的事情却十分沉着。形象地说,女性的头脑只是外部多变,其中枢却相当稳定。相比之下,男性的那个深处中枢始终是不成熟的,需要不断地重新定向。因此,托马斯相信,在涉及人类命运的大事上,女性是更值得信任的。

这两个例子都表明,托马斯对于人性有多么亲切的理解。人脑优于电脑、女性优于男性的地方,不都是在于人性吗?我们不妨说,与女性相比,男性的抽象头脑更像是一种电脑。写到这里,我忍不住还要提一下托马斯的另一个感想,它也许能帮助我们猜测他的智慧的源头。作为一个医生,他有许多机会通过仪器看见自己的体内。然而,他说,他并不因此感到与自己更靠近了,相反觉得距离更远,更有了两重性。那个真正的“我”并不在这些松软的构件中,其间并没有一个可以安顿“我”的中心,它们自己管理着自己,而“我”是一个局外人。托马斯所谈到的这个与肉体判然有别的“我”,除了称之为灵魂,我们就无以名之。不难想见,一个有这样强烈的灵魂感觉的人,当然会对人性的高贵和神秘怀着敬意,不可能陷入技术的狂热之中。

四

我们不可能要求每一个医生都具备托马斯这样的人文素养,这是不现实的,甚至也是不必要的。但是,中国当今的医疗腐败已经到了令绝大多数人忍无可忍的地步，凡是不享有特权的普通人，在这方面都一定有惨痛或沮丧的经验。人们之恐惧在医院里受到非人道的待遇，已甚于对疾病本身的恐惧。这就使得医学的人文品格之话题有了极大的迫切性。

毫无疑问，医疗腐败仅是社会腐败的一个组成部分，因而其整治有赖于整个社会状况的改善。但是，由于它直接关系到每一个人的生死安危，医疗权利实质上就是生存权利，所以有理由得到特别的关注。问题的解决无非是从两方面入手，一是他律，包括医生资格的从严审定，有关医生责任和病人权利的立法，医疗事故的公正鉴定和制裁，等等；另一是自律，即医生的人文素养和道德水准的提高。

在我与医院打交道的经历中，有一个现象令我非常吃惊，便是一些很年轻的从医学院毕业不久的医生，显得比年长的医生更加冷漠、无所谓和不负责任。有一回，我的怀孕的妻子发热到四十度，住进我家附近的一所医院。因为青霉素皮试过敏，那个值班的年轻女医生便一筹莫展，入院数小时未采取任何治疗措施。征得她的同意，我通过电话向一家大医院求援，试图从那里得到某种批号的青霉素，我的妻子当天上午曾在那家医院注射过这种批号的青霉素，已被证明不会引起过敏。可是，我的联系很快被这个女医生制止了，理由竟是这会增加她们科的电话费支出。面对高热不退的妻子和吉凶未卜的胎儿，我心急如焚，这理由如此荒唐，使我无法置信，以至于说不出话来。我只好要求出院而去那家离家较远的大医院，谁知这个女医生听罢，白了我一眼，就不知去向了。剩下若干同样年轻的医生，皆作壁上观，对我的焦急的请求一律不予理睬。在走投无路的情况下，我不得不说出类似情形使我失去一个女儿的遭遇，这才得以办成出院手续。

记载我的丧女经历的《妞妞》一书拥有许多读者，而这些年轻的医生都不曾听说过,对此我没有什么好指责的。我感到寒心的是,虽然他们名义上也是知识分子,我却觉得自己是面对着一群野蛮人。直觉告诉我,他们是没有真正意义上的读书生活的,因而我无法用我熟悉的语言对他们说话。托马斯谈到,他上大学时在一家医院实习,看见一位年轻医生为一个病人的死亡而哭泣,死亡的原因不是医疗事故而只是医学的无能,于是对这家医院肃然起敬。爱心和医德不是孤立之物,而是在深厚的人文土壤上培育出来的。在这方面,我们的医学院肯定存在着严重的缺陷。我只能期望,有一天,在我们的医学院培养出的医生中,多一些有良知和教养的真正的知识分子,少一些穿白大褂的蒙昧人。

第七辑　闲文或时文

五十自嘲

有一件事,我一直羞于启口,但我现在要把它明明白白说出来——

今年我五十岁了。

也许有人会说:这算什么秘密,我们早已从你好几本书的作者小传上推算出来了。

不错,但是从我自己口中说出来就不一样。我一直心存侥幸:未必许多人注意到了我的小传。反正我希望知道我的年龄的人愈少愈好,人们把我的年龄估得愈低愈好。我自以为内心和外表都还年轻,就希望别人真把我看成年轻,反倒觉得真实年龄于我成了一种歪曲。

对于五十岁我真是充满委屈。五十岁,怎么就五十岁了?年轻时看五十岁的人,不折不扣是“半百老人”,那么现在的年轻人也会这么看我。可是我还没有年轻够,怎么就老了?

据说在一些读者的心目中,我是一个对人生看得很透也活得很明白的哲人，现在他们该知道了，其实满不是这么回事。一个人对自己的年龄尚且遮遮掩掩，如此不成熟，哪里谈得上哲人胸怀。也许正是为了给我这种极幼稚可笑的虚荣心下一帖重药，我便大张旗鼓地当众报出了这个如同我的心病的五十岁。一言既出，有耳共闻，从此我没了吞吞吐吐的余地，或许就可以坦然面对渐入老龄的无情事实了。

好了，我不再讳言年龄，因此而更有权说一说我的真实感觉了。我确实觉得自己不像是一个到了五十岁的人，对此我可以提出一些有力的证据。

五十岁的人大抵功成名就，在社会则为栋梁，在学界则为师长，肩负着指点江山、教诲青年的庄严使命。可是，我毫没有这种使命感。不必说我不具备治国经邦的能力，即使像当今精英们那样呼朋引类，聚而研讨事关文化存亡的重大课题，我也仅安于旁听，并无为天下立言立法的雄心。我的所学所思太不实际，没有可操作性，造不成什么势。所以我也不想当老师，因为我无以教学生。迄今为止我确实不曾招过一个学生，听人叫我老师是我始终感到很尴尬很不习惯的事情。

那么，五十岁的人总该久已成家立业，有一个稳定的生活了吧？可是，在这个别人早就当父亲有人还当了爷爷的年龄，我却依旧膝下无儿，又成孑然一身。关于爱情、婚姻、家庭我说过许多貌似聪明的话，到头来自己却走不出困惑。历数平生的坎坷，也算得是一个饱经风霜的人了，但并未因此变得心如磐石，风雨不入。如今，我心中仍有太多的幻想，勘不破一个情字，有意无意仍在追求一种完美，而且至今执迷不悟。

按照某些东西方贤哲的先例，五十岁或不到五十岁就该是收拾行装准备告别人生的时候了。基于对生死大限的思考，我也早想着要把佛教留作晚年的一种精神寄托，但至少现在还觉得为时过早。我愿意在某种意义上归隐，远离喧闹的人世，可是我决不愿意远离可爱的人生。不过，我也不像眼下许多五十岁的人那样讲究养生之道。我抽烟喝酒，不吃素，不练气功。我承认我经常跑步和游泳，但那主要不是为了长寿，而是为了当下的身心愉快。

总而言之，在我身上全然找不到五十岁的品德，不威严也不稳健，不世故也不恬淡，对这个年龄实在当之有愧。孔子“五十而知天命”，我却连四十的“不惑”、三十的“立”也做不到。硬要攀比，最多可以说沾点儿“志于学”的边，到如今脑里还在不断编织各种学习梦，买进也许永远不读的书，制订也许永远完不成的读书计划。然而，他老人家是“十五而志于学”，对比之下，我发现我枉活了多半辈子，在起点上就停住了。

不过，我并不气馁。我这么想：“知天命”固然是一种境界，“志于学”也是一种境界，其实两者并无高低之分。五十而志于学，不失童心，活得年轻，又有什么不好？这样一想，我就不但能坦然面对我的年龄，而且能坦然面对好像有负于这个年龄的我自己了。

奢侈品的不便

在巴黎时，友人送我一本精美的活页记事本，真皮封面，内芯是1996年度的记事页，纸质极佳，每日一页。他是为了祝贺我的生日，特地花了一百多法郎买来送我的。我很感谢他的这份礼物，却不知拿它做什么用。每到新年在望，我都会得到类似的年度记事本，当然远不如这本巴黎产的精美，但也一律使我感到华而不实，派不上用场。用来记事吗？我的日子过得很简单，不像商人、政客、明星，有那么多的事务和约会，需要精确地安排日程，详尽地记录备忘。用来写日记吗？可是，我并非每天都有值得一写的经历的，有时候又会心潮澎湃一泻千里，怎么能削足适履，按照每日一页的篇幅来分配我的生活和思想呢？所以，结果是，若干年下来，积压了好些这类废弃不用的空白记事本，成了一堆彻底无用的垃圾。

还有那些漂亮的书签，据说是专供夹在读到一半的书里，作标签用的。然而，我虽然也有一些这样的书签，却从来想不到用它们。不，我宁可用随手抓到的小纸片，其标签的功能丝毫不亚于世上最豪华的书签，而且我在读书时可以在上面随意写点什么，也可以随意将它们丢弃。

诸如收藏精美的稿笺、信笺、笔记本、藏书票之类，就像收藏邮票、古币一样，不失为一种雅好，但是肯定和真正的精神创造活动无关。依我之见，一切奢侈品都会给精神活动带来不便。翻一翻文学史和艺术史，多少流传千古的文字和乐曲，一开始只是写在不起眼的纸片上的。灵感袭来之时，但求一吐为快，绝不讲究承载物的质地。当内容是妙手偶得的时候，承载它的物质材料就当然是信手拈来的了。唯其信手拈来，所以心态是自由无碍的。

推而广之，我相信物质上的简朴乃是精神上的自由的一个必要条件。譬如说，我最不爱穿西服，就因为西服使我感到非常不自由。在我看来，穿前那熨烫的工夫，对褶缝的讲究，领带花式的配备，穿时那保养的工夫，对礼仪的讲究，举手投足的谨慎，都是对我的自由的粗暴剥夺。所以，我平生几乎不曾穿过西服，出国时也是一套不带，穿一身夹克和牛仔裤漫游欧洲，随地坐卧，那多自在。

那么，现在我使用电脑写作，岂非违背了我的上述信念？是的，在享受电脑所提供的种种便利的同时，我确实感觉到了它的诸多不便。例如，当我脑中闪过突然的感想时，倘若要去打开电脑把它们写下来，实在是不胜其烦的事情。正因为如此，在我的案头、床头依然放着许多小纸片，它们在我的精神生活中继续发挥着电脑永远无法代替的作用。

侯家路

春节回上海，家人在闲谈中说起，侯家路那一带的地皮已被香港影视圈买下，要盖演艺中心，房子都拆了。我听了心里咯噔了一下。从记事起，我就住在侯家路的一座老房子里，直到小学毕业，那里藏着我的全部童年记忆。离上海后，每次回去探亲，我总要独自到侯家路那条狭窄的卵石路上走走，如同探望一位久远的亲人一样也探望一下我的故宅。那么，从今以后，这个对于我很宝贵的仪式只好一笔勾销了。

侯家路是紧挨城隍庙的一条很老也很窄的路，那一带的路都很老也很窄，纵横交错，路面用很大的卵石铺成。从前那里是上海的老城，置身在其中，你会觉得不像在大上海，仿佛是在江南的某个小镇。房屋多为木结构，矮小而且拥挤。走进某一扇临街的小门，爬上黢黑的楼梯，再穿过架在天井上方的一截小木桥，便到了我家。那是一间很小的正方形屋子，上海人称作亭子间。现在回想起来，那间屋子可真是小呵，放一张大床和一张饭桌就没有空余之地了，但当时我并不觉得。爸爸一定觉得了，所以他自己动手，在旁边拼接了一间更小的屋子。逢年过节，他就用纸糊一只走马灯，挂在这间更小的屋子的窗口。窗口正对着天井上方的小木桥，我站在小木桥上，看透着烛光的走马灯不停地旋转，心中惊奇不已。现在回想起来，那时候爸爸妈妈可真是年轻呵，正享受着人生的美好时光，但当时我并不觉得。他们一定觉得了，所以爸爸要兴高采烈地做走马灯，妈妈的脸上总是漾着明朗的笑容。

也许人要到不再年轻的年龄，才会仿佛突然之间发现自己的父母也曾经年轻过。这一发现令我倍感岁月的无奈。想想曾经多么年轻的他们已经老了或死了，便觉得摆在不再年轻的我面前的路缩短了许多。妈妈不久前度过了八十寿辰，但她把寿宴推迟到了春节举办，好让我们一家有个团聚的机会，我就是为此赶回上海来的。我还到苏州凭吊了爸爸的坟墓，自从他七年前去世后，这是我第一次给他上坟。对于我来说，侯家路是一个更值得流连的地方，因为那里珍藏着我的童年岁月，而在我的童年岁月中，我的父母永不会衰老和死亡。

我终于忍不住到侯家路去了。可是，不再有侯家路了。那一带已经变成一片废墟，一个巨大的工地。遭到覆灭命运的不只是侯家路，还有许多别的路，它们已经永远从地球上消失了。当然，从城市建设的眼光看，这些破旧房屋早就该拆除了，毫不足惜。不久后，这里将屹立起气派十足的豪华建筑，令一切感伤的回忆寒酸得无地自容。所以，我赶快拿起笔来，为侯家路也为自己保留一点私人的纪念。

启蒙的契机

走在街上，常常会遇见三五成群的少年，你呼我吆，开口必带脏词，嚼着口香糖，喊着流行歌曲，喧嚣而过。当然，他们是中学生。至少在一部分中学生中，这好像是一种时髦的做派，是他们心目中的潇洒。我不禁回忆起自己的风格迥异的中学时代，愈发感觉到了岁月的遥远。

青春期的少男少女，身体和心灵中无不涌着一股莫名的骚动。不过，在我们那时候的中学生身上，这股骚动似乎更多的是内敛而非外扬的。当时，从学校到家长，从报纸到各种读物，期待于一个中学生的都是好学上进。我永远忘不了贴在我们中学阅览室墙上的高尔基的一句话："我扑在书籍上，就像饥饿的人扑在面包上一样。"在我的心目中，这个扑在书籍上的形象无比光辉，仿佛代表了人生一切美好的价值。我甚至因此而蔑视读书之外的任何快乐，譬如说，看见男女同学彼此调情打闹就心生鄙夷，走过琳琅满目的闹市则目不斜视，这种种姿态都巩固着我的自信，使我相信自己是一个有志气的少年。用现在的眼光看，我当年这种“唯有读书高”的志向当然未必高明。然而，不管幸与不幸，这种看重书籍和精神事物的价值观念是在那时扎下的根，后来几乎影响了我一生的道路。

在人的精神成长过程中，少年时期无疑是至关重要的。谁没有体验过青春的魔力降临时的那种奇妙的心情呢？突然之间，眼前仿佛打开了一个五彩缤纷的世界，一片隐藏着无穷宝藏的新大陆。少年人看世界的眼光是天然地理想化的，异性的面庞，两小无猜的友情，老师的一句赞扬，偶尔读到的一则故事或一段格言，都会使他们对世界充满美好的期望。从总体上比较，少年人比成年人更具精神性，他们更加看重爱情、友谊、荣誉、志向等精神价值，较少关注金钱、职位之类的物质利益。当然，由于阅世不深，他们的理想未免空泛。随着入世渐深，无非有两种可能：或者是把理想当作一种幼稚的东西抛弃，变得庸俗实际起来；或者是仍然坚持精神上的追求，因为实际生活的教训和磨炼，那会是一种更成熟、更自觉的追求。一个人最后走上哪一条路，取决于种种因素，不可一概而论。不过，他年少之时那种自发的精神性是否受到有效的鼓励和培育，肯定是其中一个重要的因素。

无庸讳言，对于处在精神成长起点上的少年人来说，当今社会所提供的环境并不有利。他们被流行文化包围着，小小的年纪难以抵挡市场大规模炮制的趣味的侵蚀。但是，尽管如此，少年人天然的理想主义并非那么容易扼杀的。在我收到的读者来信中，有一些便出自中学生之手，信中表现的性灵之纯正，思想之敏锐，见地之不俗，常出大读者之右，令我惊喜不已。这使我相信，今日关心少年人精神成长的人们仍然大有可为,便是做他们的朋友,以平等的态度和他们交流,让他们听到另一种声音。这另一种声音一旦被他们领悟,便足以抵御来自市场的噪音。

录音电话

我一直为电话的干扰而苦恼。潜心写作时，突然响起的铃声令人惊心动魄，而倘若半天内接到五个以上的电话，那半天的计划就破产无疑。歌德之所以能够成为大文豪，我相信原因之一是他的书房里没有安装电话——电话是在他死后四十四年才发明的。不过，由于电话的明显便利，安上就不想拆了。假如歌德在世，他一定也不肯舍弃这种便利。

朋友们劝我：安个录音电话吧。录音电话的好处是，既能享受电话的一切便利，又可避免它的干扰。说直白些，即是掌握了主动权，想给别人打就尽可以打，别人打进来不想接就尽可以不接。这是个好主意，我采纳了，安装迄今已有一年多。然而，事实是干扰依旧，并未收到预期的效果。

电话铃声响起时，要沉住气不接，真是需要有点硬心肠的。我心太软，铃声未到第五响，就沉不住气了。我知道，在第五响之后，电话便自动接通，会播放我事先录好的答话传言，内容是请对方留言。这时候对方的反应会很复杂，大半的人都是犹豫了一下，一言不留，便挂断了电话，你仿佛能看见他懊丧的面容。在留言的人中，有口齿伶俐、语句流畅的，但更多的却显得慌乱笨拙，话不成句。我自己在向别人的录音电话留言时也是如此，面对一架机器而不是一个活人说话难免别扭，而倘若想到那边还可能有人在听，只是装作不在场罢了，感到的就不只是别扭而简直是侮辱了。所以，若非十分必要，我是不肯留言的。将心比心，我该对别人公平，不做这种躲在暗处看人受辱的阴谋家。

有时候我试图说服自己：写作是我的工作，当我写作时，我不妨把自己视为正在上班，不在家里，因此完全可以心安理得地不接电话。何况经验证明，接电话带来的美事是很少的，与招来的麻烦不成比例。譬如说，我常常必须在电话里费许多口舌谢绝我无法兑现的稿约，推辞我没有兴趣的聚会。尽管如此，我仍担心不接电话会错过什么。我不怕耽误正事，有正事找我的人必定会留言。最是那种拨通了却欲说还休的电话使我牵挂，那会不会是某个陌生的读者终于鼓起勇气想问候我一声，或某个久别的朋友突然有了倾心交谈的渴望？在这个忙碌的时代，真兴致是不容易产生的，产生了是不应该错过的。

总之，我本想靠录音电话逃避干扰，结果正相反，因为我不但在家时仍继续接电话，因而人们很容易在家里堵住我，而且，每当我外出归来，电话机发出的提示信号便会催促我收听它录下的留言，于是找我的人们就好像还可以进到家里等我归来一样。我已经如此习惯于此，以至于每次回家的第一件事就是听留言，哪天踏进家门没有听见提示有留言的信号，竟会感到有些失望呢。

朋友

一个周末的早晨，我突然想到这个题目。又是周末了，谁会给我打电话呢？我已经发现，平时的电话总是十分繁忙，周末的电话却比较稀少了。平时来电话的多为编辑、记者之类，为了约稿或采访，属于公事，周末来电话的大抵是朋友，想聊聊天或聚一聚，属于私交。那么，我的朋友越来越少了吗？

朋友实在是一个非常笼统的词。一般人所说的朋友，多指熟悉到了一定程度的熟人，遇到需要帮忙的事情，彼此间是求得上的。关于这类朋友，前贤常予苛评。克雷洛夫说："当你遇到困难时，把朋友们找来，你会得到各种好的忠告。可是，只要你一开口提到实际的援助，你最好的朋友也装聋作哑了。"马克·吐温说："神圣的友谊如此甜蜜、忠贞、稳固而长久，以至能伴随人的整个一生——如果不要求借钱的话。"亚里士多德说得更干脆："啊，我的朋友，世上并不存在朋友。"我不愿意把人心想象得这么坏，事实上也没有这么坏。我相信只要我的请求是对方力所能及的，我的大多数熟人一定会酌情相助。只是我这个人比较知趣，非到万不得已之时决不愿求人，而真正万不得已的情形是很少的。为了图清静，我也不喜欢把精力耗费在礼尚往来的应酬上。所以，我和一般人的交往常常难以达到所需要的熟悉程度，够不上在这个意义上称作朋友。

与泛泛之交式的友谊相反，另一些人给朋友订的标准极高，如同蒙田所描述的，必须是两个人的心灵完全相融，融合得天衣无缝，犹如两个躯体共有一颗灵魂，因而彼此对于对方都是独一无二的，其间的友谊是不容第三者分享的。据蒙田自己说，他和拉博埃西的友谊便是如此。我不怀疑天地间有这样可歌可泣的友谊，不过，就像可歌可泣的爱情一样，第一，它有赖于罕见的机遇，第二，它多半发生在青年时期。蒙田与拉博埃西就是在青年时期相识的，而且仅仅五年，后者便去世了。一般来说，这种恋情式的友谊往往带有年轻人的理想主义色彩，难以持续终身。当然，并非绝无可能，那便是鲁迅所谓“人生得一知己足矣”的境界了。不过，依我之见，既然忠贞不二的爱情也只能侥幸得之，忠贞不二的友谊之难觅就不算什么了不得的缺憾了。总之，至少现在我并不拥有这种独一无二的密友。

现在该说到我对朋友的理解了。我心目中的朋友，既非泛泛之交的熟人，也不必是心心相印的恋人，程度当在两者之间。在这世界上有若干个人，不见面时会互相惦记，见了面能感觉到一种默契，在一起度过一段愉快的时光，他们便是我心目中的朋友了。有时候，这样的朋友会像滚雪球一样聚合，形成一个所谓圈子。圈子容易给人以错觉，误以为圈中人都是朋友。我也有过一个格调似乎很高的圈子，当时颇陶醉于一次次高朋满座的欢谈，并且以为这样的日子会永远延续下去。未曾料到，由于生活中的变故，这个圈子对于我已不复存在。鲍斯威尔笔下的约翰生说："一个人随着年龄增长，如不结交新朋友，他就会很快发现只剩下了孤身一人。人应当不断修补自己的友谊。"我以前读到这话很不以为然，现在才悟出了其中的辛酸。不过，交朋友贵在自然，用不着刻意追求。在寂寞的周末，我心怀感激地想起不多的几位依然互相惦记着的老朋友和新朋友，于是平静地享受了我的寂寞。

小散文模式

有若干很畅销的刊物向我约稿，我把稿子寄去，却往往不符合要求。编辑指点说，每篇文章应该有一个小故事，然后从中引出道理来，这样的文章深入浅出，最受读者欢迎。好玩也不好玩的是，几种不同刊物的编辑都不约而同地向我如是指点迷津。

我明白他们的意思。这是现在极其流行的小散文模式：小故事 + 小情调 + 小哲理。那小故事一定是相当感人的，包含着纯洁的爱情、亲情或友情之类要素，读了会使人为人性的善良和人生的美好而沁出泪花。在重功利轻人情的现代生活中，这类小散文讴歌并且证明着古老的温情，给人以一种廉价的安慰。也许因为这个原因，它们便成了最雅俗共赏的文化快餐，风行于各类大众刊物，并且为许多文摘类刊物所乐于转载。

然而，这种东西岂不也像微量的鸦片一样，在对人心悄悄发生着麻醉作用？我不否认生活中有一些称得上美好的小遭遇和小场景，它们会使人产生某种温馨的感觉。可是，人生有其更深刻亦更严峻的一面，社会也有其更复杂亦更冷酷的一面，而这类小散文的泛滥则明白无误地昭示了一种逃避。凡模式化的东西都是最容易写的，小散文也不例外。读多了这类东西，你就会发现，它们实在是惊人地相似，以至于你对其中任何一篇都留不下确切的印象，留下的只是一点儿似是而非的小感动，一点儿模糊不清的小感悟。我确信这种东西是有害的，它们会使读者的感觉和理解力趋于肤浅，丧失了领悟生活实质和社会真相的能力。

基于上述理由，我拒绝加入今日的小散文合唱。

报应

善有善报，恶有恶报——这是佛家的信念，在别的宗教中也能找出类似的训诲。事实上，作为一个朴素的愿望，它存在于一切善良的人们心中。当我们无力惩恶时，我们只好指望老天显示正义。我们还试图以此警告恶人，恶人之所以敢于肆无忌惮地作恶，就是因为他们自以为可以不受惩罚，如果报应不爽，他们必有所收敛。可惜的是，在现实生活中，我们仍然常常看见恶人走运，好人反而遭灾。于是，我们困惑了，愤怒了，斥报应说为谎言，或者，为了安慰自己，我们便将报应的兑现推迟到来世或天国。

如果把报应理解为世俗性质的苦乐祸福，那么，它在另一个世界里能否兑现，实在是很渺茫的。即使真有灵魂或来世，我也不相信好人必定上天堂或者投胎富贵人家，恶人必定下地狱或者投胎贫贱人家。不过，我依然相信善有善报，恶有恶报，只是应该按照一种完全不同的含义来理解。我相信报应就在现世，而真正的报应是：对于好人和恶人来说，由于内在精神品质的不同，即使相同的外在遭遇也具有迥然不同的意义。譬如说，好人和恶人都难免遭受人世的苦难，但是，正如奥古斯丁所说："同样的痛苦，对善者是证实、洗礼、净化，对恶者是诅咒、浩劫、毁灭。"与此同理，同样的身外之福，例如财产，对善者可以助成闲适、知足、慷慨的心情，对恶者却是烦恼、绳索和负担。总之，世俗的祸福，在善者都可转化为一种精神价值，在恶者都会成为一种惩罚。善者播下的是精神的种子，收获的也是精神的果实，这就已是善报了。恶者枉活一世，未尝体会过任何一种美好的精神价值，这也已是恶报了。

《约翰福音》有言："上帝遣光明来到世间不是要让它审判世界，而是要让世界通过它得救。信赖它的人不会受审判，不信赖的人便已受了审判……而这即是审判：光明来到人世，而人们宁爱黑暗不爱光明。"这话说得非常好。的确，光明并不直接惩罚不接受它的人。拒绝光明，停留在黑暗中，这本身即是惩罚。一切最高的奖励和惩罚都不是外加的，而是行为本身给行为者造成的精神后果。高尚是对高尚者的最高奖励，卑劣是对卑劣者的最大惩罚。上帝的真正宠儿不是那些得到上帝的额外恩赐的人，而是最大限度实现了人性的美好可能性的人。当人性的光华在你的身上闪耀，使你感受到做人的自豪之时，这光华和自豪便已是给你的报酬，你确实会觉得一切外在的遭际并非很重要的了。

“己所欲，勿施于人”

中外圣哲都教导我们：“己所不欲，勿施于人。”这是要我们将心比心，不把自己视为恶、痛苦、灾祸的东西强加于人。己所不欲却施于人，损人利己，把自己的快乐建立在别人的痛苦之上，这种行径当然是对别人的严重侵犯。然而，这只是事情的一个方面。

另一方面，自己视为善、快乐、幸福的东西，难道就可以强加于人了吗？要是别人并不和你一样认为它们是善、快乐、幸福，这样做岂不也是对别人的一种严重侵犯？在实际生活中，更多的纷争的确起于强求别人接受自己的趣味、观点、立场，等等。大至在信仰问题上，试图以自己所信奉的某种教义统一天下，甚至不惜为此发动战争。小至在思维方式上，在生活习惯上，在艺术欣赏上，在文学批评上，人们很容易以自己所是为是，斥别人所是为非。即使在一个家庭的内部，夫妇间改造对方趣味的斗争也是屡见不鲜的。

事情的这一个方面往往遭到了忽视。人们似乎认为，以己不欲施于人是明显的恶，出发点就是害人，以己所欲施于人的动机却是好的，是为了助人、救人、造福于人。殊不知在人类历史上，以救主自居的世界征服者们造成的苦难远远超过普通的歹徒。我们应该记住，己所欲未必是人所欲，同样不可施于人。如果说“己所不欲，勿施于人”是一个文明人的起码品德，它反对的是对他人的故意伤害，主张自己活也让别人活，那么，“己所欲，勿施于人”便是一个文明人的高级修养，它尊重的是他人的独立人格和精神自由，进而提倡自己按自己的方式活，也让别人按别人的方式活。

现代社会是一个价值多元的社会，在遵守法律的前提下，人们在精神信仰领域和私生活领域都享有了越来越多的自由。在我看来，这是一个合理化的进程，而那些以己所欲施于人者则是这个进程中的消极因素，倘若他们被越来越多的人们宣布为不受欢迎的人，我是丝毫不会感到意外的。

不敢善良

这些年来，诸如群众袖手旁观歹徒作恶、路遇事故见死不救一类的现象屡见报道，关于国人道德水平急剧下降的叹息亦不绝于耳。一个普遍的印象是，如今是民风浇漓，善良之心式微，好人越来越少了。我自己也常常发此类悲观论调。可是，仔细想想，在我认识的人里，善良的人仍是大多数，而且他们对于现在的社会风气也是很不满意的。推己及人，我相信别人同样会发现自己所认识的人里好人占多数。那么，合在一起，好人怎么就越来越少了呢？

一个判断：大多数人仍然是善良的，但是，他们的善良只敢对自己了解的人表现出来，一旦置身于自己不了解的人群中就不敢善良了。

我的这个判断是有经验上的根据的。如今，在各个城市的街道上，我们都会经常遇见以种种借口、装出种种可怜相而索求帮助的人，倘若我们心软，几乎百分之百要上当。至于见义勇为者反遭不测的事情，也并不罕见。其中,有歹徒设下苦肉计的圈套而诱你上钩的,有被救者或其家属怕惹麻烦而翻脸不认人甚至诬陷恩人的,还有在英勇受伤以后得不到治疗含冤而死的。由此可见,虽然恶人是少数,而且永远是少数,但是由于这少数恶人及其恶行为未受到有力的遏制和惩罚,便使大多数善良的人失去了安全感。人们不敢善良,因为人们怕善会招祸,怕善有恶报。当不敢善良成为一种普遍的心态时,表现出来的便是普遍的冷漠。这是真正可怕的,在这种普遍的冷漠中,恶势力就愈加猖獗,善良的人们就愈加失去了安全感,形成了恶性循环。

毫无疑问,要改变这种情况,最重要的事情还是要根本改善治安状况,为人们提供一个相对安全的生活环境,单靠谴责国人的道德水平肯定是解决不了问题的。不过,既然这里存在着一种恶性循环,为了削弱和制止这种恶性循环,善良的人们也不应消极等待,而是能够有所作为的。我不主张他们丧失对恶势力的警惕,营造一种自欺欺人的安全感,事实上这也办不到。我主张善良的人们记住两点:第一,世上的确有恶人和骗子,我们要小心不上了他们的圈套;第二,世上大多数人仍是和我们自己一样的善良的人,我们不能把大多数人都看作恶人和骗子。提醒后面这一点是必要的,因为治安状况的不良使我们常常忽略或忘却了这一点。记住这一点也是重要的,因为这将使我们对于社会树立基本的信心,在警惕恶人的同时也注意发现好人,在好人和好人之间表现出更多的善良,由此逐步打破那种普遍的冷漠,重建一种互相关心和帮助的社会氛围。

生病与觉悟

一个人突然病了，不一定要是那种很快就死的绝症，但也不是无关痛痒的小病，他发现自己患的是一种像定时炸弹一样威胁着生命的病，例如心脏病、肝硬化之类，在那种情形下，他眼中的世界也会发生很大的变化。他会突然意识到，这个他如此习以为常的世界其实并不属于他，他随时都会失去这个世界。他一下子看清了他在这个世界上的可能性原来非常有限，这使他感到痛苦，同时也使他感到冷静。这时候，他就比较容易分清哪些事情是他无须关注、无须参与的，即使以前他对这些事情非常热衷和在乎。如果他仍然是一个热爱生命的人，那么，他并不会因此而自暴自弃，相反就会知道自己在世上还该做些什么事了，这些事对于他是真正重要的，而在以前未生病时很可能是被忽略了的。一个人在健康时，他在世界上的可能性似乎是无限的，那时候他往往眼花缭乱，主次不分。疾病限制了他的可能性，从而恢复了他的基本的判断力。

可是，我们每个人岂不都是患着一种必死但不会很快就死的病吗？生命本身岂不就是这种病吗？柏拉图曾经认为，如果不考虑由意外事故造成的非正常死亡，每个人的寿命在出生时就已确定，而这意味着那种最终导致他死亡的疾病一开始即潜在于他的体内，将伴随着他的生命一起生长，不可能用药物把它征服。我觉得，这个看法有其可信之处。当然，寿命是否定数，大约是永远无法证实的。然而，无论谁最后都必定死于某一种病或某几种病的并发症，这却是不争的事实。所以，我们不妨时常用一个这样的病人的眼光看一看世界，想一想倘若来日不多，自己在这世界上最想做成的事情是哪些，这将使我们更加善于看清自己的志业所在。人们嘲笑那些未病时不爱惜健康、生了病才后悔的人为不明智，这固然不错。不过，我相信，比明智更重要的是上述那样一种觉悟，因为说到底，无论我们怎样爱惜健康，也不可能永久保住它，而健康的全部价值便是使我们得以愉快地享受人生，其最主要的享受方式就是做我们真正喜欢做的事。

老同学相聚

北大百年校庆，沸沸扬扬，颇热闹了一阵。我一向不喜热闹，所以未曾躬临诸般盛况。唯一的例外，是参加了一次同年级老同学的聚会。很不容易的是，在几位热心人的张罗下，全年级五十名同学，毕业了整整三十年，分散在各地，到会的居然达四十人之众。

阔别三十年，可以想象，当年的同学少年，如今都已年过半百，鬓毛渐衰了。所以，乍一见面，彼此间不免有些陌生。那三十年的日子，原是一天天过的，虽然不可避免地在每个人身上留下了痕迹，但那过程相当漫长，自己或经常见面的人往往不知不觉。而现在，过程一下子被完全省略了，于是每个人都从别人身上看到了岁月的无情印记，如镜子一样鲜明。久别后的重逢，遂因此而令人惆怅，惊愕，需要做心理上的调整。不过，这调整并不难做。我发现，只要是老同学相聚，用不了多一会儿，陌生感便会消失，当年那种熟悉的氛围又会重现。随陌生感一起消失的，是绵亘在彼此之间的别后岁月，你几乎会产生一种错觉，仿佛时光倒转，离别从未发生，仍然是当年的那些同学，仍然是上学时的那种情境。此刻，坐在这里听他们一个个讲述着三十年里的人生经历，我并没有听进去所讲述的具体内容，却从各异的谈吐中清晰地辨认出了每个人当年的性格和模样。

让专家学者们去做论述北大传统的辉煌文章吧，对于我来说，北大之所以值得怀念，首先是因为它是我度过青春岁月的地方。也正因为这个原因，与老同学相见使我感到异常亲切。尤其是同宿舍的几位同学，曾经朝夕相处许多年，见到了他们，我心中充满莫名的感动。当时在全年级，我年龄最小，赵君年龄最大，比我大整整十岁，总是像兄长一样关心我。三十年后的今天，他见了我的第一句话是："小周，要注意身体。"我听了几乎要掉泪。还有董君，聚会时始终微笑而友好地注视着我，使我想起进北大时我还在长个子，他常常喜欢用手来量一量我是否又长高了一些。我忽然明白了，在老同学眼里，我仍然是从前的那个我，我们之间的关系仍然是从前的那种关系。毕业以后，人们各奔东西，每个人都走过了许多坎坷，发生了种种变化。但是，在短暂的重逢时刻，人们还来不及互相体会别后岁月所包含的这一切，这一切便等于不存在。老同学的相聚提供了一个机会，使每个人得以用老同学的眼睛来看自己，跳过一大截岁月看到了已被自己淡忘的学生时代。

那么，老同学就是互相的青春岁月的证人，彼此不自觉地寄存着若干证据，而在久别以后的相聚时刻，他们得以暂时地把所寄存的证据互相交还。当然，久别是必要的，因为经常会面肯定会冲淡对早年同学生活的记忆。当然，相聚也是必要的，否则我们根本无从知道彼此还保存着如此珍贵的记忆。所以，老同学——以及一切曾经共度青春岁月的人们——久别以后的相聚是人生一种难得的经验。

另一个韩愈

去年某月，到孟县参加一个笔会。孟县是韩愈的故乡，于是随身携带了一本他的集子，作为旅途消遣的读物。小时候就读过韩文，也知道他是“文起八代之衰”的大文豪，但是印象里他是儒家道统的卫道士，又耳濡目染“五四”以来文人学者对他的贬斥，便一直没有多读的兴趣。未曾想到，这次在旅途中随手翻翻，竟放不下了，仿佛发现了另一个韩愈，一个深通人情、明察世态的韩愈。

譬如说那篇《原毁》，最早是上中学时在语文课本里读到的，当时还背了下来。可是，这次重读，才真正感觉到，他把毁谤的根源归结为懒惰和嫉妒，因为懒惰而自己不能优秀，因为嫉妒而怕别人优秀，这是多么准确。最有趣的是他谈到自己常常做一种试验，方式有二。其一是当众夸不在场的某人，结果发现，表示赞同的只有那人的朋党、与那人没有利害竞争的人以及惧怕那人的人，其余的一概不高兴。其二是当众贬不在场的某人，结果发现，不表赞同的也不外上述三种人，其余的一概兴高采烈。韩愈有这种恶作剧的心思和举动，我真觉得他是一个聪明可爱的人。我相信，一定会有一些人联想起自己的类似经验，发出会心的一笑。

安史之乱时，张巡、许远分兵坚守睢阳，一年后兵尽粮绝，城破殉难。由于城是先从许远所守的位置被攻破的，许远便多遭诟骂，几被目为罪人。韩愈在谈及这段史实时替许远不平，讲了一个很简单的道理：人之将死，其器官必有先得病的，因此而责怪这先得病的器官，也未免太不明事理了。接着叹道："小人之好议论，不乐成人之美如是哉！"这个小例子表明韩愈的心态何其正常平和，与那些好唱高调整人的假道学不可同日而语。

在《与崔群书》中，韩愈有一段话论人生知己之难得，也是说得坦率而又沉痛。他说他平生交往的朋友不算少，浅者不去说，深者也无非是因为同事、老相识、某方面兴趣相同之类表层的原因，还有的是因为一开始不了解而来往已经密切，后来不管喜欢不喜欢也只好保持下去了。我很佩服韩愈的勇气，居然这么清醒地解剖自己的朋友关系。扪心自问，我们恐怕都不能否认，世上真正心心相印的朋友是少而又少的。

至于那篇为自己的童年手足、与自己年龄相近却早逝的侄儿十二郎写的祭文，我难以描述读它时的感觉。诚如苏东坡所言，"其惨痛悲切，皆出于至情之中"，读了不掉泪是不可能的。最崇拜他的欧阳修则好像不太喜欢他的这类文字，批评他"其心欢戚，无异庸人"。可是，在我看来，常人的真情达于极致正是伟大的征兆之一。这样一个内心有至情又能冷眼看世相人心的韩愈，虽然一生挣扎于宦海，却同时向往着"与其有誉于前，孰若无毁于后，与其有乐于身，孰若无忧于心"的隐逸生活，我对此是丝毫不感到奇怪的。可惜的是，在实际上，他忧患了一生，死后仍摆脱不了无尽的毁誉。在孟县时，我曾到韩愈墓凭吊，墓前有两棵枝叶苍翠的古柏，我站在树下默想：韩愈的在天之灵一定像这些古柏一样，淡然观望着他身后的一切毁誉吧。

树下的老人

十年前，刘彦把他的好几幅油画带到我家里，像举办一个小型画展似的摆开。他让我从中挑选一幅。我站在这幅画前面挪不开脚步了。从此以后，这幅画就始终伴随着我，我相信它将一直伴随我走完人生的旅程。

我对这幅画情有独钟，不仅仅是因为它画得好。刘彦的风景画都画得非常好。可是看见这幅画，我仿佛看见了一种启示，知道了我的人生之路正在通往何处，因此而感到踏实。

画面上是一小片树林，那些树是无名的，看不出它们的种属，也许只是一些普通的树吧。在树木之间，可以看见若干木屋、木篱笆、小土路，也都很普通。画的左下方，一个人坐在树下，他的身影与一截木篱笆以及木篱笆前的那一丛灌木几乎融为一体。所有的植物都充满着动感，好像能够看见生命的液汁在其中喷涌、流淌、沸腾，使人不由得想到凡·高的画风。然而，与凡·高不同的是，画的整体效果却显示为一种肃穆的宁静。刘彦似乎在用这幅画向我们证明，生命的热烈与自然的静谧并不矛盾，让一切生命按照自己的节律自由地生长，结果便是和平。

树下的那个人是谁？他微低着头，一顶小小的圆檐帽遮住了他的脸，而他身上的那件长袍朴素如农装，宽大如古希腊服。那么，他是一个农夫，抑或是一位哲人？也许两者都是，是一个思考着世界之底蕴的农夫，一个种了一辈子庄稼的哲人？他坐在那里是在做什么，沉思，回忆，休憩，或者只是在打瞌睡？有一点是可以确定的，便是他置身在尘嚣之外，那尘嚣或者从未到来，或者已被他永远抛在了身后。

后来刘彦告诉我，他的这幅画有一个标题，叫作“树下的老人”。这就对了，一个老人，不过这个老人不像别的老人那样因为行将死亡而格外恋世或厌世，不，他与那个被人恋或厌的世界不再有关系了，他的老境已经自成一个世界。在这个世界里，一切尘世的辛劳都已经消逝，一切超验的追问也都已经平息。他走过了许多沧桑，走到了一棵树下，自己也成了一棵树。现在他只是和周围的那些树一样，回到了单纯的生命。他不再言说但也不是沉默，他的语言和沉默都汇入了树叶的簌簌声。不错，他是孤独的，看来不像有亲人的陪伴，但这孤独已经无须倾诉。一棵树是用不着向别的树倾诉孤独的。如果说他的孤独曾经被切割、搅扰和剥夺，那么现在是完整地收复了，这完整的孤独是充实和圆满，是了无牵挂的归宿。他因此而空灵了，难怪衣帽下空空如也，整个儿只是一种气息，一种流转在万物之中的气息。所以，这里不再有死亡，不再有时间，也不再有老年。

也许我的解读完全是误读，那有什么要紧呢？我只是想让刘彦知道，他的风景油画是多么耐人寻味。我的直觉告诉我，这是一种最适合于他的天性的艺术,他的内在的激情在其中找到了庇护,得以完好无损地呈现为思想,呈现为超越思想的宁静。风景油画属于他的创作的早期阶段,但我不无理由地相信,他迟早将回到这里,犹如那个老人回到树下,犹如一个被迫出外谋生的游子回到自己朝思暮念的家园。

论自卑

有两种自卑。一种是面对上帝的自卑，这种人心怀对于无限的敬畏和谦卑之情，深知人类一切成就的局限，在任何情况下不会忘乎所以，不会狂妄。另一种是面对他人的自卑，这种人很在乎在才智、能力、事功或任何他所看重的方面同别人比较，崇拜强者，相应地也就藐视弱者，因此自卑很容易转变为自大。

也许有人会说，前一种自卑者骨子里其实最骄傲，因为他只敬畏上帝，而这就意味着看不起一切凡人。

然而事实是，既然他明白自己也是凡人，他就不会看不起别的凡人。只是由于他深知人类的局限，他对别人的成就只会欣赏，不会崇拜，对别人的弱点倒是很容易宽容。总之，他不把人当作神，所以对人不迷信也不苛求，不亢也不卑。

我信任自卑者远远超过信任自信者。

据我所见，自卑者多是两个极端。其一的确是弱者，并且知道自己的弱，于是自卑。这种人至少有自知之明，因而值得我们尊重。其二是具有某种异常天赋的人，他隐约感觉到却不敢相信自己有这样的天赋，于是自卑。这种人往往极其敏感，容易受挫乃至夭折，其幸运者则会成为成功的天才。

相反，我所见到的过于自信者多半是一些浅薄的家伙，他们不是低能但也决非大材，大抵属于中等水平，但由于目标过低，便使他们自视过高，露出了一副踌躇满志的嘴脸。我说他们目标过低，是在精神层次的意义上说的。凡狂妄自大者，其所追逐和所夸耀的成功必是功利性的。在有着崇高的精神追求的人中间，我不曾发现过哪怕一个自鸣得意之辈。

一般而言，性格内向者容易自卑，性格外向者容易自信。不过，事实上，这种区分只具有非常相对的性质。在同一个人身上，自卑和自信往往同时并存，交替出现，乃至激烈格斗。也许最有力量的东西总是埋藏得最深，当我在哀怜苍生的面容背后发现一种大自信，在扭转乾坤的手势上读出一种大自卑，我的心不禁震惊了。

自卑、谦虚、谦恭之间有着重要的区别。在谦虚的风度和谦恭的姿态背后，我们很难找到自卑。事实上，谦虚是自信以本来面目坦然出场，谦恭则是自信戴着自卑的面具出场。

其实，对自卑和自信做笼统的评价是没有意义的，我的褒自卑而贬自信仅是对习见的反拨。按照通常的看法，自卑是一种病态心理，自信则是一种健康心态，或者，自卑是一种消极的生活态度，自信则是一种积极的生活态度。我想指出的是，自卑也有其正面的价值，自信也有其负面的作用。

我丝毫不否认自信在生活中有着积极的用处。一个人在处世和做事时必须具备基本的自信,否则绝无奋斗的勇气和成功的希望。但是,倘若一个人从来不曾有过自卑的时候,则我敢断定他的奋斗是比较平庸的,他的成功是比较渺小的。

也许可以说,自卑的价值是形而上的,自信的用处是形而下的。

的确,我曾说过,一切成功的天才之内心都隐藏着某种自卑。可是,倘若有人因此而要把自卑列入成功之道,向世人推荐,则我对他完全无话可说。如果非说不可,我也只能告诉他两个最简单的道理:

其一,人可以培养自信,却无法培养自卑;

其二,就世俗的成功而言,自信肯定比自卑有用得多。

那么,你去教导世人如何培养自信吧——这正是你一向所做的。

人生话题

一　对人性的另一种解释

对人性的一种解释：人性是介于动物性和神性之间的一种性质，是对动物性的克服和向神性的接近。按照这种解释，人离动物状态越远，离神就越近，人性就越高级、越完满。

然而，这会不会是文明的一种偏见呢？譬如说，聚财的狂热，奢靡的享受，股市，毒品，人工流产，克隆技术，这一切在动物界是绝对不可想象的，现代人离动物状态的确是越来越远了，但何尝因此而靠近了神一步呢？相反，在这里，人对动物状态的背离岂不同时也是对神的亵渎？

那么，对人性也许还可以做出另一种解释：人性未必总是动物性向神性的进步，也可能是从动物性的退步，比动物性距离神性更远。

也许在人类生活日趋复杂的现代,神性只好以朴素的动物性的方式来存在,回归生命的单纯正是神的召唤。

二　灵魂的来源是神秘的

我相信,灵魂和肉体必定有着不同的来源。我只能相信,不能证明,因为灵魂的来源是神秘的,而一切用肉体解释灵魂的尝试都过于牵强。

有时候我想,人的肉体是相似的,由同样的物质组成,服从着同样的生物学法则,唯有灵魂的不同才造成了人与人之间的巨大差异。有时候我又想,灵魂是神在肉体中的栖居,不管人的肉体在肤色和外貌上怎样千差万别,那栖居于其中的必定是同一个神。

肉体会患病,会残疾,会衰老,对此我感觉到的不仅是悲哀,更是屈辱,以至于会相信这样一种说法:肉体不是灵魂的好的居所,灵魂离开肉体也许真的是解脱。

肉体终有一死。灵魂会不会死呢?这永远是一个谜。既然我们不知道灵魂的来源,我们也就不可能知道它的去向。

三　人性中的高级和低级

柏拉图把人的心灵划分为理性、意志、情感三个部分,并断定它们的地位由高及低,判然有别,呈现一种等级关系。自他以后,以理性为人性中的最高级部分遂成西方哲学的正统见解。后来也有人试图打破这一正统见解,例如把情感(卢梭)或者意志(费希特)提举为人性之冠,但是,基本思路仍是将理性、意志、情感三者加以排队,在其中选举一个统帅。

能否有另一种思路呢?譬如说,我们也许可以这样来看:在这三者之间并无高低之分,而对其中的每一者又可做出高低的划分。让我来尝试一下——

理性有高低之别。低级理性即科学理性、逻辑、康德所说的知性,是对事物知识的追求;高级理性即哲学理性、形而上学、康德所说的理性,是对世界根本道理的追求。

意志有高低之别。低级意志是生物性的本能、欲望、冲动,归根到底是他律;高级意志则是对生物本能的支配和超越,是在信仰引导下的精神性的修炼,归根到底是自律。

情感有高低之别。低级情感是一己的恩怨悲欢,高级情感是与宇宙众生息息相通的大爱和大慈悲。

按照这一思路,人性实际上被分成了两个部分,一是低级部分,包括生物意志、日常情感和科学理性;一是高级部分,包括道德意志、宗教情感和哲学理性。简言之,就是兽性和神性,经验和超验。丝毫没有新颖之处!我只是想说明,此种划分是比知、情、意的划分更为本质的,而真正的精神生活必定是融知、情、意为一体的。

四 哲学的和非哲学的死亡观

关于死与生的关系,在哲学上可以有两种截然相反的看法。一是认为死是一个与生命绝对不同的事情,死不在生命之中,而应归属于生命之彼岸的一个神秘领域,因此,对于活着的人来说,它是不可思考、不可言说的。另一是认为死是生命中的一个最本质的事情,生命中的一切连同生命本身皆因死而获得意义或丧失意义,因此,对死的思考是哲学的根本使命,是对生命意义的思考的前提和归宿。

这两种看法都是真正哲学性质的,而且在我看来,尽管它们立论相反,却并非不能相容。凡生命中最本质的事情岂不都把我们引向神秘,最值得思考的事情岂不都具有不可思考的性质?

在这两种看法之外,还有一种看法是把死看作生命中的一个普通的、自然的事情,主张以顺其自然的态度淡然处之。我承认这种看法最符合常识,你甚至不妨说它包含了一种常识的智慧,但是,我同时可以断定一点:这种看法不具备任何哲学性质。

五　根本就不存在时间这种东西

一切关于时间的定义或者是文学化的描述和比喻,例如“流逝”、“绵延”之类,或者是数学化的量度,例如年、月、日之类。对于时间不可能给出一个哲学的定义。其原因就在于:时间是没有一个本质的;或者更直截了当地说,根本就不存在时间这种东西。

我们对于时间的想象也超不出这两种方式。因此,譬如说,我们无法想象上帝眼中的那种永不流逝、不可量度的时间,即所谓“永恒”。

我们唯一能理解的时间是历史——人类的历史或者人类眼中的自然界的历史。历史总是涉及一个有生有灭的事物,而世界本身是一个无始无终的过程，无所谓历史，一切历史都只不过是人类凭借自己的目力所及而从世界过程中截取的一个片段罢了。

我们的时间感觉根源于个体生命的暂时性，倘若人能够不死，我们便不会感觉到岁月的流逝。我们之所以以现在为分界点，把时间划分为过去、现在和未来，实在是因为我们不无恐惧地意识到，终有一天我们将不再有现在。也是生命匆匆的忧虑使我们感到困惑：过去不复存在，未来尚未存在，现在转瞬即逝，时间究竟在哪里？如果生命永在，我们就会拥有一个包含着无尽过去和无尽未来的永恒的现在，我们就一定不会感觉到时间以及时间的虚幻了。

六　宗教的本质不在信神

人的心智不可能是全能的，世上一定有人的心智不能达到的领域，我把那不可知的领域称作神秘。

人的欲望不可能是至高的，世上一定有人的欲望不该亵渎的价值，我把那不可亵渎的价值称作神圣。

然而，我不知道，是否有一个全能的心智主宰着神秘的领域，是否有一个至高的意志制定着神圣的价值。也就是说，我不知道是否存在着一个上帝。在我看来，这个问题本身属于神秘的领域，对此断然肯定或否定都是人的心智的僭越。

宗教的本质不在信神，而在面对神秘的谦卑和面对神圣的敬畏。根据前者，人只是分为有神论者和无神论者，根据后者，人才分为有信仰者和无信仰者。

七　性、爱情、婚姻是三个不同的东西

性是肉体生活，遵循快乐原则。爱情是精神生活，遵循理想原则。婚姻是社会生活，遵循现实原则。这是三个完全不同的东西。婚姻的困难在于，如何在同一个异性身上把三者统一起来，不让习以为常麻痹性的诱惑和快乐，不让琐碎现实损害爱的激情和理想。

爱情不风流，它是两性之间最严肃的一件事。风流韵事频繁之处，往往没有爱情。爱情也未必浪漫，浪漫只是爱情的早期形态。在浪漫结束之后，一个爱情是随之结束，还是推进为亲密持久的伴侣之情，最能见出这个爱情的质量的高低。

多情和专一未必互相排斥。一个善于欣赏女人的男人，如果他真正爱上了一个女人，那爱是更加饱满而且投入的。

八　年龄只是一个抽象的数字

我们看得见时针的旋转，日历的翻页，但看不见自己生命年轮的增长。我们无法根据记忆或身体感觉来确定自己的年龄。年龄只是一个抽象的数字，是我们依据最初的道听途说进行的计算。

你与你的亲人、友人、熟人、同时代人一起穿过岁月，你看见他们在你的周围成长和衰老。可是，你自己依然是在孤独中成长和衰老的，你的每一个生命年代仅仅属于你，你必须独自承担岁月在你的心灵上和身体上的刻痕。

九　怎样做父母

凡真正美好的人生体验都是特殊的，若非亲身经历就不可能凭理解力或想象力加以猜度。为人父母便是其中之一。

做父母做得怎样，最能表明一个人的人格、素质和教养。

被自己的孩子视为亲密的朋友，这是为人父母者所能获得的最大的成功。不过，为人父母者所能遭到的最大的失败却并非被自己的孩子视为对手和敌人，而是被视为上司或者奴仆。

十　两种孤独

有两种孤独。

灵魂寻找自己的来源和归宿而不可得，感到自己是茫茫宇宙中的一个没有根据的偶然性，这是绝对的、形而上的、哲学性质的孤独。灵魂寻找另一颗灵魂而不可得，感到自己是人世间的一个没有旅伴的漂泊者，这是相对的、形而下的、社会性质的孤独。

前一种孤独使人走向上帝和神圣的爱，或者遁入空门。后一种孤独使人走向他人和人间的爱，或者陷入自恋。

一切人间的爱都不能解除形而上的孤独。然而，谁若怀着形而上的孤独，人间的爱在他眼里就有了一种形而上的深度。当他爱一个人时，他心中会充满佛一样的大悲悯。在他所爱的人身上，他又会发现神的影子。

十一　性格与命运

命运主要由两个因素决定:环境和性格。环境规定了一个人的遭遇的可能范围,性格则规定了他对遭遇的反应方式。由于反应方式不同,相同的遭遇就有了不同的意义,因而也就成了本质上不同的遭遇。我在此意义上理解赫拉克利特的这一名言:“性格即命运。”

但是,这并不说明人能决定自己的命运,因为人不能决定自己的性格。

性格无所谓好坏,好坏仅在于人对自己的性格的使用,在使用中便有了人的自由。

命运当然是有好坏的。不过,除了明显的灾祸是厄运之外,人们对于命运的评价实在也没有一致的标准,正如对于幸福没有一致的标准一样。

就命运是一种神秘的外在力量而言,人不能支配命运,只能支配自己对命运的态度。一个人愈是能够支配自己对于命运的态度,命运对于他的支配力量就愈小。

十二　幸福和苦难仅仅属于灵魂

快感和痛感是肉体感觉,快乐和痛苦是心理现象,而幸福和苦难则仅仅属于灵魂。幸福是灵魂的叹息和歌唱,苦难是灵魂的呻吟和抗议,在两者中凸现的是对生命意义的或正或负的强烈体验。

幸福是生命意义得到实现的鲜明感觉。一个人在苦难中也可以感觉到生命意义的实现乃至最高的实现，因此苦难与幸福未必是互相排斥的。但是，在更多的情况下，人们在苦难中感觉到的却是生命意义的受挫。我相信，即使是这样，只要没有被苦难彻底击败，苦难仍会深化一个人对于生命意义的认识。

十三　道德的两种含义

道德有两种不同的含义。一是精神性的，旨在追求个人完善，此种追求若赋予神圣的名义，便进入宗教的领域。一是实用性的，旨在维护社会秩序，此种维护若辅以暴力的手段，便进入法律的领域。

实际上这是两种完全不同的东西，混淆必生恶果。试图靠建立某种社会秩序来强制实现个人完善，必导致专制主义。把社会秩序的取舍完全交付个人良心来决定，必导致无政府主义。

十四　美逃避定义

美学家们给美所下的定义很少是哲学性质的，而往往是几何学的、心理学的，或者社会学的。真正的美逃避定义，存在于几何学、心理学、社会学的解释皆无能为力的地方。

艺术天才们不是用言辞而是用自己的作品给美下定义，这些作品有力地改变和更新着人们对于美的理解。

十五　天才和自我教育

在任何一种教育体制下,都存在着学生资质差异的问题。合理的教育体制应该向不同资质的学生都提供相应的机会。

所谓"天才教育"的结果多半不是把一个普通资质的人培养成了天才,而是把他扭曲成了一个高不成、低不就的畸形儿。

教育不可能制造天才,却可能扼杀天才。因此,天才对教育唯一可说的话是第欧根尼的那句名言:"不要挡住我的阳光。"

一切教育都可以归结为自我教育。学历和课堂知识均是暂时的,自我教育的能力却是一笔终身财富。经验证明,一个人最终是否成材,往往不取决于学历的高低和课堂知识的多少,而取决于是否善于自我教育。

十六　修改上帝的笔误

偶然性是上帝的心血来潮,它可能是灵感喷发,也可能只是一个恶作剧,可能是神来之笔,也可能只是一个笔误。因此,在人生中,偶然性便成了一个既诱人又恼人的东西。我们无法预测会有哪一种偶然性落到自己头上,所能做到的仅是——如果得到的是神来之笔,就不要辜负了它;如果得到的是笔误,就精心地修改它,使它看起来像是另一种神来之笔,如同有的画家把偶然落到画布上的污斑修改成整幅画的点睛之笔那样。当然,在实际生活中,修改上帝的笔误绝非一件如此轻松的事情,有的人为此付出了毕生的努力,而这努力本身便展现为辉煌的人生历程。

十七　人是地球的客人

人类曾经以地球的主人自居，对地球为所欲为，结果破坏了地球上的生态环境，并且自食其恶果。于是，人类开始反省自己的行为。

反省的第一个认识是，人不能用奴隶主对待奴隶的方式对待地球。地球是人的家，人应该为了自己的长远利益管好这个家，做地球的好主人，不要做败家子。

在这一认识中，主人的地位未变，只是统治的方式开明了一些。然而，反省的深入正在形成更高的认识：人作为地球主人的地位真的不容置疑吗？与地球上别的生物相比，人真的拥有特权吗？做一个有教养的客人，这可能是人对待自然的最恰当的态度。作为客人，我们在享受主人的款待时倒也不必羞愧，但同时我们应当懂得尊重和感谢主人。

十八　真理、信仰、理想都是解释

不存在事实，只存在对事实的解释。当一种解释被经验所证明时，我们便称它为真理。由于经验总是有限的，所以真理总是相对的。

有一类解释是针对整个世界及其本质、起源、目的等的，这类解释永远不能被经验所证明或否定，我们把这类解释称作信仰。

理想也是一种解释，它立足于价值立场来解释人生或者社会。作为价值尺度，理想一点儿也不虚无缥缈，一个人有没有理想，有怎样的理想，非常具体地体现在他的生活方式和处世态度中。

十九　怎样才算有事业

事业是精神性追求与社会性劳动的统一，精神性追求是其内涵和灵魂，社会性劳动是其形式和躯壳，二者不可缺一。

所以，一个仅仅为了名利而从政、经商、写书的人，无论他在社会上获得了怎样的成功，都不能说他有事业。

所以，一个不把自己的理想、思考、感悟体现为某种社会价值的人，无论他内心多么真诚，也不能说他有事业。

二十　最基本的划分

最基本的划分不是成功与失败，而是以伟大的成功和伟大的失败为一方，以渺小的成功和渺小的失败为另一方。

在上帝眼里，伟大的失败也是成功，渺小的成功也是失败。

二十一　为何写作

为何写作？为了安于自己的笨拙和孤独。为了有理由整天坐在家里，不必出门。为了吸烟时有一种合法的感觉。为了可以不遵守任何作息规则同时又生活得有规律。写作是我的吸毒和慢性自杀,同时又是我的体操和养身之道。

二十二　金钱的作用

人们不妨赞美清贫,却不可讴歌贫困。人生的种种享受是需要好的心境的,而贫困会剥夺好的心境,足以扼杀生命的大部分乐趣。

金钱的好处便是使人免于贫困。

但是,在提供积极的享受方面,金钱的作用极其有限。人生最美好的享受,包括创造、沉思、艺术欣赏、爱情、亲情,等等,都非金钱所能买到。原因很简单,所有这类享受皆依赖于心灵的能力,而心灵的能力是与钱包的鼓瘪毫不相干的。

二十三　“自我”的不可认识

哲学所提出的任务都是不可能完成的,包括这一个任务:“认识你自己!”

无人能知道他的真正的“自我”究竟是什么。关于我的“自我”,我唯一确凿知道的它的独特之处仅是,如果我死了,无论世上还有什么人活着,它都将不复存在。

二十四　嫉妒是中性的

既然嫉妒人皆难免,也许就不宜把它看作病或者恶,而应该看作中性的东西。只有当它伤害自己时,它才是病。只有当它伤害别人时,它才是恶。

二十五　幽默和嘲讽

幽默和嘲讽都包含某种优越感,但其间有品位高下之分。嘲讽者感到优越,是因为他在别人身上发现了一种他相信自己决不会有的弱点,于是发出幸灾乐祸的冷笑。幽默者感到优越,则是因为他看出了一种他自己也不能幸免的人性的普遍弱点,于是发出宽容的微笑。

幽默的前提是一种超脱的态度,能够俯视人间的一切是非包括自己的弱点。嘲讽却是较着劲的,很在乎自己的对和别人的错。

二十六　沉默是语言之母

沉默是语言之母,一切原创的、伟大的语言皆孕育于沉默。但语言自身又会繁殖语言,与沉默所隔的世代越来越久远,其品质也越来越蜕化。

还有比一切语言更伟大的真理,沉默把它们留给了自己。

二十七　智慧与美德

人品不但有好坏之别，也有宽窄深浅之别。好坏是质，宽窄深浅未必只是量。古人称卑劣者为“小人”、“斗筲之徒”是很有道理的，多少恶行都是出于浅薄的天性和狭小的器量。

知识是工具，无所谓善恶。知识可以为善，也可以为恶。美德与知识的关系不大。美德的真正源泉是智慧，即一种开阔的人生觉悟。德行如果不是从智慧流出，而是单凭修养造就，便至少是盲目的，很可能是功利的和伪善的。

二十八　最好的文化没有国籍

一切关于东西方文化之优劣的谈论都是非文化、伪文化性质的。民族文化与其说是一个文化概念，不如说是一个政治概念。在我眼里，只存在一个统一的世界文化宝库，凡是进入这个宝库的文化财富在本质上是没有国籍的。无论东方还是西方，文化中最有价值的东西必定是共通的，是属于全人类的。那些仅仅属于东方或者仅仅属于西方的东西，哪怕是好东西，至多也只有次要的价值。

杞人是一位哲学家

河南有个杞县，两千多年前出了一个忧天者，以此而闻名中国。杞县人的这位祖先，不好好地过他的太平日子，偏要胡思乱想，竟然担忧天会塌下来，令他渺小的身躯无处寄存，为此而睡不着觉，吃不进饭。他的举止被当时某个秀才记录了下来，秀才熟读教科书，一眼便看出忧天的违背常识，所以笔调不免带着嘲笑和优越感。靠了秀才的记录，这个杞人从此作为庸人自扰的典型贻笑千古。听说直到今天，杞县人仍为自己有过这样一个可笑的祖先而感到羞耻，仿佛那是一个笑柄，但凡有人提起，便觉几分尴尬。还听说曾有当权者锐意革新，把“杞人忧天”的成语改成了“杞人胜天”，号召县民们用与天奋斗的实际行动洗雪老祖宗留下的忧天之耻。

可是，在我看来，杞县人是不应该感到羞耻，反而应该感到光荣的。他们那位忧天的祖先哪里是什么庸人，恰恰相反，他是一位哲学家。试想，当所有的人都在心安理得地过日子的时候，他却把眼光超出了身边的日常生活，投向了天上，思考起了宇宙生灭的道理。诚然，按照常识，天是不会毁灭的。然而，常识就一定是真理吗？哲学岂不就是要突破常识的范围，去探究常人所不敢想、未尝想的宇宙和人生的根本道理吗？我们甚至可以说，哲学就是从忧天开始的。在古希腊，忧天的杞人倒是不乏知己。亚里士多德告诉我们，赫拉克利特和恩培多克勒都认为天是会毁灭的。古希腊另一个哲学家阿那克萨哥拉则根据陨石现象断言，天由石头构成，剧烈的旋转运动使这些石头聚在了一起，一旦运动停止，天就会塌下来。不管具体的解释多么牵强，关于天必将毁灭的推测却是得到了现代宇宙学理论的支持的。

也许有人会说，即使天真的必将毁灭，那日子离杞人以及迄今为止的人类还无限遥远，所以忧天仍然是可笑而愚蠢的。说这话的意思是清楚的，就是人应当务实，更多地关心眼前的事情。人生不满百，亿万年后天塌不塌下来，人类毁不毁灭，与你何干？但是，用务实的眼光看，天下就没有不可笑不愚蠢的哲学了，因为哲学本来就是务虚，而之所以要务虚，则是因为人有一颗灵魂，使他在务实之外还要玄思，在关心眼前的事情之外还要追问所谓终极的存在。当然，起码的务实还是要有的，即使哲学家也不能不食人间烟火，所以，杞人因为忧天而“废寝食”倒是大可不必。

按照《列子》的记载，经过一位同情者的开导，杞人“舍然大喜”，不再忧天了。唉，咱们总是这样，哪里出了一个哲学家，就会有同情者去用常识开导他，把他拉扯回庸人的队伍里。中国之缺少哲学家，这也是原因之一吧。

议论家

我是一个患有恐会症的人，病因在不自信。无论什么会议，但凡要求出席者发言的，我就尽量谢绝。如果实在谢绝不了，灾难就来了，自得到通知之日起，我就开始惴惴不安。一旦置身于会场，我就更是如坐针毡。通常我总是拣一个不引人注意的角落里的座位，期望能侥幸地躲过发言。我知道自己对于许多事情是无知的，我的自尊心和虚荣心都不允许我炫耀我的无知，对这些事情说些人云亦云的空话和言不及义的废话。

由于自己的这种弱点，我就十分佩服那些敢于在会议上侃侃而谈的自信者，留心听取他们的发言。然而，在多数情形下，我惊奇地发现，他们对于所谈论的事情并不比我更有知识，只是更有谈论的勇气罢了。我的另一个发现是，这样的自信者是一个相当固定的人群，他们每会必到，每到必滔滔不绝，已经构成当今学界的一个新品种。让我试着给这个新品种画像——

他们当然是一些忙人兼名人,忙于出席各种名目的会议,因频繁出现在传媒的各个版面上而出名。在一切热闹的场面上,你必能发现他们风尘仆仆的身影。无论流行什么时髦的话题,你都不可避免地要听到他们的声音。他们如此辛勤地追赶时髦,每一次都务求站到时髦的最前列去,以至于你几乎难以分清,究竟他们是在追赶时髦,还是在领导时髦。从保守主义到自由主义,从卡夫卡到后现代,从公共交通到住房改革,他们谈论一切,无所不写。他们的所谈所写有一个共同的特点,便是充满着发言的激情,所发之言却空洞无物,大同小异,两者形成了鲜明的对照。事实上,他们对自己所谈论的事情未必真有兴趣,他们最关心的事情就是要在所有这些事情上插上一嘴,否则便会觉得没有尽到自己的责任,甚至会感到人生的失落和空虚。他们是一些什么人呢?不能说他们是理论家,因为他们并没有自己的理论体系。也不能说他们是评论家,因为他们并没有自己的评论领域。他们的最恰当的称呼是——议论家。他们是一些以议论一切事情为庄严使命的人。

自从发现这个新品种以后,我的恐会症有增无减,简直可以说病入膏肓了。我害怕即使我能够成功地逃避发言,我的出席也会使我成为这个新品种的沉默的陪衬,而这是我的自尊心和虚荣心更加不能允许的。所以,虽然我是一个顾情面而不善于拒绝的人,相当一段时间以来,我还是鼓起勇气谢绝了大部分会议的邀请。

第八辑　序评无类

《思想者文丛》编者的话

近十数年间,散文在中国呈蓬勃之势。若按写作者的身份划分,大致可分为作家散文和学者散文。一般来说,前者长于叙事、咏物、抒情,后者长于说理、讲学、论道,均反映了各自的职业特征。然而,我们发现,不论在作家中,还是在学者中,都有为数不甚多的若干作者,他们的散文显现出了某种共同的品格,使我们难以根据职业将之归入作家散文或学者散文之列。他们往往是一些学者型的作家,或作家型的学者。但是,如果要对他们的共性做一更确切的概括,也许可以说,无论身为作家还是学者,他们首先是思想者。

所谓思想者是指:第一,拥有既具根本性又真正属于自己的问题。由于个人禀赋和经历的不同,他们所关注的问题也会不同,或社会,或文化,或人生,但必是一些具有重要精神意义的问题。同时,因为这些问题生长于他们生命历程的某个关键时刻,对他们具有命运或使命一般的重要性,所以又是真正属于他们自己的问题。正是对这些问题的不懈思考,赋予了他们的作品以一种内在的连贯性。第二,拥有既具哲学性又真正属于自己的眼光。由于个人性情和文化背景的差异,他们接近各自问题的途径也迥异,或描述,或思辨,或感悟,但无不具有哲学的底蕴。同时,这种哲学性的眼光又是真正属于他们自己的,体现了各人看世界的独特角度和方式,并且在一定程度上还决定了各人的语言风格。

《思想者文丛》旨在汇集具有上述品格并且在读者中业已产生相当影响的作者的散文作品,按作者单独成书,陆续出版。我们愿借此为读者提供一套尽可能完整的当代思想性散文精品,也为我们的时代保留一份有价值的精神资料。

心理史的写法

傅治平先生寄来所著《心灵大嬗变——人类心理的历史构成》一书的提纲及开头部分的内容，嘱我为此书写序。我从来怕替人作序，因为这往往意味着要承担两种尴尬的义务，一是在非己所长的领域冒充内行，二是说非己所愿的恭维话。但傅先生意甚殷切，令我推辞不得，只好从命。当然，前提是免去我的上述两种义务，使我可以堂堂正正地对此书涉及的话题坦陈一个外行的愚见。

按照作者的论述，此书的主旨是对人类心理发展的历史和未来作一全方位的观照，以冀有益于人类的自我认识。我认为这是一个很好的构想。一般来说，凡历史研究，无不都是人类自我认识的一种手段或方式。离开对历史的发掘和整理，我们便不能对人性形成一个完整的概念。历史学家之所以对某些历史时期或事件特别感兴趣，正是因为它们异乎寻常地暴露了人性的某种秘密。通过对物质文明史、社会制度史、文化史、思想史、风俗史、语言史的研究，我们已经越来越深入地但终归是间接地追踪了人类心理发展的历程。那么，能不能利用所有这些史料，对人类的心路历程做直接的描述，提供一幅人类精神演化的全景图画呢？从理论上说，当然是可能的，而这正是傅先生尝试要做的事情。我认为这个尝试是很有价值的。

毫无疑问，这又是一件难度很大的工作。困难在于心理本是一种极其复杂的内在现象，对于个人心理或一时一地的社会心理的研究已属难事，而要从总体上把握人类心理的发展更是谈何容易。我们只能利用人类学、社会学、文明史等所提供的外部证据去研究这种内在现象，当我们这样做时，结果我们会不会只是给出了文明史的某种改写版本呢？也许心理史研究最易见出成效的方式是断代式的，即截取某一自己不论什么原因最感兴趣的时代，充分搜集当时的文献资料，包括表达了当时人心态的文学作品和各种个人文献，加以研究，活生生地再现出一个时代人们的精神风貌。不过，傅先生不愿走此捷径，而志在另辟蹊径，通过多学科理论的综合而为人类心理史建立一个新的框架。我祝愿他能踏平坎坷，做出成绩来。

我与傅先生并不熟识，但从我读到的文字看，感觉他是一个很有历史责任心的人。他之所以含辛茹苦许多年，写出这样一部煌煌巨著，并不仅仅是出于学术兴趣。如同许多有识之士一样，他对当今物质主义所导致的普遍心理疾患深感忧虑。正是怀着这样的忧虑，他才决定要认真地考察人类精神走过的路程，并为之寻求一种美好的出路。我希望他的这一努力能够引起人们的重视，从而有更多的人来关心人类精神生活的现状和未来。

纯真的心性

不久前收到两本书，是江苏作家周国忠寄来的他的散文集《笨拙境界》和《闲思杂集》。令我吃惊的是，作者首先是一位镇长。我知道作为农村基层长官的镇长该有多么忙碌，居然还有写作的雅兴，这是一件稀罕事。于是，我怀着好奇心翻开了它们。一篇篇读下来，我的好奇心消退了，代之而起的是由衷的钦佩之情。因为我发现，这位一镇之长之所以笔耕不辍，绝无附庸风雅之嫌，而是出于一种内在的生命激情，并由这种激情导引对人生种种问题进行着严肃的思考。这样一颗真实的灵魂，其探索和吟唱必定与世俗的职务无关，不管当不当镇长，他都不可遏止地要寻找自己的精神家园。

可是我又想，当不当镇长仍是不一样的。读完这两本书，我确信作者是一个有真性情的人。他懂得"人哭号着来，流着泪去，出于尘土，归于尘土，乃一出悲剧耳"，因此他"在书写这出悲剧的过程中最崇尚纯真”，“就算是一种软弱的纯真也无妨”。他追求不惑的境界而终于认识到人生原是“一个惑了清清了惑的轮回”，于是在涉入不惑之年时坚定地喊出了“告别不惑”。他珍惜人生中那些“忙以外、形而上的东西”，向往“不刻意也不失意”的淡泊宁静境界，酷爱独处书房“与古今中外的书家和哲人全身心地对话”。他相信兴趣比权力和利益重要，快乐取决于一个人“对自己所从事的事情有无兴趣”。他赞颂“耐得寂寞的人必有质量和力度”，看透那些“耐不得寂寞的人”、那些“在公众场合喜欢自己成为中心的人和乐于围绕中心人物转的人”是肤浅之辈。凡此种种感悟，若是出现在一个远离尘嚣的书生身上，满可以自己玩味，不会引起大的麻烦。然而，一个镇长，每天要应付各种复杂的人际关系，处理无数琐碎的事务，却有这样一种高洁脱俗的心性，其间的反差就大得惊人了。我能想象到这种巨大反差所必然会导致的外部冲突和内心痛苦，并且为此感到一种同情的担忧。

换一个角度想，我却又感到欣慰和振奋。一个领导者而有哲学的智慧和胸怀，这是难能可贵的。我从来相信，智慧是美德之源，胸怀磊落者人品必佳，因为智慧是灵魂中的光，而美德只是它向外的照射。那班贪赃枉法之徒，多半是一些浑浑噩噩之辈。相反，不管社会风气如何堕落，官场如何腐败，一个人只要看重和彻悟生命的真正意义之所在，就决不会随波逐流。所以，像周国忠这样勤于思考人生、看重精神生活的品位的人，尽管处在一个很容易以权谋私的地方父母官的位子上，却把正直奉为自己“安身立命之根本”，“平生最厌憎的是势利”，清醒地看到坚持正义必须有“孤军奋战的气概”，这一切实出于他的性情之必然。

我实在孤陋寡闻，后来我才知道，周国忠所供职的前洲镇是闻名全国的富镇。这里乡镇企业发达，公路畅通，许多农民拥有豪华的别墅和现代交通工具。可是,我在他的书中读到,他在带领农民繁荣致富的同时,却对现代化的种种弊病满怀忧虑。当他漫步在日益缩小的田野上的时候,他悲愤地预感到养育人类的田野有朝一日被人类无情吞噬的危险。在四通八达的公路取代了从前的水路交通之后,他深情地怀念家乡的老河。现在村民们都在各自的单门独户深院里相当奢侈地过年,但是想起过去虽穷却热闹的过年,他总觉得现在的过年缺少些什么。在他的笔下,童年记忆中的一棵大柏树,一口古钟,都有无穷的意味,远比眼下这些别墅和汽车更有价值。这位镇长是否有些多愁善感? 也许吧,然而我相信,倘若让这样一个人来规划市政,在创建新都市的同时,他是决不会把历史悠久的旧城墙拆毁的。

周国忠只上过小学,后来便务农、当兵、复员回乡、做基层干部,他的体悟完全来自心性的纯真和实践中的思考。不能说他的散文在艺术上十分圆熟,如果假以更多的闲暇,他当有更出色的创作。可是,我不希望他改行做专业作家。当今中国更需要智慧而正直的从政者,这样的人多了,中国的前途会光明得多。我的确为中国有一个这样的镇长而感到自豪。

自由的灵魂

在中国文坛上，一个声音突然响起，令人耳目一新，仅仅三年，又猝然中止了。不管人们是否喜欢这个声音，都不难听出它的独特，以至于会觉得它好像并不属于中国文坛。事实上，王小波之于中国文坛，也恰似一位游侠，独往独来，无派无门，尽管身手不凡，却难寻其师承渊源。

我与王小波并不相识，甚至读他的作品也不多。直到他去世后，我才知道他其实是一个很勤奋很多产的作家。然而，即使我读过的他的不多的作品，也足以使我对这位风格与我迥异的作家怀有一种特别的敬意了。他的文章写得恣肆随意，非常自由，常常还满口谐谑，通篇调侃，一副顽皮相。如今调侃文字并不罕见，难得的是调侃中有一种内在的严肃，鄙俗中有一种纯正的教养，这正是我读他的作品的印象。

在读者中，王小波有“怪才”、“歪才”之称。我倒觉得，他的“怪”

正是因为他太健康,他的“歪”正是因为他太诚实。因为健康,他对生活有一种正常的感觉,因为诚实,他又要把自己的感觉说出来。他很像《皇帝的新衣》里的那个小孩,别人也看见皇帝光着身子,但宁愿相信皇帝的伟大,不愿相信自己的眼睛,他却不但相信自己的眼睛,而且把自己所看到的如实说了出来。在皇帝巡游的庄严场合,这种举止是有些“怪”而且“歪”的。譬如他的一部小说写性,我认为至少在中国当代小说中是写得最好的,对性有一种非常健康和诚实的态度,并且使读者也感到性是一件健康的、可以诚实地对待的事情。他没有像某些作者那样把性展示为一种抒情造型,或一种色情表演,这两者都会让我们感到肉麻。不过我想,如果他肉麻一些,就不会有人说他“怪”而且“歪”了。

乍看起来,王小波好像有些玩世不恭,他喜欢挖苦各种事、各种现象。但是,他肯定不是一个虚无主义者,骨子里也许是很老派的,在捍卫一些相当传统的价值。他不遗余力抨击的是愚昧和专制,可见他是站在启蒙的立场上,怀抱的仍是“五四”先辈的科学和民主的信念。不过,这仍然是表面现象。他也不是一个科学主义者和民主主义者,他之捍卫科学和民主,并不是因为科学和民主有自足的价值。在他心目中,世上只有一样东西具有自足的价值,那就是智慧。他所说的智慧,实际上是指一种从事自由思考并且享受其乐趣的能力。这就透露了他的理性立场背后蕴含着的人文关切,他真正捍卫的是个人的精神自由。所以,倘若科学成为功利,民主成为教条,他同样会感到智慧受辱,并起而反对。我相信这种对智慧的热爱源于一种健康的精神本能,由此本能导引而能强烈地感受灵魂自由的快乐和此种自由被剥夺的痛苦。文化革命中后一种经验烙印至深,使他至今对一切可能侵害个人精神自由的倾向极为警惕。正因为此,他相当无情地嘲笑了“人文精神”和“新儒学”鼓吹者们的救世奢望。

王小波在表达自己的观点时常常是旗帜鲜明的，有时似乎是相当极端的。我不能说他没有偏见，他自己大约也不这样认为，他的基本主张不是反对一切偏见，而是反对任何一种哪怕是真理的意见自命唯一的真理，企图一统天下。他真正不肯宽容的是那种定天下于一尊的不宽容立场。他也很厌恶诸如虚伪、做作、奴气之类的现象，我想这在一个崇尚精神自由的人是很自然的，因为在这样的人看来，凡此种种都是和自己过不去，自己剥夺自己的精神自由。一个精神上真正自由的人当然是没有必要用这些手段掩饰自己或讨好别人的。我在王小波的文章中未尝发现过狂妄自大，而这正是一般好走极端的人最易犯的毛病，这证实了我的一个直觉:他实际上不是一个走极端的人，相反是一个对己对人都懂得把握住分寸的人。他不乏激情，但一种平常心的智慧和一种罗素式的文明教养在有效地调节着他的激情。

正值创作鼎盛时期的王小波突然撒手人寰，人们为他的早逝悲哀，更为文坛的损失惋惜。最令我难过的却是世上智慧的人本来不多，现在又少了一个，这是比文坛可能遭受的损失更使我感到可惜的。是的，王小波是智慧的，他拥有他最看重的这种品质。在悼念他的时候，我能献上的赞美不过如此，但愿顽皮的他肯笑纳，而不把这归入他一向反感的浪漫夸张。

纯粹的写作

广播电视出版社出版一套《思想者文丛》,汇集具有思想者品格的作者的散文作品。在已出和将出的品种中,除了史铁生、韩少功、何怀宏、朱学勤和我的散文外,还有一本《韩东散文》。作为该套丛书的主编,我正在读韩东的这部书稿。坦率地说,我以前只读过韩东的诗,很喜欢,也知道他近些年写小说,颇出名,但从没有把他看成一个散文作家。向他约稿是丛书的责任编辑钟晶晶提出的,我虽然同意了,心中却不免存疑。凭直觉,我对他有一种基本的信任,相信一个作家的精神力度是一个常数,一般不会在另一种体裁中丧失。我担心的是数量,因为写散文是不能突击的,这要靠平时的积累。

事实上,现在摆在我面前的韩东散文的数量的确不多,仅二十余万字,并且其文字或思辨,或朴实,与所谓美文彻底无关,但所包含的思想内涵已足以令我击赏。这些文章分为三部分。第一部分是对爱情的一种相当独特的研究，我想在以后有机会时再进行讨论。第二、三部分是对诗、小说、写作的思考，表达了一位写作者的一种相当纯粹的写作立场，趁着印象新鲜，我先来说一说我在这方面的感想。

我相信，凡真正的诗人、小说家、文学写作者都是作品至上主义者，他的野心仅到作品止，最大的野心便是要写出好作品。这就是我所说的纯粹的写作立场。当然，除了这个最大的野心之外，他也许还会有一些较小的非文学性质的野心，例如想获得社会上的成功。有时候，这两种野心彼此混杂，难以分清，因为写出的究竟是否好作品，似乎不能单凭自己满意，往往还需要某种来自社会的承认。然而，自己满意始终是第一位的，如果把社会承认置于自己满意之上，社会野心超过甚至扼杀了文学野心，一个写作者就会蜕变成一个世俗角色。

写作者要迅速获得社会上的成功，通常有两个途径。一是向大众献媚，通过迎合和左右公众趣味而成为大众偶像；二是向权威献媚，以非文学的手段赢得某个文学法庭的青睐。前者属于商业行为，后者则多半有政治投机之嫌。当然，世上并无文学法庭，一切自以为有权对文学做出判决的法庭都带有公开或隐蔽的政治性质。同样，凡是以某种权威力量（包括诺贝尔奖）的认可为目的的写作，本质上都是非文学的。这些追求的功利意图是显而易见的，作为文学圈中的人，韩东对之有着清醒的观察。在此之外，还有一些表面看来不那么功利，甚至好像非常崇高的意图，韩东的清醒更在于看出了它们的非文学性质。譬如说，有些人为了进入文学史而写作，他认为这是很可笑的，并讥笑那些渴望成为大师的人是给自己确立了一个平庸的人生目标，其平庸的程度丝毫不亚于一心要当科长局长的小公务员。另一种可笑是以神圣自居，例如把海子封作诗歌烈士，同时也借此确认了自己的一种神圣身份。他尖锐地指出，在这些奢谈神圣者那里，我们看不到对神圣之物的谦卑和诚信，看到的只是僭越的欲望。其实，进入文学史和以神圣自居往往是现实的功利欲求受挫后的自我安慰，在想象中把此种欲求的满足放到了未来或者天国。正如韩东所说，这些人过于自恋，宁愿使自己的形象更唬人些，也不愿把作品写得更好些。一个专注于作品本身的人，即使在现实生活中不甚得志，也仍然不需要这类安慰的。

所谓传统的问题好像使许多文学青年（当然不只是文学青年）感到困扰。这个问题有两层意思。一是传统与创新的关系，由经典作品所代表的文学传统如此强大，而后来者的价值却必须体现为创新，于是标新立异成了一种雷同的追求，因其雷同而又成了一种徒劳的努力。另一是中国传统与西方传统的关系，面对似乎在世界上占据主流地位的西方文化，一些人以国粹相对抗，另一些人企图嫁接于其上。我觉得韩东对于这个问题的看法也是单纯而深刻的。他的立足点是生命现实，每个人的生命都是具有开放性和无限可能性的空无，而任何一种传统，不论本民族传统还是异族传统，都只是这个生命所遭遇的现实之一。由于生命的共通奥秘，不同的传统是可以彼此沟通的，但沟通不是趋同，而是以阻隔相互刺激，形成想象的空间，从而“让目光落向彼此身后的空无或实在，那无垠而肥沃的绝对才是我们共同的归宿”。因此，对于纯粹的写作者来说，国粹、西化、标新立异皆非目的，真正有意义的事情是表达他对生命本质的领悟，这生命本质既是永恒而普遍的，又是通过他所遭遇的生命现实而属于他的。

作为诗人和小说家，韩东对于诗和小说皆有独到的心得。例如，他强调诗的天赋性和纯粹性，诗人对于诗只能“等待和顺应”，反对长诗、诗意的散文，等等；认为小说的本质是“虚构”，其使命是面对生活按其本性来说固有的无限可能性，而不是现实主义地反映、浪漫主义地故意背离或者巫术式地预言“现实”,因为所谓“现实”只是生活的零星实现了的有限部分罢了。这些见解使我感到,他在文学上的感觉十分到位,而这大约不只是才能使然,和他坚持纯粹写作的立场也是分不开的。他的文论中贯穿着这一不言而喻的认识:作品是一个作家得以表明自己对文学的理解的唯一手段,也是他可以从文学那里得到的最高报偿,作品之外的一切文学名义的热闹皆无价值。在我看来,一个写作者真正需要的除了才能之外,便是这种作品本位的信念,谁若怀着这样的信念写作,便一定能够走到他的才能所许可到达的最远方。

都市生活与爱情

为一个年轻女孩写的都市爱情小说作序,我肯定不是合适的人选。可是,在那间幽雅的小客厅里,当这个安静的女孩那样信任地把她的绘画和散文作品一一拿给我看,并且告诉我,她从上大学开始就喜欢我的文字,那时我已经明白,我不能拒绝她的这个小小的要求。

应该承认,虽然我身居都市,但我对于都市生活是相当陌生的。我尤其不熟悉都市里70年代出生的这一代人,不熟悉他们那种嚼口香糖、听流行音乐、打保龄球、泡酒吧的生活方式,而《北京的独身男人》这部小说正是在这样的背景下展开的。不过,小说的内涵是古老而常新的爱情主题,我不能说对此毫不了解。读完整部小说,我的印象是,陈薇通过这部小说在探索一个她认为非常重要并且多少有些令她苦恼的问题,即在现代都市生活条件下真正的爱情是否可能。我也认为这个问题非常重要,正是这一思想内涵使得这部作品不同于通常的纯情小说。

故事的主人公可以说是一个纯情女孩,作者在她身上寄托了自己的爱情理想,即要寻找那样一个唯一的爱人,他在所有的轮回转世中都将与自己相伴。但是,与此同时,作者又清醒地看到,都市生活对于这一爱情理想构成了严重的威胁。一方面,在普遍的金钱和物欲躁动中,一个年轻女性不可能完全不受诱惑。“她总是被两种力量控制着:一边是绵绵无尽的爱,另一边是滚滚而来的都市生活。”另一方面,喧嚣的商业化浪潮使得一切古老的价值包括爱情价值分崩离析,“看看周围的人吧,谁还会在乎什么”。在两性关系中,人们抱着谁也别认真的态度,成熟的男女直奔主题,婚外恋和家庭两不误的“后现代”模式盛行,到处都在上演没有爱情的爱情故事,“有迪厅有鲜花有微笑,却唯独没有真爱”。如果说,在过去的专制时代,我们曾经被爱情遗忘,那么,在现在的商业社会,则是我们遗忘了爱情。

可以想见,在这样一种环境中,寻求真爱的道路该是怎样地曲折了。因此,作品中女主人公的爱情故事终于没有任何实际结果,另两位年轻女性的寻爱经历也均告失败,应该说不是偶然的,这样的安排反映了作者本人的困惑。我相信,这同时也是许多年轻的都市女性的困惑。但是,作者的价值立场仍是坚定的。愈是在普遍的浮躁和冷漠中,真爱就愈见其可贵,唯有真爱才能给人以踏实的生命之感。作品中一位女性曾有同性恋的经历,女主人公对此的态度由反感而变为理解,作者借此揭示了一个朴实而伟大的真理:“任何人任何事,只要真爱都令人感动。”

当然,问题仍然存在,真爱的可贵并不能消除这样一个事实:面对无情的世俗,真爱往往得不到回报,反给自己造成痛苦。在现实生活中,这个问题非常严峻地摆在每一个崇尚真爱的人面前。真爱不求回报，甘愿自食苦果，甚至甘冒受骗的危险，这是一种可供选择的态度。作品中的一个人物便是如此，她说得有理："老是怕受骗，就永远得不到爱。"不过，作者好像并不满意这种解决的方式。她的主人公采取了另一种方式，用作者的话说，就是"以实用主义来确保理想主义"。从主人公的行为看，这大致上是指在追求真爱的同时，不放弃一种比较实际的态度，注意保护自己，给自己留一条退路。据我看，这两种方式都各有其道理，真爱就是不设防，但不设防并不是孤注一掷。我甚至觉得，哪怕有情人终成眷属，那陪伴着轮回转世的爱人也永在互相的寻找之中，在互相的寻找之中方有永恒的爱情。

所以，最后我要再说一遍，陈薇的这部小说不只是一部纯情型小说，更是一部思索型小说，她从一个年轻的都市女性的视角出发探讨了都市生活中的爱情问题，这个问题也在困惑着我们，是值得我们一起来思考的。

超验的死和经验的死

去年十二月，应席殊先生之邀到南昌参加一个活动，其间结识了南昌大学哲学系教授郑晓江先生。郑先生慷慨地赠我以他在台湾出版的著作多种，皆涉及死亡问题的研究。我当时颇觉意外，因为我尚不知有大陆学人在此领域做了系统的研究，而其成果却未在大陆地区发表。所以，当郑先生告诉我，他的一本新作《超越死亡》即将由广西人民出版社出版，并且嘱我写序时，我就欣然应允了。我自己虽然也常常思考死亡问题，但未尝对思想史上的有关资料做系统的梳理，在此只能就这项研究的方法论说一点想法。

据我之见，死亡问题的研究可以在两个不同的层面上展开，一是形而上的层面，即宗教和哲学，另一是形而下的层面，包括医学、心理学、社会学，等等。之所以分成这两个层面，则是因为死亡作为一个对象，兼具超验和经验这样两种不同的性质。

作为超验的对象,死是任何人都不可能真正经验到的。如果说死就是肉体生命的解体,那么,没有人能够根据自己的经验确知人在肉体生命解体之后是一种什么状态。所谓濒死体验所涉及的仅是生命解体过程中的心理体验,而非解体完成之后的状态。不论医学怎样越来越精确地给肉体死亡下定义,也不能使我们向死亡的超验本质更加接近一步。诸如人死后有没有灵魂,灵魂归于何处,抑或死后只是绝对的虚无,这样的问题永远不是经验以及以经验为基础的科学所能回答的。在此意义上,死是永恒的谜,其真相永远隐藏在神秘的彼岸。

然而,正是死亡的这种超验性质使得它成了哲学和宗教所关注的重大课题。既然死是人生的必然结局,对人生图景和生命意义的总体解释在很大程度上便取决于对这个结局的含义的破译。由于死的含义是超越于经验之外的,所以,对之的解释只能或者是玄思性质的,或者是信仰性质的。哲学和宗教都确认某种超验的不朽的世界本体之存在,而把死解释为个体生命向这一本体的复归,区别仅在于哲学是靠玄思来建构超验本体,宗教则以神的名义把超验本体规定为信仰的对象。在不同的哲学和宗教那里,超验本体的性质各异,但有一点是相同的,便是它的存在保证了生命的某种不朽性,使生命不致因为死亡而归于彻底的无。也就是说,它们都是把死解释成另一种有,甚至是比生更圆满的有。也许佛教是唯一的例外,佛教的本义是把生死都看作无的,教人在此基础上看破生死之别,从而不执著于生命之有的幻象。

除了超验的含义之外,死亡同时也是一个经验的事实。作为经验的对象,死亡是日常生活中的一种现象。我们的确可以看见别人死去的样子,我们还可以依据这种经验想象自己死去的样子。我们甚至还必然要经验到自己死去的过程。在超验的死与经验的死之间是有根本区别的,前者是指死后灵魂的归宿,由之而驱动所谓的终极关切,属于哲学和宗教的领域,后者是指肉体死亡的现象,由之而产生临终关怀、遗属安慰等实际的必要,须靠医学心理学之类实用的学科来解决。我本人是把死亡的超验方面看得更重要的,认为唯有对这一方面的思考才是真正哲学性质的,而过于看重经验方面则很可能会损害死亡的精神启示意义。

当然,死亡的这两个方面又不是截然可分的。人们之所以对肉体的死亡感到莫大的忧惧,最重要的原因正是因为不知道死后灵魂将会如何。死亡的可怕之处主要还不在死亡过程中肉体所经受的痛苦,而在死后的绝对虚无。同时,对死亡的形而上思考也并非出于纯粹的玄学兴趣,而恰恰是基于死亡乃人人不可躲避的经验事实,对必将来临的死亡的忧惧也是最真实的心理经验,有必要加以疏导。事实上,古希腊哲人把哲学称作预习死亡的活动,正说明了对死亡的哲学沉思是有着为经验的死预做准备的实用目的的。这就使我们有可能把死亡问题研究的形而上层面和形而下层面沟通起来,从哲学和宗教中汲取思想资料,用于与死亡有关的心理抚慰的实践。郑先生是一位哲学家,同时又是一位富有同情心和现实感的人,因而在这方面进行了系统而有成效的努力,我认为是很有价值的。

顺便提一下,在本书的最后一章中,郑先生以我的《妞妞:一个父亲的札记》为参考文本,分析了超越他人之死的各种方法和途径,我愿把此项分析看作一种善意的解读。就我本人来说,我想坦言,无论对妞妞的死,还是对必将来临的我自己的死,我都不能说已经找到了超越的方法和途径。我的困惑也许来自我的过于清醒,太看清了一切哲学和宗教的劝慰所包含的自欺。至于佛教,我是把它看作在死亡问题上唯一不自欺的最清醒也最深刻的哲学的。那么,看来我还是不够清醒,到我清醒到了极点时,也就是到我有朝一日浸润在佛教之中时,我的困惑也许就消解了吧。不过,我并不想刻意去追求这个境界。

不寻常的《遗弃》

《遗弃》是九年前由湖南文艺出版社出版的一本小说。按照作者忆沩的估计,迄今为止,它的读者不会超过十七人。那么,我是这十七人之一。我相信我不仅属于它的最早的读者之列,而且很可能是唯一又把它重读了一遍的人。最近的重读印证了我的最初印象,我确信,在中国当代文学中,它是一部不寻常的作品。

小说的主人公是一个耽于哲学思索的青年,即作者所说的“业余哲学家”。业余哲学家既不同于写哲学史的人,也不同于哲学史所写的人。也就是说,哲学既非他的职业,亦非他的事业,而成了他的一种几乎摆脱不掉的本能。哲学的本能驱策他追思那些永远解决不了的深邃的问题,结果使他在现实世界中成了一个迷茫的游荡者。整部小说便是这样一个业余哲学家的手记。我们从这些手记中诚然可以读到若干精彩的哲学片段,然而,我觉得,小说的真正精彩之处却在于,作者把这样一个主人公放到了充满着日常琐事的最普通的生活环境里，这种生活的真实是我们每一个人都可以用自己的经验来证明的，但在某种哲学眼光的审视下暴露了令人震惊的无意义性。正因为这个原因，读这本小说时，我常常不由自主地想起了卡夫卡和加缪。读者不难发现，作者笔下的主人公是一个受西方现代哲学和艺术浸染甚深的人，相当熟悉诸如布拉德雷、罗素、维特根斯坦等人的思想和艾略特、塞林格等人的作品。不过，我想指出，他的基本生活经验又完全是中国本土的。因此，我们看到的不是对西方思想的模仿，而是一种深刻的个人体验。在此意义上，我认为作者所自称的“一部具有欧洲传统的中国小说”的定位是颇准确的。

这部小说的故事十分简单，或者不妨说几乎没有故事，有的只是一些很平常的场景和细节，例如以聊天和读报为主要内容的办公室生活，家庭中的日常对话，外公的病重和死去，某个邻居的失踪和自杀，等等。作者用细致却又冷漠的笔调叙述着这一切，这种笔调形成了一种催眠般的节奏，使读者仿佛也陷入了生活的令人厌倦的重复之中，但同时又保持着一种清醒，始终意识到这种生活的平庸无聊。顺便说一下，我很欣赏这部小说的叙事风格，它干净而不铺张，节制而不张扬，从容而不动声色，作者对语言具有准确的感觉和控制能力。因为不愿意混日子，主人公辞去了公职，成了一名自愿失业者。可是，正如他的母亲所指责的:“你这样不也是混吗？”我们确实看到，在辞职之后，主人公并未逃脱无聊，在世界上仍然找不到自己的合适位置。不过，这是另一种无聊，与那种集体性的心满意足的无聊不可同日而语。在主人公身上，这种无聊表现为一种聚精会神的心不在焉，一种有所寻求的无所事事，如同一个幽灵游荡在一个不属于他的世界上。最后的结局是他选择了所谓“消失”，以这种方式遗弃了世界。这个结局是十分含糊的，只能证明作者未能找到出路。

在谈到自己对他人和世界的冷漠时，主人公提供了一种解释，即是因为他对自己的心灵充满了感情，感到它是世上任何别的东西不能代替的。他所说的心灵，其实是指内心深处的那些哲学性追问。譬如说，主人公对于病重的外公及其死亡始终是冷漠的。别人要他去医院探望垂危的外公，他不明白这有何必要。他逃避参加外公的葬礼，事后外婆一再试图跟他谈论安葬的情况，都被他打断。同样，对于那个邻居的自杀，人们充满好奇，热心地围观尸体被解下和运走的过程，兴致勃勃地猜测自杀的原因，而他却显得无动于衷。之所以如此，正是因为他比别人更加直接地面对死亡的本质，不断思考着“最根本的事实就是我们被迫的生存以及我们无法逃脱的死亡”。在这样一个人看来，打扰垂死者，葬礼，对尸体的好奇和恐惧，生者对死者的记忆和议论，凡此种种当然都是对死的歪曲。

现在我们可以理解作者未能为主人公找到出路的原因了。事实上，主人公始终在寻求某种终极的东西，只要尚未得到这种东西，他就不会有出路。可是，终极的东西是不可能得到的。作者记录了主人公的一个梦以及对梦的诠释：“沙漠中央，一个女人赤着脚跳舞。她一层一层地撩起自己的裙子，速度快得惊人。那是多么富有魅力的动作呵，我充满了渴望。但我相信我什么也没有看到，因为我不可能最终看到。女人肯定不可能在有限的时间内撩到最后的一层。那是一条无限的裙子。她就是布拉德雷吗？我想象得到裙子里面藏着什么。那是一个概念，是世界上最完整的概念。但我是有限的，我不可能最完整地去把握那个概念。”这段富有哲学意味的文字把一切终极性思考的绝望变成了一幅美丽的图画。在这个没有终极的世界上，一个渴求终极的人能够做什么呢？于是我们看到，主人公所做的最有意义的事不过是坐在屋里望着墙壁出神，墙上有一道他自己画的铅笔印，他反复打量那印迹，如果觉得它太长了，便用抹布把多出的一截擦掉。

九年前，《遗弃》刚出版，忆沩便把书寄给了我。他还附了一封短信，开头第一句就认定我有责任给这本书写评论。当时我还不认识他，觉得这个小伙子未免太气盛，便在写回信时不客气地回敬了一句，说我没有责任给任何人的任何书写评论。但是，出于对这本书本身的喜欢，我心中其实是很想为它写点东西的。九年过去了，迄今为止，这本独特的书的存在仍然基本上不为人所知，我一直觉得自己欠着一笔债。不过，后来我也了解到，这本书的寂寞遭遇是有具体操作上的原因的。和自己的主人公一样，忆沩是一个游离于现实生活的"业余哲学家"，他不知道怎样让自己的这本非同寻常的处女作走向读者。据我所知，书的实际印数极少，而且差不多全是作者自己买下的。既然它几乎在任何一家书店都不曾出现过，你让读者如何能够知道它呢？我很想向读书界推荐这本小说，并且相信一定会有像我一样喜欢它的读者，但前提是要让读者能够读到它。那么，我的一个最朴实的祝愿便是希望它能够在今日重新出版。

作为读者的批评家

每逢必须对我不熟悉的事情说话的场合，我就感到惶恐。现在的情形就是这样。萧元先生是一位文学批评家，他的关注领域主要是中国当代小说，而我偏偏很少读中国当代的小说作品，几乎不读中国当代的文学批评文章。因此，当他如此恳切地请我给他的文学评论选集《自言自语》写序，我则因为盛情难却应诺了下来以后，心里一直发虚。幸亏他的这本书不像我在刊物上时常瞥见的那些批评文章那样艰涩，我居然比较轻松地读完了，在读的过程中还被激发了一些感想式的思考。那么，我就来说说我的这些感想式的思考。

我之少读中国当代小说，主要是因为精力有限，只能满足于偶然翻翻。在这偶然的阅读中，有过少许幸运的相遇，也肯定会有若干遗憾的错过——我相信其数量同样不会多。我之不读中国当代文学批评，则是出于一种偏见。我偏执地认为，中国现在没有真正的文学批评。批评的阵地被两样东西占据着。一是商业性的新闻炒作，往往作品未出便先声夺人，广告式宣传铺天盖地，制造出一个个虚假的轰动效应。另一是伪学术的术语轰炸，所谓的批评文章往往只是一知半解地贩卖西方批评理论，堆砌一些“话语权力”、“文化霸权”之类的时髦术语，千篇一律而又不知所云。两者的共同特点是对作品本身不感兴趣，更谈不上悉心解读，所关心的都是文学以外的东西。

批评理论如今在西方的确成了一个非常热闹的领域，文学以外的各个学科，包括哲学（尤其是结构主义和后结构主义）、心理学（例如精神分析学）、人类学等，都纷纷涌入其中，自命为最合理的方法，要求拥有对文学的最高批评权。这种情形对于文学究竟是福音还是灾难，实在是值得怀疑的。我至少敢肯定一点：一个人仅仅做了这些理论中的一种的追随者和零售商，甚至做了所有这些理论的追随者和批发商，他还完全不是一个批评家。我们这里有许多人却正是这样，他们把遇到的任何一部作品都当作一个例证，在其上煞有介事地演绎一番某个贩运来的理论，便自以为是在从事文学批评了，接着也就以一个前卫的批评家自居了。可是，读他们的所谓批评文章，你对他们所评论的那部作品绝对增进不了理解，获得的全部信息不过是他们在费力地追随某个理论罢了。

我对批评家的看法要朴素得多。在我看来，一个批评家应该首先是一个读者。作为读者，他有自己个人的趣味，读一部小说时知道自己是不是喜欢。一个人如果已经丧失了做读者的能力，读作品时不再问也不再知道自己是不是喜欢，只是条件反射似的产生应用某种理论的冲动，那么，他也许可以勉强算一个理论家，但肯定不是批评家。做批评家的第一要求是对文本感兴趣，这种兴趣超出对任何理论的兴趣，不会被取代和抹杀。一个在自己不感兴趣的文本上花工夫的批评家终归是可疑的。当然,做批评家不能停留在是一个读者,他还应该是一个学者。作为学者,他对于自己感兴趣的文本具有进行理论分析的能力,这时候他所创建的或所接受的理论便能起到一种框架和工具的作用了。首先是读者,然后才是学者。首先是直接阅读的兴趣,然后才是间接阅读的能力。这个次序决定了他是在对文本进行批评,还是在借文本空谈理论。更进一步,一个好的批评家不但是学者,还应该是一个思想者,他不但研究作品,而且与作品对话,他的批评不只是在探求文本的意义,而且也是在探求生活的真理。具体到批评家个人,因为气质、兴趣的不同,对作品的关注方向也会不同,有的是学者型的,更关注其形式的和知识的方面;有的是思想者型的,更关注其内容的和价值的方面。还有一种是作家型的,长于描绘对作品的主观感受和联想,写出的评论更像是独立的文学作品,不是严格意义上的批评。不论属于哪一类,首先做一个好读者都是前提。一个人只要真正喜欢一本书、一个作家,不管他以何种方式谈论这本书、这个作家,都必能说出一些精彩的话。

我的以上议论看似与萧元的这本集子无关,其实正是由之引发的。读了这本集子,我在萧元身上首先辨认出的便是一个真诚的读者。可以感觉到,他只是因为喜欢文学,喜欢读中外文学作品,才走上文学批评这条路的。他读残雪读进去了,读得入迷了,于是不由自主地要解开其魅力之谜,结果便有了那一组分析残雪作品中的艺术要素和精神内涵的系列文章。除了对作品的评论外,集子里还收进了一些批评当今文学现象尤其是文学世俗化倾向的文章,其嫉恶如仇的鲜明立场给人印象至深。其实,在任何时代,文学在产生少许精品的同时总是制造出大量垃圾,只是两者的比例在今天显得愈发悬殊罢了。大多数读者向文学所要求的只是消费品,而期待着伟大作品也被伟大作品期待着的那种读者必定是少数,不妨把他们称作巴赫金曾经谈到过的“高级接受者”。这少数读者往往隐而不显,分散在不同的角落里,但确实存在着。如果说批评家负有一种责任的话,这责任便是为此提供证据,因为批评家原本就应该是这少数读者的发言人,一个公开说话的“高级接受者”。

散文这一种作物

读曲令敏的散文，我常常会感到羡慕。我羡慕她与自然的那种亲密联系。对于她来说，自然不是一个概念，而就是——至少曾经是——最熟悉的生活，是朝夕相处的亲人，是人生基本的氛围和旋律。这当然得益于她生于乡野长于乡野，得益于乡野之美对她的长年浸润和陶冶。在她的眼中和笔下，风、树、阳光、河水都有自己的性格，自己的故事。譬如说，她看见春天的风怎样把田土吹得松软，让青草芽和庄稼苗一棵棵顶着种子壳钻出，她知道柳、槐、杏、杨开花或生长时不同的节奏、形态和不同的动人处，她能从稻菽瓜果草树身上闻到阳光的味道……

这一切对于我是新鲜而陌生的。我肯定写不出来，因为我没有这样的观察和体验。我一直认为，自小在远离自然的大城市里生活，是我的精神成长历程中的一个缺陷，甚至是一种先天不足。精神的健康成长离不开土地和天空,土地贡献了来源和质料,天空则指示了目标和形式。比较起来,土地应该是第一位的。人来自泥土而归于泥土,其实也是土地上的作物。土地是家,天空只是辽远的风景。我甚至相信,古往今来哲人们对天空的沉思,那所谓形而上的关切,也只有在向土地的回归之中,在一种万物一体的亲密感之中,方能获得不言的解决。然而,如果说阅读和思考可以使一个人懂得仰望天空,那么,要亲近土地却不能单凭阅读和思考,而必须依靠最实在的经历。一个人倘若未曾像一棵真正的作物那样在土地上生长,则他与土地的联系就始终是抽象的。这正是我的悲哀之所在。

但是,更加可悲的事情正在发生。即使对于曲令敏这样在农村长大的人,土地也已经成了一个越来越遥远的回忆。正因为如此,在她的散文中,乡野的美都只在过去时态中出现,都被怀念的忧伤笼罩着。其实,我们每个人都是见证,亲眼目睹金钱的力量如何在驱逐着残存的自然。自然丧失了自身的权利,不论耕地、树林、荒野、山岭,都被带到金钱这唯一的判官面前,视其收益之大小而决定其存亡。我家附近有一片果园,不久前的一天,满园花事正盛的桃树梨树突然被砍伐一空,一家房地产公司成了这里的新主人。哪怕是隐藏在深山中的一处风景,一旦被开发商看中,就立即沦为旅游资源。在曲令敏的生命中至少还有一个皱褶,其中珍藏着那条家乡的河,成为她的回忆和创作的不尽的源泉,而对于我们的子孙来说,倘若生命自始至终都在远离自然的人工环境中行进,土地成为人皆陌生之物,连对土地的回忆也不复存在,那会是一种怎样贫瘠的情景呢?

我常常被视为一个写哲理散文的作家,坦率地说,我自己对此并不引以为荣,而只感到无奈和遗憾。以我之见,土地的吟唱比天空的玄思更加符合散文的品格,真正的好散文应该是亲近自然的,它也是土地上的作物,饱含着阳光和泥土的芳香。今日散文的现状却是上不及天,下不着地,同时失去了空灵和质朴。我的担心是,有一天,梭罗、普里什文、沈从文都将成为人们读不懂因而也不感兴趣的古董,散文家们纷纷大谈网上奇遇、高速驾车的快感或者都市里的夜生活,那必是散文的末日。

为了孩子的平安

天下父母最牵挂的是孩子的平安，最不敢想象的是孩子有个三长两短。把孩子从一个小嫩肉团抚养成人，其中的辛苦自不待言，但苦中有甘，凡是真正爱孩子的父母没有不任劳任怨而且心甘情愿的。唯有那不可测的天灾人祸，再深厚的父爱母爱也不能将它们防备和阻挡，爱得越深就越是担惊受怕。在未做父母时，耳闻这类灾祸我们只会恻隐，现在却感到了莫名的恐惧。我们只好向上苍祈祷，但愿暗箭不要射中自己的孩子，自己的孩子能够平安长大。

可是，天下终归有不幸的父母，那中箭的偏偏是自己的孩子。

一个八岁的小女孩和她的同伴去公园里玩，这是多么平常的情景。公园是闹市里的避风港，使人想到和平、安全、宁静，做父母的当然应该放心。谁能料到，一场车祸就发生在这里，公园管理者竟听任机动车辆驶入，一辆摩托车把这个名叫芊芊的小女孩撞倒在血泊里，肇事后逃逸。从灾难发生的时刻起，芊芊的父母跌入了他们生活中的一段最为身心交瘁的日子。一方面，聪明活泼的女儿突遭惨祸，生命垂危，其后又经历了巨创和两次大手术的可怕痛苦，后遗症至今未除，这一切使他们在感情上遭受了空前的折磨。另一方面，他们又必须强打精神，奔走于今日最令人望而生畏的两个场所——医院和法院，艰难地为孩子寻求合理的治疗，也为事故的责任讨个公道。

黄军是芊芊的母亲，经历了如此重大的家庭灾难，她需要铭记也需要了断，于是为自己也为女儿写了《女儿劫》这本书。在正式出版之前，她把书稿寄给了素不相识的我，使我得以先睹。读了这本书，我不由得再一次对伟大的母爱肃然起敬，正是凭借这爱，一个内心柔弱的女子方能如此坚强地与苦难搏斗。然而，我相信这本书的意义不只是为作者自己保存了一份不同寻常的生命体验，更是向社会敲响了一声不容再充耳不闻的警钟。我的意思是说，现在应该是全社会都来关心孩子们的平安的时候了。

许多父母都有这样的感觉：当今之世，在孩子稚嫩的生命四周布满着陷阱。天灾非人力所能左右，不去说它，问题的严重性在于，现在有太多的人祸落到我们的孩子身上。随手翻翻报纸，这类惨剧时有报道，件件触目惊心，匪夷所思。就在昨天送达的报纸上，我便读到了两则，一是全国许多家商场发生儿童从自动扶梯旁的缝隙坠楼伤亡的事件，另一是西安一少年在人行道上摸了一下电线杆的斜拉钢缆绳便触电身亡。我这个不常读报的人，记忆里已经留有许多类似的新闻了。倘若把近些年报刊上披露的发生在孩子身上的恶性事故加以收集，汇编成册，一定厚得惊人。何况见诸报端的究属少数，更多的受害家庭是沉默的大多数。这样高的发生率是不能用一句“意外事故”轻易打发的，种种社会弊端已经使孩子们的生存环境严重恶化，以至于能够躲过其伤害反倒是一种侥幸了。公共设施的质量纰漏和公共场所的管理不善,交通秩序的混乱和交通事故的频繁,医德的败坏和医疗事故的司空见惯,治安状况的恶劣和犯罪的猖獗,凡此种种均使公民的人身安全受到威胁,而首当其冲的受害者正是缺乏防卫能力的孩子们。置身于这样环境里的父母,谁不为自己的孩子捏一把冷汗呢?

现代文明社会的标志之一是关心儿童,这种关心体现在福利、教育等多方面特殊的优待上,但最起码的要求是给儿童提供一个相对安全的生存环境。当然,我知道,就我们的国情而言,要达到这最起码的要求亦非易事,有待于整个社会状况的改善。但是,我们至少应该也可以从立法执法上着手,对于残害儿童的犯罪行为从严惩处,对于伤害儿童的责任事故从严追究。这至少能够给人们一种信心,相信孩子的安全是确实受到了法律的保护的。倘若一个社会连这样的信心也不能给人们,人们又怎会对这个社会有信心呢。基于这一点认识,我衷心期望黄军追究事故的法律责任的努力将获得公正的结果。

第九辑　准学术谈

圈外人的臆想

学界有各种圈。名人荟萃之圈,可谓名圈。认真说来,只有名圈才真正是圈,无名之圈是不算数的,既然没有人知道它们,它们就等于不存在。圈具有极强的社会功能,通过制造话题和口号,把学术推向前台,使之成为引人注目的社会事件。我曾经很偶然地落入某个圈,但那时就是圈内最自由散漫的一个人。自那个圈散伙以后,便一直彻底地自由散漫了下来,只是自己凭兴趣读书作文,未尝属于哪个圈,也未尝加入哪个热门话题的讨论。所以,对于这些年来学界的面貌和学术的变迁,我决非知情人,只能说些圈外人的臆想。

80 年代末以来,社会场景的急剧变化是有目共睹的。人文知识分子的精英梦一朝破灭,无论是为运筹庙堂的“王者师”,还是做叱咤风云的思想领袖,似都已成为枕上黄粱。商业化大潮进一步把知识分子抛向所谓边缘地位,几乎剥夺了他们重现昔日光荣的任何希望。如此强烈的落差，心理上的不平衡就在所难免了，于是“人文精神失落”之悲声大放。尽管理性的分析发现“失落”由来已久，但感到切肤之痛却是在此时。然而，精神不是身外之物，有就是有，没有就是没有，哪有失落之理？真正失落的是昨日那种风光的身份，那种扮演社会中坚的角色感，一句话，虚名罢了。关于“人文精神”的内涵，论说不一，共通的似都包含两点，一是终极关怀，二是知识分子对于社会的特殊使命感。据我看，中国的知识分子一向富有后者，而匮于前者。这场讨论本身即是那种受挫了的特殊使命感的一声叹息，一顿牢骚，一曲挽歌。终极关怀说到底是个人灵魂中的事情，不应当受社会场景和角色的变化所左右。因这种变化而嗒然若丧，正表明所关怀的不是终极之物，而是某种切近的、实际的东西。

我并不否认一个有终极关怀的人同时也可以或者应该关心社会的进程，但他关心的方式完全不同于以社会核心人物自命的精英们。可以说，某种边缘地位乃是他的自觉选择，与社会潮流保持相当距离是终极关怀的前提和必然结果。毫无疑问，他所关怀的那些终极性的精神价值不仅仅属于他个人，而是真正具有人类性和普遍性的，关系到人类社会的根本走向。但是，不能像有的论者那样由此得出结论，要求人文知识分子担当起救世的责任。终极关怀的意义取决于所关怀的那些价值本身，而不是它们在社会上实现的程度。事实上它们永远不可能在社会上实现，否则就不成其为终极价值了。然而，一个人若能像苏格拉底那样守护着它们，批评社会上背离它们的倾向，他就代表了人类精神的一种高度，为社会提供了一种清醒的声音。如果一定要说人文知识分子的特殊使命，我认为苏格拉底就是最好的榜样。

苏格拉底是为他的哲学信念献身的，直到临终前的申辩，他捍卫信念和批评俗众的调子都是那样开朗、从容甚至轻松。令我不解的是，某些捍卫人文精神的人的调子何以如此愤激乃至惶恐，我只能把它解释为不自信，也就是缺乏真正的信念。一个人只有对自己的信念发生动摇时才会用这样的调子来捍卫信念，通过指责别人丧失了信念来证明自己仍在坚持信念。我们从而可以理解，为什么所谓文人操守问题必定会成为人文精神讨论的重点。一个对世俗所求不多的人是不会这样愤世嫉俗的。作为反拨，我倒比较能理解争论中对立的那一方了，他们身为文人而蔑视一切文人（不知是否包括他们自己？），在讴歌市场的同时也为精神的平庸化大唱赞歌，也许正是出于对假崇高的反感。不过，我本人不喜欢任何形式的阿世媚俗。对于世俗，以平常心看待就可以了，犯不着去讨好它。

在精英梦破灭之后，知识分子的唯一出路是回到书斋，研究学术。当然也可以走别的路，例如经商，不过那样就不再是知识分子了，另当别论。按照社会分工，学术本是知识分子的"本职工作"，因而由思想启蒙转向学术研究可说是一种正常化。思想启蒙是很热闹的，其效果可以从热闹的程度来判断。但是，我们如何判断本身很冷清的学术研究的成绩呢？必须寻找这方面的权威。国内的学术传统久已废弛，好在国外的学者们一直在研究着，权威只能到国外去找。于是，在这个所谓学术复兴的 90 年代，我们几乎所有热门的学术话题，诸如"国学"、"新儒家"、"后现代"等，所有时髦的学术名词，诸如"道统"、"第三期儒学"、"话语"、"后结构"、"后殖民运作"等，都是从海外华人或洋人那里批发来的，就丝毫也不奇怪了。我们的学者如此急切地希望得到海外权威的肯定和赏识，用他们的话说，便是要"与国际学术接轨"，否则如何能证明我们从事的是真正的学术，而不又是某种浅薄的启蒙勾当呢？也许正是出于这种很可理解的殷切心情，便有了一场关于"学术规范化"的讨论。我只读了很少几篇这方面的文章，印象中论者们对于“规范化”的含义都不甚明确，常常陷入很不规范化的泛泛议论。最明确的似乎是关于学术论著写作的格式，无非是强调论著必须有引文，引文必须有出处，注明出处必须按照固定的次序写清楚著者、书名、出版单位和年月、页码，书后必须附有参考书目之类。我很惊奇这种属于编辑业务的简单常识竟会被如此隆重地谈论，虽则我也很可想象这样谈论有可能给己给人都造成一种严肃治学的良好感觉。同时我又不免担心，用这种很表面的标准去衡量，不但哲学史上的绝大多数哲学家，而且这些论者也很崇敬的海德格尔、维特根斯坦的著作，皆难逃被革出学术之教门的下场。

弄学术当然不能单靠拟订一些形式规则，还必须有研究的课题和内容。以“接轨”和获得国际承认为目标，西学的困难太大，人家洋人才不把我们的西学研究放在眼里呢，事实上我们也基本上只能做些译介的工作。剩下的只有中学，在这方面我们拥有天然的优势。虽然绝大多数洋人同样也不把中学放在眼里，好在毕竟有少数洋人亦即汉学家们在研究着中学，况且还有留洋的新儒家们正对大陆寄予厚望，“接轨”便是一拍即合的事了。君不闻大洋彼岸早已剖白拳拳心迹，指望大陆学者接纳“儒学的新消息”，把大陆变成“持之以恒的儒家学术道场”。彼呼此应，两情相投，从前吃马列饭、西学饭的都纷纷改换门庭，蜂拥而起，“国学热”在大陆几成燎原之势。

我丝毫也不想看轻一些学者在研究中国文化典籍上所下的刻苦功夫，他们或清醒地意识到这一代人国学底子薄弱所造成的知识结构的缺陷而立志补课，或沿着真正属于自己的问题思路向纵深开掘，取得了可喜的成绩。在我看来，他们与所谓“国学热”的这一幕闹剧无关。已经有不少人指出，所谓“国学热”是炒起来的，就如同炒一本庸俗小说或一个流行歌星一样，背后起作用的是同样的市场动机。欧洲文艺复兴时期的希腊文化热，中国“五四”之后的重整国故热，都是厚重的积累被新思想引发，乃时势之必然。今日的“国学热”，既无像样的积累，又乏新思想的激励，底气和正气皆不足。结果我们看到，其最拿手的戏不过是把昔日的国学研究者一个个捧出来，册封为“大师”。“大师”的编制越来越庞大，似乎这便证明了今日国学研究的成就越来越伟大。这倒也难怪，与今日的心有余而力不足相比，即使昔日的二、三流学者也很有“大师”的模样了。

不能说“国学热”的出现完全没有时代的缘由。大神死了，小神便会借尸还魂，包括民族主义这个小神，这是遍及今日世界各地的一个事实。信仰的空缺，道德的失范，似乎迫切地要求中国赶快重新确立一种大一统的意识形态，以规整世风人心。然而，且不说重建“儒教中国”的主张在理论上不堪一驳，仅从实践上看，种种有组织的尊孔复古行径，到处泛滥的假古董和假民俗，本身无不都是生意经，成了对传统文化的肆意糟蹋和莫大讽刺。有些论者不但想用儒教匡正时弊，还进而想用它拯救世界，甚至提出了“21 世纪是中国世纪”这种异想天开的口号。据他们说，对于现代文明的一切弊病，儒教早已准备了现成的药方，例如“天人合一”便可解决人与自然的分离。我在这里不想分析儒家的“天人合一”说距人与自然和谐的理论有多么遥远，而生态保护和可持续发展的观念又如何是文明发达阶段的产物，只想说一说我的一个联想：在咱们中国，凡有现代医学尚在研究和攻克中的疑难病症，就必有人出来宣布可用祖宗老法根治。癌症、艾滋病不可怕，我们不有集“天人合一”之精华的气功乎？ 21 世纪必是气功世纪！

东西文化之优劣成了一个持久的热门话题，我始终不觉得这个问题有多么复杂。在我看来，一切民族的文化传统中都有优秀的成分，它们同属于全人类的文化遗产。无论东西方，自古以来都有圣哲及后继者思考着人类某些具有永久性的根本问题，他们的思想对于一切民族一切时代的人都会有启示意义。西方不但有科学传统，同样也有人文传统，而首先对现代文明进行反思的恰恰是西方人自己，这些先觉者在反省中注意到了东方传统的长处，正表明了他们的立足点不是狭隘的民族性，而是人类性。我们的论者不去注意他们的这种立场，却挑出他们赞扬东方文化的片言只语沾沾自喜，则恰好暴露了自己的狭隘性。这种狭隘性于今尤甚，赛义德的书未尝译出，“东方主义”已经沸沸扬扬了一阵，反对西方“话语霸权”的战斗誓言不绝于耳。可是，我是很乐意承认和接受西方“话语”——也就是西方思想，因为“话语”所表达的无非是思想——在近现代世界上的优势地位的，并且相信自己和大多数中国人都是其受益者。如果没有西方“话语”的“侵入”，我们一定仍在皓首穷经地做着八股文，我并不觉得那种生活多么有趣。

当然，在当今中国以及世界上，儒学仍然有其价值的。依我看，这价值一是思想上的，即儒家的思想家特别是孔子所表述的对人性和人类精神生活的某些深刻见解，我们理应把它们发掘和整理出来，变为我们今天的精神财富；二是学术上的，即作为一门历史悠久的学问，或作为一种对中国社会发生过巨大影响的文化传统，有必要对之进行系统的研究。我甚至不反对有人自愿地把它当作一种信仰身体力行之。我仅仅反对把它树立为一种全民族乃至全人类的信仰，人为地制造一种新意识形态。我之所以反对这样做，不但是因为儒学不具备这样的品格，而且是因为我们今天确实已经进入了一个价值多元的时代。在这个时代，信仰逐渐成为个人自己的事情，这比起意识形态大一统的时代是一个重大的进步。当今社会问题的症结并不在大一统信仰之缺乏，而在体制转型的艰难，因此滋生的腐败和黑暗现象不是任何道德说教能够消除的，而人们为之所感到的寒心也不是任何理想教育能够温暖的。即使中国终于完成了体制转型，步入富裕社会，出现了西方现在这样因缺乏信仰而精神普遍空虚的情况，儒教也仍然不能成为新福音。事实证明，在现代社会中，凡企图把任何一种新福音强加给社会的教派，必然成为邪教。在可预见的未来，我看不到任何全人类皈依某种世界性宗教的迹象。不管幸运还是不幸，每个人独自担当拯救自己灵魂的责任，这将是许多代人的命运。热情的理想家所能做的至多是鼓励人们自救，而不是充当救主。

据说这些年的学术还有一个热点，便是后现代主义研究。可是，我并未看到这方面哪怕一部有分量的译著或著作，看到的只是充斥在许多文章中的拗口的不知所云的时髦概念堆砌，再加上某些文学作品中的夸张的玩世不恭的姿势。对于这种中国版本的后现代主义，我实在没有评论的兴趣。我相信，在后现代主义思想家那里，文本解构显示了思的丰富性和不确定性，而非鼓励思的贫乏，价值多元昭彰了对话的严肃意义，而非提倡玩世不恭。无论如何，一种没有思的内涵和严肃性的东西是不配叫作思想的，哪怕在思想前冠以一个含否定意思的“后”字。

伦理学和价值层次

赵汀阳的文章如其标题所表明的，提出了建立“不含规范的伦理学”的主张。这一主张的提出，看来是有感于道德规范所起的坏作用，一是非法地干涉了法律所允许的各种个人自由，二是保护了平庸的价值，压制和打击了优越的价值。在他看来，废除了规范的作用，就能极大地扩展个人生活的可能性，首先是追求和实现那些优越价值的可能性。我赞赏他的这个出发点，但不认为由此可以引出完全否定规范的结论。他的文章涉及了伦理学理论和实践中的一些有趣问题，我很愿意对之发表自己的看法。

一、存在与伦理

伦理学最基础的部分无疑是对价值的研究。所谓价值，就是古希腊人用"善"这个概念表达的东西,换一个通俗的译法,便是"好"。"好"东西当然是人们所满意和所感兴趣的东西。赵汀阳强调这一点,是为了反对把人们不想要的伪价值硬塞给人们。除去这层良好的用意,这个说法基本上是一句废话,即使诉诸人们的实践也不会变得更有内容。恰好是实践表明,不同的人所感兴趣的东西千差万别,同一个人也会对许多不同的东西感兴趣。因此,不但在不同的人之间,而且在同一个人身上,兴趣会发生冲突。这是伦理学在研究价值问题时所碰到的第一个事实。正由于这个事实,伦理学必须对人们实际上所感兴趣的各种价值进行梳理,给它们确定一个次序。当它这样做时,它当然是在对什么是"好"发表观点性的意见,而不仅仅是在指出如何得到"好"东西的途径。

亚里士多德把"善"划分为两大类,一类是因其自身而被追求的善,它是自足的,他称之为最高的善;另一类则是因为自身之外的原因被追求的善,那是比较低级的善。在他看来,前者才是伦理学研究的主题。他的这一经典性划分为后世许多哲学家所袭用,大致相当于后来所说的目的性价值和工具性价值的区分。可是,在确定何为本身即是目的的最高的善时,不可避免地发生了困难和分歧。问题在于,什么东西本身即是目的?目的当然是对人而言的。那么,作为个体的人的目的是什么?整个人类的目的又是什么?自然界过程并不提供这种目的,提出这个问题本身就是对自然界过程的超越。有一些哲学家反对这种超越,把人仅仅看作生物性的存在,否认人有超出生存以上的目的,因而也就否认了这个问题的提法。这个问题的更清楚的提法是,超出生物性存在的人应该是什么样的?很显然,它所涉及的是对作为精神性存在的"人"的概念的理解,是对人的完善境界和人类的理想状态的判断,或者用赵汀阳的话说,是对怎样才算在道德意义上"做成”一个人的看法。在这方面,恰恰有着最多的争议,而且不存在统一认识的希望。

不过,我并不认为这种意见的不统一对伦理学的存在构成了威胁。这只是说明,对最高的善的研究是永远具有探索性的,而的确是不具有规范性的。这一探索的真正场所是个人的灵魂,它的真正课题是生活的意义。伦理学的任务在于,或者原创性地进行这样一种探索,或者对已有的探索进行整理和分析。在哲学史上,这个领域的研究往往被冠以各种人生哲学或幸福理论的名称,在现代则集中体现为对“存在”的思考。“存在”层次上的价值即是最高的善,包括智慧、创造、爱、美的体验、面对苦难的勇气等,它们或者是人的精神的自我实现和享受,或者体现了人的精神的尊严和高贵,均能使人真正感受到活着的意义。与之相比,伦理层次上的价值只是从属的善,它们的作用不是提供生活的意义,而是维护社会的秩序,给人类的生存和发展提供合适的社会环境。在我们的伦理学研究中,人们长期以来只把眼睛盯着后者,前者基本上是一个盲区,这的确是一个极大的缺陷。

二、价值与规范

在目的的、精神的、存在的价值领域内,规范难有容身之地。我们无法想象有这样的规范,要求你幸福,要求你崇高,要求你活得有意义。然而,在工具的、社会的、伦理的价值领域内,价值体现为规范不仅是一个事实,而且几乎是不可避免的。如果说精神性价值的实现方式是个人的精神生活,那么,社会性价值的实现方式便是一定人群的认同和维护,舍此它就是空的。社会性价值所表示的是,为了人类或一定人群的利益，人与人之间结成怎样的关系才是好的关系。在这方面，先后形成了诸如公正、稳定、进步、自由、民主、平等、同情、博爱等价值范畴。毫无疑问，这些范畴并非等价的，它们的内涵也是在不断变化的，我们完全可以站在一定的价值立场上对之进行批判和解释。但是，任何这类价值只要在一定历史时期和一定人群中真正起作用，就必然会在其起作用的过程中形成相应的规范。

我们当然只能用价值来解释规范，而不能用规范来解释价值。不过，这一点丝毫不成为否认规范的理由。问题首先在于伦理价值具体化为伦理规范的必然性。我们甚至常常很难在用词上区分价值和规范，例如“大公无私”、“诚实不欺”、“见义勇为”等，如果不放到一定的语境中，你就无法确定是指价值还是指规范。其实，规范不是别的，无非是实践中的价值原则罢了。它不是人为规定的一些条文，而是在实践中自发地形成的。在一定人群的实践中，它表现为习俗和风俗。在一定时代的实践中，它表现为时尚。在一定宗教团体的实践中，它表现为戒律。在个人的实践中，它表现为某种内在的约束。正是由于规范形成的自发性，不管它起的作用是好是坏，我们都不可能人为地把它废除。只要人类社会存在一天，因而人类或人类中一定人群有一定的社会性价值需要维护，就必定会有相应的规范形成和存在。

否认规范的存在是无效的，反对规范主义则是很有意义的。规范主义的特点在于把规范本身奉为绝对价值，而拒绝追问它的价值根据。在我看来，其表现主要是：一、把作为规范之根据的工具性价值视为目的本身和最高的善，维护那些损害目的性价值的工具性价值及其规范。例如，以平等的名义鼓励平庸和压制优秀，以同情的名义败坏苦难的精神价值，均属此类。二、在价值观念业已发生变化的情形下，维护一种陈旧的而且确实起着坏作用的习俗，或者相反，无原则地追随任何一种时尚,不问它是否有合理的价值依据。三、把仅被某一人群认可的价值及其规范提升为普遍性规范,强加于整个社会。四、不是以人们所认可的价值为根据,而是出于政治的和意识形态的需要,或出于少数人的私利,人为地制定和推行某种纪律或律令,把它们冒充为规范。

三、道德与法律

在相当时期里,伦理规范和冒充伦理规范的行政命令在我们的社会生活中确实起了很坏的作用,干涉了太多的个人自由。由此引出的结论是,我们必须反对规范的专制,限制其作用的范围。但是,不可能取消规范,而完全由法律来行使它的职能。

法律之所以不能取代规范是因为,第一,法律只能禁止和制裁那些直接危害社会秩序的行为,不管我们用什么样的尺度来衡量危害的程度和确定危害的界限,始终存在着界限之外的情形,那是法律无能为力的空间,那里便是规范发生作用的余地。例如,法律可以禁止虐待老人或残害儿童的行为,却管不了一般的不尊敬老人和不爱护儿童的行为,可以惩罚严重医疗事故的责任者,却管不了一般的医德不良行为。在后一种情形下,我们只能诉诸社会公德或职业道德之类的伦理规范及其道义力量。即使这种力量乏弱而失去了作用,法律也仍然无能填补这个空白。第二,法律是维护全社会的秩序的,在此秩序下,某些人群奉行某种与社会基本秩序不相冲突的价值和规范,法律就不必过问。譬如说,社会大约用不着去为同性恋群体制定他们内部的行为法规。第三,法律原则的成熟有一个过程,在此过程中,伦理价值及规范的变化往往成为其先导，发挥了积极的作用。例如，在法律坚持以过失而不是感情破裂为判决离婚依据之时，人们的婚爱行为，也就是人们实际据以判断婚爱行为是否道德的伦理规范已经在发生变化，并终于迫使法律做出了相应的改变。

限制规范的作用是一个真正重要的问题，在这方面，法律倒是可以有所作为的。以往规范的专制尤其表现在伦理规范以及冒充伦理规范的行政命令对于人们精神生活的粗暴干涉，因此，健全的法律应当禁止这样做，宣布此种干涉为非法。保护精神探索的自由，防止任何社会势力对它的干预，为个人原本意义上的道德生活提供一个良好的社会环境，这是法律能为道德做的最好的事。同时，法律可以阻止任何人群把仅仅自己认同的伦理规范强加于其他人群乃至于全社会，也就是在遵守法律的前提下，保护个人以及人群选择伦理价值和生活方式的自由。这样，一方面是人人都必须遵守的法律，另一方面是人人都享有的精神自由，在其间的是既不违反法律也不干涉个人自由的多元价值和生活方式的并存。如果是按照这个意义去理解，我很同意赵汀阳提出的基本命题："最好的生活是以不含规范的道德为价值基础并且以法律为权利形式的生活。"

辩论与真理

我平时很少看电视，也不关心电视上播出的大学生辩论会。迫于盛情约稿，为了交差，总算看了一遍本届国际大专辩论会决赛的录像。曾经耳闻对此类辩论会的批评，论者讥之为矫情，如同一种精心操作的竞技和演出。从它们的进行方式看，辩论双方对于所规定的辩题的立场完全由抽签决定，而与各方成员的真实见解无关，那么，其举办的宗旨确实不在真理的追求，而仅在辩论术的训练和竞赛。无可否认，当今世界上有一些很重要的问题，甚至是关系到人类的命运和前途的问题，倘若围绕着这类问题展开实质性的辩论，肯定是更有意义的。不过我想，这一使命是不能委诸我们所看到的这种方式的大学生辩论会的，这种方式的辩论会的确是一种电视表演，表演就当它是表演，就像体育表演或歌唱表演一样，大可不必以大使命苛责之。

自古以来，辩论就有两种类型，一种是以追求真理为目的的辩论，一种是以锻炼和显示辩论术为目的的辩论。在古希腊哲学家中,苏格拉底因擅长前一种辩论而闻名于世,由普罗塔哥拉所代表的智者学派则靠教授后一种辩论为生。苏格拉底常在雅典街头与人辩论,其方法是从对方的论点出发进行推论,诱使对方陷入逻辑矛盾,从而放弃那个作为出发点的论点。当他这样做时,他对何为真理是有着明确的主张的,辩论的目的便是使对方接受他所主张的真理。智者却不同,他们根本不相信世上有任何客观的真理,只是认为辩论术在现实生活中、尤其在政治生活中有其实用价值,因而值得像别的技艺一样加以传授,并有权为此收取报酬。在古希腊,演讲和辩论的技艺在政治生活中确实起着重要的作用,口才出色的政治家往往能够赢得公众的喝彩和支持。所以,譬如说,普罗塔哥拉便敢于夸口,他教授的辩论术乃是政治的艺术,能够使他的学生在国家事务方面做最好的发言和活动。然而,正因为智者的心目中没有真理,苏格拉底就十分瞧不上他们,嘲笑他们是批发或者零售假货的奸商。

就对待辩论和真理的态度来说,有四种可能的情形。其一是肯定真理的存在,也重视辩论对于揭示真理的作用,这是苏格拉底的立场。其二是否认真理的存在,却肯定辩论具有与真理无关的价值,这是智者学派的立场。除这两种态度之外,还可能有另两种态度。其三,便是肯定真理的存在,但否认辩论对于揭示真理有任何作用。在古希腊哲学家中,赫拉克利特大致是持这种看法。在他看来,宇宙的真理是神秘的,只能靠智慧去体悟,以象征的方式表达,辩论术在这里完全无用,雄辩之士往往没有智慧。其四,则是既否认真理的存在,又否认辩论的价值,这大致是怀疑论者的立场。

当我回顾哲学史上对于辩论和真理的种种态度之时,我实际上已经在触及本届国际大专辩论会决赛的辩题了。这个辩题是“真理越辩越明”，其焦点应是辩论对于揭示真理究竟有无作用。我不想详析正方和反方在辩论中的得失，只想说一说我对这个问题的一般看法。我认为，无论谁要就这个问题展开讨论，第一步便是必须对“真理”这个概念取得基本一致的理解，倘若连什么是真理也毫无共识，则真理是否越辩越明就根本无从谈起了。可是，这第一步是何其艰难！不论在哲学史上，还是在日常生活中，人们在使用“真理”这个概念时充满着歧义，几乎不可能达成统一的认识。笼统地区分，可把“真理”分作两类。一类是超验的“真理”，例如基督教所主张的上帝存在、灵魂不死，或哲学家们所争论的物质第一性还是精神第一性，这一类“真理”是超出我们的经验范围的，既不能证实，也不能证伪，只能归之于信仰。毫无疑问，对信仰是无法作认真的争论的。另一类是经验范围内的“真理”，这一类“真理”往往是从一定的经验事实出发，通过逻辑推理而得出某些结论，这便是科学命题。在这里，辩论或许有一些作用，即所谓摆事实，讲道理。摆事实，就是陈述对方所忽略或者回避的某些经验事实，或揭露对方所依据的某些事实之虚假和片面。讲道理，就是从自己所把握的经验事实出发进行逻辑推理，或揭露对方的推理中的逻辑错误。然而，我们必须看到，辩论在这里的作用仍是极其有限的，因为第一，所谓经验事实只具有相对的性质，对它们的观察和解释皆受经验和视角的限制，因而对于似乎相同的经验事实也会做出不同的陈述；第二，我们用以进行推理的逻辑工具和语言工具并不完善，也不可能完善，在貌似相同的概念和语词下往往隐藏着不同的含义。所以，今日的哲学家们对于所谓客观真理已经普遍地持怀疑的态度。

由此可见，在我们所谈论的这场辩论中，正方是处于多么不利的地位了。为了证明“真理越辩越明”这个命题，他们必须首先证明存在着统一的“真理”概念，但这样的概念并不存在。事实上，不但他们自己在使用“真理”概念时不可避免地会出现的歧义，而且对方在使用这一概念时所出现的歧义，都构成了对他们的论点的威胁。不过，反方的地位也未见得多么有利，人们似乎都没有发觉，他们的立场中包含着一个明显的悖论。他们的责任是要通过辩论来证明“真理不是越辩越明”是一个真理，如果他们输了，当然就意味着他们的证明失败了，如果他们赢了，则意味着“真理不是越辩越明”这个真理通过辩论而越辩越明了，也就是说，意味着至少有一些真理的确是越辩越明的，因而“真理不是越辩越明”不是一个真理。于是，他们的辩术的胜利同时也是他们的论点的失败。

最后，我想再谈一谈普罗塔哥拉。这位受到苏格拉底蔑视的哲学家之所以主张辩论术与真理无关，而只具有实用价值，恐怕不是完全没有道理的。他有一句名言，便是：“每一个问题都有两个互相对立的答案。”我们的辩题好像也正应了这句话。真理究竟是否越辩越明，这本身就是一个辩不明的问题，宣布哪一个答案正确都是一种武断。我愿把反方的胜利看作一个象征，一个辩论会却甘于承认辩论无助于揭示真理，这在无意中显示了谦卑的姿态。那么，这样的辩论会也就只剩下了训练和表演口才的作用。我认为我们不必像苏格拉底那样太瞧不上单纯的口才，只是应当记住，在口才之外，的确还有更重要的东西，而虽然通向真理的道路扑朔迷离，但寻求真理的热忱却永远是可贵的。

哲学与文学批评(论纲)

1. 关于哲学与批评的关系,我们可以听到两种相反的意见。一种意见认为,批评应该完全立足于艺术,排除一切哲学观点的干扰。另一种意见认为,任何批评必定受某一种或某一些哲学观点的支配,在本质上是应用哲学。

我认为,批评之与哲学发生关系是一个不言而喻的事实。凡学院派批评家往往建立或者运用一定的批评理论,由这些批评理论固然可以追溯到相应的哲学理论。即使是那些非学院派的所谓业余批评家,在他们的印象式批评中也不难发现一种哲学态度。因此,真正的问题不是哲学在批评中的存在是否合法,而是以怎样的方式存在才合法。也就是说,我们所要寻求的是哲学与批评的正确关系。

2. 当今批评界的时髦做法是,在批评文章中食洋不化地贩运现代西方某些哲学性批评理论,堆砌各种哲学的、准哲学的概念。这类文章的共同特点是对所要批评的作品本身不感兴趣，读了以后，我们丝毫不能增进对作品的了解，也无法知道作者对作品的真实看法和评价是什么。在多数情况下，它们只是把作品当作一个实例，用来对某一种哲学理论做了多半是十分生硬的转述和注解。在我看来，这样的批评既不是哲学的，更不是艺术的，甚至根本就不是批评，不过是冒充成批评的伪哲学和冒充成哲学的伪批评罢了。

这种情形的发生恐怕并非偶然。透过现代西方文学批评理论的繁荣景象，我们看到的也是文学批评的阙如。在文学批评的名义下，真正盛行的一方面是文化批评、社会批评、政治批评、性别批评，等等；另一方面是语言学、符号学、人类学、神话学、知识社会学的研究等。凡是不把作品当作目的而仅仅当作一种理论工具的批评，其作为文学批评的资格均是可疑的。

3. 批评总是对某一具体作品的批评。因此，一切合格的批评的前提是，第一，批评者对该作品本身真正感兴趣，从而产生了阐释和评价它的愿望。他的批评冲动是由作品本身激发的，而不是出自应用某种理论的迫切心情。也就是说，他应该首先是个读者，知道自己究竟喜欢什么。第二，批评者具有相当的鉴赏力和判断力，他不是一个普通读者，而是巴赫金所说的那种“高级接受者”，即一个艺术上的内行。作为一个专家，他不妨用理论的术语来表述自己的见解，但是，在此表述之前，他对作品已经有了一种直觉的把握，知道是作品中的什么东西值得自己一评了。

一个批评者对作品有无真正的兴趣，他是否具有鉴赏力和判断力，这两者都必然体现在他的批评之中，因此是容易鉴别的。人们可以假装自己懂某种高深的理论，却很难在这两方面作假。

4. 现代哲学对于批评的作用，最明显地表现于推动各种批评理论之建立。批评若要不停留于批评家们的个别行为，而试图成为一门在同行之间可以交流的普遍性学科，就有必要对批评的概念、原则、任务、标准、规范、方法等问题进行探讨，这种探讨构成了批评理论的基本内容。很显然，对于这些问题的解答皆取决于对文学之本质的认识，因而可以追溯到某种美学和哲学的立场。凡是系统的，亦即真正具备理论形态的批评理论，无不都是自觉地以一种哲学理论为其出发点，是那种哲学理论向批评领域的伸展。本世纪最流行的批评理论，包括马克思主义、存在主义、精神分析、形式主义、结构主义、现象学和解释学各家，皆自报家门，旗帜鲜明地亮出了它们的哲学谱系。

然而，哲学之能够指导批评理论的建立，并不表明它能够指导成功的批评实践。批评是批评家的整体素质作用的产物，在具体的批评实践中，理论教条所起的作用十分有限。每一次真正有价值的批评都是一个独立的事件，是批评家与作品之间的一种独特的感应和一次幸运的相遇，而决非某个理论的派生物。对于一个素质良好的批评家，合适的理论或许可以成为有效的表述工具。可是，倘若一个批评家缺乏此种素质，对于作品并无自己的感觉和见解，仅靠某种批评理论来从事批评，那么，他实际上对作品本身无话可说，他的批评就必定不是在说作品，而是在借作品说这种理论。事实上，研究批评理论的学者很少是好的批评家，就像研究文学理论的学者很少是好的作家一样，这种情形肯定不是偶然的。

5. 批评的任务是阐释作品的意义和判断作品的价值。有一些批评理论主张批评应该排除评价，仅限于阐释。然而，一个批评家选择作品中的什么成分作为自己所要阐释的意义之所在，其实已经包含了一种价值立场，他事实上按照作品满足他对意义的理解的程度对作品进行了评价。对意义的理解是一个真正的哲学问题，它基本上决定了一个批评家对作品的阐释的角度和评价的标准。

文学作品中的什么成分构成了意义,对这个问题的回答取决于对文学的本质的认识,在相当程度上还取决于对世界和人性的认识。每一部作品皆涉及作者、所言说的事物、读者三个方面。意图说和传情说曾经十分盛行,前者把作者的意图当作意义的源泉,后者把读者所获得的教诲、感动、娱乐视为意义的真正体现,这两种立场皆因明显地脱离文本自身的阐释而已显得陈旧。但是,同样是从作品本身的内容中寻找意义,站在不同的哲学立场上,也会认为作品是在言说不同的事物。例如,马克思主义者会认为这事物是社会生活,弗洛伊德主义者会认为是作者个人或人类的深层心理,存在主义者会认为是对人的生存境遇的体验和思考。这些立场所关注的方向虽然各异,但仍然是试图用文学之外的东西来阐释文学作品的意义,因而在当代也受到了特别激烈的批判。倘若仅仅根据这些立场从事阐释,这样的阐释是否还是文学批评的确就成了问题,甚至可以说更是社会学、心理学、哲学的批评,等等。

然而,作品的内容无非就是作品所言说的事物之总和,撇开了所有这些社会的、心理的、思想的内容等,作品所剩下的便只有语言形式了。这样一来,对意义的阐释只有两条路可走。一是分析作品中的语词和句子的逻辑意义,如英美语义分析学派之所为,其不属于文学批评的性质当是更加不言而喻的。另一是分析作品的形式结构,目的不是阐释某一具体作品的意义,而是以这一具体作品为标本来建立语言符号如何由其组合方式而产生意义的一般模型,如结构主义学派之所为。这种批评是否属于文学批评也是值得怀疑的,或许它更是一种对文学作品的语言学的和符号学的研究。一种更彻底的立场是否认文学作品中意义的存在,断然拒绝释义。一步步排斥所指,最后能指就必然会成为不问意义的符号游戏,因此结构主义之发展为解构主义几乎是不可避免的。解构主义批评声称要排除与文本无关的一切因素，然而，事实上，它在文本上进行的随心所欲的嬉戏并不比印象主义的主观批评离文本更近。还有一些批评理论也倾向于拒绝释义，而主张把批评的任务限制于研究作品的艺术技巧。这种研究在技术上的细致入微足以使人惊叹，但因撇开作品的精神内涵而不免流于琐碎。

6. 批评涉及某些重要的哲学难题，有必要检视一下现代哲学及其指导下的批评理论所提出的解决这些难题的方案。

例如，文本有无它本来的意义，如果有，如何划清该“客观”的意义与批评者的“主观”的理解之间的界限？这一主观与客观的关系问题始终纠缠着批评理论。现代许多批评理论（如俄国形式主义，结构主义，美国新批评派，现象学批评）都试图建立起一套分析的技术或标准，以求排除批评者的“主观”之干扰，使“客观”意义的获取成为可操作和可检验的科学程序。但是，这样做的代价必定是缩减意义的范围，事实上把它限制在那些可以形式化的东西上了。我认为，到目前为止，哲学解释学为此问题的解决指出了最可取的方向。哲学解释学对理解的本体论结构的揭示表明，理解必定是理解者视域与文本视域的融合。因此，批评不必再纠缠于主观与客观之区分，反而应以两者视域的最大限度的融合为目标，使批评成为一种富有成果的对话。

批评者所要阐释的意义是在作品的内容之中，还是在形式之中？这一内容与形式的关系问题是纠缠着批评理论的另一个难题。如果撇开艺术形式而只看思想内容，批评就不再是文学性质的了。如果撇开思想内容而只看艺术形式，批评就不再是意义的阐释而只成了技巧的分析。在这个问题上，结构主义的方略是破除内容与形式的二分法，将两者融入结构的概念。它不再问作品的一个成分是内容还是形式，只问是否为审美的目的服务，所有为审美目的服务的成分都依照不同的层次组织成一个完整的符号体系。我认为,结构主义把一切内容都形式化了的做法未必可取,但破除内容与形式的二分法无疑是解决这一难题的正确方向。在文学作品中,唯有被艺术地言说的事物才真正构成为内容,而事物之被艺术地言说即所谓形式,两者所指的原是同一件事,本来就不可截然分开。

7. 哲学与文学都是人类精神生活的形式,在本质上是相通的。因此,哲学之进入文学作品的权利是不容置疑的,问题仅在进入的方式。有不同的进入方式,例如:一、在文学作品中插入哲学的议论,这些议论与作品的文学性内容(情节等)只在主题上相关,在形式上却彼此脱节,如同一种拼贴;二、用文学的形式表达哲学性的思考和体悟,此种意图十分明确,因而譬如说可以用哲理诗、玄学诗、哲学小说、思想小说等来命名相关的作品;三、自觉地应用某种新潮的哲学思想来创作文学作品,从事文体的实验,譬如罗勃-格里耶的新小说之于结构主义哲学;四、作品本身完全是文学性的,哲学并不在其中的任何部分出场,但作品的整体却有一种哲学的底蕴,传达了对世界和人生的一种基本理解或态度。

一般来说,哲学应该以文学的方式存在于文学作品之中,它在作品中最好隐而不露,无迹可寻,却又似乎无处不在。作品的血肉之躯整个儿是文学的,而哲学是它的心灵。哲学所提供的只是一种深度,而不是一种观点。卡夫卡的作品肯定是有哲学的深度的,但我们在其中找不到哪怕一个明确的哲学观点。哲学与文学的最差的结合是,给文学作品贴上哲学的标签,或者给哲学学说戴上文学的面具。不能排除还存在着像《查拉图斯特拉如是说》这样的作品,几乎无法给它归类,从外到里都是哲学也都是文学,既是哲学著作又是文学精品。所以,说到底,哲学与文学的区分也不是那么重要,一切伟大的作品必定是一个精神性的整体。

8. 据此，我们可以来探讨哲学与批评相结合的方式了。依据某种哲学观点从事批评，热衷于在作品中寻找这种观点的相似物，或者寻找合适的作品来阐释这种观点，这肯定是最糟糕的结合方式。在最好的情形下，这种批评也只能算作哲学批评而非文学批评。一个批评家或许也信奉某种哲学观点，但是，当他从事文学批评时，他决不能仅仅代表这种观点出场，而应力求把它悬置起来，尽可能限制它的作用。他真正应该调动的是两样东西，一是他的艺术鉴赏力和判断力，一是他的精神世界的经验整体。文学首先是语言艺术，因此，不言而喻，从事文学批评的人必须要能够欣赏语言艺术。判断力的来源，除了艺术直觉之外，还有艺术修养，即对于人类共同艺术遗产的真正了解，因此有能力判断当下这部作品与全部传统的关系，善于发现那种改变了既有经典所构成的秩序从而自身也成为经典的作品。但文学不仅仅是语言艺术，在最深的层次上也是人类精神生活的形式。正是在这一层次上，文学与哲学有了最深刻的联系。也是在这一层次上，哲学以最自然的方式参与了批评。当批评家以他的内在经验的整体面对作品时，哲学已经隐含在其中，这个哲学不是他所信奉的某一种哲学观念，而是他的精神整体的基本倾向，他的真实的世界观和生活态度。批评便是他的精神整体与作品所显示的作者的精神整体之间的对话，这一对话是在人类精神史整体的范围里展开的，并且成了人类精神史整体的一个有机部分。

9. 本论纲对于文学批评所做的思考，在基本原则上也适用于一般的艺术批评。

第十辑　并非争鸣

作伪的逻辑

读张紫葛著《心香泪酒祭吴宓》(以下简称《祭吴宓》),立刻感到气味不对。这是一本明显的伪劣之作,却居然被多种传媒炒作,畅销全国。揭伪的声音刚出现,我们又读到了进行"反批评"的金巍《关于吴宓日记》一文(载于《文汇读书周报》6月28日,以下简称金文)。《祭吴宓》在作伪时设计了一个逻辑圈套,而通观此文,其立论不过是原书作伪的逻辑之延续而已。

《祭吴宓》一书的全部叙述建立在两个神话上。第一是作者与吴宓的"三十八年异姓手足之交",相交之深至于为"彼此生命中唯一无二的密友"。这个神话是全书的根本支点,是所述内容之可靠性的唯一担保。然而,长达三十八年的最亲密友谊,喜欢实录自己生活的吴宓在其日记里不可能毫不提及,吴宓的亲友也不可能毫无耳闻,这是凭常理就可以推断的,作者自然也想到了这一层,不能不预加防范。

于是，为了维护第一个神话，他必须再编造第二个神话，即所谓吴宓彻底改造了日记，“百分之百消除了”两人“相识之一切痕迹”，而书中“连带写到”的与他和吴宓同时出场、因而可以充当两人来往之见证的那些人物也“均已先后作古”。这两个神话如同一个连环套：由于我是吴宓的唯一密友，所以唯我能得知吴宓的不为人知的秘密，包括彻底改造日记这个秘密；又由于吴宓彻底改造了日记和知情人均已死光，所以我是吴宓的密友这一点也成了一个不为人知的秘密。这样，两个神话本身虽然没有也不可能有任何旁证，却似乎能够互相支持，自圆其说。凭着这个逻辑圈套，作者自以为可以放心作伪而立于不败之地了。

作者设计这样一个逻辑圈套，本意当然是要堵一切可能的反驳者的口。既然他之为吴宓的密友和吴宓之改造日记均是唯有他和吴宓知道的秘密，而吴宓已死，则任何人都不能以没有证人或证据为由加以反驳了。他未尝想到的是，这样一来，他同时也剥夺了任何人为这两个神话充当证人的可能。因此，金文虽刻意为他辩护，也不能理直气壮地以证人自居，而只能默认或重申两个神话的前提罢了。事实上，在金文中，关于“密友”之说的确没有提供任何证词，而关于改造日记之说，原是此文的主题，竟也只能虚张声势，含糊其词。其据以证明吴宓修改日记的理由共三条。一是强调日记已“损毁”，是“劫后余稿”，但损毁与吴宓自己修改显然是两码事。二是强调 50 年代镇反、肃反的“恐慌”背景，但从这背景不能推断吴宓必定修改日记。三是搬出周锡光的“证词”，说吴宓“曾明示过周锡光，宓修改日记，为保护他人”。读者本可期待金文在此处多费些笔墨，没想到只是虚晃一枪，紧接着的话是：“关键在，据周先生说，吴宓修日记，多用了嵇康《与山巨源绝交书》的手法。”请注意，“修改日记”变成了“修日记”，话题已被偷换。

金文中多此类词义闪烁之语，想来不只是文风的问题吧。

相反，要堵反驳者的口却不太容易。问题在于，《祭吴宓》一书设计的逻辑圈套之成立仅是抽象的，在具体编造两个神话本身的内容时不能不涉及事实，于是难免露出破绽。何况作者在编造时实在粗心，你可以说他大胆到了盲目的地步，留下太多的硬伤。例如，关于第一个神话，作者所自吹的拜师于吴之英的经历是他得以结交于右任，又经于右任结交吴宓父子的王牌资本，在所谓“异姓手足”之缘起中据有重要地位。可是，唐振常先生的文章（载于《文汇读书周报》6月21日）业已指出，吴之英死于1918年，而据张紫葛著《在宋美龄身边的日子》一书的“作者简介”，张紫葛生于1920年。张紫葛的辩护者们恐怕永远不会有勇气来向我们解释，张是如何能够拜师于一个在他出生两年前已经死去的人的。又如，关于第二个神话，《祭吴宓》所举吴宓改造日记的一个主要例子是：1944年吴宓受成都燕京大学之聘，从昆明先乘飞机到重庆，与他“一起相处往还了六天”，而在日记中却改写为坐汽车离昆明，经贵阳、遵义、重庆到成都。可是，在陕西人民出版社1990年出版的《回忆吴宓先生》一书中，至少有三篇文章忆及吴宓的这次进川，其中，关懿娴谈到当时与吴宓在贵阳的相见，缪钺、王树仁谈到当时在遵义浙江大学听吴宓作《红楼梦人物分析》之演讲，缪钺还谈到浙大教师们与吴宓欢聚的情景。作者及其辩护者再厚颜，恐怕也不敢说这些回忆文字是回忆者们在《祭吴宓》出笼七年前预先共同作的伪证吧。季石的文章（载于《文汇报》5月29日）已经提及这一材料，而金文却对此避而不谈，仅在当时昆渝交通多么发达上说些不着边际的话。

《祭吴宓》一书之伪，不仅在情节的编造上，更在吴宓形象的彻底歪曲和丑化上。凡是稍微了解吴宓的作品和为人的读者，都很容易看出该书所描绘的那个“吴宓”与真实的吴宓风马牛不相及。即使对吴宓无甚了解，只要有基本的鉴赏力，也会受不了书中弥漫着的恶俗趣味。只要随手翻一翻回忆和研究吴宓的文章，便可知吴宓的道德文章有口皆碑，其最显著的特点是真诚，如冯至所总结的：“总观吴先生的一生，他忠于他的主张，尽管他的主张不完全符合实际；他忠于爱情，尽管爱情遇到挫折和失败；他忠于他的理想，尽管理想难以实现，但他始终如一，耿介执著，从未依附过任何权势，或随风向而转移——这品格是十分可贵的。”（《第一届吴宓学术讨论会论文选集》，陕西人民出版社 1992 年 3 月）然而，在张紫葛笔下，吴宓却成了一个热心政治、见风使舵、工于心计、勾心斗角的猥琐小政客。当然，这并不奇怪，我们很可体谅作者只能在其心灵水准所允许的范围内进行编造。关于《祭吴宓》对吴宓形象之歪曲，我另文加以评论。在这里，我只想问一下周锡光，金文反复抬举他为《祭吴宓》一书的“真实性”的“最有发言权”的证人，他也自云“文革”中曾与吴宓“朝夕相处，一座春风，聆听教诲”，那么，他是否敢站出来证明该书所描绘的吴宓形象的“真实性”？顺便我还想问一下，吴宓家属所收藏的吴宓文稿已经陆续发表，为人们研究吴宓提供了公开的资料，而吴宓托付他代为保管的文稿却至今藏于密室，难见天日，只在论战中偶尔抛出没头没尾的只言片语，如此不光明磊落，究竟何为？

一本沉渣泛起的伪劣书

——评《心香泪酒祭吴宓》

一

随着对“五四”以来中国文化进程的反省的深入，若干曾经被历史遗忘的学者的名字越来越受到今日知识界的关注，其中便包括陈寅恪和吴宓。吴宓之女吴学昭所著《陈寅恪与吴宓》一书的出版，尤使人们对这两位主流外文化志士的学养人格及动人友谊有了深刻的印象。人们很自然地会想到，在那文化专制的年代，这样两位忠于自己的文化理念的学者必定遭受了怎样悲惨的磨难，并愿知其详情。于是有《陈寅恪的最后二十年》之出版，且受到了读者的欢迎。在此之后，若有一本以吴宓为传主的类似图书出版，应该说是符合读者的期望的。

无疑正是估计到了读者的这种期望，张紫葛炮制的《心香泪酒祭吴宓》(以下简称《祭》)出笼了。然而,一读之下,立刻让人感到气味不对。凡是稍微读过吴宓的作品并了解其为人的读者,都很容易看出该书所描绘的那个热心政治、工于心计、见风使舵的"吴宓",与真实的吴宓风马牛不相及。即使对吴宓无甚了解,只要有基本的鉴赏力,也会受不了书中弥漫着的恶俗趣味。作者完全按照自己的趣味杜撰出了一个庸俗不堪的"吴宓"(以下凡提及作者虚构之"吴宓"均加引号),并借其口肆意吹捧自己,污蔑他人。令人惊奇的是,这样一本凭常识即可察觉其伪劣的欺世之作,居然还被多种传媒炒作,畅销全国。好在吴宓的亲人和学生尚有健在于世的,他们知根知底,已经纷纷发表文章和谈话揭露事情的真相。由于该书的情节之伪、格调之劣是显而易见的,我相信毋需太久,它必将像别的伪劣产品一样遭到人们的唾弃。

二

其实,《祭》书的作伪意图可说是赤裸裸的,它直接暴露在作者自以为高明实则拙劣的那种编造手法中。该书的全部叙述皆建立在一个神话上,便是作者与"吴宓"的"三十八年异姓手足之交",相交之深至于为"彼此生命中唯一无二的密友"。这个神话是全书的根本支点,是所述内容之可靠性的唯一担保,难怪作者处处要加以渲染。他在书中多次安排"吴宓"专程异地访他或两人秘密会见的情节,并不断借"吴宓"之口强调两人的"特殊关系"。解放初,"吴宓"之所以不肯应清华之聘,离开重庆西师,据说是因为依恋他这个"异姓手足"和"知交",不能割舍和他在一起的"推心置腹之快"。"文革"后期,"吴宓"

在弃世前不久，竟预卜他“还有三十多年寿算”，密嘱他将其遭遇“垂而为文，传之千秋后世”。经过这样一番铺垫，《祭》在吴宓去世三十多年后的今日出笼不但是在履行亡友的遗嘱，而且简直是在应验“吴宓”这个巫师的谶语了。

我们姑且假定作者真是吴宓的“唯一无二的密友”，因而唯有他知道吴宓的某些最隐秘的事情，关于这些事情他拥有唯一无二的发言权。然而，前提是所谓“异姓手足”的神话能够成立。长达三十八年的最亲密友谊，喜欢实录自己生活的吴宓在其日记里不可能毫不提及，吴宓的亲友也不可能毫无耳闻，这是凭常理就可以推断的，作者自然也想到了这一层，不能不预加防范。于是，为了维护所谓“异姓手足”的神话，他必须再编造一个神话，即所谓“吴宓”彻底改造了自编年谱、信札尤其是日记，“百分之百消除了”两人“相识之一切痕迹”，而且据说是用整页改写替换的办法，以至于看上去“天衣无缝”，“恐怕福尔摩斯也找不出半点毛病”。如此煞费苦心地做手脚不能没有理由，作者提供的理由是他有历史问题，两人均怕殃及“吴宓”。他让“吴宓”在解放初首先提出“我两个务须装作从不认识”，以免“添无穷之麻烦”，两人的关系从此转入地下，接着便似乎顺理成章地有了修改日记、销毁“罪证”之必要。作者自以为他的两个神话编得十分巧妙，如同一个连环套：由于我是“吴宓”的唯一密友，所以唯我能得知“吴宓”的不为人知的秘密，包括彻底改造日记这个秘密；又由于“吴宓”彻底改造了日记，所以我是“吴宓”的密友这一点也成了一个不为人知的秘密。这样，两个神话虽无任何旁证，却仿佛可以互相支持，自圆其说。

为了更加保险，作者还有两点预防措施。其一，人们也许会问：关于两人的友谊，作者自己多少留下了一点文字证据吧？针对此一可能的责问，他特地在“后记”中声明：“我劫后幸存，赤条条一身，所有从前的笔记、札记，一切我捉笔落墨的东西，概已乌有。”其二，对于在书中与他和“吴宓”同时出场，因而可以充当两人来往之见证的那些人物，他也有周到的设计，在“绪言”里告诉读者，“这些连带写到的朋友均已先后作古”。

现在好了，凡文字材料均已销毁，凡证人均已死光，张紫葛与“吴宓”的任何交往、“吴宓”对张紫葛说过的任何话都死无对证了——虽然不能证实，但也不能反驳了，因而可以任张紫葛编造，由他说了算了。这不禁使人想起一个骗子，为了行骗成功，不惜将一切可能的证人灭口。可惜的是，灭口仅得逞于作者的想象之中，实际上却办不到。困难在于，为了编造与“吴宓”长达三十八年的交往，便不能不涉及并歪曲相应时期吴宓的一些具体生活经历，而了解这些经历的知情人有的还健在，有的早在《祭》出笼前许多年已发表过回忆文字，书中没有提及他们并不等于就能把他们灭口了。

三

关于《祭》书中大量情节纯属胡编乱造，已有知情人据吴宓日记或亲身经历加以揭露，读者可参看季石（《文汇报》5月29日）、唐振常（《文汇读书周报》6月21日）的文章以及祝晓风采写的长篇报道《无法沉默》（即将发表）。在已经揭穿的谎言中，有的极具讽刺性，在这里不妨一提。

作者自云“曾拜门于清进士吴之英先生”，又写得一手“有梁任公手法”的妙文，而因此得以受于右任的激赏，进而结识重庆于府另一位常客、吴宓的嗣父吴仲旗，并在吴仲旗的撮合下与“吴宓”结为“异姓手足”。然而,关于吴之英的生平,河北人民出版社 1991 出版的《民国人物大辞典》、钱基博著《中国现代文学史》等均有介绍,此公在 1918 年就死了,而张紫葛生于 1920 年,所谓拜师便成了天大的笑话。“异姓手足”乃是全书的支点,而拜师于吴之英的经历是作者得以结交于右任的王牌资本,在“异姓手足”的缘起中据有重要地位,编造时尚且如此不小心,就更遑论其余的情节了。

在述及“吴宓”改造日记时,作者所举的一个主要例子是:1944 年“吴宓”受成都燕京大学之聘,从昆明先乘飞机到重庆,与他“一起相处往还了六天”,而在日记中却改写为坐汽车离昆明,经贵阳、遵义、重庆到成都。作者把“吴宓”进川说成是乘飞机而不是坐汽车,无非是要为两人在重庆的单独相聚腾出时间,为所谓“手足”之情提供又一例证。遗憾的是,他在材料问题上再次犯了粗心的毛病。在陕西人民出版社 1990 年出版的《回忆吴宓先生》一书中,至少有三篇文章忆及吴宓的这次进川,其中,关懿娴谈到当时与吴宓在贵阳的相见,缪钺、王树仁谈到当时在遵义浙江大学听吴宓做《红楼梦人物分析》之演讲,缪钺还谈到浙大教师们与吴宓欢聚的情景。作者再厚颜,恐怕也不敢说这些回忆文字是回忆者在《祭》出笼七年前预谋共同做的伪证吧。

上面二例,都是作者翻检资料太马虎造成的明显漏洞,其荒谬既无须核对吴宓日记(姑且假定日记做了改造因而不可靠),也不必知情者现在起而揭发(姑且假定现在揭发会有偏心),即可一目了然。叫人吃惊的是作者的大胆,胡编乱造真正到了盲目的地步。无论大小史实,他都可以信口开河,谬误之处俯拾即是。小者如“代序”中把傅斯年派做吴宓的学生,大者如虚构重庆解放时的盛大入城式。在涉及一般的历史事实时尚且如此,则他在书中把陶峙岳策动 42 军军长赵锡光起义和张治中营救新疆狱中共产党人的功劳都栽在自己头上,编造自己与周恩来、张治中、宋美龄等交往的光荣历史，也就毫不奇怪了。而对于有案可查的史实尚且胡编乱造，则书中所有那些他相信已经死无对证的关于“吴宓”的叙述，其真实性如何就更加可想而知了。

四

撇开事实的真伪不论，即使把《祭》当作小说来读，其格调之低劣、趣味之庸俗，也是令人不堪卒读。在作者笔下，无论是作者自己，还是他用来为自己增光的名人，他作为朋友描写的人，他仇恨的人，无一人不是语言无味，面目可憎，个个呈猥琐之状。这倒也难怪，既然是随心所欲的编造，其内容当然超不出编造者心灵的水准和所欲的范围。

该书充斥肉麻的自吹自炫，且以开篇十几页为例。在全书开头，作者安排了一个张季鸾引荐他会见于右任的场面，他让于右任对他做出不胜渴慕之状，又让张季鸾和于右任争相对他说恭维话，无非是夸他文章“有梁任公手法”，“功力尤在乎名师之熏陶”。随后，在于右任介绍他与“吴宓”相识时，他又让于右任恭维他“后生可畏”、“将来未可限量”，并让“吴宓”也说出“大作很有梁任公行文之妙”的奉承话来。接着，他安排了一幕陪同“吴宓”去见张伯苓的戏，戏的点睛处在往返途中：去时挤不上公共汽车，因为站长知道他是市长机要秘书的老同学，便给予特别照顾；返时遇空袭警报被军士扣押，他不可一世地拨通军委电话，“蒋夫人”亲自派车把他接走。书中多此类得意的炫耀，且不论是否实有其事，展露的心态总归是真实的，活脱一副以奔走权门为荣的走卒相。鉴于书首“后生可畏”的预言明摆着落了空，只好在书尾又让“吴宓”来勉励他“大器晚成”。至于到底成了个什么器，他的文章有没有一丝一毫“梁任公行文之妙”，读了这本《祭》便一清二楚了。

说到该书的行文，恐怕只能用一个字来概括，便是“陋”。作者好像很喜欢描绘聚餐、交谈、应酬之类的场面，津津有味地加以铺陈，实则皆琐碎乏味。凡多人相聚的场合，所谈非彼此客套寒暄，即议论他人短长。书中人物的语言也十分雷同，无非两种模式，一是他心目中有学问的人，如于右任等民国名人，如“吴宓”，皆半文半白，陈言腐语；一是普通人，皆粗俗。除了酸腐和粗俗，想必他不知道天下还有别种语言风格，所以轮到他自己出场，难怪也只好把这两种风格交替使用。

该书更有一下流处，便是肆意诋毁他相信没有回击能力的人，例如对已故方敬先生的大量诽谤性描写，对正患重病的钱锺书先生的污蔑性言辞。这就更加超出文学编造的范围，而有必要追究其用心和责任了。

五

当然，《祭》书的伪和劣，更大量的是表现在对吴宓形象的彻底歪曲上。吴宓本是一个纯粹的学者，其鲜明特点一是不喜政治、专心文化，二是极其真诚、表里如一，到了作者笔下，却成了一个庸俗圆滑的小政客，其间的差别已不可以事实的出入论之，只能说是风马牛不相及。

吴宓之不喜政治，是由他一生的根本信念所决定的。作为人文主义的信徒，他始终自觉地以文化为本，而与一切时代潮流保持着距离。早在 20 年代，面对新文化运动否定中国传统文化的潮流，他就自言

“甘为时代之落伍者”(《落花诗》)。内战期间,有记者在采访时问及他对时局有何高见,他答曰“生平未入任何党,不愿谈政治”(《中华人报》1942 年 10 月 21 日)。解放前夕,他出于对中国文化的热爱而谢绝了赴美国、香港讲学的邀请,决定“不问祸福如何”留下来,心情是不安的,已预感到新中国政治对其文化信念的威胁,而他的立场“仍是崇奉儒教、佛教之理想,以发扬光大中国文化为己任”(“文革”中的交代材料,《吴宓与陈寅恪》第 128 页)。

然而,在《祭》书中,“吴宓”成了一个怎样可笑的政治狂热分子!重庆解放前夕,他痛斥离开大陆去国外的学生为“白华”,欢呼“四万万五千万中华同胞之花好月圆就在眼前了”。重庆解放之日,他豪迈地宣告:“我们的祖国在共产党手里,会富强,会屹立在世界的东方。”解放初,他一而再、再而三地大谈“皈依毛泽东”,称之为“立身之大本”。这个“吴宓”动辄受宠若惊,山呼万岁,满口谀词,如鱼得水,甚至早在 1953 年就操着“文革”语言说什么“请”一张领袖像。

《祭》全文照抄了 1952 年 7 月 8 日重庆《新华日报》上吴宓在思想改造运动中的一篇检讨文章,这是该书中唯一的一份真实材料,但也被作者歪曲使用了。其实,就在这篇文章中,吴宓也坦陈他“一生最主要的思想”是:“我认为中国文化是好的,古今政治是坏的”,“大多数人都溺于实际,喜作政治活动,只有极少数人才知宝爱理想的文化,愿为文化尽力,我便是其中之一人了”。他还承认解放以来他“所持的是坦率的消极态度:一身静待安排,个人无忧无惧,但担心中国文化此番不免大受损失”。这一证词对于《祭》所编造的那个欢欣鼓舞、上蹿下跳、热衷于赶政治浪潮的形象是有力的驳斥,却被作者置若罔闻。至于吴宓在文章中对其思想加以检讨,实出于违心,此种违心的痛苦是经历过那个时代巨大政治压力的知识分子都很熟悉的。然而,作者对这种痛苦毫无同感，竟还让他笔下的“吴宓”到处宣传其检讨句句皆“由衷之言”，展示献媚邀功之丑态。事实上，吴宓对其违心检讨一事深为悔恨，沉痛地写下了“心死身为赘，名残节已亏”的诗句（1952年10月3日日记）。在此后接连不断的政治运动中，吴宓受到了更多的磨难，以至于自恨不能如诸亡友早逝，“免受此精神之痛苦”（1954年11月19日日记），但始终忠于自己的文化信念，虽悲叹“文教中华付逝流”（1959年9月6日日记），却“决不从时俗为转移”（1961年8月30日日记）。由此而方有“文革”中拍案而起，反对“批孔”，被打成“现行反革命分子”。这样一位为文化殉难的英雄是值得好好写的，不过此项工作当然不是一个不知文化信念为何物的人能够承担的。

六

吴宓之为人处世以“真诚不苟”为座右铭，他曾如此概括他的人生态度：“力主真诚，极恶伪善，自能负责，不恤人言。”何谓真诚，他也有明确的解说：“表里如一，乃为真诚。”（《空轩诗话》五十）他是这样说的，也是这样做的。不论治学，做人，乃至个人的婚爱，他都唯真是求，一丝不苟。他信奉儒家道德，便身体力行，一派古风古貌。他内心又是一个重情多情的人，公开追求理想主义之爱情，失败后仍不讳言其爱。这种外表的古板与内心的浪漫似乎形成了奇特的矛盾，温源宁在30年代有一篇著名的短文写他的这种矛盾，还说由于“他是如此坦荡真实，使得任何人都看明白了这一点，只他自己除外”。其实，在吴宓自己，古板和浪漫并不构成矛盾，因为两者都源于他的认真，他在理情两端都不肯敷衍。他真诚到了世人皆笑其迂的地步，林语堂说他是

“有情感而坦白者”，所以必招人讪笑讥讽。然而，他的真诚同时也赢得了理解他的朋友和学生的尊敬，视为他身上最可贵的品质，有口皆碑。

那么，解放以后，吴宓身上的这种品质是否消失了，甚至转化成了它的反面了呢？按照《祭》书的描写，情形无疑是如此。书中所述“吴宓”的私下密谈，其内容大致可分为两类。一是自炫其处世之精明圆滑，例如：他坚辞一级教授是为了不高于系主任 F 公，免招非分之祸；他写日记有一定格式，旨在让人看了感到他“乃纯粹学术之辈”，以保平安；他特意找 F 公表态，说他“多么需要进修马列主义啊”；周扬想调他进京，他决定不去，是因为考虑到“周扬能否长保富贵，殊难预卜”，“犯不着为调北京之一区区小事而和他沾上关系，为芥蒂小利而冒大风险”。另一类内容是替人出谋划策，传授其精明圆滑的处世之道，例如：在推荐系主任的问题上津津乐道，分析所谓利害关系；教刘尊一给宋庆龄写信，致敬，请求教诲，借以洗刷与宋美龄的关系；频频向张紫葛面授机宜，诸如让他向领导表态“愿遵循毛主席光辉著作《纪念白求恩》的教导”，调新单位后“一报到就恳切谦辞”，领导人酌酒、布水果时“必须起立躬身，恳称‘不敢当’”，大鸣大放中“只能歌功颂德”，等等。够了，全是这般猥琐，世故，工于心计，并且自鸣得意地说出“工一点心计有何不可”这样无耻的话来，这样的一个人是吴宓吗？作者在“后记”中声称要“真实地反映这位已故学者的道德情操”，我们从他编造的“吴宓”身上倒是看到了他心目中的“道德情操”究竟是怎样的，但这一切与真实的吴宓何干？至于他笔下的“吴宓”之毫无学术根基，竟说出《水浒》的素材在鲁迅手里会浓缩成精美的短篇、进化论摧毁了《圣经》的创世记这种可笑的话，他听了某女的恭维之“很受用”，某女和另一女为他争风吃醋，互相脏言秽语，他之为邓小平相面，算出邓三十年间有“移星转斗之功”。凡此种种，一片乌烟瘴气，更是与真实的吴宓何尝有一丝一毫的联系？

对于自己在解放后的表现，吴宓本人有过评语，在有分寸地陈述自己态度一贯真诚坦白、生活勤俭、努力工作、政治学习不缺席之后，特别强调自己“勇于作出我明知不免错误之发言”，并指出：“凡此皆由宓一贯之性格及习惯：从前如此，今仍如此，不敢说是‘进步’，但绝不是‘伪装进步’，因宓少年、壮年亦从无虚伪做作，勾心斗角，以及计较名利、忌妒又贪欲之习惯也。”（转引自江家骏《先师吴宓传略》，《回忆吴宓先生》第187页）这一自我评语中的吴宓，与吴宓的一贯性格有明显的连续性，而与《祭》书中的“吴宓”却水火不相容。如果《祭》书中的“吴宓”是真实的，则这个自我评语也是在施心计。如果这个自我评语是可信的，则《祭》书中的“吴宓”就纯属捏造。两者必居其一。孰真孰伪，该是不难做出判断的吧。

七

我对吴宓感兴趣，一是因为他及学衡派代表了中国现代文化史上一种相当独特的声音，我尤其赞赏其融通中西文化之精粹的主张；二是因为他注重人生哲学的研究和实践，治学和做人紧密统一，颇具人格上的魅力。吴宓其学是值得研究的，其人是值得立传的。然而，围绕《祭》书的争论并不具有学术讨论或文学评论的性质，而完全是一个揭伪打假的问题。该书从头到尾全是胡编乱造，本来不值得花费许多篇幅论驳，而应该用对待别的伪劣产品一样的办法处理。但是，问题在于，无论是对吴宓的研究还是为其立传，都离不开基本的材料，而正是在这材料的问题上，《祭》书的作者和支持者们在有意制造混乱，迫使关心吴宓研究的人们不得不认真对付。

吴宓生前已出版的作品并不多，只有散见于从前报刊上的一些文章以及上海中华书局1935年出版的《吴宓诗集》，后者收入了他于1908年至1933年间写的诗词。直到他去世，他的大部分著述仅以手稿的形态存在着。这些手稿可分为两类：一是自传类，包括日记和1934年后的诗；二是学术类，主要是讲义，数量甚多。这些手稿的下落也可分为两种情形。一是"文革"中被抄走的日记和少量讲义等，在为吴宓平反后发还给了其亲属。二是在"文革"后期，吴宓60年代的学生周锡光从吴宓那里取走的大部分讲义和诗稿。我们已经看到，吴宓的亲属正在把他们所收藏的那一部分手稿陆续整理出版，包括已出版的《文学与人生》讲课提纲和即将出版的《雨僧日记》。相反，落入周锡光之手的那一部分手稿，包括吴宓在讲课提纲基础上精心编写的内容完备详尽的《文学与人生》讲义，迄今未见天日。在当前的这场争论中，周锡光逐渐从幕后走向前台，以"最有发言权"的权威之身份证明《祭》书的真实性及吴宓确实修改了日记（见《关于吴宓的日记》，《文汇读书周报》6月28日；《一本畅销书的困惑》，《成都商报》7月9日）。此人一面垄断着吴宓的大量文稿不让读者看到，只在他认为需要时断章取义地抛出只言片语，一面又诋毁他无法垄断、即将公开出版的吴宓日记的可靠性，其用心当不难看破。倘若一切可靠的材料皆属他的秘藏，一切发表的材料皆不可靠，吴宓研究的路也就断了。

日记实为吴宓的心血之作。他的真诚也表现在对自己一切人生经历的珍惜和正视上，凡实际生活上、内心情感上的真实经历，必欲实录之，保存之。在编《吴宓诗集》时，他坚持"有作必录，毫无删汰，且均本当时所作，过后未更改一字，以存其真"，视作"留存生涯之历史"

的“自传”(《吴宓诗集》卷首)。对于更具自传性质的日记,他必定更加认真了。他曾言一生拟写三部书:一部诗集,一部长篇小说,一部人生哲学。诗集已有早期的,后期的有待补编,《文学与人生》可视为人生哲学,长篇小说则完全付诸阙如。事实上,我们可以把他留下的数百万言日记看作“记其客观之阅历”的长篇小说的替代。无论从他本人重视的程度看,还是从数量看,日记都可说是他一生的主要著作。如果他地下有知,知道他一度信任过的那个人不但封锁着他的许多文稿,而且企图用谎言抹杀他的日记,不知会怎样地悲哀呢。

纪实、虚构和伪造

近些年来，传记作品的出版呈蓬勃之势，传主的范围由政治人物而扩展至已故中国学者或埠外商界大亨。这个趋势大致反映了时代风尚的转变，表明知识分子逐渐接受了边缘化的角色定位，而公众也选择了务实的价值取向。作为学界中人，我对学者传记比较感兴趣。我认为，通过个案描述和剖析来总结百年中国的学术历程，继承其精神遗产，无疑是一项有意义的工作。

然而，凡是立志做这项工作的人，应该具备起码的严肃态度，便是要力求真实。所谓真实，一是符合基本的历史事实，这是对历史的尊重；二是符合传主的基本精神风貌，这是对传主的尊重。这两个要求对于任何传记类作品都是适用的。当然，对于不同类别的传记作品，真实性的要求有所不同。在撰写学术性传记时，作者必须一丝不苟，尽可能详尽地占有材料，包括传主本人的著述、他人的评论和回忆以及有关的历史档案资料，并在独立研究的基础上加以甄别。这类作品本身属于学术著作，理应具备学术的严格性，对每一事实的确认都要有充分的根据，决不允许虚构。

与学术性传记有别的是文学性传记，其中又有不同的类别。一类是回忆录，作者必是与传主有过实际接触的人，其核心内容当是此种接触的实录和回忆，由之而可旁及所闻所感。这类作品在真实性方面的第一要求是诚实，作者不必像撰写学术性传记那样详细搜集自己尚不知道的材料，我们也可原谅他在记忆上难以避免的出入，但是，他决不可故意篡改事实，凭空编造情节。也就是说，这类作品也是不允许虚构的。另一类是传记小说，作为小说，文学虚构对于它不但是允许的，而且是不可缺少的。不过，传记小说又不同于一般的非纪实性小说，必须对虚构有所限制，即不可编造违背基本历史事实的重大情节，细节的虚构也不可歪曲传主的精神风貌。此种限制业已包含在纪实作品的定义之中，倘若不予遵守，就不成其为纪实作品了。

在前些年的领袖传记中，在近些年以学者为对象的回忆录中，均出现过任意编造之作。令人诧异的是，颇有一些人以文学的理由为这类作品辩护，强调人物传记属于文学作品，不是文史档案资料，应当允许虚构。这种说法混淆了两个界限：一是回忆录与小说的界限，二是纪实小说与非纪实小说的界限。我认为，如果自命纪实作品却在其中任意虚构，这样的虚构便理应被视同伪造，这是纪实作品创作中不可不辩的一个原则问题。

莫须有的“尼采版本之争”

《大学生》杂志 1997 年第 12 期的封面上赫然印着该期的重头话题:“尼采版本之争孰是孰非? ”接着列出某女士和我的名字及相反论点,俨然是正方和反方的代表人物。看到这家杂志强行把我拉进它一手炒作的所谓“尼采版本之争”,我震惊了,不得不出来说几句话。

某女士是我的同事,她从德国留学归来以后,在各种场合谈论尼采版本问题,宣布在她归来之前中国出版的尼采译作不过是一堆废纸,国内的尼采研究步入了致命误区。在《大学生》杂志 1997 年第 2 期上,她又将这一看法诉诸媒体。对于这些情况,我是有所耳闻的,但不甚关心。常有人建议我著文加以澄清,我都一笑置之。原因有二:其一,尼采新版全集的出版和新旧版本的区别不是什么新闻,我早在《书林》杂志 1986 年第 6 期上发表《新版尼采全集的诞生》一文做了介绍,现在没有更多的话要说;其二,新旧版本的不同主要在遗著,尼采生前发表的著作除了《看哪这人》中的一节外并无区别，现有的中译本大多属于此类，由版本的不同而断定它们全部作废显然是不符合逻辑和常识的，不值得认真对待。

所以，当《中华读书报》记者辗转找到我，要求就此事对我进行采访时，我也是一再婉言拒绝，后来实在拒绝不了，我便请他去读《书林》上的那篇文章。事实上，在《中华读书报》1997年10月15日的报道中，对我的采访基本上只是那篇文章内容的转述。

上述报道见报以后，便有《大学生》的记者要求采访。我的态度很明确：不接待。但是，该记者十分执著，一而再、再而三地打电话来，承认《中华读书报》的报道已把事实说清，并转达该刊主编对于此项采访的殷切心情。给我的印象是，该刊希望通过此项采访挽回以前所造成的不良影响。本着与人为善之心，我非常勉强地接受了采访。在采访中，我坚持要求此项采访的内容仅限于转载《书林》上的那篇文章，不对某女士做任何争论。

可是，发表出来的情况完全出乎我的意料。那位记者所写的报道倒是基本上符合我的要求的，但在这篇报道之前，同时刊登了另一记者对某女士的长篇采访，两人一唱一和，逐一抨击了包括我在内的曾被《中华读书报》采访过的每一位学者。如此安排的意图是一目了然的，便是制造出一种争论的假象，而某女士则是争论中正确的一方。为了吸引读者的注意，该刊又把这场莫须有的争论搬上了封面头条。于是，虽然我拒绝争论，却仍然被不由分说地硬拉入其中，并被派定了反方的角色。

面对这一情况，我理所当然地向采访我的记者提出了质问。他好像有难言的苦衷，只是告诉我，是主编执意要这么做的。我不想去揣摩这位主编的用意，只想提一下也许是出自他之手、至少是出自他的授意的编者按语，其中的点睛之笔是说：某女士在《大学生》第 2 期上发表的“废纸”论和“致命误区”论“在我国哲学研究界，特别是在尼采研究领域引起了很大的反响”，“一些学者私下认为她‘砸了人家的饭碗’（指我国学界其他尼采研究者）”。原来只是一个“饭碗”问题，真是再简单也没有了！我不禁哑然失笑了。

我想借此机会声明，作为“我国学界其他尼采研究者”之一，我无意与任何人争这个“饭碗”，因为我从来不认为自己是什么“尼采专家”，而只认为自己是一个尼采作品的爱好者。况且在我看来，和国际学界相比，我国的尼采研究的确相当落后，该做和可做的事多得很，无论什么人立志在这个领域开垦都大有可为，决不存在谁砸谁的“饭碗”的问题。当然，真正需要的是踏实的工作，媒体的炒作也许可以在一夜之间制造出一个“知名人士”（编者按语如此称呼某女士），却不可能在一夜之间制造出一个专家来。

最后，我想顺便提一下，在许多天以前，某女士就已到处散发这一期《大学生》杂志了，而作为被采访者之一的我却至今没有收到一份样刊，这恐怕不是偶然的吧。好在我对这样办出的杂志毫无兴趣，只是考虑到这份杂志面向全国的大学生，不免有些为谬种流传而担忧。我真诚地希望，媒体在严肃的学术问题上不要进行这类轻浮的炒作，这是我写这篇文章的旨意所在。关于这场所谓“尼采版本之争”，我所说的话到此为止，今后不再说任何话。人生要做的事太多，我没有理由为这样无聊的事浪费宝贵的精力。

第十一辑　自叙和访谈

自由的写作心态

出现在我面前的这本《人与永恒》，从封面到版式都焕然一新，俨然是一本新书了。好玩的是，翻开来读，内容也有新鲜之感。有些段落，几乎觉得不是我写的，至少现在的我是写不出来的。读自己的旧作，居然读出新鲜感来，这可不太容易，非得作品本身有不寻常之处，或者自己十分健忘才行。在我，这两个条件可能都恰好具备。

我的健忘是一个事实，无需多说。出版的书渐渐多了，便不像一开始那样，怀着一种天真的兴奋心情，时常捧在手里偷偷把玩。即如这本《人与永恒》，除了四年前修订过一次外，也有很久没去碰了。以我的薄弱的记性，感到生疏是难免的。然而，生疏而不见外，不排斥，就要归功于它的不寻常了。

说它不寻常，仅仅是对我自己而言。我常常自诩为自己写作，可是在我的全部作品中，能够完全无愧于这一宗旨的，当推这一本书。

收在里面的那些随感，至少修订前收入的内容（占全书大部分），我写时真是丝毫也没有想到日后竟会发表的。那是在十多年前，我还从来不曾出过一本书，连发表一篇文章也属侥幸的时候，独自住在一间地下室里，清闲而又寂寞，为了自娱，时常把点滴的感想和思绪写在纸片上。我甚至没有意识到我这是在写作，哪里想得到几年后会有一个编辑把它们收罗去，像模像样地印了出来，而且居然还颇受读者的欢迎。

事实上，我自己对这本书也是情有独钟。读它的感觉，就像偶然翻开自己的私人档案，和多年前那个踽踽独行的我邂逅相遇。我喜欢和羡慕那一个我，喜欢他默默无闻并且不求闻达，羡慕他因此而有了一种真正自由的写作心态。我相信，不为发表而写作，是具备这种自由心态的必要条件。如今的我，预定要发表的东西尚且写不完，哪里还有工夫写不发表的东西。当然，写发表的东西也可以抒己之胸臆，不必迎合时尚或俗见，但在心理上仍难免会受读者和出版者眼光的暗示。为发表的写作终究是一种公共行为，对于一个作家来说，它诚然是不可避免也无可非议的，然而，有必要限制它所占据的比重，为自己保留一个私人写作的领域。一个忙于向公众演讲而无暇对自己说话的作家，说出的话也许漂亮，但几乎不可能是真切的。重读旧作，使我复苏了对自己说话、为自己写作的渴念。此一时也，彼一时也，我不可能装作没有发表可能的样子来写从前那样的随感，但我可以尽量淡然于发表与否，并且一定不让文债挤掉我的私人写作（例如日记、札记之类）的时间。

一次采访的摘录

1. 你是否关心你的书对后代的影响?

答:我连当代都不关心,更不用说后代了。我的一些朋友很在乎能否进入历史,我不在乎。我觉得后人无论对谁感不感兴趣,那都是他们的事,和我没有一丝一毫的关系,因为那时候我已经不存在了。

2. 你写日记吗? 这对你的写作有无影响?

答:我从很小的时候就开始写日记,而且几乎完全是自发的。当时有一种模糊的意识,觉得如果不写下来,每一天的日子就白过了。在"文革"中,我把以前的日记全烧了。不过,我并没有白写它们。我认为我的写作应该从写日记开始算,而不是从发表文章开始算。通过写日记,我逐渐获得了一种内在的视觉,使我注意并善于发现生活中那些有价值的片段,及时把它们抓住。如果没有这种意识,听任好的东西流失,时间一久,以后再有好的东西,你也不会珍惜,日子就会过得浑浑噩噩。我相信大多数好的作家的写作是从写日记开始的，他们最好的作品也往往是某种变相的日记。

3. 你平时写作的念头是来自生活感受还是来自书本？

答：我想都有。书本往往是触媒，读书时会把你内心中沉睡的东西唤醒，使你产生想写的欲望，不过写出的东西可以与那本书毫无关系。

4. 你是怎么喜欢上读书的？

答：上小学的时候，班上有个图书角，其实也就是学生把自己家里的书拿一点来，放到一起，供大家借阅。我在那里取了一本书，记得书名是《铁木儿的故事》，讲一个顽皮孩子的种种奇遇，我读时笑个不停，觉得书怎么那么有意思啊。那本书我一直舍不得还，事实上是“偷”了。这大约是我喜欢读书的开始吧。从此以后，我就有一个感觉，世界上有那么多的书，里面一定藏着许多有趣的东西，等着我去把它们找出来。

5. 什么原因能使一个人显得年轻呢？譬如说，许多人都觉得你看起来很年轻。

答：我想最主要的也许是一个人的头脑不要太复杂。我在社会处世方面还是比较简单的，弄不懂的事情就不去弄它。我相信，一个人简单就会显得年轻，一世故就会显老。

6. 你怎么看待你的名气？

答：关于我是否有名气，我平时很少想到。只是遇到某些场合，譬如说一些不认识的人，他们知道我，或者收到一些读者来信，才发现我的名字要比我自己走得远些。不过，我没有所谓名人意识，而且我不喜欢和名人打交道。

问：有许多读者赞扬你，你有什么感受？

答:没什么感受。对读者来信,凡是充满空洞赞扬的信,我都置之不理。有一些信写得可爱,或者中肯,我看了还是高兴的,会写回信。此外就是老先生的,或中学生的,我一般都复信,因为我觉得他们肯读我的书就不容易。也就如此而已。确实没有太感到自己是什么名人,因为我们和读者还是隔得很远的,不像演员直接和观众交流,接受喝彩。除非在开讲座时,面对学生,看他们又鼓掌又跺脚的样子,也有了一种像演员那样的感觉,但我不太喜欢开讲座。

7. 完美的人生应该是从一而终呢,还是不断遭遇激情?

答:如果爱情是真实的,两种都挺完美,无论得到哪种都应该感到满意了。怕就怕两种都没有得到,平平淡淡过了一生。

8. 你认为女人漂亮不漂亮重要吗?

答:这点对男人重要,于是对女人也变得重要了。男人都很容易被女人的漂亮迷惑,男人的这种愚蠢几乎不可救药,也就对女人的遭遇发生了影响。

9. 男女之间有真正的友谊吗?

答:在男女之间,凡亲密的友谊都难免包含性的因素,但不一定是性关系,这是两回事。这种性别上的吸引可以是一种内心感受。交异性朋友与交同性朋友,两者的内心感受当然是不一样的。

写作·童心·气质

——答《婚姻与家庭》杂志读者问

1. 您写了许多人生感悟，是否可以把它们都看作您的人生经历的折射？

答：可以这么看，不过请注意，所谓“折射”就不是直接的，有时候甚至非常曲折，无人（包括我自己）能追寻其线索。同时，所谓“人生经历”也不只是外在遭际，更包括内心历程。我相信一个作家只要以严肃的态度从事写作，他写作时就不可避免地会带着自己的人生经历。也就是说，他所表达的最基本的精神内涵确实是属于他的，是他从生活中感悟到的。但是，在多数情形下，具体的生活经历只构成他的写作的背景，而不是直接的题材。只有蹩脚作家才热衷于在作品中抖落自己的履历、隐私和琐事。

2. 读您的书，感觉您是一个有童心的人。您的童心会不会被看作一种不成熟?

答:童心是一种很容易丢失的好东西,如果我真的没有丢失,我应该庆幸,就不太在乎别人说我不成熟了。不过,按照我的理解,童心和成熟并不互相排斥。一个人在精神上足够成熟,能够正视和承受人生的苦难,同时心灵依然单纯,对世界仍然怀着儿童般的兴致,这完全是可能的。我不认为麻木、僵化、世故是成熟,真正的成熟应该具有生长能力,因而在本质上始终是包含着童心的。

3. 从您的作品看,您的性格中好像含有一些女性气质。您如何看待男人身上的女性气质以及女人身上的男性气质?

答:其实,要确定一种气质究竟是男性气质还是女性气质,这是很困难的。至于据此来评优劣,就更是冒失了。通常以女性为阴,男性为阳,于是把敏感、细腻、温柔等阴柔气质归于女性,把豪爽、粗犷、坚毅等阳刚气质归于男性,我怀疑很可能是受了语言的暗示。有一种说法:男人而具女性气质,女人而具男性气质,是优秀的征兆。我承认这种说法有一定道理,即如果男人的力有温柔的表达,女人的美有恢宏的器度,便能取得刚柔相济的效果。但是,倘若一个男人缺乏内在的力,阴柔气质在他身上就会成为令人恶心的"娘们气",一个女人缺乏内在的美,阳刚气质在她身上就会成为令人反感的"爷们气"。总之,重要的是内在的素质,是灵魂的力度和精致,唯有这才能赋予一个人的性格以风格,使男人和女人身上的不论男性气质还是女性气质都闪放出精神的光华。

4. 在大学里,好像女生更喜欢您的书。一些男生认为,写人生应该写得更现实、更沧桑些。您同意他们的看法吗?

答:一个作家无法选择自己的读者,他的读者群是自发形成的。一个读者倒是可以选择自己所喜欢的作家。我知道我的读者并不限于年轻的女性，而是男女老少都有，从我收到的读者来信看，男女比例大致相当。确实有许多女孩喜欢我的书，据说是因为我比较能够体察女性的心理，如果这是事实，则我为此只会感到欣慰，不会感到惭愧。我肯定不是一个女权主义者，我是作为一个男人去理解女性的，而我相信两性之间的相互理解比男权和女权之争更加重要。我当然同意写人生可以写得更现实、更沧桑些，但是，小伙子们，你们可知道，这并不难，难的是肩负着现实的重负写理想，怀着沧桑的心情谈风月。

5. 您认为自己是一个成功而幸福的男人吗？

答：我觉得这个问题很陌生，我从来不向自己提这样的问题，因为我认为给自己做这么笼统的鉴定是毫无意义的。我不认为自己是一个成功而幸福的男人，也不认为自己是一个失败而倒霉的男人。和大多数男人一样，我是一个有过成功也有过失败、体验过幸福也体验过苦难的男人，如此而已。在我看来，所谓成功是指把自己真正喜欢的事情做好，其前提是首先要有自己真正的爱好，即自己的真性情，舍此便只是名利场上的生意经。而幸福则主要是一种内心体验，是心灵对于生命意义的强烈感受，因而也是以心灵的感受力为前提的。所以，比成功和幸福都更重要的是，一个人必须有一个真实的自我，一颗饱满的灵魂，它决定了一个人争取成功和体验幸福的能力。

我的命运之作

——答《新民晚报》记者问

问:最近,上海人民出版社出版了你的一本新书,书名是《妞妞:一个父亲的札记》。这本书很受读者的欢迎,许多书店一上架就售空,我到处听到人们在谈论这本书。你以前出的书好像也都比较畅销。那么,你认为自己是一个畅销书作家吗?

答:我觉得这本书不同于我以前出的书,也不同于一般的所谓畅销书。我以前的书基本上是学术著作或随笔、散文,这是我第一部以叙事为主的作品。一般的畅销书或者是明星式人物的私生活揭秘,或者是若干机敏人士炮制某种轰动效应,而我这本书只是叙述了一个普通人的一段虽然悲苦却也平凡的人生经历。我所期望它的不是畅销,而是一种人生体悟的传达和共鸣。

问:你的这本书的确很感动人,我和许多朋友都是流着泪读完的。你能向读者介绍一下书的内容吗?

答:书的内容很简单。妞妞是我的女儿,她出生后不久便被诊断患有绝症,只活到一岁半。我在书中写了她的可爱和可怜,我们在死亡阴影笼罩下抚育她的爱哀交加的心境,我在摇篮旁兼墓畔的思考。

问:凡是读过这本书的人,对你那刻骨铭心的父爱都留下了深刻的印象。一个男人能这么爱孩子,是不多见的。有人建议,应该让天下做父亲的都读一读这本书。

答:据我观察,许多男人爱孩子都不亚于女人。我只是处在一种比较特殊的境遇中罢了。

问:你的写法好像比较特别,书中有叙事,有抒情,有哲学思考,各自独立成章。你觉得这本书应该怎样归类?

答:我自己也不知道。我曾经想写成小说,却终于发现做不到。我努力使自己冷静,但仍然无法与事情拉开一个写小说所必需的距离,一个虚构和想象的空间。最后我决定仅限于写我的真实经历、感受和思绪。我对自己说:就让它什么也不像吧,我生命中的这段历程本来就是不可归类的。

问:你是一个研究哲学的学者,却写了这么一本与学术完全无关的书。这本书在你的全部著述中占据一个怎样的地位?

答:我想我从来不是一个纯粹学者型的作家,人生问题始终是我关注的中心,我的全部著述都围绕着这个中心,至于表达方式则既可以是学术,也可以是文学,不必拘于一格。我的第一使命不是就某一课题写出材料详尽的专著,以填补学术史的空白;而是写出我的命运之作,以完成我的生命史。因为前者是别的许多人都能够做的,而后者却只能靠我自己做。《妞妞:一个父亲的札记》就是这样一本我的命运之作。

周国平和他的散文

——中央电视台《读书时间》专题节目

1. 最近,陕西人民出版社出版了你的五卷本文集。从内容看,文学性质的作品尤其是散文占了一多半。你是从事哲学研究工作的,为什么写了这么多的散文?

答:这好像是自然形成的,我自己也没有想到,有一天在许多人眼里,我会是一个散文作家。分析起来,大约和我既喜欢哲学又喜欢文学有关。我读大学时上的是哲学系,那时候就不是一个用功的哲学学生,主要精力都用来读闲书了,也就是小说、诗歌之类。不过,我一点也不觉得哲学和文学是冲突的。我从托尔斯泰、陀思妥耶夫斯基、歌德、卡夫卡的作品中学到的哲学,决不比专门的哲学书中少。搞哲学大致上有三种方式。一是创建新的哲学学说、体系、流派,像康德、黑格尔那样,现在也有一些人试图这样做,我知道自己不是这块料。二是当作学问、学术来搞,研究哲学史上的某个人、某个问题,或哲学中的某个小领域、某个范畴,我是吃这碗饭的,这方面的工作总是要做一些的。三是把哲学当作对人生一些根本问题的感悟和思考,并以合适的方式把这所悟所思表达出来。在这方面,我觉得散文对于我是一种很好的方式。

2. 你在书中谈到,《人与永恒》是你自己最偏爱的一部作品。听说你写它花了十年时间,是这样吗?你为什么偏爱这部作品?

答:《人与永恒》是我的一个随感集。在时间跨度上,这些随感的确是在十年里写下的,不过我并没有当作一本书那样专门去写它,十年里还做了许多别的事。花十年时间写这么一本小书,好像也太笨了。另一方面呢,这种书是很难专门写出来的,反正我没有这么聪明。我写这些随感的时候,根本没有想到有一天它们会发表,会变成一本书。我甚至没有意识到我这是在写作,这使我有一种完全自由的心态。现在我无论写什么,都知道写的东西总归会发表,就没有那样自由的心态了。我常常说要为自己写作,可是在我的全部作品中,能够完全无愧于这一宗旨的,当推这一本书,所以我对它有一种偏爱。

3. 这本书类似于格言集,你是否受了培根、蒙田的影响?

答:我刚才说了,我写的时候只是记录自己的随感,没有想到要写格言。我现在也不把它们看作格言。至于文字风格,我一向喜欢凝练质朴的,从这方面看,蒙田、托尔斯泰、尼采、纪伯伦等都有影响,不过这种影响多半是下意识的,而不是自觉的、直接的。培根的影响要小一些,他太精雕细刻,我不是很喜欢。

4. 你在书中谈论了生与死、爱与孤独、女人与男人等有关人生的永恒话题。千百年来,哲人和作家们已经太多地论及这些话题,你在写时是否担心过会流于老生常谈?

答:不怎么担心,这倒不是因为我多么自信,而是由我的写作目的决定的。我并不想标新立异,说出前人或今人从未说过的话。我只想写出我自己的感受,只要这感受是我的真实感受,并且我准确地表达了这感受,我就满足了,不在乎别人是否写过类似的东西。事实上,在这些所谓的永恒话题上,人类的感悟有共通之处,说不出多少新奇的话来。不过,只要你的感受的确是你自己的,是活生生的,你把它写出来,别人读了就会有新鲜之感。可贵的是新鲜而非新奇,真实的、活的就是新鲜的。

5. 涉及你的随感中的一个具体话题。你说:“女人搞哲学,对于女人和哲学两方面都是损害。”我很想问一下,女人给哲学带来了什么损害,哲学又怎样损害了女人?

答:你这是将我一军。因为这句话,我已经得罪了不少女读者。其实这是一句俏皮话,不能认真追究的。当然,片面的道理总是有一些的。哲学有两个特点,作为概念的逻辑体系,它是很枯燥的,作为对生呀死呀这类问题的思考,它又是很让人痛苦的,我可不喜欢看到一个女人被哲学弄得枯燥而又痛苦。

6. 那么,女人又怎么损害哲学了?

答:我不认为女人从事哲学工作会比大多数男同行差,我反对的是把哲学女性化,譬如说,使哲学太感性而削弱它的逻辑力度,太实际而削弱它的形而上学深度,这样哲学就不成其为哲学了。不过,这个问题好像很敏感,你还是饶了我吧。

7. 这些年里,你还写了相当多的随笔和散文。我注意到,在你的散文中,除了你一贯关心的对人生重大问题的思考外,现代人精神生活的问题也受到了越来越强烈的关注。造成这一情况的原因是什么?

答:这当然与现在的社会状况有关。在现代化进程中出现精神生活平庸化的趋势,这是一个世界性的老问题,19 世纪下半叶以来的许多思想家都很关注这个问题。在我们国家,随着市场化进程的加快,这个问题也越来越突出了。信仰空白,传统道德崩溃,文化趣味粗俗,规模广泛的社会腐败,这些现象有目共睹,引起了许多普通善良人的忧虑。我也只是站在我的立场上对此做出了反应而已。

8. 你在书中谈到救世和自救,好像更主张自救,不太赞成那种救世的态度。是这样吗?

答:是的,不过我是就精神生活而言的。我认为现在不可能人为地树立一种信仰,诸如新儒家之类,用它来规整世风人心。但是同时,我又相信多数人内心对于自己一生活得有没有意义是关心的,至少是在乎的,应该鼓励这种关心,每个人都对自己的生命负责,有自救的觉悟,这个世界就能得救。

9. 文集的《出版说明》把你的散文的特点归纳为"集哲学和文学于一身,融理性和感情为一体",这好像也是多数读者的印象。但也有人认为你的哲理散文虽然文字准确优美,可是思想的力度和深度不够,你自己怎么看?

答:我自己很难回答这个问题,因为评价自己是最困难的事情。说句玩笑话:如果我是深刻的,我就不应该承认自己肤浅;如果我是肤浅的,我就不可能发现自己肤浅。当然,我相信,凡我所具有的弱点,也必定会反映在我的作品中,想掩饰也掩饰不了。譬如说,如果我本来不是一个很有力量、很深刻的人,我就不要在作品中刻意追求力量和深刻,那样只会欲盖弥彰。关于力量和深刻,我比较喜欢含蓄的、平易的那种,不喜欢咄咄逼人的、艰涩的那种。

10. 你的作品好像尤其受女性读者喜爱,这是否说明你的作品有女性气呢?

答:据我所知,屈尊看我的文章的先生还是不少的,在比例上差不多。至于太太小姐,我相信她们的本能会做出正确的判断,她们是不会喜欢一个缺乏内在的男性力度的男作家的。

11. 提到你的文学创作,不能忽视这本《妞妞:一个父亲的札记》。你在文集最后附的《自传》中称它是属于你的生命本质的作品,在你的价值表上排在第一。为什么呢?

答:我在《自传》里是这样说的:"在我的价值表上,排在第一的是我切身的生命经历和体验,其次是我对它们的理性思考,再其次才是离它们比较远的学术上或艺术形式上的探索。"因为我想:就某一课题写出材料详尽的专著,以填补学术史的空白,这样的事别人也能够做;可是,表达我生命中那些最重要的经历和体验,以完成我的生命史,这是任何人都不能代替我做的,只能靠我自己做。《妞妞:一个父亲的札记》就是这样一本书。

12. 我觉得这是一本私人性很强的书,既然如此,你为什么还要发表呢?

答:我想,总还是有人愿意读吧。不过,的确完全可以不发表的。写了东西就要发表,这也是毛病。

13. 谈谈你今后的打算,好吗?你是准备把主要精力继续用在写散文和其他文学作品呢,还是搞你的专业,从事哲学的学术研究?

答:我想我从来不是一个纯粹学者型的哲学家,人生问题始终是我关注的中心,我的全部著述都围绕着这个中心,至于表达方式则既可以是学术,也可以是文学,不必拘于一格,它们在我眼里都是我的"正业"。当然,就某一个时期来说,我会有所侧重。最近若干年内,我打算侧重于学术的方式。

为孩子们写书

《画说哲学》丛书迄今已出九种,其中我执笔了两种。这两种的题目都很抽象,一是谈认识论,一是谈精神生活。和孩子们谈这样抽象的东西,会不会徒劳呢?我相信不会。我的信心的根据是,在孩子时期,人的好奇心和上进心都最为纯粹而且炽烈,而我所谈的两个话题恰好是与这两个特征相对应的。

对于我们这些惯于面向大人甚至本专业同行写作的人来说,为孩子们写书是一个考验。我们往往对孩子估计过低,以为他们什么也不懂,所以只需写得浅,教给他们一些常识性的东西就可以了。其实,孩子的心灵是向本质开放的,他们本能地排斥一切老生常谈、辞藻堆砌、故弄玄虚,等等,决没有大人们的那种文化虚荣心,不会逆来顺受或者附庸风雅。所以,在面向孩子们时,我们必须戒除种种文化陋习,回到事物的本质。

我希望自己今后在写任何书时，都像给孩子们写书一样诚实，不写自己也不懂的东西去骗人。说到底，这世界上谁不是天地间一个孩子，哪个读者心中不保留着一点能辨真伪的童心？

答《时代青年》杂志

1. 你成功的经验和秘诀是什么?

答:把自己真正喜欢的事情尽量做好,让自己满意,不要管别人和社会怎样评价。

2. 你最喜欢读什么书?

答:文史哲经典名著。

3. 你最大的嗜好是什么?

答:读书和写作。

4. 你最大的烦恼是什么?

答:被迫为自己的合法权益进行徒劳的奔波。

5. 你是怎样看待金钱和名利的?

答:可有可无,永远只是副产品。

6. 你是如何处理周围人际关系的?

答:尊重他人,亲疏随缘。

7. 你向往什么样的生活?

答:安静而丰富。

8. 你喜欢和什么样的异性相处?

答:美貌,聪慧,善良。

9. 请你对想成名的人说几句话。

答:凭真性情做事,不要在乎能否成名。

我的北大岁月

作为哲学系的一名学生，我在北大生活过六年。在校期间，我既不活跃，也不很用功，与老师的接触仅限于听课，以至于许多老师并不记得当年有过我这个学生。在北大百年的历史上，我是绝对留不下一丝痕迹的。可是，在我自己的精神生长史上，北大求学的经历却占据着至关重要的位置。所以，现在我也来庆祝北大的百年校庆，更多的是为了寄托一种个人的情怀。

我进北大时刚满十七岁，正是拜伦所说天空布满彩虹的年龄。从上海的亭子间和石库门房子来到未名湖畔，第一个感觉是北大的大和美丽，像一个大公园。上天仿佛钟爱青春的心情，便用旖旎的燕园风光来助兴，仿佛欣赏勃发的求知欲，便把盛名的学府做了奖励。虽然后来的实际情形打破了我入学时怀抱着的学者梦，但我至今觉得，一个人能够在北大开始自己的青年时代，乃是一种幸运。

60年代正是政治斗争激烈的年代，在全国狠抓阶级斗争的氛围中，北大也不平静。事实上，我在校六年，真正上课只有两年，第三学年就被放到郊县去参加“四清”运动了，一连参加了两期，接着便开始了“文化革命”。即使在有课可上的两年里，以“反修”为主题的政治学习也占据了大量时间。在这样的大背景下，我们今日津津乐道的北大传统，例如蔡元培当校长时所倡导的兼容并包、思想自由的校风，当然就不可能成为学校的正统。然而，传统之为传统，就在于它是禁止不了的，在人为的破除之下仍会以曲折的方式延续着。“文革”拿北大开第一刀，宣布北大是教育界“修正主义”的最大“黑窝”，在一定意义上并非冤枉。在“文革”中，北大被揪出的“反动学术权威”和“反动学生”远比一般大学要多得多，恰好证明了北大终究是北大。一批学有所宗、未被“改造”好的老学者的存在，教师和学生对学问的普遍看重，一代代学生中虽则人数有限却始终压抑不住的思想突围的努力，也许就是北大传统在那个专制年代的延续方式。

所以，当我回忆我的北大岁月时，我脑中出现的决非只是那些政治运动。不论政治如何强大，生活永远大于政治。当时我在社会阅历和思想判断力方面还非常幼稚，谈不上自觉抵制。北大岁月在我的记忆中充满魅力，是因为那时候我那样年轻，年轻得无法喜欢那些武断的教条和枯燥的课程，于是常常逃课，即使去上课也总是偷看课外书。在我的记忆里，这些逃课的经历富有童趣的意味。正是在北大上学期间，我的眼前打开了一个世界文学和哲学的宝库。对于我来说，读这些书是一次精神的启蒙，它们培育了我的鉴赏力，使我本能地排斥一切平庸的书籍和人云亦云的见解。现在回想起来，我那时候的读书十分零乱，仅仅停留在一个自学者的水平上。由于政治运动的干扰和课程设置的片面，我在北大期间未能在学术上受到应有的严格训练，知识结构的缺陷是明显的。不过，我相信，即使在教学正规的条件下，自学能力的培养仍是最重要的，一切有创造力的学者在本质上都是自学者。

谈及我在北大的经历，我无法避开一位朋友，北大岁月之所以对我异常珍贵，是和我对他的怀念分不开的。在我们年级的同学中，郭世英是一个很特殊的学生。他的特殊并不在于他是郭沫若的儿子，而在于他本人的那种思想者素质。在我以前的生涯中，我未尝遇见过这样一个人，对于精神世界的问题如此真诚，专注，好追根究底，没有禁忌。这种素质无疑使他与当时的政治环境格格不入，不到一年就离开了北大，并且终于在“文革”中付出了生命的代价。他死时年仅二十六岁，而迫害他的理由是他在二十岁时在北大犯下的“反革命罪行”。所谓“罪行”，无非一是对压抑个性的思想专制和教育制度不满，二是喜欢西方现代派文学，并在一个朋友小圈子里试验先锋写作。他完全是因为思想的“原罪”而死的。这使我想到，如果说思想自由是北大的一个传统，那么，这个传统的合法存在是来之不易的。北大不可能脱离中国的总体环境，而在总体环境业已发生了根本变化的今天，北大理应更具备宽容的精神。

从离开北大到现在，整整三十年过去了。与三十年前相比，北大以及周围地区的景观有了很大改变。在我上学时，海淀只是一个冷清的小镇，现在已成繁华的街市，中关村不过是一个地名罢了，现在已成热闹的科技城。海淀镇上从前我经常光顾的一家小小的简陋的旧书店早已不知去向，取而代之的是争先恐后崛起的大型豪华书店。走在校园里，面对一幢幢新建的大楼，我也常有陌生之感。然而，我住过许多年的那座学生宿舍楼却一如从前，甚至在我住过的那间屋子的窗前也依旧立着从前的那株木槿。偶尔回到北大，我会站在这株木槿旁凝神默想。最近十年间,我到北大做过两次讲座,虽然我不擅演讲,但场面依然热烈而令我十分感动。我还听说,我的作品在现在的北大学生中颇受欢迎。对于我这个三十年前的北大学生来说,我不知道还会有什么比这更值得快慰的事情了。是的,不变的还有校园里这些虽然陌生却永远年轻的面孔,还有在一代代北大学生中始终保持下来的思想的活跃和对精神事物的强烈兴趣。我暗下决心,倘若有机会,今后我要更多地与北大学生交流,参与他们的北大岁月必能使我保持年轻,同时也是我对自己的北大岁月的投桃之报。

[附注:北大百年校庆之前,因北大党委宣传部的书面约稿和许多次电话催促,我写了这篇文章,不料被退了回来。约稿时急切而殷勤,退稿时未置一词,适成对照。后来耳闻了校庆的种种盛况,我心悦诚服地承认,我的这篇文章的确是不合时宜的。]

关注人生的哲学之路

一　个性的源头

我生在上海一个普通的市民家庭。母亲怀我时，正是抗战要结束那年，我家当时居住的虹口一带空袭不断，母亲每说起那时所受的惊吓仍然心有余悸。也许是这特殊的胎教，造成了我的一副过于敏感的天性。

我自幼多病，至今我仿佛仍能看见父母深夜把我送往医院急诊时的焦急面容。十一二岁时，我一度还患有与年龄极不相称的神经衰弱，经常通宵失眠，不时出现幻觉和谵妄的症状，过后母亲便会告诉我，说我又犯精神错乱了。其实我的病一部分原因可归于母亲自己，那时她患严重的贫血，昏倒是常事，令我担惊受怕不已。她发病时，我会躺在我的小床上整夜颤抖。我害怕她死去，因此而对她生出无限的依恋。当她在炉火前做饭时，我会站在她身边，仰起小脸久久地望着她，并且期望她能领会我的情意。有一回，已是夜里十点多，父亲和母亲外出未归，我想象他们已经死去，愈想愈信以为真，便哭着哀求姐姐带我出去寻找他们，姐姐只好陪着我哭。正当我们哭成一团时，他们回来了，原来不过是去亲戚家串门了。

这样一个羸弱敏感的孩子，在面对陌生的外部世界时就难免要退缩了。上初中时，我就常常被班上男同学欺负。那时候兴课外小组，每个学生都必须参加小组的活动。每到活动日，我差不多是怀着赴难的悲痛，噙着眼泪走向作为活动地点的同学家里的，因为我知道等待着我的必是又一场恶作剧。譬如说，倘若班上一个女生奉命前来教我们做手工，组内的男生们就会故意锁上门不让她进来，而我就会看不下去，去把门打开，于是招来一顿耻笑和侮辱性的体罚。

在我整个少年时期，我始终是内向而且多愁善感的。不过，从初中后半期开始，我的内心生长起了一种自信。我突然发现，我的各门功课在班上都名列前茅，因而屡屡受到老师们的夸奖，也逐渐赢得了同学们的钦慕，甚至过去最爱惹我的一个男生也对我表示友好了。我相信我的求知欲并非源于虚荣心，但虚荣心无疑给了它一个推动力，使我朦胧地感到读书是我的价值所在，能把我从一个被欺凌的弱者变成一个受尊敬的强者。

童年离我越来越遥远了。但是，我相信童年岁月会悄悄地伴随每个人一生的道路。当我回想我的童年岁月时，出现在我眼前的是一个身体单薄、性格内向的孩子。这种禀性带给我的影响是双重的，一方面使我畏避外部世界，不善交际，几乎有些孤僻；另一方面又使我的内心生活趋于细腻，时常耽于沉思和幻想。后来我不得不花费很大的努力来克服我的性格上的弱点，我对人生哲学的探索大约也是这种努力的一部分，其中潜藏着自我治疗的需要。

二　扑在书籍上

一颗如此敏感而脆弱的心灵，书籍就构成了一个既安全又有吸引力的世界。

我就读初中的学校是一所很普通的中学。临近毕业，班上一个女生建议我高中考上海中学，那是上海头号名牌中学，她说那里的学生都住校，每周放学上学有汽车接送。这个女生是我刚刚步入青春期暗恋的偶像，我把她的建议看作一种恩宠，毫不犹豫地报考了。考上后才知道，根本没有汽车接送这回事。不过，我一点也不后悔。实在也不必后悔。上海中学位于郊区，使我得以远离市嚣，生活在一个比较接近自然的环境里。校园里有小河、果树和农田，令我这个城里人耳目一新。我还得益于这里雄厚的师资力量和良好的学习风气。我至今忘不了学校阅览室墙上的那条标语，那是高尔基的一句名言："我扑在书籍上，就像饥饿的人扑在面包上一样。"它是如此确切地表达了我当时炽烈的求知欲，使我备感亲切。

上大学时，校方让每个学生写一份自传，我通篇写的全是我如何喜欢读书，读书如何使我受益。后来想想，人事干部看了我的这份自传一定会感到啼笑皆非。可是，我所写确是实情，在我简单的早年生活中，我想不出还有比读书更重要的内容了。我出身的家庭与书香门第相去十万八千里，我的父亲原先是一家大公司的小职员，后来是基层干部，我的母亲是家庭妇女，他们的文化程度都不甚高，而且绝无读书的雅好。然而，我好像从小对书就有一种莫名来由的强烈兴趣。在我的记忆中，我看见那个弱小的孩子无数次地踩着凳子，爬到家中一口大柜的柜沿上，去翻看父亲的那些可怜的藏书。小学毕业，拿到了考初中的准考证，凭这个证件可以到上海图书馆看书，我为此感到非常兴奋。我借的第一本书是雨果的《悲惨世界》，管理员怀疑地望着我，不相信十一岁的孩子能读懂。我的确读不懂，翻了几页，乖乖地还掉了。读初中时，我家离学校有五站地，由于家境贫寒，父亲每天只给我四分钱的单程车费。我连这钱也舍不得花，总是徒步往返，攒下来去买途中一家旧书店里我看中的某一本书。钱当然攒得极慢，我不得不天天去看那本书是否还在，直到攒够了钱把它买下才松一口气。到上海中学读高中，除了别的好处外，我还得到了一个意想不到的好处。从家里到学校要乘郊区车，单程票价就是五角，于是我每周可以得到一元钱的车费了。这使我在买书时顿时有了财大气粗之感，为此每个周末我无比愉快地跋涉在十几公里的郊区公路上。

其实，我并不懂得怎样读书，我后来读书芜杂和不求甚解的毛病从那时就开始了。在读书时，我的忧郁的心灵仿佛找到了知音。在高中一年级的暑假，我读了许多中国古诗，整个假期都沉浸在竹林七贤、陶潜、李白等人忧生悲死的韵律里，自己也写了许多嗟叹人生无常的伤感的诗。记不清确切的时间，肯定不晚于十四岁，我已开始常常被死亡问题困扰。每想到总有一天我将从世上万劫不复地永远消失，我就感到不可思议，绝望欲狂。死亡意识的觉醒和性的觉醒是我的青春期的两个痛苦的秘密，它们伴随着我度过了许多个不眠之夜。现在看来，死亡和性爱的问题在我后来的哲学思考中占据了重要的位置，是和我的青春期经验有关的。可是，当时我完全不知道，它们乃是困扰人类的两个最古老的问题，并且都是真正的哲学问题。

不过，那时候我对哲学几乎是一无所知，没有读过一部严格意义上的真正的哲学著作。我的兴趣倒是很广泛，文理都喜欢。从初中到高中，我一直是班上的数学课代表。我对解几何、三角习题的热情达到了痴迷的程度，而且常能另辟蹊径，提出比老师的示范更简洁的解法。我同样喜欢舞文弄墨，在我们班上，我和另一名男生的作文常常被当作典范，据语文老师说，我的长处是有独特感受和见解，他的长处是语法和结构的完美。因此，高中最后一年，在按照高考志愿分班复习时，我就感到非常为难，不知道应该参加文科班还是理科班。我终于决定报考文科，并且大致确定以哲学为报考的重点，乃是出于一种骑墙的考虑：哲学可以使我横跨文理两科，两者都不丢弃。毛泽东的一句话成了我的根据："哲学是自然科学和社会科学的概括和总结。"但是，在我内心深处，很可能是有一种模糊的直觉的，预感到我对人生的关切将在哲学中找到寄托。上海中学素有重视理科的传统，全班五十个同学，竟然只有我这个数学尖子报考文科，这一举动自然引起了不小的震动，连那位很器重我的上了年纪的语文老师也以过来人的伤感口气劝我改变主意。到文科班复习半年之后，正逢上海市举办中学生数学竞赛，先在校内预赛，我抱着玩一玩的轻松心情参加并且获得了名次。那一年我们学校有十四个毕业班，绝大多数报考理科，少说也有五百人参加预赛，预赛前还对他们进行了专门的辅导，最后中选者仅十余人，而我这个已有半年未碰数学的文科考生竟厕身其列，算是出了个小小的风头。但是，在正式赛场上我却狼狈了，头一个交卷，交的几乎是白卷。

三　生活高于学问

1962年秋天，我生平头一次乘上了长途列车，头一次离开上海，来到向往已久的北京，成为北京大学哲学系的一名学生。当时我刚满十七岁，外表弱小稚气，似乎生长得很慢，直到毕业时还常被人误认作一个中学生。然而，在北大的六年里，我在精神上却有了长足的成长，不能说成熟了，但确实是大大地拓宽了眼界。

我上北大的这几年，正是国内政治斗争日趋激烈的年代。在反对修正主义和狠抓阶级斗争的大背景下，燕园内已经失去了昔日宁静的书斋氛围。事实上，我们进校后只正经上了两年课，而且在所谓的哲学课程中也充斥着政治教条。从第三学年开始，我们相继被送到工厂劳动和送到郊县参加两期“四清”运动，直到“文化大革命”爆发。尽管如此，透过优美的校园景色，藏书丰富的图书馆，那些任一点课或完全赋闲的老教授的存在，北大悠久而活泼的治学传统对心智敏锐的学子仍然发生着潜移默化的影响。我始终相信，北京的伟岸气象决非上海可比，得此气象者是更能成大器的。

我在北大的最难忘的经历是认识了郭世英。这同时也是我一生中最难忘的经历之一，我今天仍乐于承认，这位仅仅比我年长四岁的同班同学给予我的影响大于我平生认识的任何人。当然，一个重要原因是，他是在我最易受影响的年龄出现在我的生活中的。我突然遇到了一个从未见过的全新类型的人，他极其真诚，可以为思想而失眠，而发狂，而不要命。那些日子里，在宿舍熄灯之后，我常常在盥洗室里听他用低沉的嗓音倾吐他的苦闷。现行政治对个性的压抑，现行教育对人才的扼杀，修正主义是否全无真理，共产主义是否乌托邦，凡此种种问题都仿佛对他性命攸关，令他寝食不安。同时他又是一个富于生活情趣的人，爱开玩笑，俏皮话连珠，而且不久我还发现他在热烈地恋爱。我是怀着极单纯的求知欲进北大的，在他的感染下，我的人生目标发生了一个转移。我领悟到，人活着最重要的事不是做学问，而是热情地生活，真诚地思考，以寻求内心的充实。

郭世英给予我的另一个收获是,他为我打开了通往世界文化宝库的门户。我这么说没有丝毫夸张,在此之前我一直在那些平庸的书籍上浪费光阴,而忽然在他的床头不断更新的书堆里发现了一个新的天地。正是在他的带动下,我开始大量阅读经典名著,结识了托尔斯泰、陀思妥耶夫斯基、屠格涅夫、易卜生、海涅等大师。他对现代思潮也有相当的敏感,我是从他那里知道尼采、弗洛伊德、萨特这些人的重要性的。有必要说明,这些如今十分时髦的名字,当年即使在哲学系学生里也是鲜为人知的。读名著的深远好处是把我的阅读口味弄精微了,使我从此对一切教条的著作和平庸的书籍有了本能的排斥。我因此而成了一个出名的不用功的学生,时常逃课,即使坐在课堂上也不听老师的讲义,而是偷读课外书,为此屡受同学的检举和系里的批评。可是我屡教不改,因为当我能够自己阅读好得多的东西时,怎么还有耐心装成规矩模样去听差得多的东西呢?人人都是为了应付以后的考试才听的,既然我靠临时记诵必能得到好成绩,也就没有必要浪费时间了。

一年级下学期,郭世英和校外几个年龄相仿的朋友组织了一个名为“X”的地下文学小团体,互相传阅各自的作品手稿。他常常也把这些手稿拿给我看,那是一些与流行文学完全不同的东西,很先锋地试验着意识流、象征主义之类的手法。在他的影响下,我也开始涂鸦。我们最乐此不疲的事情是记录即兴的对话、场景和思绪,我名之为文字写生,这种练习有效地磨锐了我对素材和文字的感觉。在当时的政治气氛下,郭世英的言行很自然地被看作是离经叛道,从而作为阶级斗争的严重表现,受到了校方的注意。一个知情的同学怕受牵连而告发了“X”,这直接导致郭世英未能读完一年级就离开北大,被安排到了河南一家农场劳动。根据他自己的意愿,两年后他转学到了北京农业大学。我相信这是一种逃避，尽管后来他十分诚恳地试图清理自己过去走的“弯路”，但他内心深处明白，如果他继续从事哲学，他是仍然无法避免与正统的意识形态发生冲突的。然而，他终于未能避免为思想的原罪付出血的代价，年仅二十六岁，在“文化大革命”中惨死在“群众专政”之下了。

时光倏忽，郭世英去世已经二十九年了。这许多年中，我走过许多地方，经历了许多事情，却未尝忘怀他。我确实相信，如果不曾遇见他，我的道路会有所不同。我希望在不太久的将来了却一桩夙愿，写出我所了解的这个郭沫若之子。

四　在大潮流之外

“文化大革命”中，我基本上是一个逍遥派。我对政治不感兴趣，我的感情只是本能地倾向于受压迫的一方。例如，我对北大“井冈山兵团”的过激立场全无好感，可是，当其大小头目在全校被批斗时，我便怀着正义感和同情心加入了这个“兵团”。后来，两派互相攻讦，演为武斗，我就对整个运动完全淡漠了。此后我便只是躲在被围困的孤楼里，在震耳欲聋的打派仗的高音喇叭声中，偷偷写哀念郭世英的诗。

武斗爆发前夕，我把我的全部文稿，包括日记、手记、散文和大部分诗作，统统都销毁了。我从小学开始就自发地写日记，从高中开始则天天都写，从未间歇。写日记是我的主课，我对这件事倾注了最大的热情和耐心，它使我感觉到我的每一天都没有虚度，没有无影无踪地消逝。有满满一纸箱呵，可是，全烧了，灰飞烟灭了，撕成碎片从下水道流走了。我的全部童年、少年和青春的岁月，也和它们一起无可挽回地消逝了。我之所以这么做,是因为当时校内气氛已经十分紧张,抄家成风,许多学生的日记被公布,人被批斗,令我心寒;也是因为郭世英的死令我悲伤,往事不堪回首,我仿佛要用我的过去为他殉葬。后来我无数次地痛悔此举,觉得我的生命因此而成了残片。

郭世英死后不久,工宣队进校,武斗停止,我们这些学生草草毕业,被送往农场接受"再教育"。离别北京,我的心情无限怅惘,心中回响着李贺"我有迷魂招不得"的诗句。我不是一个先知先觉者,我相信毛泽东关于知识分子必须改造世界观的论断,因为我确实发现自己的性情与社会现实格格不入,不改造好就永远痛苦。但是,我内心深处的困惑是:我真能改掉我的几乎与生俱来的性情吗?改掉了真的好吗?我会安心吗?那样我还是我吗?我究竟应该成为一个怎样的人呢?

在洞庭湖畔的一所军队农场劳动一年半之后,我被分配到广西深山的一个小县,在县委当了一名公务员。这个名叫资源的小县是资江的发源地,山高水清,景色十分秀丽。我在那里生活了八年半,日子过得单调而平静,我的心情也是平静的。我和朴实的农民相处得很融洽,但与一些媚上欺下的顶头上司屡起冲突。我不耐烦坐办公室,便争取经常下乡,既能亲近自然,又能得闲读书。小县城里找不到什么书,我便把办公室里的几十卷《马恩全集》、《列宁全集》陆续带下乡,通读了一遍。后来"评法批儒",一部分古籍开禁印行,我又得以读了若干经史子集,给我很可怜的国学底子小补一课。积习难改,我还时常写些东西。我压根儿没有想到此生还能走出这个深山小县,更未奢望此生要有一鸣惊人的成就,读书作文只是为了自勉自娱,给生活增添一些意义和趣味。如果真的终老山沟,我一定会这样过一辈子,也许略有怀才不遇之憾,但不会有宏图未展之恨。扪心自问,我实在不是一个有大志向的人。

五　人性的哲学探讨

“四人帮”倒台后，高校恢复招生，我于1978年考上中国社会科学院的研究生。阔别十年，重返北京，而当时的北京又是一派百废俱兴的欢欣气象，我的心情也是热烈而兴奋的。尽管年届三十三，仍觉得自己非常年轻，宛如一个年轻学子，一切都将从头开始。但是，究竟想做什么，能做什么，心里并不清楚。

我读硕士生的专业方向是苏联当代哲学。之所以考这个专业，只因为以前公共外语学的是俄语，基础还行，比较有把握。在阅读资料的过程中，我逐渐注意到，在当时的苏联哲学界，研究人、人性、人道主义问题是一个热门，而这又是世界范围内哲学关心人的问题的大趋势的折射。我对研究苏联哲学本身的兴趣并不大，因为苏联哲学的意识形态色彩毕竟还太浓，而且对之的研究太像情报工作而不像学术研究。不过，与我们相比，苏联哲学家们对世界性哲学问题的反应要敏锐得多，探讨也要深入得多，因此我也乐于做些介绍和翻译的事，以提供借鉴。这方面的工作，后来集中体现在我和我的老师贾泽林等合著的《苏联当代哲学》一书中。与此同时，我把精力更多地用于直接研究人性问题，其成果便是我的硕士论文《人性的哲学探讨》。

我对人性问题的兴趣可以追溯到上大学时。当时，有两个流行观点令我反感。一是主张人类一切感情都打有阶级烙印，因而都可以归结为阶级感情。另一是以阶级立场来评定人性的善恶。这两个论点都明显违背我所体悟到的人性真相。事实和我的直觉都告诉我，人的感情和品质是多方面的，不能做此简单化的归结和评价。于是，在哲学课堂上，我便常常成了所谓抽象人性论的一个辩护者。可是，在我看来，我所辩护的恰恰是生活现实中活生生的具体的人性，而把人性归结为阶级性却是做了不适当的抽象。

所以，对于我来说，系统探讨人性问题乃是了却一个夙愿。在硕士论文中，我大致上以马克思关于人的活动的理论为依据，论证了人性的完整结构，提出人性乃是人所特有且共有的生物属性、心理属性（理性与非理性）和社会属性的综合体。出于种种原因，这部著作未能发表全文，而仅发表了其中的若干章节。此外，我还写了一些阐发马克思的人性和人道主义思想的文章。后来，有的海外刊物在回顾80年代初国内学界关于人的问题的争论时，把我列为一派的代表人物之一。不过，我本人对当时那种引经据典的论战方式和寻章摘句的写作风格很不满意。引证马克思是为了打开一个禁区，可是，世上本无禁区，庸人自设之。按我的性情，我是宁愿去尝神设的禁果而不是去闯人设的禁区的。

六　从事尼采研究

硕士生毕业后，我被留在哲学研究所工作。三年后，又在职考了博士生。当时我正对尼采的作品发生着浓厚的兴趣，便决定以尼采哲学为研究的主题。

我对尼采感兴趣，有二十多年前郭世英的潜在影响起作用，但直到这时才认真读了他的作品。一开始是读中译本，觉得不过瘾，又抱着词典读德文原著。我只是喜欢，并没有想到要写书，动笔写书是极偶然的事，完全是因为我的朋友方鸣催促。完稿后，方鸣很欣赏，但担心我的观点一反习见，出版会遇到阻碍，便嘱我请我的导师汝信写个序。我想汝信身居高职，又曾因“文革”后率先发表为人道主义正名的文章而遇到过麻烦，此事未免强人所难。未料他欣然命笔，并在序中对我的探索做了热情肯定。然而，尽管有了他的序并且在《人民日报》发表了，方鸣所在出版社当时的负责人仍然否决了书的出版。直到一年以后，才经上海人民出版社编辑邵敏之手得以问世。

尼采思想对于王国维、鲁迅、郭沫若那一辈学人有过重大影响，但是在新中国成立后一直遭到全盘否定，被简单地归结为法西斯主义的思想来源和反动的唯心主义唯意志论。在仔细阅读尼采作品的过程中，我发现这是对尼采哲学的主题发生了根本的误解，把一个关心人生问题的哲学家错看成了一个政治狂人。我喜欢尼采，是因为他个性鲜明，极其真诚，而他苦苦思考的生命意义问题事实上也始终困扰着我。在短短两个月里，我怀着饱满的激情写出了《尼采：在世纪的转折点上》一书，在书中一面阐发尼采的人生哲学，一面我自己的生命感受也如同找到了突破口一样喷涌而出。这是我独立出版的第一本书，因而可以算作我的处女作。出乎意料的是，它问世后立即引起了热烈的反响，一再被列在最受大学生欢迎的书籍之榜首，九个月里印了九万册，读者来信如雪片般向我飞来。不过，在兴奋之余，我心里明白，这只是因为我在书中借尼采之口发表的感想得到了同时代人的共鸣，并不能证明这本书在学术上如何成功。对于我自己来说，这本书的意义主要在于使我明确了我的哲学研究方向应是我一向关注的人生课题，因而可以看作我的哲学之路的真正开端。

如果说《转折点》是我在两个月内一气呵成的即兴之作，那么，我的博士论文《尼采与形而上学》的分娩过程就格外艰难了，从动笔到完稿拖了一年多，致使答辩和毕业也相应延期。我自信我的学术能力在该书中经受住了考验，对尼采在本体论和认识论方面的思想和建树给出了一个相当清晰的分析,证明了他不只是一位关心人生问题的诗性哲人,更是一位对传统形而上学问题有着透彻思考并且开辟了新思路的严格意义上的哲学家。使我难以忘怀的是,汝信为我组织了一个堪称最高规格的答辩委员会,聘请了学界耆宿贺麟、冯至、杨一之、熊伟诸位先生,他们不久后均相继去世了。

在研究尼采哲学的过程中,我还翻译出版了若干尼采作品。我的德文底子并不好,说来惭愧,我差不多是一边研究和翻译,一边自学德语的。开始时词汇量太小,动辄要查词典。好在我对语法具有特别的理解力,加上有相当的中文基础,以至于我的译本出来以后,竟浪得了翻译家的虚名。在终于卸下博士论文的重负之后,我便宣布与尼采告别了。然而,有一个例外,其后我一直在缓慢而执著地做一件事,准备在不太久的将来向世人贡献一套由我翻译的完整的《尼采文集》。我相信,与再写一部关于尼采的研究著作相比,这是更有久远价值的学术事业。

七　表达生命的感悟

从 80 年代末开始,我似乎进入了一个创作上的丰收期,先后出版了随感集《人与永恒》、诗集《忧伤的情欲》和散文集《只有一个人生》、《今天我活着》、《迷者的悟》、《守望的距离》。不过,用专业的眼光看,我似乎又有些不务正业,因为这些书没有一本是学术著作。直到 1995 年,为了应付与人合作的一个课题,我才又暂时地回到学术,花了半年时间啃胡塞尔和伽达默尔的著作,写了若干篇论文。

广义地说,我的散文未尝不可以归入哲学的范畴。人们常常用哲学与文学的融合来界说我的散文，我觉得是贴切的。以我之见，哲学是人类精神生活最核心的领域，而在精神生活的最深处，原本就无所谓哲学与文学之分。我不过是在用文学的方式谈哲学，在我的散文中，我所表达的感悟仍是围绕着那些古老的哲学问题，例如生命的意义、死亡、性与爱、自我、灵魂和超越，等等。在现代商业化社会里，这些问题由于被遗忘而变得愈发尖锐，成为现代人精神生活中的普遍困惑。我想，也许正是这个原因，我的散文才会获得比较广泛的共鸣。

1996 年 9 月，陕西人民出版社出版了五卷本的《周国平文集》，其中收入了我在 1995 年底以前发表的全部作品，使我得以比较完整地回顾了我的写作道路。回过头去看，我童年和少年时的敏感，读大学时的热爱文学和对生命感受的看重，毕业后山居生活中的淡泊心境，生命各阶段上内心深处时隐时显的哲学性追问，仿佛都在为我现在所走的路做着准备。物皆有时，一种生命态度和写作风格的成熟也有自己的季节。我相信今后我还会尝试不同体裁的写作，甚至包括小说，但体裁之别不是根本的，只是为了更好地表达我的人生体悟。当然，我也仍有从事学术著述的计划，不过我将以我的方式把它纳入我的人生思考的整体轨道。生命有限，离开自己的生命轨道而去做纯学术研究，在我看来是太把自己当作工具了。

八　幸福在于爱和写作

在我的价值表上，排在第一的是我切身的生命经历和体验，其次是我对它们的理性思考，再其次才是离它们比较远的学术上或艺术形式上的探索。我尝想，如果我现在死去，我会为我没有写出某些作品而含恨,那是属于我的生命本质的作品,而我竟未能及时写成。我为我的夭折的女儿写的书《妞妞:一个父亲的札记》便属此列,至于它在艺术上是否成功,对于我是相对次要的事情。妞妞出生后不久就被诊断患有绝症,带着这绝症极可爱也极可怜地度过了短促的一生。在这本书中,我写下了妞妞的可爱和可怜,我和妻子在死亡阴影笼罩下抚育女儿的爱哀交加的心境,我在摇篮旁兼墓畔的思考。我写下这一切,因为我必须卸下压在心头的太重的思念,继续生活下去。这本书无疑具有相当私人的性质,不过它所叙述的亲情和苦难的主题又是一切人共同面临的,我相信这是它在出版后引起读者强烈关注的原因。

自 90 年代初以来,我在个人生活中可谓多灾多难,接连遭遇丧女和离异的变故。我有充分理由对我的婚爱经历暂时保持沉默。我只想说,我不怨恨,而对我曾经得到的永怀感激。命运并未亏待我,常令我在崎岖中看到新的风景和光明。我与我的命运已经达成和解,我对它不奢求也不挑剔,它对我也往往有意外的考验和赠礼。我相信爱是一种精神素质,而挫折则是这种素质的试金石。人活世上,第一重要的还是做人,懂得自爱自尊,使自己有一颗坦荡又充实的灵魂,足以承受得住命运的打击,也配得上命运的赐予。倘能这样,也就算得上做命运的主人了。

有人问我:在经历了这么多坎坷之后,你认为人生最幸福的事情是什么? 我的回答是:爱情和写作。我的确觉得,无论曾经遭遇过和可能还会遭遇怎样的不幸,只要爱的能力还在,写作的能力还在,活在世上仍然是非常幸福的。

哲学与时代

——在中央电视台答大学生问

1. 当今时代重实用,哲学也往实用主义靠,流行处世哲学、营销哲学之类。你的哲理散文是否也属于这种倾向?

答:好像不是一回事吧?我自己觉得,我是更接近理想主义的。实用主义和理想主义都看重价值,但前者看重的是实用价值,后者看重的是精神价值,前者只问对生存有没有用,后者却要追问生存的意义。实用主义对精神价值是很蔑视的,把一切都归结为实用价值,譬如詹姆斯说,如果相信上帝有实际好处,他也愿意相信,哪怕这个上帝住在粪土堆里。在我看来,实用主义哲学够不上哲学的水平,至于现在流行的处世哲学、营销哲学之类,则连实用主义哲学的水平也够不上。

2. 你认为通俗化会不会降低哲学的水准?

答:衡量任何精神作品,第一标准是看它的精神内涵,包括深度、广度、创新等,而不是看它是否容易被读懂。精神内涵差,不管容易不容易懂都不好。精神内涵好,在不损害这内涵的前提下,我认为容易懂比不容易懂要好。形式往往给人以错觉,譬如说,有的作品的确非常难懂,可是你一旦读懂了,会发现它其实什么也没有说;有的作品看似好懂,可是你读进去了,会发现其实离读懂它还远得很。

3. 作为当今中国哲学界的著名学者,你为何不着力建构自己的哲学体系?

答:因为我自知没有这样的能力。建构新体系,应该真正是提出了新的思路,这种新思路在哲学史上或者不曾有过,或者仅仅只是萌芽。一个新体系的产生是哲学史上的一个事件,它改变了以往各个体系之间的关系,从而使作为整体的哲学史也发生了某种改变。如果没有真正重要的创新,只是重复前人,做些新的排列组合,我认为毫无价值,不想为这种事耗费精力。

4. 当代中国有哲学家吗?

答:这要看怎样定义哲学家了。我想,哲学家这个称号可以用在三种人身上。第一种是上面提到的那种创建了新体系、改变了哲学史的哲学天才,至少到现在为止,我还没有发现我们有这样的哲学家。第二种是以哲学为职业的人,在哲学这门学科内从事学术研究,做一些知识性的整理和解释工作。这样的哲学家当然是有的,我也在其列。第三种是所谓爱智慧者,也就是把哲学当作一种精神生活方式,执著地思考一些世界和人生的大问题。这样的哲学家始终是有的,分散在各行各业之中,与职业无关。

5. 当今社会道德下滑,你是否在有意识地为提高人们的道德水平做一些事情?

答:至少一开始不是。我只是自己对一些问题感到困惑,努力要去想通,并且把想的结果写了下来。发表后才发现,也许对社会有些积极作用。我相信苏格拉底的一句话:“美德即智慧。”一个人如果经常想一些世界和人生的大问题,对于俗世的利益就一定会比较超脱,不太可能去做那些伤天害理的事情。说到底,道德败坏是一种蒙昧。当然,这与文化水平不是一回事,有些识字多的人也很蒙昧。

6. 在现实生活中,理想不但实现不了,常常还被击得粉碎。应该如何对待这个令人痛苦的事实?

答:你所说的理想,可能是指对于社会的一种不切实际的美好想象,一旦看到社会真相,这种想象当然就会破灭。我觉得这不是理想这个概念的本义。理想应该是指那些值得追求的精神价值,例如作为社会理想的正义,作为人生理想的真、善、美,等等。这个意义上的理想是永远不可能完全实现的,否则就不成其为理想了。这里还有一个怎样理解理想的实现的问题,对之不能做机械的理解,好像非要变成看得见摸得着的现实似的。我认为,现实不限于物质现实和社会现实,心灵现实也是一种现实。尤其是人生理想,它的实现方式只能是变成心灵现实,即一个美好而丰富的内心世界,以及由之所决定的一种正确的人生态度。除此之外,你还能想象出人生理想的别的实现方式吗?

7. 学术研究与市场经济的关系如何?你怎样看文化炒作现象?

答:在市场经济条件下,文化产品包括学术著作具有二重性,即既是文化,又是商品。一个作品的文化价值和商品价值是两码事,它们往往是不一致的,有时候差距还非常大。因此,作为国家,就不能把文化完全交给市场去支配,对于高级文化要扶植。作为个人,当然就看你自己想要什么了。有些人专为市场生产,那是他们的选择,无须责备，不过他们的作为基本上与文化无关。好的学者和作家必定是看重文化价值的，他们写自己真正想写的东西，在写作时绝对不去考虑能否卖个好价钱。只是在作品完成以后，一旦进入市场，他们也不得不适应市场经济的现实，要学会捍卫自己的利益，不说卖个好价钱，至少卖个公道的价钱。至于文化炒作，又不同于一般的文化商业行为。所谓文化炒作，就是媒体的某些从业人员与产品的制造者、销售者相勾结，以谋取和瓜分暴利为目的，在所控制的媒体上做与产品的实际价值远不相符的虚假广告。这至少是一种不公平竞争，往往还是欺骗消费者和侵犯其权益的行为。

8. 如果把媒体对你的报道同你的实际成就比较，你认为有没有炒作之嫌?

答:基本上没有吧。我从来没有主动请人写评论、报道之类，对我的评论和报道基本上是自发的，我常常还只是听说，自己没有读到。当然，所谓出名，与媒体的宣传是分不开的。“盛名”之下，是否相符?肯定未必。所以，我自己对所谓“名人效应”一直保持着清醒，譬如说，现在我发表作品比较容易，但我决不允许自己因此而粗制滥造。说到底，作品本身才是目的，写出好作品的快乐高于一切。毫无疑问，在我自己认为是好作品的前提下，我还是希望媒体给以适当报道的，总得让读者知道呀。现在市场上图书这么多，悄没声儿地搁进去一本，真可能被淹没。不过，我相信，最后还是要靠作品本身说话，长远地看，真正的好作品是不会被淹没的。

9. 90 年代的大学生好像比较浮躁，你怎么看?

答:我和现在的大学生接触并不多，不算了解，只能凭想象说一说。与 80 年代比，90 年代的特点一是社会更开放，禁忌更少，价值多元的格局进一步形成。这意味着在人生的目标上，现在的大学生面临着更多的可能性，但同时也就有了更重的独立思考和自主选择的责任。二是商业化的程度更高，连大学生的分配也完全交给了市场，要自己去对付激烈的竞争，因而生存的压力更大了。选择的责任和生存的压力都会使人焦虑，所谓浮躁很可能是焦虑的外在表现。

10. 我们很担心，在学校时都比较有理想，可是，一旦走入社会，要坚持精神追求谈何容易，多数人被同化了。你说应该怎么办?

答:恐怕没有什么好办法。如果我是你们，也只能面对现实，好好对付生存的压力。这肯定将占据大部分精力。在这个过程中，被同化是一个每天在发生的事实。我最多只能说，你们应该争取做那未被同化的少数人。为了这个目的，一个笨办法就是珍惜有限的闲暇时间，在生存斗争之余坚持读书，并且一定要读真正的好书。读什么是一件重要的事情，在这方面千万不要跟着媒体跑，把时间浪费在那些乱七八糟的流行读物上。媒体的着眼点基本上是文化消费，而如果你的生活的全部内容只是劳作和消费，怎么还能有真正的精神生活呢? 相反，如果你经常与古今中外的圣哲会面，就能从他们那里获得一种强大的力量，足以支撑你抵御社会的同化。

11. 你能说一说大学生活对于你一生的主要影响吗?

答:回想起来，大学里的那些课程对我没有什么影响，事实上也没有留下什么痕迹。但是，正是在大学里，我学会了自己选择精神食物，这使我一生受益。

12. 大学毕业后，你曾在广西的深山老林中生活了很久。我们想知道，这一段生活对于你后来的成就是否很重要，是否使你达到了一种灵魂上的大彻大悟?

答:哪里啊，当时我还很年轻，对生活充满着欲望，被分配到深山老林里是不得已之事。偶然住一阵也许挺新鲜，长年在那里生活就是另一回事了,你会觉得单调、沉闷、闭塞,决非那样浪漫。不过,那一段生活对我也有好处,主要的好处是使我知道了自己只是一个平常人。我始终记着这一点,所谓成就、名声之类是很外表的东西,我和当时那个在深山老林里默默无闻的我并无本质的区别。你也可以说这是一种彻悟。

13. 尼采是一个很偏激的人,最后还疯了。他对你的实际生活有影响吗?

答:你们从我的书中可以看到,我这个人一点也不偏激,好像也还没有疯的征兆。与尼采比,我可能要健康一些,当然更可能要平庸一些。

14. 最后想问一下,你觉得你幸福吗?

答:当然有觉得幸福的时候,也有觉得不幸的时候。我不知道怎样算总账。古希腊的梭伦说:无人生前能称幸福。算总账好像是追悼会上的事情,不过那和我完全无关了。既然如此,幸福就不可能是最重要的东西。许多伟大的人都不幸福,例如尼采和凡·高。我比他们幸福,因为我肯定比他们平庸。

第十二辑　精神的故乡

开场白

与孩子们谈谈精神，这是我这一组文章的任务。这真是一件有趣的任务，但同时也是一件困难的任务。精神这种东西太抽象了，而据说孩子们习惯于形象思维，对抽象的东西是不感兴趣的。不过，我又想，如今大人们都在忙于物质的事情，譬如挣钱呀，装修房间呀，买汽车呀，等等，哪有工夫关心精神这种没有用处的玩意儿，要谈精神也只有对孩子们谈了。再说，精神是属于人的心灵的东西，而凡是和心灵有关的一切好东西本质上必定是单纯的，是从孩子时期生长起来的。所以，只要我谈的真是精神，就一定能与孩子们谈得通。如果谈不通，那是我谈得不好，甚至谈的根本不是精神而是别的什么复杂的东西。看起来，写这本书对我自己也是一次考试呢。

要是我去与大人们谈精神，我敢断定，他们中间十有九人会向我提起不久前热闹了一阵的所谓"人文精神的讨论"，并且追问我的看法。唉,我有什么看法呢,在我看来那不过是发牢骚罢了,而真正的精神生活是和发牢骚无关的。有一些自命“精英”的知识分子,他们想做思想领袖,可是当今的社会风气的确是越来越重实利,没有人认他们的账了。同时,比起那些发了财的人,他们又显得比较穷。这使他们感到很不平衡,于是聚而发牢骚说:人文精神失落了。其实,失落的不过是名和利罢了,精神怎么会失落呢?比方说,你在海边看日出,面对喷薄而出的旭日和绚丽变幻的霞光,你内心充满惊奇、感动和喜悦的情感,这本身便是一种精神生活了。然而,按照他们的逻辑,如果人们没有因此而赞颂你是一个欣赏日出之美的专家,或者没有因此而给你发一笔奖金,你的精神就失落了。对这种逻辑实在没有什么好讨论的,我只是想告诉你们,我的这本小书是和这类讨论彻底无关的。

当然,有时候,精神也是可以作为研究和讨论的对象的。如果把世界划分为自然界、社会和人类精神世界三个领域,那么,以这三个领域为研究对象的学科就分别叫作自然科学、社会科学和人文科学。人文科学又名精神科学,包括哲学、宗教学、美学、伦理学、历史学、语言学、文学,等等,是专门研究人类精神的各种形态的。不过,在原初的意义上,精神不是一种知识,而是属于每个人内心的东西,是个人的灵魂生活。我的这本小书就是从这个角度来谈精神的,所以它不是一本知识性的普及读物,而是一次谈心。谈心谈不好是很容易成为说教和布道的,我也许很难避免这个弱点,但愿不是太严重。

现在,让我们言归正传。为了便于阅读,我简略地提示一下这本书的脉络。全书实际上谈了两大问题。第一个大问题是精神生活在人生中的地位 (见 2—5 节)。第二个大问题是人类所追求的精神价值及追求的途径,其中包括:不朽、神圣、信仰、智慧(见 6—10 节);自我(见 11—13 节);幸福与爱 (见 14—17 节);真、善、美和创造 (见 18—21 节)。

灵魂是一个游子

如果你吃了一顿美餐，你会感到快乐。是什么东西在快乐呢？当然，是你的身体。如果你读了一本好书，听了一支优美的乐曲，看到了一片美丽的风景，你也会感到快乐。是什么东西在快乐呢？显然不是身体了，你只好说，是你的心灵、灵魂感到了快乐。

你犯了胃痛，你摔了一跤，你被虫子蜇了一口，你的身体会受疼痛的折磨。可是，当你失恋了，你的亲人去世了，你想到了自己有一天会死，或者你遭到了不义的事情，是你的哪一部分在痛苦呢？当然，又是灵魂。

看起来，人有一个身体，又有一个灵魂，它们是很不同的东西。有些哲学家否认人有灵魂，他们把灵魂说成是肉体的一种功能。可是，如果没有灵魂，我们怎么解释上述种种精神性质的快乐和痛苦的根源呢？

灵魂是看不见、摸不着的，它不像眼睛、耳朵、四肢、胃、心脏、大脑那样是人体的一个器官。但是，根据人有着不同于肉身生活的精神生活，我们可以相信它是存在的。其实，所谓灵魂，也就是承载我们的精神生活的一个内在空间罢了。人的肉身是很实际的，它要生存，为了生存便要求温饱，为了生存得更好还要到社会上去奋斗，去获取名利地位。人的灵魂就不那么实际了，它追求的是理想，是诸如真、善、美、信仰、思想、艺术之类的精神价值。我们把这种对理想和精神价值的追求称作精神生活。如果一个人只知道吃睡和赚钱，完全没有精神生活，我们就会嘲笑他没有灵魂，认为他与动物没有多大区别。

灵魂好像永远不会满足于现状，它总是在追求一种完美的境界。这种对理想境界的渴望从何而来？当我们看到美的形象，听到美的音乐，我们的灵魂为何会感动和陶醉？一颗未被污染的淳朴的灵魂似乎自然而然地就喜欢美善的东西，讨厌丑恶的东西，它是怎么会具备这样的特性的？古希腊最伟大的哲学家柏拉图对此提出了一种解释。他推测，灵魂必定曾经在一个理想的世界里生活过，见识过完美无缺的美和善，所以，当它投胎到肉体中以后，现实世界里的未必完善的美和善的东西会使它朦胧地回忆起那个理想世界，这既使它激动和快乐，又使它不满足而向往完善的美和善。他还由此得出进一步的结论：灵魂和肉体有着完全不同的来源，肉体会死亡，而灵魂是不朽的。他的这个解释受到了后世许多哲学家的批评，被指责为神秘主义。使我感到奇怪的是，人们怎么没有听出柏拉图是在讲一个寓言呢？他其实是想说，人的灵魂渴望向上，就像游子渴望回到故乡一样。灵魂的故乡在非常遥远的地方，只要生命不止，它就永远在思念，在渴望，永远走在回乡的途中。至于这故乡究竟在哪里，却是一个永恒的谜。我们只好用寓言的方式说，那是一个像天堂一样美好的地方。我们岂不是在同样的意义上说，灵魂是我们身上的神性，当我们享受灵魂的愉悦时，我们离动物最远而离神最近？

人的高贵在于灵魂

法国思想家帕斯卡尔有一句名言:“人是一支有思想的芦苇。”他的意思是说,人的生命像芦苇一样脆弱,宇宙间任何东西都能置人于死地。可是,即使如此,人依然比宇宙间任何东西高贵得多,因为人有一颗能思想的灵魂。我们当然不能也不该否认肉身生活的必要,但是,人的高贵却在于他有灵魂生活。作为肉身的人,人并无高低贵贱之分。唯有作为灵魂的人,由于内心世界的巨大差异,人才分出了高贵和平庸,乃至高贵和卑鄙。

两千多年前,罗马军队攻进了希腊的一座城市,他们发现一个老人正蹲在沙地上专心研究一个图形。他就是古代最著名的物理学家阿基米德。他很快便死在了罗马军人的剑下,当剑朝他劈来时,他只说了一句话:“不要踩坏我的圆!”在他看来,他画在地上的那个图形是比他的生命更加宝贵的。更早的时候,征服了欧亚大陆的亚历山大大帝视察希腊的另一座城市，遇到正躺在地上晒太阳的哲学家第欧根尼，便问他："我能替你做些什么？"得到的回答是："不要挡住我的阳光！"在他看来，面对他在阳光下的沉思，亚历山大大帝的赫赫战功显得无足轻重。这两则传为千古美谈的小故事表明了古希腊优秀人物对于灵魂生活的珍爱，他们爱思想胜于爱一切包括自己的生命，把灵魂生活看得比任何外在的事物包括显赫的权势更加高贵。

珍惜内在的精神财富甚于外在的物质财富，这是古往今来一切贤哲的共同特点。英国作家王尔德到美国旅行，入境时，海关官员问他有什么东西要报关，他回答："除了我的才华，什么也没有。"使他引以自豪的是，他没有什么值钱的东西，但他拥有不能用钱来估量的艺术才华。正是这位骄傲的作家在他的一部作品中告诉我们："世间再没有比人的灵魂更宝贵的东西，任何东西都不能跟它相比。"

其实，无需举这些名人的事例，我们不妨稍微留心观察周围的现象。我常常发现，在平庸的背景下，哪怕是一点不起眼的灵魂生活的迹象，也会闪放出一种很动人的光彩。

有一回，我乘车旅行。列车飞驰，车厢里闹哄哄的，旅客们在聊天、打牌、吃零食。一个少女躲在车厢的一角，全神贯注地读着一本书。她读得那么专心，还不时地往随身携带的一个小本子上记些什么，好像完全没有听见周围嘈杂的人声。望着她仿佛沐浴在一片光辉中的安静的侧影，我心中充满感动，想起了自己的少年时代。那时候我也和她一样，不管置身于多么混乱的环境，只要拿起一本好书，就会忘记一切。如今我自己已经是一个作家，出过好几本书了，可是我却羡慕这个埋头读书的少女，无限缅怀已经渐渐远逝的有着同样纯正追求的我的青春岁月。

每当北京举办世界名画展览时，便有许多默默无闻的青年画家节衣缩食，自筹旅费，从全国各地风尘仆仆来到首都，在名画前流连忘返。我站在展厅里，望着这一张张热忱仰望的年轻的面孔，心中也会充满感动。我对自己说：有着纯正追求的青春岁月的确是人生最美好的岁月。

若干年过去了，我还会常常不由自主地想起列车上的那个少女和展厅里的那些青年，揣摩他们现在不知怎样了。据我观察，人在年轻时多半是富于理想的，随着年龄增长就容易变得越来越实际。由于生存斗争的压力和物质利益的诱惑，大家都把眼光和精力投向外部世界，不再关注自己的内心世界。其结果是灵魂日益萎缩和空虚，只剩下了一个在世界上忙碌不止的躯体。对于一个人来说，没有比这更可悲的事情了。我暗暗祝愿他们仍然保持着纯正的追求，没有走上这条可悲的路。

梦并不虚幻

那是一个非常美丽的真实的故事——

在巴黎,有一个名叫夏米的老清洁工,他曾经替朋友抚育过一个小姑娘。为了给小姑娘解闷,他常常讲故事给她听,其中讲了一个金蔷薇的故事。他告诉她,金蔷薇能使人幸福。后来,这个名叫苏珊娜的小姑娘离开了他,并且长大了。有一天,他们偶然相遇。苏珊娜生活得并不幸福。她含泪说:"要是有人送我一朵金蔷薇就好了。"从此以后,夏米就把每天在首饰坊里清扫到的灰尘搜集起来,从中筛选金粉,决心把它们打成一朵金蔷薇。金蔷薇打好了,可是,这时他听说,苏珊娜已经远走美国,不知去向。不久后,人们发现,夏米悄悄地死去了,在他的枕头下放着用皱巴巴的蓝色发带包扎的金蔷薇,散发出一股老鼠的气味。

送给苏珊娜一朵金蔷薇,这是夏米的一个梦想。使我们感到惋惜的是，他终于未能实现这个梦想。也许有人会说：早知如此，他就不必年复一年徒劳地筛选金粉了。可是，我倒觉得，即使夏米的梦想毫无结果，这寄托了他的善良和温情的梦想本身已经足够美好，给他单调的生活增添了一种意义，把他同那些没有任何梦想的普通清洁工区分开来了。

说到梦想，我发现和许多大人真是讲不通。他们总是这样提问题：梦想到底有什么用？在他们看来，一样东西，只要不能吃，不能穿，不能卖钱，就是没有用。他们比起一则童话故事里的小王子可差远了，这位小王子从一颗外星落在地球的一片沙漠上，感到渴了，寻找着一口水井。他一边寻找，一边觉得沙漠非常美丽，明白了一个道理："使沙漠显得美丽的，是它在什么地方藏着一口水井。"沙漠中的水井是看不见的，我们也许能找到，也许找不到。可是，正是对看不见的东西的梦想驱使我们去寻找，去追求，在看得见的事物里发现隐秘的意义，从而觉得我们周围的世界无比美丽。

其实，诗、童话、小说、音乐等都是人类的梦想。印度诗人泰戈尔说得好："如果我小时候没有听过童话故事，没有读过《一千零一夜》和《鲁滨孙漂流记》，远处的河岸和对岸辽阔的田野景色就不会如此使我感动，世界对我就不会这样富有魅力。"英国诗人雪莱肯定也听到过人们指责诗歌没有用，他反驳说：诗才"有用"呢，因为它"创造了另一种存在，使我们成为一个新世界的居民"。的确，一个有梦想的人和一个没有梦想的人，他们是生活在完全不同的世界里的。如果你和那种没有梦想的人一起旅行，你一定会觉得乏味透顶。一轮明月当空，他们最多说月亮像一张烧饼，压根儿不会有"把酒问青天，明月几时有"的豪情。面对苍茫大海，他们只看到一大摊水，决不会像安徒生那样想到海的女儿，或像普希金那样想到渔夫和金鱼的故事。唉，有时我不免想，与只知做梦的人比，从来不做梦的人是更像白痴的。

精神栖身于茅屋

如果你爱读人物传记,你就会发现,许多优秀人物生前都非常贫困。就说说那位最著名的印象派画家凡·高吧,现在他的一幅画已经卖到了几千万美元,可是,他活着时,他的一张画连一餐饭钱也换不回,经常挨饿,一生穷困潦倒,终致精神失常,在三十七岁时开枪自杀了。要论家境,他的家族是当时欧洲最大的画商,几乎控制着全欧洲的美术市场。作为一名画家,他有得天独厚的便利条件,完全可以像那些平庸画家那样迎合时尚以谋利,成为一个富翁,但他不屑于这么做。他说,他可不能把他唯一的生命耗费在给非常愚蠢的人画非常蹩脚的画上面,做艺术家并不意味着卖好价钱,而是要去发现一个未被发现的新世界。确实,凡·高用他的作品为我们发现了一个全新的世界,一个万物在阳光中按照同一节奏舞蹈的世界。另一个荷兰人斯宾诺莎是名垂史册的大哲学家,他为了保持思想的自由,宁可靠磨镜片的收入维持最简单的生活，谢绝了海德堡大学以不触犯宗教为前提要他去当教授的聘请。

我并不是提倡苦行僧哲学。问题在于，如果一个人太看重物质享受，就必然要付出精神上的代价。人的肉体需要是很有限的，无非是温饱，超于此的便是奢侈，而人要奢侈起来却是没有尽头的。温饱是自然的需要，奢侈的欲望则是不断膨胀的市场刺激起来的。你本来习惯于骑自行车，不觉得有什么欠缺，可是，当你看到周围不少人开上了汽车，你就会觉得你缺汽车，有必要也买一辆。富了总可以更富，事实上也必定有人比你富，于是你永远不会满足，不得不去挣越来越多的钱。这样，赚钱便成了你的唯一目的。即使你是画家，你哪里还顾得上真正的艺术追求；即使你是学者，你哪里还会在乎科学的良心?

所以，自古以来，一切贤哲都主张一种简朴的生活方式，就是为了不当物质欲望的奴隶，保持精神上的自由。古罗马哲学家塞涅卡说得好："自由人以茅屋为居室，奴隶才在大理石和黄金下栖身。"柏拉图也说：胸中有黄金的人是不需要住在黄金屋顶下面的。或者用孔子的话说："君子居之，何陋之有？"我非常喜欢关于苏格拉底的一个传说，这位被尊称为"师中之师"的哲人在雅典市场上闲逛，看了那些琳琅满目的货摊后惊叹："这里有多少我用不着的东西呵！"的确，一个热爱精神事物的人必定是淡然于物质的奢华的，而一个人如果安于简朴的生活，他即使不是哲学家，也相去不远了。

生命树上的果子

按照《圣经》的传说，人类一开始是住在伊甸园里的。那时候，人无忧无虑地生活着，不知什么叫苦恼，所以伊甸园又名乐园。伊甸园是一所美丽的大花园，里面栽着许多树。其中，有两棵很特别的树，一棵叫智慧树，一棵叫生命树。上帝禁止人类的祖先亚当和夏娃吃智慧树上的果子，可是，据说在一条蛇的诱惑下，他们终于偷吃了那智慧果。上帝怕他们再偷吃生命树上的果子，便把他们赶出了伊甸园。

我们不妨把这则传说当作寓言来读。神与人的区别，无非一是无所不知的智慧，二是长生不老的生命。吃了智慧果，人已经分有了神的智慧，不说无所不知，至少也比一般动物高明得多，懂得思考了。一旦再偷吃生命果，与神一样长生不死，就和神没有什么区别了。所以，上帝当然不肯让人吃到生命果。与别的动物相比，人一方面有智慧，足以知生死，天下唯有人这种动物在活着时能预知自己的死亡，另一方面又和别的一切动物一样必死无疑。人就好像已经脱离了兽界的蒙昧，却又不能达到神界的不朽，这种尴尬的位置给人带来了无穷的苦恼。

几乎每一个人在童年和少年时期都会有那样一个时候，他的自我意识逐渐觉醒，突然有一天，他确凿无疑地明白了自己迟早也会和所有人一样地死去。这是一种极其痛苦的内心体验，如同发生了一场地震一样，人生的快乐和信心因之而动摇甚至崩溃了。想到自己在这世界上的存在只是暂时的，总有一天会化为乌有，一个人就可能对生命的意义发生根本的怀疑。不过，随着年龄增长，多数人似乎渐渐麻木了，实际上是在有意无意地回避。我常常发现，当孩子问到有关死的问题时，他们的家长便往往惊慌地阻止，叫他不要瞎想。其实，这哪里是瞎想呢，死是人生第一个大问题，古希腊哲学家还把它看作最重要的哲学问题，无人能回避得了。我相信，那些从小就敢于正视和思考这个问题的人，在长大之后对人生往往能持比较深刻的理解和正确的态度。

自从亚当和夏娃被逐出伊甸园后，他们的子孙一直在寻找那棵上帝禁止人类靠近的生命树。战胜死亡，赢得不朽，是人类一贯的梦想。既然肉体的死亡不可避免，人们就试图获得某种精神上的不死。西方人信奉基督教，根本的动机是为了使自己相信灵魂不死，在肉体死亡后，人的灵魂能升入天堂。在中国，儒家强调“立德”、“立功”、“立言”，即留下能够传之后世的品德、功绩、文章，“虽久不废，此之谓不朽”，道家则追求一种与宇宙大化融为一体的“不生不死”的境界。我不相信人死后灵魂还能继续活着，也不认为留下身后的名声有什么意义。但是，把肉体的易朽变成一种动力，驱策自己去追求某种永恒的精神价值，这无疑是积极的人生态度。不管这种精神价值是否真能达于永恒,对它的追求本身就可以使人更加容易与死亡达成和解,同时也赋予生命以超出有限的肉体存在的意义。

应该相信,在人类精神的伊甸园里,必有一棵生命树,树上必有一颗属于你的果子。去寻找这颗属于你的果子,这是你毕生的使命。只要你忠于这使命,你一定会觉得,即使死亡不可避免,你的生命也没有虚度。

人所能及的神圣

自古以来，对于那些渴望超凡脱俗的人来说，肉体似乎始终是一个麻烦。这个肉体活着时要受欲望的折磨，而最后的结局又必是死亡。神是没有肉体的，所以神不会痛苦，也不会死亡。肉体似乎是人的动物性的根源，它决定了人不能摆脱动物的地位，达于神的境界。为了达于神的境界，人好像必须战胜这个肉体，在某种意义上把它消灭掉。正是出于这样的考虑，世界各种宗教里都有人主张和实行苦行主义，用许多烦琐的戒律来限制和禁绝肉体的欲望，摧毁肉体固有的动物性本能。

由这个途径能否达于神圣呢？据说有极少数人成功了，例如基督教中的圣徒和佛教中的高僧。我是俗界中人，难以揣摩其中的奥秘。依我俗人之见，灭绝肉体的欲望无异于扼杀生命的乐趣，代价未免太大。而且，如此求得的那个状态究竟真个是超神入化的仙境，抑或只是因为肉体衰竭而造成的一种幻觉，实在也不好说。人生而有一个肉体，这个肉体生而有七情六欲，这本是大自然的安排。在我看来，任何逆自然之道而行的做法总是有些不对头的。

所以，我更赞成另一种途径，即肯定肉体及其欲望的合理性，不是甩掉肉体而是带着肉体走向神圣。这就是通常所说的实现本能的升华。为了实现本能的升华，前提是必须对欲望进行某种限制。一方面有健全的生命欲望，另一方面既非加以禁绝，又非任其泛滥，而是使之沿着一定的轨道宣泄，迸发为精神追求和创造的原动力。譬如说，凡正常人皆有性欲，它是一种纯粹动物性的本能，如果对它毫不加以限制，滥交纵欲，人便与禽兽无异。但是，性欲又是许多美好的情感包括爱情、美感、创造欲的原动力，而为了使它升华为这些美好的情感，限制是绝对必要的。尤其在少年时期，性的觉醒和某种程度的压抑会形成一种奇妙的张力，成为滋生这些美好情感的沃土。相反，肉欲泛滥之处，爱情和美感便荡然无存。

人之为人，就在于他身上既有动物性，又有神性。人身上的神性不是灭绝了动物性而产生的，而是由动物性升华而来的，这是人所能及的神圣和超越。所谓人性，也就是动物性向神性的升华。我不相信世上有毫无动物性的神人。但是，遗憾的是，世上倒的确有几乎没有一丝一毫神性、唯剩动物性的兽人。这种人心目中没有任何神圣的价值，百无禁忌，为了满足自己的欲望，可以做出任何伤天害理的事情，甚至残杀无辜。在当今社会上，这类人似在增多，实在令人担忧。造成这种情形的原因很复杂，因而要改变也就必须做多方面的努力。从精神的层面看，一个重要原因便是对神圣价值的信仰的普遍丧失。对此我只能说，无论个人，还是民族，都要有所敬畏，相信世上仍有不可亵渎的神圣价值，否则必遭可怕的惩罚。

信仰之光

信仰，就是相信人生中有一种东西，它比一己的生命重要得多，甚至是人生中最重要的东西，值得为之活着，必要时也值得为之献身。这种东西必定是高于我们的日常生活的，像日月星辰一样在我们头顶照耀，我们相信它并且仰望它，所以称作信仰。但是，它又不像日月星辰那样可以用眼睛看见，而只是我们心中的一种观念，所以又称作信念。

提起信仰，人们常常会想到宗教，例如基督教、佛教、伊斯兰教，等等。在人类历史上，在现实生活中，宗教信仰的确是信仰最常见的一种形态。不过，两者不完全是一回事。事实上，做一个教徒不等于就有了信仰，而有信仰的人也未必信奉某一宗教。

有一回，我到佛教圣地普陀山旅游。在山上一座大庙里，和尚们正为一个施主做法事，中间休息，一个小和尚走来与我攀谈。我问他：

“做法事很累吧？”他随口答道：“是呵，挣钱真不容易！”一句话表明了他并不真信佛教，皈依佛门只是谋生的手段。这个小和尚毕竟直率得可爱。如今，天下寺庙，处处香火鼎盛，可是你若能听见那些烧香拜佛的人许的愿，就会知道，他们几乎都是在向佛索求非常具体的利益，没有几人是真有信仰的。

在同一次旅程中，我还遇见另一个小和尚。当时，我正乘船航行。船舱里异常闷热，乘客们纷纷挤到舱内唯一的自来水管旁洗脸。他手拿毛巾，静静等候在一旁。终于轮到他了，又有一名乘客夺步上前，把他挤开。他面无愠色，退到旁边，礼貌地以手示意：“请，请。”我目睹了这一幕，心中肃然起敬，相信眼前这个身披青灰色袈裟的年轻僧人是真正有信仰的人。后来，通过交谈，这一直觉得到了证实，我发现他谈吐不俗，对佛理和人生有很深的领悟。

其实，真正有信仰不在于相信佛、上帝、真主或别的什么神，而在于相信人生应该有崇高的追求，有超出世俗的理想目标。如果说宗教真的有一种价值，那也仅仅在于为这种追求提供了一种容易普及的方式。但是，一普及就容易流于表面的形式，反而削弱甚至丧失了追求的精神内涵。所以，真正看重信仰的人决不盲目相信某一种流行的宗教或别的什么思想，而是通过独立思考来寻求和确立自己的信仰。两千四百年前，苏格拉底就是被雅典民众以不信神的罪名处死的。他的确不信神，但他有自己的坚定信仰，他的信仰就是：人生的价值在于爱智慧，用理性省察生活尤其是道德生活。在审判时，法庭允许免他一死，前提是他必须放弃信奉和宣传这一信仰，被他拒绝了。他说，未经省察的人生不值得一过，活着不如死去。他为自己的信仰献出了宝贵的生命。

信仰是内心的光，它照亮了一个人的人生之路。没有信仰的人犹如在黑暗中行路，不辨方向，没有目标，随波逐流，活一辈子也只是浑浑噩噩。当然，一个人要真正确立起自己的信仰，这不是一件容易的事，不但需要独立思考，而且需要相当的阅历和比较。在漫长的人生道路上，改变信仰的事情也是经常发生的，不足为怪。在我看来，在信仰的问题上，真正重要的是要有真诚的态度。所谓真诚，第一就是要认真，既不是无所谓，可有可无，也不是随大流，盲目相信；第二就是要诚实，决不自欺欺人。有了这种真诚的态度，即使你没有找到一种明确的思想形态作为你的信仰，你也可以算作一个有信仰的人了，因为你至少是在信仰着一种有真诚追求的人生境界。事实上，在一个普遍丧失甚至嘲侮信仰的时代，也许唯有在这些真诚的寻求者和迷惘者中才能找到真正有信仰的人呢。

谁是最智慧的人

在古代雅典城里，有一座德尔斐神庙，供奉着雅典的主神阿波罗。相传那里的神谕非常灵验，当时的雅典人一遇到重大的或疑难的问题，便到庙里求谶。有一回，苏格拉底的一个朋友求了一个谶："神呵，有没有比苏格拉底更智慧的人？"得到的答复是："没有。"

苏格拉底听说了，感到非常奇怪。他一向认为，世界这么大，人生这么短促，自己知道的东西实在太可怜了。既然如此，神为什么说他是最智慧的人呢？可是，神谶是不容怀疑的。为了弄清楚神谶的真意，他访问了雅典城里以智慧著称的人，包括著名的政治家、学者、诗人和工艺大师。结果他发现，所有这些人都只是具备某一方面的知识和才能，却一个个都自以为无所不知。他终于明白了，神谶的意思是说：真正的智慧不在于有多少学问、才华和技艺，而在于懂得面对无限的世界，这一切算不了什么，我们实际上是一无所知的。他懂得这一点，而那些聪明人却不懂,所以神谶说他是最智慧的人。

这么说来,智慧有点儿像是谦虚,不过这是站在很高的高度才具备的一种谦虚。打个比方说,智慧的人就好像站在神的地位上来看人类,包括他自己,看到了人类的局限性。他一方面也是一个具有这种局限性的普通人,另一方面却又能够居高临下地俯视这局限性,也就在一定意义上超越了它。有位哲学家说得好:"一个人具有人的一切弱点,同时又像神那样坦然处之,你应当把这看作一种成就。"

所以,智慧和聪明是两回事。聪明指的是一个人在能力方面的素质,例如好的记忆力、理解力、想象力,反应灵敏,等等。具备这些素质,再加上主观努力和客观机遇,你就可以在社会上获得成功,成为一个能干的政治家、博学的学者、精明的商人之类。但是,无论你怎么聪明,如果没有足够的智慧,你的成就终究谈不上伟大。也许正是这个原因,自古到今,聪明人非常多,伟人却很少。智慧不是一种才能,而是一种人生觉悟,一种开阔的胸怀和眼光。一个人在社会上也许成功,也许失败,如果他是智慧的,他就不会把这些看得太重要,而能够站在人世间一切成败之上,以这种方式成为自己命运的主人。

智慧和童心

我们可以从书本和课堂上学到知识,可是,无论谁都无法向我们传授智慧。智慧是一种整体的东西,不可能把它分解成若干定理,一条一条地讲解和掌握。不过,智慧也不是什么高不可攀的东西。其实,人人都有慧根,我们所要做的只是保护和发展它,不让它枯萎罢了。

说起来你们也许不信,一般来说,孩子往往比大人更智慧。真的,孩子都有些苏格拉底式的气质呢,他们感觉到自己处在一个新鲜的未知的世界之中,因而对一切都充满着好奇,从来不强不知以为知。可惜的是,孩子时期的这种天然的慧心是很容易丧失的。待到长大了,有了一技之长,掌握了某一方面的知识,人就容易被成见所囿并且自以为是,仿佛世界上再也没有什么新鲜事了。实际上,许多大人只是麻木得不再能够憧憬世界的无限和发现世界的新奇而已。

有时候,我们也把从整体上洞察和把握事物真相的直觉看作智慧的一种表现。在这方面,孩子同样比大人占据着优势。你们一定听过安徒生讲的皇帝的新衣的故事。两个骗子给皇帝做新衣,他们说,这件衣服是用最美丽的布料做的,不过只有聪明人能看见,蠢人却看不见。事实上,他们什么布料也没有用,只是假装在缝制罢了。皇帝穿着这件所谓的新衣游行,其实他光着身子,什么也没有穿。然而,皇帝本人,前呼后拥的大臣们,围观的老百姓,因为害怕别人说自己愚蠢,都使劲地赞美这件新衣多么美丽。最后,有一个人喊了起来:“可是他什么也没有穿呀!”谁喊的?正是一个孩子。所有的大人明明看见皇帝光着身子,但他们都这么想:第一,既然别人都在赞美这件新衣,就说明皇帝确实穿着一件美丽的新衣,只是我看不见罢了;第二,我看不见说明我比别人都蠢,千万不可让别人知道了笑话我,我一定要跟着别人一起赞美。他们都宁肯相信多数人的意见,不愿相信自己亲眼所见的事实。孩子却不同,他没有虚荣心的顾忌,也不盲从别人的意见,一眼就看到了真相。

儿童的可贵在于单纯,因为单纯而不以无知为耻,因为单纯而又无所忌讳,这两点正是智慧的重要特征。相反,偏见和利欲是智慧的大敌。偏见使人满足于一知半解,在自满自足中过日子,看不到自己的无知。利欲使人顾虑重重,盲从社会上流行的意见,看不到事物的真相。这正是许多大人的可悲之处。不过,一个人如果能保持住一颗童心,同时善于思考,就能避免这种可悲的结局,在成长过程中把单纯的慧心转变为一种成熟的智慧。由此可见,智慧与童心有着密切的联系,它实际上是一种达于成熟因而不会轻易失去的童心。《圣经》里说:“你们如果不回转,变成小孩子的样子,就一定不得进天国。”帕斯卡尔说:“智慧把我们带回到童年。”孟子也说:“大人先生者不失赤子之心。”说的都是这个意思。那么,我衷心祝愿你们在逐渐成熟的同时不要失去童心,从而能够以智慧的方式度过变幻莫测的人生。

成为你自己

童年和少年是充满美好理想的时期。如果我问你们,你们将来想成为怎样的人,你们一定会给我许多漂亮的回答。譬如说,想成为拿破仑那样的伟人,爱因斯坦那样的大科学家,曹雪芹那样的文豪,等等。这些回答都不坏,不过,我认为比这一切都更重要的是:首先应该成为你自己。

姑且假定你特别崇拜拿破仑,成为像他那样的盖世英雄是你最大的愿望。好吧,我问你:就让你完完全全成为拿破仑,生活在他那个时代,有他那些经历,你愿意吗?你很可能会激动得喊起来:太愿意啦!我再问你:让你从身体到灵魂整个儿都变成他,你也愿意吗?这下你或许有些犹豫了,会这么想:整个儿变成了他,不就是没有我自己了吗?对了,我的朋友,正是这样。那么,你不愿意了?当然喽,因为这意味着世界上曾经有过拿破仑,这个事实没有改变,唯一的变化是你压根儿不存在了。

由此可见，对于每一个人来说，最宝贵的还是他自己。无论他多么羡慕别的什么人，如果让他彻头彻尾成为这个别人而不再是自己，谁都不肯了。

也许你会反驳我说：你说的真是废话，每个人都已经是他自己了，怎么会彻头彻尾成为别人呢？不错，我只是在假设一种情形，这种情形不可能完全按照我所说的方式发生。不过，在实际生活中，类似情形却常常在以稍微不同的方式发生着。真正成为自己可不是一件容易的事。世上有许多人，你可以说他是随便什么东西，例如是一种职业，一种身份，一个角色，唯独不是他自己。如果一个人总是按照别人的意见生活，没有自己的独立思考，总是为外在的事务忙碌，没有自己的内心生活，那么，说他不是他自己就一点儿也没有冤枉他。因为确确实实，从他的头脑到他的心灵，你在其中已经找不到丝毫真正属于他自己的东西了，他只是别人的一个影子和事务的一架机器罢了。

那么，怎样才能成为自己呢？这是真正的难题，我承认我给不出一个答案。我还相信，不存在一个适用于一切人的答案。我只能说，最重要的是每个人都要真切地意识到他的“自我”的宝贵，有了这个觉悟，他就会自己去寻找属于他的答案。在茫茫宇宙间，每个人都只有一次生存的机会，都是一个独一无二、不可重复的存在。正像卢梭所说的，上帝把你造出来后，就把那个属于你的特定的模子打碎了。名声、财产、知识等是身外之物，人人都可求而得之，但没有人能够代替你感受人生。你死之后，没有人能够代替你再活一次。如果你真正意识到了这一点，你就会明白，活在世上，最重要的事就是活出你自己的特色和滋味来。你的人生是否有意义，衡量的标准不是外在的成功，而是你对人生意义的独特领悟和坚守，从而使你的自我闪放出个性的光华。

在历史上，每当世风腐败之时，人们就会盼望救世主出现。其实，救世主就在每个人的心中。耶稣是基督教徒公认的救世主，可是连他也说："一个人得到了整个世界，却失去了自我，又有何益？"《圣经》中有许多谬说，但这一句是金玉良言，值得我们永远牢记。

独处的充实

怎么判断一个人究竟有没有他的“自我”呢？我可以提出一个检验的方法，就是看他能不能独处。当你自己一个人待着时，你是感到百无聊赖，难以忍受呢，还是感到一种宁静、充实和满足？

对于有“自我”的人来说，独处是人生中的美好时刻和美好体验，虽则有些寂寞，寂寞中却又有一种充实。独处是灵魂生长的必要空间。在独处时，我们从别人和事务中抽身出来，回到了自己。这时候，我们独自面对自己和上帝，开始了与自己的心灵以及与宇宙中的神秘力量的对话。一切严格意义上的灵魂生活都是在独处时展开的。和别人一起谈古说今，引经据典，那是闲聊和讨论；唯有自己沉浸于古往今来大师们的杰作之时，才会有真正的心灵感悟。和别人一起游山玩水，那只是旅游；唯有自己独自面对苍茫的群山和大海之时，才会真正感受到与大自然的沟通。所以，一切注重灵魂生活的人对于卢梭的这话都会发生同感:“我独处时从来不感到厌烦,闲聊才是我一辈子忍受不了的事情。”这种对于独处的爱好与一个人的性格完全无关,爱好独处的人同样可能是一个性格活泼、喜欢朋友的人,只是无论他怎么乐于与别人交往,独处始终是他生活中的必需。在他看来,一种缺乏交往的生活当然是一种缺陷,一种缺乏独处的生活则简直是一种灾难了。

当然,人是一种社会性的动物,他需要与他的同类交往,需要爱和被爱,否则就无法生存。世上没有一个人能够忍受绝对的孤独。但是,绝对不能忍受孤独的人却是一个灵魂空虚的人。世上正有这样的一些人,他们最怕的就是独处,让他们和自己待一会儿,对于他们简直是一种酷刑。只要闲了下来,他们就必须找个地方去消遣,什么卡拉OK舞厅啦,录像厅啦,电子娱乐厅啦,或者就找人聊天。自个儿待在家里,他们必定会打开电视机,没完没了地看那些粗制滥造的节目。他们的日子表面上过得十分热闹,实际上他们的内心极其空虚。他们所做的一切都是为了想方设法避免面对面看见自己。对此我只能有一个解释,就是连他们自己也感觉到了自己的贫乏,和这样贫乏的自己待在一起是顶没有意思的,再无聊的消遣也比这有趣得多。这样做的结果是他们变得越来越贫乏,越来越没有了自己,形成了一个恶性循环。

独处的确是一个检验,用它可以测出一个人的灵魂的深度,测出一个人对自己的真正感觉,他是否厌烦自己。对于每一个人来说,不厌烦自己是一个起码要求。一个连自己也不爱的人,我敢断定他对于别人也是不会有多少价值的,他不可能有高质量的社会交往。他跑到别人那里去,对于别人只是一个打扰,一种侵犯。一切交往的质量都取决于交往者本身的质量。唯有在两个灵魂充实丰富的人之间,才可能有真正动人的爱情和友谊。我敢担保历史上和现实生活中找不出一个例子,能够驳倒我的这个论断,证明某一个浅薄之辈竟也会有此种美好的经历。

自己的园地

你们读过法国作家圣埃克絮佩里写的《小王子》吗？如果没有，那就太可惜了，一定要找来读一读。在我看来，它是世界上最棒的一篇童话，哪怕你们拿全世界的唐老鸭和圣斗士来跟我交换，我也决不肯。

童话的主人公是一个小王子，他住在一颗只比他大一点儿的星球上，与一株玫瑰为伴，天天为她浇水。有一天，他和玫瑰花拌了几句嘴，心里烦，便离开他的星球，出去漫游了。他先后到达六颗星球，遇见了一些可笑的大人。例如有一个商人，他的全部事情就是计算星星，他把这叫作“占有”。他就为“占有”而活着。他告诉小王子，他已经“占有”了一亿零一百六十二万二千七百三十一颗星星。小王子问他：“你拿它们做什么呢？”他答：“我把它们存到银行里去。”小王子不明白这是什么意思，商人便解释说：“这就是说，我在一张纸条上写下我的星星的数目，然后把这张纸条锁在抽屉里。”小王子问：“这就完了吗？”

商人答:“当然,这样我就很富啦。”在别的星球上,小王子遇见的大人们也都在为他不明白的东西活着,什么权力、虚荣、学问呀。他心想:大人们真是怪透了。

小王子最后来到地球。在一片盛开的玫瑰园里,他看见五千株玫瑰,不禁怀念起他自己的那株玫瑰来。他的那株玫瑰与眼前这些玫瑰长得一模一样,但他却觉得她是独一无二的。这是为什么呢?一只聪明的狐狸告诉他:“是你为你的玫瑰花费的时间,使你的玫瑰变得这么重要。对于你使之驯服的东西,你是负有责任的。”

这句话说得好极了。一个人活在世上,必须有自己真正爱好的事情,才会活得有意思。这爱好完全是出于他的真性情的,而不是为了某种外在的利益,例如为了金钱、名声之类。他喜欢做这件事情,只是因为他觉得事情本身非常美好,他被事情的美好所吸引。这就好像一个园丁,他仅仅因为喜欢而开辟了一块自己的园地,他在其中培育了许多美丽的花木,为它们倾注了自己的心血。当他在自己的园地上耕作时,他心里非常踏实。无论他走到哪里,他也都会牵挂着那些花木,如同母亲牵挂着自己的孩子。这样一个人,他一定会活得很充实的。相反,一个人如果没有自己的园地,不管他当多大的官,做多大的买卖,他本质上始终是空虚的。这样的人一旦丢了官,破了产,他的空虚就暴露无遗了,会惶惶然不可终日,发现自己在世界上无事可做,也没有人需要他,成了一个多余的人。

事实上,我们在小时候往往都是有真性情的。就像小王子所说的:“只有孩子们知道他们在寻找些什么,他们会为了一个破布娃娃而不惜让时光流逝,于是那布娃娃就变得十分重要,一旦有人把它们拿走,他们就哭了。”孩子并不问破布娃娃值多少钱,它当然不值钱啦,可是,他们天天抱着它,和它说话,便对它有了感情,它就比一切值钱的东西更有价值了。一个人在衡量任何事物时，看重的是它们在自己生活中的意义，而不是它们在市场上能卖多少钱，这样一种生活态度就是真性情。你们长大了当然不会再抱着一个破布娃娃不放，但是我希望你们不要丢掉小时候对待破布娃娃的这种态度，不要丢掉真性情，不要丢掉自己真正的爱好。

小王子十分幸运，他在地球上终于遇见了一个能够理解他的大人，那就是这篇童话的作者。他和小王子特别谈得来，不过，正因为如此，他在大人们中间真是非常孤独。他和大人们谈什么都谈不通，就只好和他们谈桥牌、高尔夫球、政治、领带什么的，而他们也就很高兴自己结识了一个正经人。后来，小王子因为想念他的玫瑰花，回到那个小星球上去了。那么，现在这位圣埃克絮佩里在哪里呢？他是第二次世界大战时法国最出色的飞行员，在一次飞行中失踪了。我相信，他一定是去寻找他的小王子了。

幸福是灵魂的事

在世上一切东西中，好像只有幸福是人人都想要的东西。你去问人们，想不想结婚、生孩子，或者想不想上大学、经商、出国，肯定会得到不同的回答。可是，如果你问想不想幸福，大约没有人会拒绝。而且，之所以有些人不想生孩子或经商等等，原因正在于他们认为这些东西并不能使他们幸福，想要这些东西的人则认为它们能够带来幸福，或至少是获得幸福的手段之一。也就是说，在相异的选择背后似乎藏着相同的动机，即都是为了幸福。而这同时也表明，人们对幸福的理解有多么不同。

幸福的确是一个极含糊的概念。人们往往把得到自己最想要的东西、实现自己最衷心的愿望称作幸福。然而，愿望不仅是因人而异的，而且同一个人的愿望也会发生变化。真的实现了愿望，得到了想要的东西，是否幸福也还难说，这要看它们是否确实带来了内心的满足和愉悦。费尽力气争取某种东西,争到了手却发现远不如想象的好,乃是常事。幸福与主观的愿望和心情如此紧相纠缠,当然就很难给它订一个客观的标准了。

我们由此倒可以确定一点:幸福不是一种纯粹客观的状态。我们不能仅仅根据一个人的外在遭遇来断定他是否幸福。他有很多钱,有别墅、汽车和漂亮的妻子,也许令别人羡慕,可是,如果他自己不感到幸福,你就不能硬说他幸福。既然他不感到幸福,事实上他也就的确不幸福。外在的财富和遭遇仅是条件,如果不转化为内在的体验和心情,便不成其为幸福。

如此看来,幸福似乎主要是一种内心快乐的状态。不过,它不是一般的快乐,而是非常强烈和深刻的快乐,以至于我们此时此刻会由衷地觉得活着是多么有意思,人生是多么美好。正是这样,幸福的体验最直接地包含着我们对生命意义的肯定评价。感到幸福,也就是感到自己的生命意义得到了实现。不管拥有这种体验的时间多么短暂,这种体验却总是指向整个一生的,所包含的是对生命意义的总体评价。当人感受到幸福时,心中仿佛响着一个声音:“为了这个时刻,我这一生值了!”若没有这种感觉,说“幸福”就是滥用了大字眼。人身上必有一种整体的东西,是它在寻求、面对、体悟、评价整体的生命意义,我们只能把这种东西叫作灵魂。所以,幸福不是零碎和表面的情绪,而是灵魂的愉悦。正因为此,人一旦有过这种时刻和体验,便终生难忘了。

可以把人的生活分为三个部分:肉体生活,不外乎饮食男女;社会生活,包括在社会上做事以及与他人的交往;灵魂生活,即心灵对生命意义的沉思和体验。必须承认,前两个部分对于幸福也不是无关紧要的。如果不能维持正常的肉体生活,饥寒交迫,幸福未免是奢谈。在社会生活的领域内，做事成功带来的成就感，爱情和友谊的经历，都尤能使人发觉人生的意义，从而转化为幸福的体验。不过，亚里士多德认为，对于幸福来说，灵魂生活具有头等的重要性，因为其余的生活都要依赖外部条件，而它却是自足的。同时，它又是人身上最接近神的部分，从沉思中获得的快乐几乎相当于神的快乐。这意见从一个哲学家口中说出，我们很可怀疑是否带有职业偏见。但我们至少应该承认，既然一切美好的经历必须转化为内心的体验才成其为幸福，那么，内心体验的敏感和丰富与否就的确是重要的，它决定了一个人感受幸福的能力。对于内心世界不同的人来说，相同的经历具有完全不同的意义——因而事实上他们也就并不拥有相同的经历了。另一方面，一个习于沉思的智者，由于他透彻地思考了人生的意义和限度，便与自己的身外遭遇保持了一个距离，他的心境也就比较不易受尘世祸福沉浮的扰乱。而他从沉思和智慧中获得的快乐，也的确是任何外在的变故不能将它剥夺的。考虑到天有不测风云，你不能说一种宽阔的哲人胸怀对于幸福是不重要的。

有爱心的人有福了

在与幸福相关的各种因素中,爱无疑是幸福的最重要源泉之一。然而,什么是爱呢?

当我们说到爱的时候,我们往往更多想到的是被爱。这并不奇怪。我们从小就生活在父母的宠爱之下,因而太习惯于被爱了。从小到大,我们渴望得到许多的爱。当我们遇到困难时,我们希望有人一伸援助之手。当我们经受痛苦时,我们希望有人与我们分担。我们希望我们的亲人和朋友常常惦记着我们,有福与我们同享。在恋爱和婚姻中,我们也非常在乎被爱,对于自己在爱人心目中的地位十分敏感。我们自觉不自觉地把自己的幸福系于被他人所爱的程度,一旦在这方面受挫,就觉得自己非常不幸。

的确,对于我们的幸福来说,被爱是重要的。如果我们得到的爱太少,我们就会觉得这个世界很冷酷,自己在这个世界上很孤单。然而,与是否被爱相比,有无爱心却是更重要的。一个缺少被爱的人是一个孤独的人,一个没有爱心的人则是一个冷漠的人。孤独的人只要具有爱心,他仍会有孤独中的幸福,如雪莱所说,当他的爱心在不理解他的人群中无可寄托时,便会投向花朵、小草、河流和天空,并因此而感受到心灵的愉悦。可是,倘若一个人没有爱心,则无论他表面上的生活多么热闹,幸福的源泉已经枯竭,他那颗冷漠的心是绝不可能真正快乐的。

一个只想被人爱而没有爱人之心的人,其实根本不懂得什么是爱。他真正在乎的也不是被爱,而是占有。爱心是与占有欲正相反对的东西。爱本质上是一种给予,而爱的幸福就在这给予之中。许多贤哲都指出,给予比得到更幸福。一个明显的证据是亲子之爱,有爱心的父母在照料和抚育孩子的过程中便感受到了极大的满足。在爱情中,也是当你体会到你给你所爱的人带来了幸福之时,你自己才最感到幸福。爱的给予既不是谦卑的奉献,也不是傲慢的施舍,它是出于内在的丰盈的自然而然的流溢,因而是超越于道德和功利的考虑的。尼采说得好:“凡出于爱心所为,皆与善恶无关。”爱心如同光源,爱者的幸福就在于光照万物。爱心又如同甘泉,爱者的幸福就在于泽被大地。丰盈的爱心使人像神一样博大,所以,《圣经》里说:“神就是爱。”

对于个人来说,最可悲的事情不是在被爱方面受挫,例如失恋、朋友反目,等等,而是爱心的丧失,从而失去了感受和创造幸福的能力。对于一个社会来说,爱心的普遍丧失则是可怕的,它的确会使世界变得冷如冰窟,荒凉如沙漠。在这样的环境中,善良的人们不免寒心,但我希望他们不要因此也趋于冷漠,而是要在学会保护自己的同时,仍葆有一颗爱心。应该相信,世上善良的人总是多数,爱心必能唤起爱心。不论个人还是社会,只要爱心犹存,就有希望。

第一重要的是做人

人活世上，除吃睡之外，不外乎做事情和与人交往，它们构成了生活的主要内容。做事情，包括为谋生需要而做的，即所谓职业，也包括出于兴趣、爱好、志向、野心、使命感等而做的，即所谓事业。与人交往，包括同事、邻里、朋友关系以及一般所谓的公共关系，也包括由性和血缘所联结的爱情、婚姻、家庭等关系。这两者都是人的看得见的行为，并且都有一个是否成功的问题，而其成功与否也都是看得见的。如果你在这两方面都顺利，譬如说，一方面事业兴旺，功成名就，另一方面婚姻美满，朋友众多，就可以说你在社会上是成功的，甚至可以说你的生活是幸福的。在别人眼里，你便是一个令人羡慕的幸运儿。如果相反，你在自己和别人心目中就都会是一个倒霉蛋。这么说来，做事和交人的成功似乎应该是衡量生活质量的主要标准了。

然而，在看得见的行为之外，还有一种看不见的东西，依我之见，那是比做事和交人更重要的，是人生第一重要的东西，这就是做人。当然，实际上做人并不是做事和交人之外的一个独立的行为，而是蕴含在两者之中的，是透过做事和交人体现出来的一种总体的生活态度。

就做人与做事的关系来说，做人主要并不表现于做的什么事和做了多少事，例如是做学问还是做生意，学问或者生意做得多大，而是表现在做事的方式和态度上。一个人无论做学问还是做生意，无论做得大还是做得小，他做人都可能做得很好，也都可能做得很坏，关键就看他是怎么做事的。学界有些人很贬薄别人下海经商，而因为自己仍在做学问就摆出一副大义凛然的气势。其实呢，无论商人还是学者中都有君子，也都有小人，实在不可一概而论。有些所谓的学者，在学术上没有自己真正的追求和建树，一味赶时髦，抢风头，唯利是图，骨子里比一般商人更是一个市侩。

从一个人如何与人交往，尤能见出他的做人。这倒不在于人缘好不好，朋友多不多，各种人际关系是否和睦。人缘好可能是因为性格随和，也可能是因为做人圆滑，本身不能说明问题。在与人交往上，孔子最强调一个“信”字，我认为是对的。待人是否诚实无欺，最能反映一个人的人品是否光明磊落。一个人哪怕朋友遍天下，只要他对其中一个朋友有背信弃义的行径，我们就有充分的理由怀疑他是否真爱朋友，因为一旦他认为必要，他同样会背叛其他的朋友。“与朋友交而不信”，只能得逞一时之私欲，却是做人的大失败。

做事和交人是否顺利，包括地位、财产、名声方面的遭际，也包括爱情、婚姻、家庭方面的遭际，往往受制于外在的因素，非自己所能支配，所以不应该成为人生的主要目标。一个人当然不应该把非自己所能支配的东西当作人生的主要目标。一个人真正能支配的唯有对这一切外在遭际的态度,简言之,就是如何做人。人生在世最重要的事情不是幸福或不幸,而是不论幸福还是不幸都保持做人的正直和尊严。我确实认为,做人比事业和爱情都更重要。不管你在名利场和情场上多么春风得意,如果你做人失败了,你的人生就在总体上失败了。最重要的不是在世人心目中占据什么位置,和谁一起过日子,而是你自己究竟是一个什么样的人。

面对苦难

人生在世，免不了要遭受苦难。所谓苦难，是指那种造成了巨大痛苦的事件和境遇。它包括个人不能抗拒的天灾人祸，例如遭遇乱世或灾荒，患危及生命的重病乃至绝症，挚爱的亲人死亡；也包括个人在社会生活中的重大挫折，例如失恋，婚姻破裂，事业失败。有些人即使在这两方面运气都好，未尝吃大苦，却也无法避免那个一切人迟早要承受的苦难——死亡。因此，如何面对苦难，便是摆在每个人面前的重大人生课题。

人们往往把苦难看作人生中纯粹消极的、应该完全否定的东西。当然，苦难不同于主动的冒险，冒险有一种挑战的快感，而我们忍受苦难总是迫不得已的。但是，作为人生的消极面的苦难，它在人生中的意义也是完全消极的吗？

苦难与幸福是相反的东西，但它们有一个共同之处，就是都直接和灵魂有关，并且都牵涉到对生命意义的评价。在通常情况下，我们的灵魂是沉睡着的，一旦我们感到幸福或遭到苦难时，它便醒来了。如果说幸福是灵魂的巨大愉悦，这愉悦源自对生命的美好意义的强烈感受，那么，苦难之为苦难，正在于它撼动了生命的根基，打击了人对生命意义的信心，因而使灵魂陷入了巨大痛苦。生命意义仅是灵魂的对象，对它无论是肯定还是怀疑、否定，只要是真切的，就必定是灵魂在出场。外部的事件再悲惨，如果它没有震撼灵魂，也成为一个精神事件，就称不上是苦难。一种东西能够把灵魂震醒，使之处于虽然痛苦却富有生机的紧张状态，应当说必具有某种精神价值。

多数时候，我们是生活在外部世界上。我们忙于琐碎的日常生活，忙于工作、交际和娱乐，难得有时间想一想自己，也难得有时间想一想人生。可是，当我们遭到厄运时，我们忙碌的身子停了下来。厄运打断了我们所习惯的生活，同时也提供了一个机会，迫使我们与外界事物拉开了一个距离，回到了自己。只要我们善于利用这个机会，肯于思考，就会对人生获得一种新眼光。古罗马哲学家认为逆境启迪智慧，佛教把对苦难的认识看作觉悟的起点，都自有其深刻之处。人生固有悲剧的一面，对之视而不见未免肤浅。当然，我们要注意不因此而看破红尘。我相信，一个历尽坎坷而仍然热爱人生的人，他胸中一定藏着许多从痛苦中提炼的珍宝。

苦难不仅提高我们的认识，而且也提高我们的人格。苦难是人格的试金石，面对苦难的态度最能表明一个人是否具有内在的尊严。譬如失恋，只要失恋者真心爱那个弃他而去的人，他就不可能不感到极大的痛苦。但是，同为失恋，有的人因此自暴自弃，萎靡不振；有的人为之反目为仇，甚至行凶报复；有的人则怀着自尊和对他人感情的尊重，默默地忍受痛苦，其间便有人格上的巨大差异。当然，每个人的人格并非一成不变的,他对痛苦的态度本身也在铸造着他的人格。不论遭受怎样的苦难,只要他始终警觉着他拥有采取何种态度的自由,并勉励自己以一种坚忍高贵的态度承受苦难,他就比任何时候都更加有效地提高着自己的人格。

凡苦难都具有不可挽回的性质。不过,在多数情况下,这只是指不可挽回地丧失了某种重要的价值,但同时人生中毕竟还存在着别的一些价值,它们鼓舞着受苦者承受眼前的苦难。譬如说,一个失恋者即使已经对爱情根本失望,他仍然会为了事业或为了爱他的亲人活下去。但是,世上有一种苦难,不但本身不可挽回,而且意味着其余一切价值的毁灭,因而不可能从别的方面汲取承受它的勇气。在这种绝望的境遇中,如果说承受苦难仍有意义,那么,这意义几乎唯一地就在于承受苦难的方式本身了。第二次世界大战时,有一个名叫弗兰克的人被关进了奥斯维辛集中营。凡是被关进这个集中营的人几乎没有活着出来的希望,等待着他们的是毒气室和焚尸炉。弗兰克的父母、妻子、哥哥确实都遭到了这种厄运。但弗兰克极其偶然地活了下来,他写了一本非常感人的书讲他在集中营里的经历和思考。在几乎必死的前景下,他之所以没有被集中营里非人的苦难摧毁,正是因为他从承受苦难的方式中找到了生活的意义。他说得好:以尊严的方式承受苦难,这是一项实实在在的内在成就,因为它证明了人在任何时候都拥有不可剥夺的精神自由。事实上,我们每个人都终归要面对一种没有任何前途的苦难,那就是死亡,而以尊严的方式承受死亡的确是我们精神生活的最后一项伟大成就。

真·善·美

真、善、美是人类古老而常新的精神价值。人类所追求的一切美好的境界,所使用的一切美好的词汇,几乎都可以归结到这三个词。正因为如此,这三个抽象而美丽的词便可容纳种种不同的理解。事实上,对于什么是真,什么是善,什么是美,人们一直各抒己见,争论不休,不曾也永远不可能达成一致的看法。不过,这并不妨碍我们仍用这三个词来代表那些值得我们追求的精神价值。

把精神价值概括为真、善、美三种形态,的确很有道理。柏拉图把人的心灵划分为三个部分,即理智、意志和情感,而真、善、美便是与这三个部分相对应的精神价值。其中,真是理智的对象,体现为科学活动;善是意志的对象,体现为道德活动;美是情感的对象,体现为艺术活动。当然,我们应当记住,正像人的心灵本是一个整体,理智、意志、情感只是相对的划分一样,真、善、美三者也是不能截然分开的,它们之间有着极为紧密的联系。

“真”即真理、真实、事物的真相。大多数哲学家都认为，理性是人区别于动物的根本特征，因此，运用理性能力去认识真理乃是人的优秀和尊严之所在。对于什么是真理，人在多大程度上能够认识真理，哲学家们有很不同的看法。不过，有一点好像是比较一致的，就是他们都提倡一种热爱真理的精神。所谓热爱真理，首先是指对于任何道理都要独立思考，寻问和考察它的根据，决不盲从。所以，真正热爱真理的人必定是具有怀疑精神的，对真理的热忱追求往往表现为对传统观念和流行意见的怀疑乃至反抗。其次，一旦发现了真理，就要敢于坚持。亚里士多德对他的老师柏拉图的理论做了重大修正和批判，在谈到这一点时，他说了一句名言：“我爱我的老师，但我更爱真理。”爱真理甚于爱一切，这是思想家的必备品质。在人类历史上，新发现的真埋一廾始总是被视为异端，遭到统治者乃至全社会的反对和迫害，因而坚持真理必须具有非凡的勇气和牺牲精神。在包括自然科学和社会意识形态在内的人类各个思想领域中，多少革新者为了坚持他们心目中的真理而历尽苦难，甚至献出了生命。他们所发现的真理也许又会被后人推翻，但他们热爱真理的精神是值得世世代代永远尊敬的。

“善”有两层意思。一是指个人的善，即个人道德上、人格上、精神上的提高和完善。另一是指社会的善，即社会的进步和公正。这两方面都牵涉到理想和价值标准的问题。“善”的个人是好人，“善”的社会是好社会，可是好人和好社会应该是什么样子的呢？对于个人来说，理想的人性模式是怎样的，怎样度过一生才最有意义？对于社会来说，如何判断一个社会是否公正，社会进步的目标究竟是什么？这些问题并无现成的一成不变的答案，需要每个人和每一代人进行独立的探索。我们只能确定一点，就是无论个人还是社会都要有理想，并且为实现理想而努力。没有理想，个人便是堕落的个人，社会便是腐败的社会。

对“美”的理解分歧就更大了。这里我不想去探讨美学上的各种理论，只想表明我的这一看法：尽管美感的发生有赖于感官，例如我们要靠眼睛感受形象的美，要靠耳朵感受音乐的美，但是，如果感官的任何感受未能使心灵愉悦，我们就不会觉得美。所以，美感本质上不是感官的快乐，而是一种精神性的愉悦。正因为此，美能陶冶性情，净化心灵。一个爱美的人，在精神生活上往往会有较高的追求和品位。

由此可见，真、善、美的确是不可分的。理智上求真，意志上向善，情感上爱美，三者原是一体，属于同一颗高贵心灵的追求，是从不同角度来描述同一种高尚的精神生活。

怀念土地

按照《圣经》的传说，上帝是用泥土造出人类的始祖亚当的："上帝用地上的泥土造人，将生气吹在他的鼻孔里，他就成了有灵的活人，名叫亚当。"上帝还对亚当说："你本是泥土，仍要归于泥土。"在中国神话传说中，女娲也是用泥土造人的："女娲抟黄土作人。"这些相似的传说说明了一个深刻的道理：土地是人类的生命之源。

其实，不但人类的生命，而且人类的精神，都离不开土地。就说说真、善、美吧，人类精神所追求的这些美好的理想价值，也无不孕育于大地的怀抱。如果大地上不是万象纷呈，万物变易，我们怎会有求真理的兴趣和必要，如果大地本身不是坚实如恒，我们又怎会有求真理的可能和信心？如果不曾领略土地化育和接纳万物的宽阔胸怀，我们懂得什么善良、仁慈和坚忍？如果没有欣赏过大地上山川和落日的壮丽，倾听过树林里的寂静和风声，我们对美会有什么真切的感受？精神的理想如同头上的天空，而天空也是属于大地的，唯有在辽阔的大地上方才会有辽阔的天空。可以说，一个人拥有的天空是和他拥有的大地成正比的。长年累月关闭在窄屋里的人，大地和天空都不属于他，不可能具有开阔的视野和丰富的想象力。对于每天夜晚守在电视机前的现代人来说，头上的星空根本不存在，星空曾经给予先哲的伟大启示已经成为失落的遗产。

我们都会说人是大自然之子的道理，可惜的是，能够记起大自然母亲的面貌的人越来越少了。从生到死，我们都远离土地而生活，就像一群远离母亲的孤儿。到各地走走，你会发现到处都在兴建雷同的城镇，千篇一律的商厦和水泥马路取代了祖先们修筑的土墙和小街，田野和村庄正在迅速消失。甚至在极偏僻的地方，你也难觅宁静的自然之趣和淳朴的民风，迎接你的总是同样的卡拉 OK 的喧闹和假民俗的做作。最可悲的是我们的孩子，他们在这样一种与大自然完全隔绝的生活模式中成长，压根儿没有过同大自然亲近的经验和对土地的记忆，因而也很难在他们身上唤起对大自然的真正兴趣了。有一位作家写到，她曾带几个孩子到野外去看月亮和海，可是孩子们对月亮和海毫无兴趣，心里惦记着的是及时赶回家去，不要误了他们喜欢的一个电视节目。

我们切不可低估这一事实的严重后果。一棵植物必须在土里扎下根，才能健康地生长。人也是这样，只是在外表上不像植物那么明显，所以很容易被我们忽视。我相信，远离土地是必定要付出可怕的代价的。倘若这种对大自然的麻木不仁延续下去，人类就不可避免地要发生精神上的退化。在电视机前长大的新一代人，当然读不进荷马和莎士比亚。始终在人造产品的包围下生活，人们便不再懂得欣赏神和半神的创造，这有什么奇怪呢？在我看来，不管现代人怎样炫耀自己的技术和信息，倘若对自己生命的来源和基础浑浑噩噩，便是最大的蒙昧和无知。人类的聪明在于驯服自然，在广袤的自然世界中为自己开辟出一个令自己惬意的人造世界。可是，如果因此而沉溺在这个人造世界里，与广袤的自然世界断了联系，就真是聪明反被聪明误了。自然的疆域无限，终身自拘于狭小人工范围的生活毕竟是可怜的。

读永恒的书

人类所创造的精神财富是通过各种物质形式得以保存的,其中最重要的一种形式就是文字。因而,在我们日常的精神活动中,读书便占据着很大的比重。据说最高的境界是无文字之境,真正的高人如同村夫野民一样是不读人间之书的,这里姑且不论。一般而言,我们很难想象一个关注精神生活的人会对书籍毫无兴趣。尤其在青少年时期,心灵世界的觉醒往往会表现为一种勃发的求知欲,对书籍产生热烈的向往。“我扑在书籍上,就像饥饿的人扑在面包上一样。”高尔基回忆他的童年时所说的这句话,非常贴切地表达了读书欲初潮来临的心情。一个人在早年是否经历过这样的来潮,在一定程度上透露和预示了他的精神素质。

然而,古今中外,书籍不计其数,该读哪些书呢?从精神生活的角度出发,我们也许可以极粗略地把天下的书分为三大类。一是完全不可读的书，这种书只是外表像书罢了，实际上是毫无价值的印刷垃圾，不能提供任何精神的启示、艺术的欣赏或有用的知识。在今日的市场上，这种以书的面目出现的假冒伪劣产品比比皆是。二是可读可不读的书，这种书读了也许不无益处，但不读却肯定不会造成重大损失和遗憾。世上的书，大多属于此类。我把一切专业书籍也列入此类，因为它们只对有关的专业人员才可能是必读书，对于其余人却是不必读的，至多是可读可不读的。三是必读的书。所谓必读，是就精神生活而言，即每一个关心人类精神历程和自身生命意义的人都应该读，不读便会是一种欠缺和遗憾。

应该说，这第三类书在书籍的总量中只占极少数，但绝对量仍然非常大。它们实际上是指人类文化宝库中的那些不朽之作，即所谓经典名著。对于这些伟大作品不可按学科归类，不论它们是文学作品还是理论著作，都必定表现了人类精神的某些永恒内涵，因而具有永恒的价值。在此意义上，我称它们为永恒的书。要确定这类书的范围是一件难事，事实上不同的人就此开出的书单一定会有相当的出入。不过，只要开书单的人确有眼光，就必定会有一些最基本的好书被共同选中。例如，他们决不会遗漏掉《论语》、《史记》、《红楼梦》这样的书，柏拉图、莎士比亚、托尔斯泰这样的作家。

在我看来，真正重要的倒不在于你读了多少名著，古今中外的名著是否读全了，而在于要有一个信念，便是非最好的书不读。有了这个信念，即使你读了许多并非最好的书，你仍然会逐渐找到那些真正属于你的最好的书，并且成为它们的知音。事实上，对于每个具有独特个性和追求的人来说，他的必读书的书单决非照抄别人的，而是在他自己阅读的过程中形成的，这个书单本身也体现出了他的个性。正像罗曼·罗兰在谈到他所喜欢的音乐大师时说的："现在我有我的贝多芬了，犹如已经有了我的莫扎特一样。一个人对他所爱的历史人物都应该这样做。”

费尔巴哈说：人就是他所吃的东西。至少就精神食物而言，这句话是对的。从一个人的读物大致可以判断他的精神品级。一个在阅读和沉思中与古今哲人文豪倾心交谈的人，与一个只读明星逸闻和凶杀故事的人，他们当然有着完全不同的内心世界。我甚至要说，他们也是生活在完全不同的外部世界上，因为世界本无定相，它对于不同的人呈现不同的面貌。列车上，地铁里，我常常看见人们捧着形形色色的小报，似乎读得津津有味，心中不免为他们惋惜。天下好书之多，一辈子也读不完，岂能把生命浪费在读这种无聊的东西上。我不是故作清高，其实我自己也曾拿这类流行报刊来消遣，但结果总是后悔不已。读了一大堆之后，只觉得头脑里乱糟糟又空洞洞，没有得到任何有价值的东西。歌德做过一个试验，半年不读报纸，结果他发现，与以前天天读报相比，没有任何损失。所谓新闻，大多是过眼烟云的人闹的一点儿过眼烟云的事罢了，为之浪费只有一次的生命确实是不值得的。

度一个创造的人生

如果要用一个词来概括人类精神生活的特征，那么，最合适的便是这个词——创造。

所谓创造，未必是指发明某种新的技术，也未必是指从事艺术的创作，这些仅是创造的若干具体形态罢了。创造的含义要深刻得多，范围也要广泛得多。人之区别于动物就在于人有一个灵魂，灵魂使人不能满足于动物式的生存，而要追求高出于生存的价值，由此展开了人的精神生活。大自然所赋予人的只是生存，因而，人所从事的超出生存以上的活动都是给大自然的安排增添了一点新东西，无不具有创造的性质。这样的活动当然不是肉体（它只要求生存）而是灵魂发动的。正是在创造中，人用行动实现着对真、善、美的追求，把自己内心所珍爱的价值变成可以看见和感觉到的对象。

由此可见，决定一种活动是否具有创造性的关键在于有无灵魂的真正参与。一个画匠画了一幅毫无灵感的画，一个学究写了一本人云亦云的书，他们都不是在创造。相反，如果你真正陶醉于一片风景、一首诗、一段乐曲的美，如果你对某个问题形成了你的独特的见解，那么你就是在创造。

许多哲学家都曾强调劳作与创造的区别，前者是非精神性的，后者是精神性的。在这方面，马克思的看法也许仍是最有启发意义的。他认为，人的本性是更喜欢从事自由的创造活动的，因为人在这种活动中能够充分实现自己的能力和价值，从而获得精神上的享受。然而，为了生存，人又必须从事生产活动。因此，可以把我们的时间划分为必要劳动时间和自由时间。一个理想的社会应当把必要劳动时间缩短到最低限度，以便为每个人从事创造活动腾出充足的自由时间。这个道理对于个人也是适用的。一个人只是为谋生或赚钱而从事的活动都属于劳作，而他出于自己的真兴趣和真性情从事的活动则属于创造。劳作仅能带来外在的利益，唯创造才能获得心灵的快乐。但外在的利益是一种很实在的诱惑，往往会诱使人们无休止地劳作，竟至于一辈子体会不到创造的乐趣。在我看来，创造在生活中所占据的比重，乃是衡量一个人的生活质量的主要标准。

真正的创造是不计较结果的，它是一个人的内在力量的自然而然的实现，本身即是享受。有一位夫人督促罗曼·罗兰抓紧写作，快出成果，罗曼·罗兰回答说："一棵树不会太关心它结的果实，它只是在它生命液汁的欢乐流溢中自然生长，而只要它的种子是好的，它的根扎在沃土中，它必将结好的果实。”我非常欣赏这个回答。只要你的心灵是活泼的、敏锐的，只要你听从这心灵的吩咐，去做能真正使它快乐的事，那么，不论你终于做成了什么事，也不论社会对你的成绩怎样评价，你都是度了一个有意义的创造的人生。

第十三辑　哲学:对世界的认识

哲学开始于仰望天穹

哲学是从仰望天穹开始的。

每个人在童年时期必定会有一个时刻,也许是在某个夏夜,抬头仰望,突然发现了广阔无际的星空。这时候,他的心中会油然生出一种神秘的敬畏感,一个巨大而朦胧的问题开始叩击他的头脑:世界是什么?

这是哲学的悟性在心中觉醒的时刻。每个人心中都有这样的悟性,可是并非每个人都能够把它保持住的。随着年龄增长,我们日益忙碌于世间的事务,上学啦,做功课啦,考试啦,毕业后更不得了,要养家糊口,发财致富,扬名天下,哪里还有闲工夫去看天空,去想那些"无用"的问题?所以,生活越来越繁忙,世界越来越喧闹,而哲学家越来越稀少了。

当然,对于大多数人来说,这是不得已的,也是无可指责的。不过,如果你真的对哲学感兴趣,那你就最好把闲暇时看电视和玩游戏机的时间省出一些来,多到野外或至少是户外去,静静地看一会儿天,看一会儿云,看一会儿繁星闪烁的夜空。有一点我敢断言:对于大自然的神秘无动于衷的人,是不可能真正领悟哲学的。

关于古希腊最早的哲学家泰勒斯,有一则广泛流传的故事。有一回,他走在路上,抬头仰望天上的星象,如此入迷,竟然不小心掉进了路旁的一口井里。这情景被一个姑娘看见了,便嘲笑他只顾看天而忘了地上的事情。姑娘的嘲笑也许不无道理,不过,泰勒斯一定会回答她说,在无限的宇宙中,人类的活动范围是如此狭小,忙于地上的琐事而忘了看天是一种更可笑的无知。

包括泰勒斯在内的好几位古希腊哲学家同时都是天文学家,这大概不是偶然的。德国哲学家康德说,世上最使人惊奇和敬畏的两样东西就是头上的星空和心中的道德律。中国最早的哲学家孔子、墨子、老子、孟子也都曾默想和探究"天"的道理。地上沧桑变迁,人类世代更替,苍天却千古如斯,始终默默无言地覆盖着人类的生存空间,衬托出了人类存在的有限和生命的短促。它的默默无言是否蕴含着某种高深莫测的意味?它是神的居所还是物质的大自然?仰望天穹,人不由自主地震撼于时间的永恒和空间的无限,于是发出了哲学的追问:这无始无终无边无际的世界究竟是什么?

世界究竟是什么?

希腊哲人赫拉克利特说:“我们不能两次踏进同一条河。”中国哲人孔子站在河岸上叹道:“世界就像这条河一样昼夜不息地流逝着呵。”他们不约而同地都把世界譬作永远奔流的江河。不过,这个譬喻只能说明世界是永恒变化的,没有解答世界究竟是什么的问题。要说清楚世界究竟是什么,这是一件难事。

世间万物,生生不息,变易无常。在这变化不居的万物背后,究竟有没有一种持续不变的东西呢?世间万象,林林总总,形态各异。在这五花八门的现象背后,究竟有没有一个统一的东西呢?追问世界究竟是什么,实际上就是要寻找这变中之不变,这杂多中之统一。哲学家们把这种不变的统一的东西叫作“实体”、“本体”、“本根”、“本质”,等等。

如果说一切皆变,究竟是什么东西在变?变,好像总是应该有一个承担者的。没有承担者，就像一台戏没有演员，令人感到不可思议。

譬如说，我从一个婴儿变成儿童，少年，青年，中年人，最后还要变成老年人。你若问是谁在变，我可以告诉你是我在变，无论我变成什么年龄的人，这个我仍然是我，在变中始终保持为一个有连续性的独立的生命体。同样道理，世界无论怎样变化，似乎也应该有一个不变的内核，使它仍然成其为世界。

最早的时候，哲学家们往往从一种或几种常见的物质形态身上去寻找世界的这种“本体”，被当作“本体”的物质形态有水、火、气、土，等等。他们认为，世间万物都是由它们单独变来或混合而成。后来，古希腊哲学家留基伯和德谟克里特提出了一种影响深远的看法：万物的统一不在于它们的形态，而在于它们的结构，它们都是由一种相同的不可分的物质基本粒子组成的，这种基本粒子叫作原子。物理学在相当长的时期内曾经支持这个看法，但是现代物理学的发展已经对基本粒子的存在及其作用提出了一系列质疑。

另一些哲学家认为，既然一切物质的东西都是变化无常的，那么，使世界保持连续性和统一性的“本体”就不可能是物质的东西，而只能是某种精神的东西。他们把这种东西称作“理念”、“绝对精神”，等等，不过，它的最确切的名称是“神”。他们仿佛已经看明白了世界这幕戏，无论它剧情如何变化，都是由神按照一个不变的剧本导演的。这种观点得到了宗教的支持。

在很长时期里，哲学被这两种观点的争论纠缠着。可是，事实上，这两种观点的根本出发点不同，谁也说服不了谁，是永远争论不出一个结果来的。值得注意的是，他们的没有结果的争论引起了另一些哲学家的思考，对他们争论的问题本身发生了怀疑。

能问“世界究竟是什么”这个问题吗?

问一个东西究竟是什么,这是什么意思呢?在多数情况下,这是一种归类。譬如说,问“桌子究竟是什么”,回答是“它是一种家具”,问“地球究竟是什么”,回答是“它是一颗行星”。在这里,“家具”是比“桌子”更高的类,“行星”是比“地球”更高的类。可是,“世界”包括了一切,在“世界”之外不存在任何东西了,既然如此,问“世界究竟是什么”,我们能把“世界”归到什么更高的类中呢?这是不该问“世界究竟是什么”这种问题的理由之一。

变化一定是有一个东西在变化吗?运动就一定是有一个东西在运动吗?不一定。譬如说,能量转化,我们只能得到热能、动能、势能等具体形态的能量,并非有一个不属于任何形态的抽象能量在那里变化。“天打雷了。”真有一个“天”在打雷吗?并没有,实际存在的只是打雷的现象本身罢了。由此可见,我们应该按照世界所呈现的样子来认识它,不该到万物流变的背后去寻找什么“本体”,这种寻找不但徒劳,而且多此一举。这是反对问“世界究竟是什么”这种问题的又一个理由。

在今天的时代,这种反对追问“本体”的主张已经发展成为一股强大的潮流,主要活动在英语国家的一大批哲学家甚至宣布,对“本体”的追问只是由语言的逻辑毛病产生的虚假问题,可以通过治疗语病而将它消除。譬如说,语言有主语和谓语的结构,这种结构使人误以为有谓语就必有主语,而主语一定是存在着的实体。但实际情形并非如此。上面所说为变寻找一个不变的承担者的思想方法就是这样产生的。

然而,不论怎样消除语言的逻辑毛病,对世界的隐秘“本体”的追问似乎仍是人类精神的“不治之症”。不过,那些患有这种“病症”的现代哲学家(例如海德格尔)已经不再言之凿凿地给世界是什么的问题以一个武断的回答,他们倾向于认为,认识“本体”不能靠逻辑思维,而要靠心灵体验,并且是难以用语言来表达的。如果勉为其难,或许可以用诗的语言加以暗示。其实,他们心目中的“本体”非常接近于中国古代哲学家老子所说的恍兮惚兮不可名状的“道”,也非常接近于古希腊哲学家赫拉克利特用晦涩的语言所暗示的“逻各斯”。一种不可言说的东西当然是无法成为研究对象的,所以,在这些哲学家看来,哲学不是一门学问,而是一种仅仅属于每个思考者个人的内在的精神生活。

世界有没有一个开端?

这里所说的"世界"是指宇宙。现代天文学和宇宙学已经很雄辩地证明,我们的地球、地球所属的太阳系、太阳系所属的银河系都是有一个开端的,并且必将有一个终结。但是,银河系只是宇宙的一个极小部分,整个宇宙有没有一个开端呢?

没有开端似乎是一件不可思议的事。我们每个人的生命,整个人类,世上万事万物都有一个开端,世界本身怎么会没有一个开端呢?没有开端意味着世界在到达今天的状态之前,已经走过了无限的路程,而无限的路程也就是走不完的路程,世界怎么能把这走不完的路程走完呢?

所以,出于常理,早期哲学家们往往喜欢给世界寻找一个开端。例如,赫拉克利特认为世界的开端是火,这火在冷却过程中形成了世间万物。可是,我们马上可以问:这火是从哪里来的呢? 对此只有两种可能的回答。一种回答是,这火原来不存在,有一天突然无中生有地产生并且燃烧了起来,于是便有了世界。无中生有显然是荒唐的,为了避免这荒唐,必须设定一个创造者,后来基督教正是这么做的。赫拉克利特采用的是另一种回答:这火是永恒存在着的,并且按照一定周期熄灭和燃烧,由此形成了万物又使万物复归于火。很明显,这个答案实际上意味着世界并没有一个开端,它是一个永恒循环的过程。

最坚决地主张世界有一个开端的是基督教。基督教认为,世界以及世间万物都是上帝用了六天工夫创造出来的。有人问:上帝在创造世界之前在做什么呢?公元5世纪的神学家奥古斯丁答道:时间是上帝所创造的世界的一个性质,在世界被创造之前并不存在。这个回答只是巧妙地回避了问题,却没有回答问题。它的意思是说,在上帝创造世界之前不存在时间,因而也不存在只有在时间中才能发生的一切,所以,你根本不能问在上帝创造世界之前发生了什么。然而,所谓"世界"应是无所不包的,包括一切存在,如果真有上帝,则上帝也包括在内。因此,既然在创世之前就存在着上帝,创世就不能算是世界的开端,我们不得不问:上帝从何而来,它有没有一个开端?其实,上帝创世说的真正含义是,我们可以理解的这个世界是必须有一个开端的,在此开端之前的是我们所不能理解的永恒,我们不该再去追问,"上帝"便是标志这个神秘的永恒的一个名称。

一般来说,科学家以及具有科学精神的哲学家都倾向于认为世界没有一个开端。可是,这种情况最近好像有了变化。当代宇宙学家提出了一个关于宇宙开端的令人震惊的假说,按照这个假说,发生在大约一百五十亿年前的一次"大爆炸"是宇宙的开端。不过,对这一假说感兴趣的读者不妨去读一读当代最权威的宇宙学家霍金写的《时间简史》,他在这本书里清楚地告诉我们,之所以把“大爆炸”看作宇宙的开端,仅仅是因为“大爆炸”彻底消灭了在它之前可能发生过的一切事件的痕迹,使它们对我们而言永远失去了任何可观测的效果。所以,严格地说,即使发生过“大爆炸”,它也不是宇宙的开端,而只是我们可能观测到的这一段宇宙历史的开端。

先有鸡还是先有蛋?

先有鸡,还是先有蛋? 这一个看上去很简单的问题好像难倒了所有人。宇宙有没有一个开端的问题其实与这个问题非常相似。

让我们来讨论一下这个问题。

你当然知道,如果你说先有鸡,我会问你这只鸡从哪里来,如果你说先有蛋,我同样会问你这只蛋从哪里来,所以这两个答案都是不可取的。你很可能会用进化论来解释,当某种动物进化成鸡的时候,这种动物的蛋也就变成了鸡的蛋,所以鸡和蛋几乎是同时产生的,不能分出先后。事实上,许多人都是这么回答的。可是,这种回答只是把问题往前推了,因为对于在鸡之前的那种动物(比方说某种鸟)来说,问题仍然存在:先有这种鸟,还是先有这种鸟的蛋? 即使一直推到植物,我仍然可以问:先有这种植物,还是先有这种植物的种子? 推到靠细胞分裂来繁殖的单细胞生物,我仍然可以问:先有这种单细胞生物,还是先有它的分裂？在所有这些场合，问题仍是那同一个问题，问题的性质丝毫没有变。那么，我们还是回到鸡和蛋的例子上来吧。

这个问题的难点在于，我们既不能追溯到第一只鸡，它不是蛋孵出来的，也不能追溯到第一只蛋，它不是鸡生出来的。在鸡与蛋的循环中，我们不能找到一个开端。然而，没有开端又似乎是荒谬的，我们无法想象在既没有第一只鸡也没有第一只蛋的情况下，怎么会有现在的鸡和蛋。

世界有没有一个开端的问题只是在无限大的规模上重复了这个难题。难题的实质也许在于，我们不能接受某个结果没有原因。如果你为世界确定了一个开端，就必定要面对这个问题：造成这个开端的原因是什么？无论你把原因归结为世界在这开端之前的某种状态还是上帝，你实际上都已经为这个开端本身指出了一个更早的开端，因而它也就不成其为开端了。如果你否认世界有一个开端，也就是否认世上发生的一切事件有一个初始的原因，那么，没有这个初始的原因，后来的这一切事件又如何能作为结果发生呢？我们的思想在这里陷入了两难的困境。康德认为这个困境是人类思想无法摆脱的，他称之为“二律背反”。但是，也有的哲学家反对他的看法，认为这个困境是由我们思想方法的错误造成的，譬如说，用因果关系的模式去套宇宙过程就是一种错误的思想方法。

这两种看法究竟哪种对，哪种错？我建议你不妨再仔细想想鸡与蛋的问题，然后再加以评论。

宇宙在空间上有没有边界?

宇宙在空间上有没有边界?让我们就这个问题进行一场对话。我问,你答,当然是由我琢磨和写出你的可能的回答。

问:首先让我们假定宇宙是无限的,它没有边界。请你想象一下这个没有边界的无限的宇宙是什么样子的,然后告诉我。

答:它四面八方都没有界限。

问:你这话只是重复了我的问题,我要问的正是这个"没有界限"是什么样子。

答:我先想到我们的地球,太阳系,银河系,接着想到在银河系外还有别的星系,别的星系外还有别的星系,这样一直推到无限远。

问:对了,我们是不可能直接想象没有边界的东西的,为了想象没有边界的东西,我们先想象它的一个部分,这个部分是有边界的,然后再想象与它相邻的一个部分,这样逐步扩展和综合。但是,不管你想象了多少部分并且把它们综合起来,你得到的结果仍然是一个有边界的有限的东西。你所说的“这样一直推到无限远”只是一句空话,你在想象中不可能真正做到。

答:我承认我做不到。当我的想象力试图向无限远推进时,它就停了下来,我只好用语言来帮助它,对自己说:就这样一直推进吧……

问:正是这样,这说明我们无法想象一个没有边界的宇宙。现在让我们假定宇宙是有边界的,请你想象一下,在它的边界之外有什么东西?

答:应该是没有任何东西,否则就不成其为边界了。

问:你说得对。如果仍有东西,我们就必须把它的边界定位在那些东西的外侧,直到没有任何东西为止。这就是说,在它的边界之外只有空无。现在你遇到和刚才相似的麻烦了:你必须想象宇宙边界之外的空无,这空无没有边界。

答:我想象不了。

问:由此可见,不管宇宙有没有边界,都是不可思议的。

在上面的对话中,我们基本上重复了康德的一段议论。其实,他在论证宇宙既不可能没有边界又不可能有边界时,所依据的是同一个理由:我们无法想象无限的空间,不管这空间是空的还是充满着物体的。如果要我选择,我宁可相信宇宙是没有边界的,因为想象有内容的无限毕竟还可以从它的有限部分开始,想象空无的无限连这样的起点也找不到。

现代宇宙学家在爱因斯坦的广义相对论的基础上提出了一个假说:我们这个宇宙在空间上是有限而没有边界的。有限怎么会没有边界呢?因为它的空间是弯曲而封闭的引力场,这空间既不和虚空也不和别的物体接界。至于在我们的宇宙之外还有没有别的宇宙,我们永远不会知道,因此不必去考虑。可惜的是,哲学往往不听科学的规劝,偏要考虑那些不可知的事。我们无法压抑自己的好奇:如果在我们的有限宇宙之外的既非虚空,又非别的宇宙,那会是什么东西呢?

时间之谜

在世上一切东西中,时间是最难解的谜之一。

时间是什么? 你也许会说,时间就是秒钟、分钟、小时、日、月、年,等等。不错,我们是用这些尺度来衡量时间的,可是那被衡量的东西是什么?

人们曾经相信,时间是由无数瞬间组成的,瞬间与瞬间之间彼此连接,不可分割,并且以均匀的速度前后相续,就这样从过去向未来延伸。如果画在纸上,就是一条箭头指向前方的直线。这便是从古希腊一直延续到牛顿的"绝对时间"的观念。爱因斯坦用他所创立的相对论打破了这个观念,他发现,对于处在不同空间和运动速度中的人来说,时间的量度是不同的。假如有一对双胞胎,老大是宇宙飞行员,以接近于光速的速度在宇宙中航行,老二在地球上生活,当老大回到地面时,他会比老二年轻许多。这便是所谓"相对时间"的观念。不过,相对论只是说明了时间量度对于空间和运动速度的相对关系,并未告诉我们时间本身是什么。

不管我们把时间描绘成一条直线还是一条曲线,我们只能生活在当下这个瞬间。你说你今年十五岁了,你已经活了十五个年头,可是这过去的十五个年头在哪里? 假定你还能活八十年,这未来的八十年又在哪里? 至于当下这个瞬间,它也是转瞬即逝的,你还来不及喊出“现在”这个词,“现在”就已经成了过去。那么,究竟有没有时间这回事呢?

由于在外部世界中似乎找不到时间的客观根据,有些哲学家就试图在人的主观世界中发现时间的秘密。例如,康德认为,时间是人的感觉的先天形式,人把它投射到了外部世界中。法国哲学家柏格森认为,在外部物理世界中只有空间,没有时间,因为我们在那里看不到物体在时间中的延续,只能看见物体在空间中的伸展;相反,在我们的内在心理世界中只有时间,没有空间,时间就是我们的意识状态的前后相续和彼此渗透。在每一个瞬间,我们都能够体验到记忆和想象、过去和未来的交织,从而体验到时间的真正延续。不过,这种时间是不能用人工规定的尺度来衡量的,譬如说,无论你怎样用心,你都不能通过内心体验来获知自己的年龄。

很显然,柏格森所说的时间与牛顿所说的时间完全是两码事。那么,究竟是存在着两种时间呢,还是其中一种为真,另一种为假,或者它们都只是虚构? 迄今为止,关于时间已经有过许多不同的定义,例如:一、时间是物质存在的客观形式;二、时间是运动着的物体的一种动力量;三、时间是人类所制订的测量事物运动变化的尺度;四、时间是人类特有的生存方式;五、时间是人类固有的感觉形式;六、时间是一种内心体验。在这些定义中,你赞成哪一个?

因果之间有必然联系吗?

世上发生的每一件事必定是有原因的,如果没有原因,就不会有任何事情发生。这个道理好像是十分清楚的。可是,让我们来看看,从这个似乎清楚的道理会推出怎样荒谬的结论。

譬如说,有一个人出门,当他经过一幢房屋时,屋顶上掉下一块石头,把他砸死了。按照上面的道理,我就要问你:他为什么被砸死?你一定会分析说:因为当时刮起一阵大风,把石头吹下来了,而他刚好经过。当你这么分析时,你实际上提到了两件事作为他被砸死的原因,一是当时刮风吹落石头,二是他刚好经过。所以我要继续问你:一、为什么当时会刮风,并且把石头吹落?二、为什么他会在这个时候经过那里?对前一个问题,你就会分析气流变化如何导致刮风,年久失修如何导致屋顶石头松动,等等,对后一个问题,你就会解释这个人为了什么事出门,为何走这条路线,等等。你的每一次回答都涉及更多的事件,因而我可以不断地问下去,以至于无穷。

照这样分析,这个人被砸死是必然的吗?有些哲学家就是这样认为的。在他们看来,世上每件事情作为结果都必有其原因,当然往往不止一个原因,是这些原因共同作用的结果,而这些原因中的每一个又是更早的一些原因的结果,如此组成了一张延伸到无穷远的因果关系的大网,在这张大网上,每一件事的发生都是必然的。

你也许会反驳说:不对,尽管这个人被砸死是有原因的,但有原因不等于必然。譬如说,他在刚出门时也许遇见了一个熟人,他和熟人聊了一会儿天,这才导致当石头落下时他刚好到达现场,所以被砸死了。如果他不遇见那个熟人,石头落下时他就已经越过现场,也就不会被砸死了。可见他被砸死是偶然的。

但是,按照上面的道理,我会说:那个熟人之所以在那个时候经过他家的门口也是有原因的,这些原因加上他这方面的原因决定了他在出门时必定会遇见那个熟人,必定被耽搁了一会儿,必定被砸死。

难道这个可怜的家伙非被砸死不可吗?这好像太荒谬了。可是,在上述那些哲学家看来,这并无荒谬之处,我们之所以觉得荒谬是因为我们未看到事情的前因后果。如果我们能够像上帝一样居高临下地看清楚世上从过去到未来的一切事情之间的全部因果关系,就会知道每一件事情都是必然的了。但这是不可能的,而正因为不能弄清导致某些事情发生的全部原因,我们才误认为它们是偶然的。

在哲学史上,这种观点被称作机械决定论。为了反驳这种观点,有些哲学家就试图划清因果性和必然性的界限。他们承认,有果必有因,有因必有果,但他们强调,原因和结果之间并没有必然的联系。确定的原因 a 未必导致确定的结果 e,而只是规定了一组可能的结果 e、f、g、h,其中 e 的实现也许具有较大的可能性,但究竟哪个结果实现终归是带有偶然性的。这个解释好像也不太能自圆其说。如果问他们:在这一组可能的结果中,为什么恰好是 e 这个结果而不是别的结果实现了呢?他们只能或者回答说没有原因,而这就等于承认有果未必有因,从而放弃了因果性原则,或者必须为此另找原因 b,而这就等于说原因 a+b 必然导致结果 e,从而仍把因果性和必然性等同起来了。

是否存在因果关系?

冬天的夜晚,大雪纷飞。白天,太阳出来了,晒在积雪上,雪融化了。问你:雪融化的原因是什么?

你一定回答:是因为太阳晒。

可是,你只能看到太阳晒和雪融化这样两个不同的事实,并没有看见它们之间的因果关系,凭什么推断前一个事实是后一个事实的原因呢?

你也许会说:我们可以通过温度计测量出太阳晒导致了雪的温度升高,又测量出雪的温度升高到一定的度数会融化,这就证明了两者之间有因果关系。

可是,你这样做只是插进了更多的无法感知的因果关系,你能看到太阳晒和温度计的水银柱升高,水银柱升高和雪融化,但你仍然不能看到其间的因果关系。哪怕你搬出显微镜,通过显微镜看到水分子在太阳照射下运动加剧，水分子之间的距离增加，以此来证明太阳晒与雪融化之间有因果关系，我也仍然可以反问你：你只是看到了太阳晒、水分子的运动、雪融化这三个事实，可是你看到它们之间的因果关系没有呢？无论你运用多么精密的仪器进行观察和实验，你看到的都只能是一个个事实以及它们之间同时或相继出现的关系，从这种关系永远不能推断出因果关系。

我在这里所说的正是18世纪英国哲学家休谟的看法。他不但否认因果之间有必然联系，而且否认任何因果关系的存在。他的观点可以归结为两点：第一，我们的感官只能感知个别的事实，并不能感知事实之间有没有因果关系。仅仅由于某些事实经常集合在一起先后或同时被我们感知，我们便推断它们之间有因果关系。所以，所谓因果关系只不过是我们的习惯性联想，至于实际上是否存在，我们永远也无法知道。第二，所谓因果关系是一事实必然导致另一事实的关系，可是，观察和实验总是有限的，不管我们多少次看到两个事实同时或相继出现，我们也不能据此断定它们永远如此。即使你天天早晨看到太阳升起，你也不能据此断定明天早晨太阳也一定升起。经验只能说明过去，不能说明未来，从经验中不能得出永远有效的必然判断。

不管休谟的看法是对是错，有几分道理，终究对后来的哲学家产生了重大影响。他之后的哲学家对于因果关系往往持比较慎重的态度，他们或者只把它看作或然关系，即一事实很可能（不是必然）导致另一事实，或者只把它看作我们用来整理经验材料的一种必要的思想方式。那么，在客观事物之间是否存在着必然的因果关系呢？很可能存在，不过，如果你不满足于仅仅抱有这个信念，而是想从理论上证明它，你就会发现这不是一件容易的事。迄今为止，还没有一个哲学家能够令人信服地做到这一点呢。也许你能，那就不妨试一试。

自然有没有一个目的?

我先问你一个小问题:人的鼻孔为什么是朝下的?你大约会说:当然得朝下,如果朝上,下雨时雨水不就要灌进去了吗。好了,你的这个回答表达了一种哲学观点,它在哲学史上被称作目的论。

世界真奇妙,令人不由自主地惊叹大自然独具匠心,冥冥中是否有一种目的的安排。你看,太阳给地球以适度的光和热,使百草茂盛,万物生长。植物有根吸收水分和养料,有叶接受阳光,有花繁殖后代。动物的器官各有各的用处。最奇妙的是人类的存在,造物主赋予我们以智慧的头脑和情感的心灵,仿佛就是为了让我们来思考和欣赏它所创造的这个美丽的世界。

然而,对于同样的现象,完全可以做出不同的解释。例如,你既可以说鼻孔朝下是为了不让雨水灌进去,这是目的论的解释;也可以说这是自然选择的结果,也许曾经有过一些鼻孔朝上的生物,由于不适于生存而被淘汰了，这是因果论的解释。这两种解释都有不能自圆其说的地方。一方面，如果自然的变化没有一个目的，它为什么要把不适于生存的物种淘汰，只留下适于生存的物种呢？可见它至少有一个目的，那就是促进生存。另一方面，如果自然真有一个目的，它为什么要创造出许多不适于生存的物种然后又把它们消灭，为什么要用洪水、地震、瘟疫等无情地毁灭掉它好不容易创造出的生命？可见所谓目的只是一种断章取义的解释。

其实，这两种解释之间的差异并不像看上去的那么大。因果论的解释从现状出发向过去追溯，把过去的事件当作原因来解释现状。目的论的解释从过去出发向现状推演，把现状当作目的来解释过去的事件。这两种解释推至极端，便会殊途同归，同样导致宿命论。说世上一切事情都是由因果关系的铁的必然性所决定的，或者说它们是由上帝按照一定的目的安排好的，我很难看出这两种说法有什么实质的区别。

那么，还有没有别种解释呢？有的，那就是偶然论的解释。这种理论认为，整个宇宙是一种完全没有秩序的混乱，在这片混乱中，在一个相对而言极狭小的区域里，之所以会形成一个比较有秩序的世界，诞生了我们的星系、地球、地球上的生命以及人类，纯粹是偶然的。这就好比一则英国故事所形容的：有一群猴子围着一台打字机敲打键盘，打出了许多毫无意义的字母。可是有一回，它们打出的字母居然连缀成了一首莎士比亚的短诗。你能说它们是有意要打这首诗的吗？当然不能。你能找出它们打出这首诗的必然原因吗？肯定也不能。所以，除了用纯粹的偶然性来解释外，你别无选择。如果把自然理解为整个宇宙，情形正是如此。当然，这不排斥在一个狭小的范围内，即在我们所生活的这个比较有秩序的宇宙区域内，事物的发展呈现出某种因果性或目的性的表征。但是，你不要忘记，这种因果性和目的性的表征只有非常相对的意义，它们是从宇宙的大混沌中纯粹偶然地产生的，并且终将消失在这个大混沌之中。

人能否自由地支配自己的行为？

请你想一想，你成为你今天这个样子，究竟是因为你的先天素质的作用呢，或者是因为你出生的家庭环境和生长的社会环境的作用呢，或者是因为你自己是否努力即你的意志的作用呢，还是所有这些因素共同作用的结果？

你很可能会说：当然是这些因素共同作用的结果。

但是，那些主张一切事情都由因果律决定的哲学家会告诉你，在这些因素中，你的意志这个因素不起任何作用。人的行为同样受因果律支配，没有自由可言。支配人的行为的因素有两个，一是人自身的欲望，二是外部的环境。欲望的变化，外部环境的变化，以及外部环境刺激人的欲望从而使人做出反应的过程，这些都严格遵循着因果律。如果能够查明所有这些复杂的因果关系，我们便可以推算出每个人过去、现在、将来的一切行为。人是绝对不能支配自己的行为的，更不用说支配自己的命运了。你之所以成为今天的你,你已做和将做的一切,都早被你的机体构造和你降生于其中的环境规定好了,是这两种你无法选择的因素相互作用的产物。

也许你会举例反驳他们说:我是一个农家孩子,靠自己的努力上了大学,成了一个知识分子,而与我同村的孩子们尽管和我有着相似的生长环境,现在却在务农或经商,走上了与我完全不同的道路。这就证明个人的选择和努力是有重要作用的。

但是,那些哲学家会问你:你当初为什么想要上大学,并且为此做出了努力呢?这一定有原因,因为世上决不会发生没有原因的事情。只要仔细分析,便可以发现,与你的同村孩子相比,或者在你的机体构造中,或者在你的生长环境中,必有某些因素与他们不同。

事实上,确实没有两个人的先天素质或生长环境是完全一样的,因此你很难驳倒这些哲学家。和这些哲学家实在很难做认真的争论,他们的逻辑倒是十分简单的:凡你已经做的一切,都是必然的,因而是别无选择的。晚饭后,你想读一本小说,又想听音乐,犹豫了一下,选择了听音乐。他们就分析说:你听音乐是必然的。你争辩说:不对,我刚才明明也想读小说的,听音乐是我的自由选择。他们会说:可是你终于选择了听音乐而不是读小说,其中必有原因,因为天下决无没有原因就发生的事,只是你自己不知道这原因,才产生了自由选择的错觉。你火了,不耐烦地说:好吧,我告诉你是什么原因,这原因就是我做出了选择!他们当然不会承认你的选择也是你的行为的原因,因为这就等于承认了意志自由,于是他们换一种方式来引导你:年轻人,别发火,让我们来做一个试验,看看有没有意志自由这种怪事。你试试看,你能不能纯粹依靠你的自由意志举起你的右臂?听了这话,如果你不举,就证明了你没有意志自由。如果你举了,他们会告诉你:你之所以举起右臂是因为我们正在争论意志自由问题,你受了我的话的刺激,想用举右臂来证明你有意志自由,所以才举起了右臂。如果没有这些前因后果,你就不会在现在这个时刻举起右臂。所以,这恰恰证明了你的意志是不自由的。

什么是自由意志?

照上面这种方式争论下去显然是没有意义的。为了使讨论取得有益的进展,有必要明确意志自由的概念,限制讨论的范围。事实上,那些主张有意志自由的哲学家都乐于承认,人的肉体生活在相当程度上是受自然律支配的,在这个领域内即使有意志自由也很微小,而且并不重要。意志自由问题真正具有头等重要的意义,是在人的精神生活领域,尤其是在道德生活领域。

如果没有意志自由,人不能自由地选择和支配自己的行为,道德就失去了根据。假如杀人、放火、偷盗等都是出于机体或环境的必然的原因,个人的意志对此完全无能为力,你当然就没有理由要求罪犯对他们的罪行承担道德责任。

为了说明人有意志自由,有些哲学家就强调理性是人的本质,人凭理性而能分辨善恶,并据此进行选择;另一些哲学家则宣布人没有任何一成不变的本质,所以在任何时候都无所凭借,但也因此可以自由决定自己的行为。不论怎样,他们都认为人是有选择的自由的。情势再逼迫,你总还有说“不”的自由。刀子架在脖子上,你也不是非投降不可,因为你可以选择死,而这便证明你是自由的。当然,那些不承认有意志自由的人一定会说:你之所以选择死也是有原因的,可以从你过去的全部经历中分析出这一选择的必然性,可见并非自由的选择。看来终归是谁也说服不了谁,而且这两派人谈论的很可能不是同一件事。

感觉可靠吗?

蜜蜂的视力很微弱,但它能看见我们人类所看不见的紫外线。乌贼的视力也很微弱,但它能看见我们人类所看不见的红外线。蝙蝠几乎什么也看不见,但它能听见它自己发出的超声波在物体上反射回来的信号,并以此来寻找食物和躲避障碍。在这些动物的心目中,世界是什么样子的呢?

你再想象一下,在一个生下来就双目失明的盲人的心目中,世界又是什么样的?这个世界当然没有光和色,肯定也不存在有形状的物体。对于他来说,所谓形状只能是手上留下的若干微妙的触觉。他凭听到的声音和触到的障碍来判断方位,因而他心目中的空间也只是由一些听觉印象和触觉印象组成的。我们这些有眼睛的人即使把眼睛紧闭起来,竭力想象盲人心目中的世界,也极难完全排除视觉印象。我们实在难以想象一个没有形象的世界。

也许你会说，动物的感官太低级，盲人的感官有缺陷，所以都不能感知世界的本来面目。可是，我们这些感官齐全的正常人是可以做到这一点的。真的这样吗？你凭什么说我们的感官是齐全的呢？譬如说，如果我们的眼睛能分辨红外线和紫外线，我们就会看见更多的颜色。以此衡量，我们现在都是某种程度的色盲。如果我们在耳、鼻、口、舌、身之外还有第六种感官，我们就会发现世界有更多的性质。以此衡量，我们现在都是某种程度的先天残疾。何况科学已经证实，世界上并没有颜色这种东西，只有不同波长和频率的光波，颜色是光波作用于视觉器官而产生的感觉。世界上并没有声音这种东西，只有空气的振动，声音是空气振动作用于听觉器官而产生的感觉。世界上并没有温度这种东西，只有分子的运动，温度是分子运动作用于触觉器官而产生的感觉。世界上并没有气味和味道这种东西，只有不同种类的分子，气味是某些种类的分子作用于嗅觉和味觉器官而产生的感觉。总之，那个有颜色、声音、温度、气味的世界并不是世界的本来面目，它的存在是依赖于我们的感觉器官的，如果人类感觉器官有另一种构造，我们感知到的世界就会是另一种样子。

也许你又会说，就算这样，我们通过科学仪器观察到的世界总应该是世界的本来面目了吧。可是，不要忘记，仪器也只是人类感觉器官的延长，我们通过仪器测出的光波、分子结构等仍然是要用眼睛来看的，我们凭什么相信它们不会被我们的视觉印象改变呢？其实，对它们的命名已经证明了这一点，所谓“波”和“粒子”不正是以视觉印象为基础的一种描述吗？

事实上，差不多从哲学诞生开始，就不断有哲学家对感觉的可靠性表示怀疑。不过，在他们之间，怀疑的程度是有差别的。其中大部分人承认，感觉总是由外部原因引起的，但是我们无法知道这外部原因是什么样子的，我们的感觉是否与它们相符，因为我们感觉不到两者之间的关系，不能进行比较。第二种人走得最远，他们说：既然你感觉不到你的感觉与外部原因之间的关系，又怎么知道这外部原因存在呢？所以这外部原因不存在，存在的只有你的感觉。这就是 18 世纪英国哲学家贝克莱的主张。第三种人发现这样推论是有毛病的，从不知道外部原因是否存在不能推论出它不存在，因而又退回来一步，主张不去讨论在感觉之外是否有一个外部世界的问题，因为我们除了感觉别无所有，永远没有对此下判断的依据。这就是休谟的主张。这种看法在逻辑上最能自圆其说，不过，休谟承认，在实际生活中，我们还必须假定外部世界的存在，否则会寸步难行。

存在就是被感知吗?

“存在就是被感知”——这是贝克莱提出的一个很有名的命题。为了弄清这个命题的意思,现在且假定这位哲学家还活着,让他来和我们进行一场对话。

贝克莱:此刻你面前有一只苹果,你看得见它,摸得着它。这只苹果存在吗?

答:存在。

贝克莱:你凭什么说它存在呢?

答:因为我明明看见了它,摸到了它。

贝克莱:这就是说,它被你感知到了。好,现在你闭上眼睛,把手插进衣服口袋里,看不见也摸不到这只苹果了。我再问你,它现在存在吗?

答:存在。

贝克莱:现在你并没有看见它,摸到它,凭什么还说它存在呢?

答:因为我刚才看见过它,摸到过它,我相信只要我睁开眼睛,伸出手,现在我仍然能看见它,摸到它。

贝克莱:这就是说,你之所以相信它仍然存在,是因为它刚才曾经被你感知到,这使你相信,只要你愿意,现在它仍然可以被你感知到。现在假定在离你很远的一个地方有一只苹果,你永远不会看见它,摸到它,它存在吗?

答:存在,因为那个地方的人能看见它,摸到它。

贝克莱:如果那是一片没有人烟的原始森林,那只苹果是一只野生苹果,在它腐烂之前不会有任何人见到它呢?

答:但是,我们可以想象如果那里有人,就一定能见到它。

贝克莱:好了,现在我们可以总结一下了。我们说某个东西存在,无非是说它被我们感知到。即使当我们设想存在着某个我们从未感知到的东西时,我们事实上也是在设想它以某种方式被我们感知到。我们无法把存在与被感知分离开来,离开被感知去设想存在。由此可见,存在和被感知是一回事,存在就是被感知。

谈话进行到这里,缺乏经验的读者也许被绕糊涂了,而有经验的读者很可能会提出一个反驳:尽管我们无法离开被感知设想存在,但这不能证明存在与被感知是一回事。一个东西首先必须存在着,然后才能被感知。例如,一只苹果的存在是因,它的被感知是果,两者不可混为一谈。不过,针对这个反驳,贝克莱会追问你所说的“存在”究竟是什么意思,当你谈论这只苹果的“存在”时,你的心灵中岂不出现了这只苹果的形状、颜色、香味,等等,所谓它的“存在”无非是指它的这些可被感知的性质在你的心灵中的呈现,因而也就是指它的被感知?那么,它的“存在”和它的被感知岂不是一回事,哪里有原因和结果的分别?

贝克莱的是与非

现在我们触及“存在就是被感知”这个命题的真正含义了。贝克莱的思路是这样的:对于我来说,一只苹果的存在无非是指我看到了它的颜色,闻到了它的香味,摸到了它的形状、冷暖、软硬,尝到了它的甜味,等等,去掉这些性质就不复有苹果的存在,而颜色、形状、香味、甜味、软硬等又无非都是我的感觉,离开我的感觉就不复有这些性质。所以,这只苹果的存在与它被我感知是一回事,它仅仅是存在于我的心灵中的一些感觉。当然,我可以设想一只我未曾看到的苹果的存在,但我也只能把它设想为我的这些感觉。在这些感觉之外断定还存在着某种不可被感知的苹果的“实体”,这是徒劳的,也是没有意义的。这个道理适用于我所面对的一切对象,包括我所看见的其他人。所以,譬如说,我的父亲和母亲也只是我的心灵中的一些感觉而已,在我的心灵之外并无他们独立的存在……

说到这里,你一定会喊起来:太荒谬了,难道你是你的感觉生出来的吗? 是的,连贝克莱自己也觉得太荒谬了。为了避免如此荒谬的结论,他不得不假定,除了"我"的心灵之外,还存在着别的心灵,甚至还存在着上帝的心灵,一切存在物因为被无所不在的上帝的心灵所感知而保证了它们的存在。这种假定显然是非常勉强的,我们可以不去理会。值得思考的是贝克莱的前提:我们只能通过感觉感知事物的存在,因此,对于我们来说,事物的存在是与它们被我们感知分不开的。从这个前提能否推出"存在就是被感知"的结论呢? 这里实际上包含两个问题:第一,事物的存在是否等同于它的可被感知的性质的存在? 在这些性质背后有没有一个不可被感知的"实体",用更加哲学化的语言说,在现象背后有没有一个"自在之物"? 第二,事物的可被感知的性质是否等同于"我"(主体)的感觉? 在"我"的感觉之外有没有使"我"产生这些感觉的外界现象,用更加哲学化的语言说,在"主体"之外有没有"客体",在"意识"之外有没有客观存在的"对象"? 这是两个不同的问题。贝克莱主张第一个等同,否认现象背后有"自在之物",这是今天大多数哲学家都可赞成的,但他进而主张第二个等同,否认现象在"我"之外的存在,这是今天大多数哲学家都不能赞成的了。

庄周梦蝶的故事

睡着了会做梦,这是一种很平常的现象。正常人都能分清梦和真实,不会把它们混淆起来。如果有谁梦见自己变成了一只蝴蝶,醒来后继续把自己当作蝴蝶,张开双臂整天在花丛草间作飞舞状,大家一定会认为他疯了。然而,两千多年前有一个名叫庄周的中国哲学家,有一回他梦见自己变成了一只蝴蝶,醒来后提出了一个著名的问题:

"究竟是刚才庄周梦见自己变成了蝴蝶呢,还是现在蝴蝶梦见自己变成了庄周?"

好像没有人因为庄周提出这个问题而把他看成一个疯子,相反,大家都承认他是一个大哲学家。哲学家和疯子大约都不同于正常人,但他们是以不同的特点区别于正常人的。疯子不能弄懂某些最基本的常识,例如不能像正常人那样分清梦与真实,所以在日常生活中会遇到严重的障碍。哲学家完全明白常识的含义,但他们不像一般的正常人那样满足于此,而是要对人人都视为当然的常识追根究底,追问它们是否真有道理。

按照常识,不管我梦见了什么,梦只是梦,梦醒后我就回到了真实的生活中,这个真实的生活决不是梦。可是,哲学家偏要问:你怎么知道前者是梦,后者不是梦呢?你究竟凭什么来区别梦和真实?

可不要小看了这个问题,回答起来还真不容易呢。你也许会说,你凭感觉就能分清哪是梦,哪是真实。譬如说,梦中的感觉是模糊的,醒后的感觉是清晰的,梦里的事情往往变幻不定,缺乏逻辑,现实中的事情则比较稳定,条理清楚,人做梦迟早会醒,而醒了却不能再醒,如此等等。然而,哲学家会追问你,你的感觉真的那么可靠吗?你有时候会做那样的梦,感觉相当清晰,梦境栩栩如生,以至于不知道是在做梦,还以为梦中的一切是真事。那么,你怎么知道你醒着时所经历的整个生活不会也是这样性质的一个梦,只不过时间长久得多而已呢?事实上,在大多数梦里,你的确是并不知道自己在做梦的,要到醒来时才发现原来是一个梦。那么,你之所以不知道你醒时的生活也是梦,是否仅仅因为你还没有从这个大梦中醒来呢?梦和醒之间真的有原则的区别吗?

这么看来,庄周提出的问题貌似荒唐,其实是一个非常重要的哲学问题。这个问题便是:我们凭感官感知到的这个现象世界究竟是否真的存在着?庄周对此显然是怀疑的。在他看来,既然我们在梦中会把不存在的东西感觉为存在的,这就证明我们的感觉很不可靠,那么,我们在醒时所感觉到的我们自己以及我们周围世界的存在也很可能是一个错觉,一种像梦一样的假象。

感觉能否证明对象的存在?

在中国和外国,有相当一些哲学家与庄周抱着相似的看法。他们都认为,我们只能通过感官来感知世界的存在,而感官是不可靠的,所以我们所感觉到的世界只是一种假象。至于在假象背后是否存在着一个与假象不同的真实的世界,他们的意见就有分歧了。有的说有,有的说没有,有的说没法知道有没有。也有许多哲学家反对他们的看法,认为我们的感觉基本上是可靠的,能够证明我们自己以及周围世界的真实存在。就拿庄周梦蝶的例子来说,他们会这样解释:庄周之所以会梦见自己变成一只蝴蝶,正是因为他在醒时看见过蝴蝶,如果他从来没有看见过蝴蝶,他就不可能做这样的梦了。所以,庄周和蝴蝶的真实存在以及这个真实的庄周看见过真实的蝴蝶是一个前提,而这便证明了醒和梦是有原则区别的,醒时的感觉是基本可靠的。当然,这种解释肯定说服不了庄周,他一定会认为它不是解答了而是回避了问题,因为在他看来,问题恰恰在于,当你看见蝴蝶时,你怎么知道你不是在做梦呢? 凭什么说看见蝴蝶是梦见蝴蝶的原因,其间的关系难道不会是较清晰的梦与较模糊的梦的关系吗?

在日常生活中,人们都怀着一个朴素的信念,相信我们凭感官所感知的事物是真实存在的。没有这个信念,我们就不能正常地生活,哲学家也不例外。上述解释实际上是把这个朴素的信念当成了出发点,由之出发认定醒时看见蝴蝶的经验是可靠的,然后再用它来解释梦见蝴蝶的现象。在哲学史上,这样一种从朴素信念出发的观点被称作“朴素实在论”或“朴素唯物主义”。可是,在庄周这样的哲学家看来,这种观点只停留在常识的水平上,不配叫作哲学,因为哲学正是要追问常识和朴素信念的根据。所以,如果你真的对哲学感兴趣,你就必须面对庄周提的问题。你很可能不同意他的观点,但你必须说出理由。你得说明:我们如何知道我们凭感官所感知的现象是真实存在的,而不是一个幻象? 感觉本身能否提供这个证据? 如果不能,还有没有别的证据? 只要你认真思考这些问题,不管能否找到最后答案(很可能找不到),你都已经是在进行一种哲学思考了。

思维能否把握世界的本质?

不信任感觉,认为在感官所感知的现象世界背后有一个本来的世界,这实际上是以往多数哲学家的立场。区别在于,有的哲学家断言我们永远无法认识这个本来世界,有的哲学家却相信,我们可以依靠理性思维的能力破除感觉的蒙蔽,透过现象看本质,把握这个本来世界的面目。可是,最近一百多年来,这种长期占统治地位的立场发生了根本的动摇。

理性思维真的能够把握世界的本来面目吗? 为了解答这个问题,我们首先要弄清什么是理性思维。所谓理性思维,就是我们运用具有普遍性的概念进行判断、推理的过程。让我们举最简单的加法的例子来说明这个过程。譬如说,桌子上放着一个苹果,椅子上也放着一个苹果,问你一共有几个苹果,你不需要把这两个苹果挪到一起就可以回答说:“两个。”事实上,当你做出这个回答时,你已经飞快地进行了一个运算:“1+1=2”。这就已经是一种理性思维了。仔细分析起来,这个过程是这样的:你首先把“一个苹果”这样的具体现象变换为抽象的数字概念“1”,然后运用了一个数学公式(判断)“1+1=2”,最后又从这个公式推导出“一个苹果加一个苹果等于两个苹果”的具体结论。

现在的问题是,我们凭感官并不能感知到像“1”、“2”这样的抽象概念和“1+1=2”这样的抽象命题。那么,它们是从哪里来的呢?对于这个问题,有三种可能的回答:

一、我们凭感官可以感知到一个一个的具体东西,也可以感知到它们的集合,抽象的数字概念和算术命题就是从我们的感觉材料中归纳出来的。假定这个答案是对的,那么,以不可靠的感觉为基础的理性思维同样也是不可靠的,并不比感觉更接近那个本来世界。

可是,这第一种回答本身还有着极大的漏洞。我们的感官只能感知个别的具体的现象,从中怎么能得到抽象概念呢?感官所感知的现象总是有限的,从中又怎么能得到适用于一切现象的普遍真理呢?譬如说,我们只能看到一个苹果、一个茶杯、一个人,等等,永远看不到抽象的“1”,思维凭什么把它们抽象为“1”?我们只能看到一个苹果和一个苹果的集合等,思维凭什么断定“1+1”永远等于“2”?由于感性经验不能令人信服地解释抽象概念和命题的来源,有些哲学家就另找出路,于是有以下第二、第三种回答。

二、抽象观念和普遍命题是人类理性所固有的,它们如同大理石的纹理一样潜藏在人类理性之中,在认识过程中便会显现出来。像“1+1=2”这样的真理,人类理性凭直觉就能断定它们是绝对正确的。正是凭借这些先天形式,理性才能够对感觉材料进行加工整理,使之条理化。这个答案仅是一种永远无法证实的假说,我们姑且假定它是对的,那也只能得出这个结论:思维形式仅仅属于人类理性所有,与那个本来世界毫不相干。

三、那个本来世界本身具有一种理性的结构，人类理性是与这个结构相对应的。可是，这一点正是需要证明的，而主张这个观点的哲学家们没有向我们提供任何有说服力的证据。

总之，无论在上述哪种情况下，凡我们不信任感觉的理由，对于思维也都成立。所以，看来我们只好承认，只要我们进行认识，不论是运用感觉还是运用思维，所把握的都是现象，它们至多只有层次深浅的不同。世界一旦进入我们的认识之中，就必定被我们的感觉所折射，被我们的思维所整理，因而就必定不再是所谓本来世界，而成为现象世界了。

世界有没有一个“本来面目”？

好吧，让我们承认，我们人类所能认识的世界只是形形色色的现象世界。那么，在这个或者这许多个现象世界背后，究竟有没有一个不是现象世界的本来世界呢？康德说有的，但我们永远无法认识，所以他称之为“自在之物”。我们且假定他说得对，让我们来设想它会是什么样子的。

可是怎么设想呢？根本无法设想！只要我们试图设想，我们就必须把自己当作一个认识者，把这个所谓本来世界置于和我们的关系之中，从而它就不再是本来世界，而是现象世界了。也许我们可以想象自己是上帝，因而能够用一种全智全能的方式把它一览无遗？可是，所谓全智全能无非是有最完善的感官和最完善的思维，从而能够从一切角度、用一切方法来认识它，而这样做的结果又无非是得到了无数个现象世界。我们除非把这无数个现象世界的总和叫作本来世界，否则就根本不能设想有什么本来世界。

事实正是如此:无论人、上帝还是任何可能的生灵,只要想去认识这个世界,就必须有一个角度。你可以变换角度,但没有任何角度是不可能进行认识的。从不同角度出发,看到的只能是不同的现象世界。除去这一切可能的现象世界,就根本不存在世界了,当然也就不存在所谓本来世界了。我们面前放着一只苹果,一个小男孩见了说:我要吃。他看到的是作为食品现象的苹果。一个植物学家见了说:这是某种植物的果实。他看到的是作为植物现象的苹果。一个生物学家见了说:这只苹果是由细胞组成的。他看到的是作为生物现象的苹果。一个物理学家见了说:不对,它的最基本结构是分子、原子、电子,等等。他看到的是作为物理现象的苹果。一个基督徒见了也许会谈论起伊甸园里的苹果和亚当夏娃的原罪,他看到的是作为宗教文化现象的苹果。还会有不同的人对这只苹果下不同的判断,把它看作不同的现象。如果你说所有这些都只是这只苹果的现象,而不是这只苹果本身,那么,请你告诉我,这只苹果本身是什么东西,它在哪里?

由于在现象世界背后不存在一个本来世界,有的哲学家就认为一切都是假象,都是梦。在这方面,佛教最彻底,认为万物皆幻象,世界整个就是一个空。可是,我们不妨转换一下思路。所谓真和假,实和幻,都是相对而言的。如果存在着一个本来世界,那么,与它相比,现象世界就是假象。现在,既然并不存在这样一个本来世界,我们岂不可以说,一切现象世界都是真实的,都有存在的权利?一位诗人吟唱道:"平坦的大地,太阳从东方升起,落入西边的丛林里。"这时候,你即使是哥白尼,也不能反驳他说:"你说得不对,地球不是平坦的,而是圆的,太阳并没有升起落下,而是地球在自转。"

你的“自我”在哪里?

一个孩子摔了一跤,觉得痛,便说:“我痛了。”接着又说:“我不怕痛。”这个觉得痛的“我”和这个不怕痛的“我”是不是同一个“我”呢?

一个男孩爱上了一个女孩,可是女孩不爱他。他对自己说:“我太爱她了。”接着说:“可是我知道她不爱我。”然后发誓道:“我一定要让她爱上我! ”在这里,爱上女孩的“我”、知道女孩不爱自己的“我”以及发誓要让女孩爱上自己的“我”又是不是同一个“我”呢?

一位著名的作家叹息说:“我获得了巨大的名声,可是我仍然很孤独。”这个获得名声的“我”和这个孤独的“我”是不是同一个“我”?

我在照镜子,从镜子里审视着自己。那个审视着我自己的“我”是谁?那个被我自己审视的“我”又是谁?他们是不是同一个“我”?

你拉开抽屉,发现一张你小时候的照片,便说:“这是小时候的我。”你怎么知道这是小时候的“我”呢?小时候的“我”和现在的“我”

是凭什么东西成为同一个"我"的呢?

夜深人静之时,你一人独处,心中是否浮现过这样的问题:"我是谁?我从哪里来?我将到哪里去?"

古希腊哲学家苏格拉底把"认识你自己"看作哲学的最高要求。可是,认识"自我"真是一件比认识世界更难的事。上面的例子说明,它至少包括以下三个难题:

第一,我有一个肉体,又有一个灵魂,其间的关系是怎样的?有人说,灵魂只是肉体的一种功能。如果真是这样,为什么灵魂有时候会反叛肉体,譬如说,会为了一种理想而忍受酷刑甚至牺牲生命?如果不是这样,灵魂是不同于肉体并且高于肉体的,那么,它也必有高于肉体的来源,那来源又是什么?如此不同的两样东西是怎么能够结合在一起的?既然它不来源于肉体,为什么还会与肉体一同死亡?或者相反,在肉体死亡之后,灵魂仍能继续存在?

第二,灵魂究竟是什么?如果说它是指我的全部心理活动和内心生活,那么,它就是一个非常复杂的东西。一方面,它包括理性的思维、观念、知识、信仰,等等。另一方面,它包括非理性的情绪、情感、欲望、冲动,等等。其中,究竟哪一个方面代表真正的"自我"呢?有的哲学家主张前者,认为理性是人区别于动物的本质特征,因而不同个人之间的真正区别也在于理性的优劣强弱。有的哲学家主张后者,认为理性只是人的社会性一面,个人的真正独特性和个人一切行为的真实动机深藏在无意识的非理性冲动之中。他们究竟谁对谁错,或者都有道理?

第三,我从小到大经历了许多变化,凭什么说我仍是那同一个"我"呢?是凭我对往事的记忆吗?那么,如果我因为某种疾病暂时或长久丧失了记忆,我还是不是"我"呢?是凭我对我自己仍然活着的一种意识，即所谓“自我意识”吗？可是，问题恰好在于，我是凭什么意识到这仍然活着的正是“我”，使我在变化中保持连续性的这个“自我意识”究竟是什么？

现在我把这些难题交给你自己去思考。

语言能否传达感觉?

我感到我的肚子有一种很不愉快的感觉。我常常听别人说到肚子“痛”,便相信我的这种感觉也就是“痛”。于是我告诉你:“我肚子痛。”你明白我的意思了吗?你一定认为你明白了。你不是我,不能感觉到我的肚子所感到的那种不适,那么你是怎么明白的呢?你可能说,你也曾经肚子“痛”,你是根据你曾经有过的这种感觉理解“痛”这个词的含义,从而明白我的意思的。可是,尽管我们用“痛”这同一个词来表达各自的感觉,但我们的感觉很可能是不同的。关键在于,我们是两个不同的个体,我的感觉永远不可能在你的意识中出现,你永远不可能在你的意识中将我的感觉与你的感觉进行比较,因此永远不可能确知我们用“痛”这个词表达的是不是相同的感觉。

你也许会说:尽管如此,我们仍然可以通过譬如说脸部表情、手捂肚子的动作等肚子痛时通常会出现的可见标志,甚至通过医学手段查出胃溃疡、肠胃炎等致痛原因，来推断我所说的肚子“痛”的含义。

不错，外部标志或医学检查可以增强你的信心，使你更加相信你理解了我所说肚子“痛”的含义，但是并不能证明你的理解是对的，因为这一切完全没有改变这个事实：你对“痛”这个词的含义的理解仅仅是依赖于你的感觉的，你无法感觉到我的感觉。

你也许又会说：我们不需要弄清不同人说“痛”这个词时所指的感觉是否完全相同，就算各人都是根据自己的感觉推测别人说这词的意思的，只要这样做在实际生活中有效，譬如说能够提醒医生做某些必要的检查，这就可以了。

好吧，我对此完全同意。不过，这样一来，你所谈的已经不是语言能否传达感觉的问题，而是语言有无实践效用的问题了。

再举一例：有一个色盲，他分不清红色和绿色，把它们都称作“红色”。现在我问你，他所说的“红色”究竟是指你所看到的红色，还是你所看到的绿色，或者是你从来不曾看见过的一种颜色？对此你显然是无法回答的，因为你无法感觉到他对颜色的感觉。同样道理，他也完全不能知道你所说的“红色”和“绿色”是怎样的，为什么你用不同的名称来称呼他所看到的同一种颜色。

“你不是我，所以你不可能真正知道我的感觉。”对于这个看上去几乎不可反驳的论点，中国哲学家庄子倒有过一个很机智的反驳。有一回，他和惠施站在一座桥上观鱼，叹道：“看这些鱼游来游去，多么快乐！”惠施问：“你不是鱼，怎么知道鱼快乐？”他反问：“你不是我，怎么知道我不知道鱼快乐？”庄子的反驳看起来像是玩文字游戏，其实指出了上述论点在逻辑上的自相矛盾。既然不同个体之间的意识不能相通，我不可能知道你的感觉，那么，我是否知道你的感觉这一点也是在我的意识中发生的事，你又怎么能知道呢？

语言能否传达思想？

事实上，上面关于感觉所说的话，在较弱的程度上对于思想也同样适用。思想就是对某个对象或事件的认识，可是，由于每个人对于这个对象或事件都处在不同的关系之中，因此，他们的认识也是不同的，但他们却往往用同样的语词说着不同的意思。

譬如说，许多人都在说这句话："曹雪芹是中国最伟大的作家。"可是，不同人用这句话所表达的意思很不相同。对于曹雪芹的亲朋戚友来说，"曹雪芹"这个名字指示着他们所接触到的那一个活生生的人。对于后世读到《红楼梦》并为之感动的无数读者来说，"曹雪芹"这个词意味着这部令他们感动的小说的作者，而他们之所以感动的原因和程度是千差万别的，他们口中说出的上面那句话的意味和分量也因此而千差万别。对于从未读过《红楼梦》的人来说，如果他们说这句话，那意思无非是说："我曾经听人说过'曹雪芹是中国最伟大的作家’这样一句话，不过我不知道曹雪芹是谁，他为什么是中国最伟大的作家。”

也许你会说：这只是表明不同人对这句话的理解不同，但这句话本身是应该有确定的含义的，这个含义并不因人们理解的不同而有所变化。事实上，有些哲学家正是这样主张的。然而，另一些哲学家会问：究竟什么是这句话的原意呢？是第一个说这话的那个人所想表达的意思吗？可是，他的意图只存在于他的意识之中，我们完全不可能确切地知道。而且，即使能够知道，也没有理由把它当作确定这句话的含义的尺度。是这句话所指示的那个事实吗？可是，并不存在不需要经过解释的事实，而经过解释，事实便会呈现不同的面貌。

自古至今，对于语言一直存在着两种对立的看法，可以分别用古希腊哲学家巴门尼德和高尔吉亚来代表。巴门尼德认为，在语言与思想之间、思想与对象之间有着严格的对应关系，语言表达确定的思想，思想指向确定的思想对象。高尔吉亚则认为，恰恰相反，在这三者之间存在着不可逾越的障碍。他提出了著名的三原则：一、无物存在；二、即使有某物存在，也无法认识；三、即使可以认识，也无法向别人传达。语言所传达的只是语言而已，而不是思想，更不是对象。直到今天，还有人分别坚持这两种极端的看法。不过，更多的哲学家似乎宁愿选择一种比较温和的看法，既不相信语言有绝对确定的含义，也不认为语言完全不能表达思想，而是主张我们可以在实际的使用中大致确定语言的含义和互相交流思想。